OVERLORD

Band 4: Die Helden der Echsenmenschen

Kugane Maruyama | Illustration: so-bin

TOKYOPOP®

Inhalt

Prolog

»Willkommen zu Hause, Lord Ainz.« Ainz war seit Wochen nicht mehr in seinem Zimmer gewesen und Albedos nächste Worte raubten ihm jeglichen Willen, irgendwas zu tun. »Möchtet Ihr etwas essen? Oder ein Bad nehmen? Oder vielleicht … mich? ♥«

Er stellte sich vor, wie hinter ihrem Kopf Herzen wild auf und ab hüpften. »Was soll der Blödsinn?«

»Ich spiele Frischvermählte, Lord Ainz. Wenn der Ehemann allein mit seinem Haustier auszieht, um etwas zu erledigen, ist das die beste Weise, wie ihn seine Braut bei seiner Rückkehr begrüßen kann. Zumindest habe ich das gehört. Wie findet Ihr es?«

Deshalb hatte sie ihn also nicht an der Oberfläche empfangen. Er wollte mit einem ausdruckslosen *Und warum sollte mich das interessieren?* antworten, allerdings hatte er noch nie ein Date gehabt, geschweige denn geheiratet. Daher verkniff er sich den Kommentar. Männlicher Stolz überkam ihn. *Was für eine Antwort erwartet sie überhaupt?* Er war sich nicht sicher, doch um zumindest den Schein zu wahren, entgegnete er möglichst wohlwollend: »Es war ziemlich verlockend, Albedo.«

Sie kiekste glücklich lächelnd. »Gut. Ti hi hi!«

Bei diesem bezaubernden Lächeln verlagerte er sein Gewicht und bereitete sich auf einen Angriff vor. Es war, als würde eine Schlange über seinen Rücken kriechen. Vermutlich lag es an der animalischen Lust, die sich in Albedos goldschimmernden Augen spiegelte. Doch ihr Blick war todernst. Sollte er auch nur im Scherz sagen, er wollte sie, würde sie ihn beim Wort nehmen und wie ein vom Lustrausch umnebeltes Ungeheuer über ihn herfallen. Ihm kamen die Worte *sexueller Übergriff* in den Sinn.

Inzwischen hatte er so ziemlich alle körperlichen Gelüste eingebüßt, nur die sich verzweifelt festklammernden Reste bettelten darum, er solle Albedos Stimmung nachgeben, um festzustellen, was als Nächstes geschehen würde. Zusätzlich stachelte ihn seine trotz allem ungebrochene Neugier an.

Hör auf, du Trottel. Es lag bestimmt nicht an seinen Selbstzweifeln, sondern an etwas ähnlich Mächtigem (das bestimmt mit seinem Dasein als Untoter zusammenhing), dass er es fertigbrachte, ihre Annäherungsversuche zu ignorieren.

Bevor sie in diese Welt gekommen waren, hatte er in ihrer Hintergrundgeschichte vermerkt, sie würde ihn lieben, und damit ihre Persönlichkeit verändert. Doch jetzt konnte er das nicht ausnutzen, auch wenn er sie auf diverse andere Arten benutzte. Er hasste sich ein wenig dafür. *Ohne Knüppel kann ich auch nicht zuschlagen, ist doch logisch. Und ich glaub auch nicht, dass eine rein geistige Beziehung zwischen Mann und Frau lange gut geht … Hab ich deswegen Angst?*, fragte sich Ainz, die Jungfrau.

Da war noch etwas anderes. Der von seinem Freund geschaffene NPC war gewissermaßen noch ein Kind. Kurz fragte er sich, ob es richtig war, sie noch weiter zu verderben, als er es ohnehin schon getan hatte. *Bist du blöde? Darüber solltest du dir jetzt echt keine Gedanken machen.*

»Ah!«

Albedos plötzlicher Schrei ließ die Flammen in seinen leeren Augenhöhlen auflodern. »Wa… Was ist los, Albedo? Was ist passiert?«

»Ich habe einen Fehler gemacht. Angeblich ist es Brauch, dass die frisch angetraute Ehefrau ihren Mann lediglich mit einer Schürze bekleidet begrüßt …« Sie betrachtete ihr Kleid, bevor sie mit hochrotem Kopf weitersprach. »Wenn Ihr mir befehlt, mich umzuziehen, werde ich dem sofort nachkommen.« Dann schlug sie mit unverhohlenem Blick und schrecklich eindeutigem Tonfall vor: »Gleich hier, vor Euch …«

»Äh … Gleich hier … Ngh. Meine Güte …« Er seufzte. »Albedo, es wird Zeit, dass wir mit diesem Blödsinn aufhören. Fangen wir mit der Lagebesprechung an und tauschen Informationen aus.«

»Ja, mein Lord.«

Bedauernd – auch wenn er nicht genau sagen konnte weswegen – tat Ainz sein Möglichstes, sie zu ignorieren, und sackte in seinen Sessel. Er warf drei Lederbeutel auf den Tisch. Innerhalb von wenigen Augenblicken wechselte Albedo von geiler Braut zu herausragender Sekretärin, bereit, jeden seiner Befehle auszuführen.

»Als Erstes, hier ist das Geld, das ich in E-Rantel verdient habe, also nutz es für Experimente.«

Die Beutel waren alle von unterschiedlicher Größe und der dickste war so voll, dass er fast überquoll. Darin befanden sich Gold-, Silber- und Kupfermünzen, die Ainz als Abenteurer verdient hatte.

»Wie Ihr befehlt. Dann benutze ich es für Nazaricks Verteidigungssystem und probiere aus, ob man damit Monster beschwören kann.«

»Mach das. Und finde raus, ob man damit Schriftrollen oder Rohstoff-Items herstellen kann.« Er wandte den Blick von Albedos tiefer Verneigung ab und betrachtete die Lederbeutel, wobei ihn ein ähnliches Gefühl wie bei einem Gebet überkam.

In *Yggdrasil* konnte man mit Goldmünzen nicht nur Items kaufen, sondern unter anderem die Gilde unterhalten, Monster über Stufe 30 beschwören, die nicht automatisch spawnten, Zauber wirken, Items herstellen und NPCs wiederbeleben.

Dass es möglich war, *Yggdrasils* Goldmünzen zu nutzen, hatten sie bereits festgestellt. Nicht jedoch, ob das auch für die Währung dieser Welt galt – besonders für Silber- und Kupfermünzen, die es in *Yggdrasil* nicht gab.

Man konnte zu Recht sagen, Nazaricks Zukunft hing von diesen Experimenten ab. Sollten die Münzen dieser Welt wie Gold in *Yggdrasil* funktionieren, würde das großen Einfluss auf ihre Pläne haben – Geld dieser Welt zu bekommen wäre dann um ein Vielfaches wichtiger. Situationsabhängig bestand die Möglichkeit, dass Ainz Geld heranzuschaffen zur obersten Priorität erklärte. Sollten die Experimente jedoch scheitern, hing das Überleben Nazaricks von den Vorräten in der Schatzkammer ab und sie müssten beginnen, sich ihre Ausgaben wohl zu überlegen.

»Was Clementine angeht …«

Beim Namen der verschwundenen Leiche verzog Ainz sein regloses Gesicht. Er machte sich Sorgen, dass man sie wegen seines Fehlers wiedererweckt hatte und sie jetzt einer unbekannten Anzahl von Leuten verriet, was sie über Nazarick wusste.

Die Gruft hatte viele potenzielle Feinde, doch leider hatten sie bislang nur sehr wenig über sie in Erfahrung bringen können. Zusätzlich hatte er selbst Informationen verbreitet. *Mit etwas Glück hören andere Gildenmitglieder davon. Es könnte ein paar geben … Aber es wäre falsch, sich darauf zu verlassen. Ich muss von jetzt an vorsichtiger sein. Was sollte ich also mit Momon machen?*

Sollte es jemand auf sie abgesehen haben, wäre Momon das Ziel. Ainz war dabei, sich einen Namen zu machen. Die Identität einfach so aufzugeben wäre also reine Verschwendung. Und es war noch zu früh, alle wissen zu lassen, dass Momon und Ainz dieselbe Person waren. *Ich muss es wohl darauf ankommen lassen …*

Seine Überlegungen steckten in einer Sackgasse – wie er es auch drehte und wendete, es gab einfach keine leichte Antwort –, daher ließ er das Thema vorläufig ruhen und wandte sich anderen Dingen zu. »Ich denke darüber nach, Pandora's Actor zu befehlen, er soll eins von Clementines Schwertern in den Schredder schieben.«

»Schredder?«

Albedos verwirrtes Nachfragen erinnerte Ainz an den offiziellen Namen. »Die Tauschbox. Wenn jemand mit Händlerskills sie benutzt, schlägt man einen besseren Preis raus. Ich lasse also Pandora's Actor Nearatas Form annehmen und seine Skills benutzen.« Während Albedo bestätigend den Kopf neigte, rollte Ainz ein Stück Pergament auf dem Tisch aus. »Übrigens, ich hab in E-Rantel endlich eine Weltkarte aufgetrieben.«

»Das ist … Hmm …«

Er wusste, warum sie leicht die Stirn runzelte. Die Karte strotzte nicht gerade vor Details.

»Ich weiß, was du meinst. Sie umfasst nur dieses Gebiet, nur diesen Teil der Welt. Vermutlich stimmt auch der Maßstab nicht und es fehlen einige geografische Einzelheiten. Abgesehen davon zeigt sie weitestgehend menschliche Länder und nur eine halbmenschliche Nation. Sie ist total grob, aber was Besseres bekommen wir erst mal nicht.«

Dank seiner gedeihenden Freundschaft mit dem Oberhaupt der Zauberergilde hatte er von vielen Orten erfahren – beispielsweise von den Ebenen, wo die Zentaurenstämme lebten; den in der Wüste gelegenen Dörfern des Skorpionvolks, das sich selbst Pabilsags nannte; den Bergen, in denen das Zwergenreich lag, und mehr –, auf dem Pergament war jedoch nichts davon verzeichnet. Letztendlich war diese Karte kaum mehr als ein Hilfsmittel von Menschen für Menschen, um es ihnen einfacher zu machen.

Eine unzuverlässige Karte war praktisch nutzlos. Doch ohne viel Geld und Zeit zu investieren, war es schwierig, eine Bessere aufzutreiben. Das hatte Theo Rakheshir gesagt und bedachte man, wie freundlich sich das Oberhaupt der Zauberer gegenüber Ainz gab, entsprach das vermutlich der Wahrheit. Aus seiner Antwort hatte Ainz geschlossen, allein diese Karte zu bekommen war bereits eine beinahe unmögliche Bitte gewesen.

»Verstanden. Dann sollten wie sie kopieren und an alle Wächter weitergeben.«

»Ja, aber vorher möchte ich sie dir grob erklären.« Er deutete in die Mitte der Karte, die recht viele Einzelheiten aufwies. »Das ist E-Rantel … und die Große Gruft von Nazarick befindet sich etwa hier.« Er bewegte den Finger nach Nordosten, bis er fast einen großen Wald erreicht hatte. Vielleicht war es nur natürlich, aber er konnte Nazaricks Standort allein anhand der Umgebung recht sicher ausfindig machen. »Das ist das Azerlisia-Gebirge, das das Königreich Re-Estize und das Kaiserreich Baharuth voneinander trennt. Der Wald von Tob beginnt am südlichen Rand und erstreckt sich um beide. Und hier gibt es einen großen See.« Zwischen der Südspitze des Gebirges und dem Wald lag ein Gewässer von der Form eines Kürbisses, das von Flüssen aus dem Gebirge gespeist wurde. Ainz' Finger lag am Südufer. »Hier befindet sich ein Sumpfland mit mehreren Echsenmenschendörfern.«

Albedo nickte, bevor Ainz fortfuhr: »Jetzt hör gut zu, es folgen die knappen Beschreibungen der angrenzenden Länder, die ich vom Oberhaupt der Zauberergilde habe. Nordwestlich des Königreichs liegt ein zerklüftetes Gebiet mit einigen Gebirgszügen. Das ist der Argland-Ratsstaat, die Heimat mehrerer halbmenschlicher Rassen. Dabei müssen wir auf die Drachen-Ratsmitglieder achten, angeblich sind es fünf oder auch sieben. Im Südwesten befindet sich das so genannte Heilige Königreich. Die Karte zeigt es nicht gerade gut, doch angeblich ist es von einem riesigen Befestigungswall umgeben. Wie die Große Mauer in China. Die sind die ganze Zeit auf der Hut vor Bedrohungen aus dieser Einöde, die auf der Karte völlig fehlt. Die verschiedenen halbmenschlichen Rassen befinden sich ständig im Krieg miteinander.«

»Dorthin ist Demiurge unterwegs, richtig?«

»Genau. Und auf der anderen Seite haben wir den Gottesstaat Slane. Bei denen müssen wir vorsichtig sein.«

»Ist das die Grenze?« Albedo folgte mit ihrem schlanken Finger einer Linie.

»Kann sein. Um ehrlich zu sein, haben die hier eingezeichneten Grenzen nicht viel zu bedeuten. Die Karte ist zu ungenau. Okay, sehen wir uns die Seite des Kaiserreichs an. Nordöstlich gibt es mehrere verbündete Stadtstaaten. Angeblich wird wenigstens einer von Halbmenschen bevölkert. Und im Südwesten liegt ein Gebiet mit riesigen Quarzitsäulen, wo diese Rasse Menschen lebt … Sieht so aus, als würden sie *Wyvern* zähmen und in den Höhlen hausen.« Was Ainz erfahren hatte, erinnerte ihn an Wulingyuan in China, allerdings waren die Einzelheiten nicht besonders aussagekräftig.

»*Wyvern*-Reiter?«

In *Yggdrasil* waren *Wyvern* Bestien mit einem Level in den hohen 30ern, die von Spielern mit entsprechenden Kämpferklassen gerufen und geritten werden konnten. Er hatte allerdings keinen Beweis, dass es in dieser Welt genauso war.

»Ja. Vermutlich sind sie ziemlich stark, doch selbst wenn, ich mache mir keine Sorgen, dass die uns angreifen. Aber unterhalb von ihnen … Diese Karte endet in der Nähe des östlichen Teils dieses gigantischen Sees.« Ainz deutete auf eine Stelle auf dem Tisch jenseits der Karte. »Angeblich gibt es dort ein Land, das man das Königreich der Drachen nennt.«

»Drachen?«

»Ja. Den Legenden zufolge wurde dieses Land vor Ewigkeiten von Drachen gegründet und angeblich fließt in den Adern der Königsfamilie bis heute Drachenblut … Keine Ahnung, ob das stimmt, aber … auch egal, mehr erfahren wir von dieser Karte nicht.« In der Welt, in der Ainz den Namen Satoru Suzuki benutzte, würde das wie ein Haufen Lügen klingen, in dieser Welt lag es jedoch durchaus im Rahmen des Möglichen.

»Also sollten wir besonders den Gottesstaat Slane und den Argland-Ratsstaat im Auge behalten?«

Brummend verschränkte Ainz die Arme vor der Brust. Das war praktisch alles, was sie über die umliegenden Länder wussten. Hauptsächlich, weil sie nicht genug Informationen hatten beschaffen können.

Albedo neigte langsam den Kopf. »Verzeiht meinen Fehler. Im Moment sollten wir uns vor allen anderen Ländern in Acht nehmen, nicht wahr?«

»Ganz genau. Selbst wenn die Nation selbst anscheinend keine Bedrohung darstellt, weiß man nie, was sich dort für Individuen rumtreiben.« *Wie diejenigen, die das* World Item *gegen Shalltear benutzt haben.* Es schien, er müsste es nicht aussprechen, damit ihn Albedo verstand.

Ainz berührte den Tisch an zwei Stellen, östlich und südlich. »Aber im Osten gibt es eine Stadt, die sich aus dem Meer erhebt, und im Süden die, die von den Acht Gierigen Königen erbaut wurde. Diese zwei sind für uns vermutlich noch die gefährlichsten – besonders letztere, eine schwebende Stadt mitten in der Wüste.«

»Eine schwebende Stadt?«

»Wenn das, was ich gehört habe, stimmt, befindet sie sich unter einer schwebenden Burg, aus der ununterbrochen Wasser hinabfließt. Sieht so aus, als wäre sie komplett von einer magischen Barriere umgeben. Man merkt also gar nicht, dass man in der Wüste ist.«

Ein kalter Funke trat in Albedos Augen und sie bemühte sich, ihren Vorschlag möglichst zurückhaltend vorzubringen. »Sollten wir ein paar Lakaien mit einer Kampfaufklärung beauftragen?«

»Schlafende Hunde sollte man nicht wecken. Wer auch immer das *World Item* benutzt hat, wenn sie nicht von dort stammen, sollten wir zumindest so tun, als hätten wir nichts gegen sie, bis wir wissen, wie stark sie sind ... Wie geht's Shalltear?«

»Körperlich ist nach ihrer Auferstehung mit ihr alles in Ordnung, allerdings ...«

»Red nicht um den heißen Brei rum. Sogar ich mache mir Sorgen.«

»Ah! Ich bitte untertänigst um Verzeihung. Um ehrlich zu sein, ich bin ein wenig besorgt um ihren Geisteszustand.«

»Gibt es Nachwirkungen von der Gedankenkontrolle? Hat das *World Item* noch Einfluss auf sie, obwohl wir sie getötet und wiederbelebt haben?«

»Nein, darum geht es nicht … Scheinbar kann sie sich nicht verzeihen, gegen Euch gekämpft zu haben.«

Einen Moment lang war Ainz verwirrt. Das war alles seine Schuld gewesen. Shalltear hatte nichts falsch gemacht. Das sagte er ihr immer wieder.

»Wenn Ihr mir vergebt, dass ich es wage, mich gegen Eure Entscheidung auszusprechen …«

Ainz nahm ihre ernste Miene zum Anlass, ihr zu bedeuten, weiterzusprechen.

»Vielleicht hättet Ihr sie bestrafen sollen.«

Die roten Funken in seinen Augenhöhlen wurden dunkler. Er öffnete den Mund – nur um ihn wieder zu schließen, als sie fortfuhr: »Deutliche Belohnungen und Strafen halten die Ordnung aufrecht. Wenn Ihr sie bestraft, werden ihre Schuldgefühle nachlassen. Ohne Buße wird sie nie mit ihrem Verbrechen abschließen können.«

Verstehe. Es stimmte, Belohnungen und Strafen waren Kehrseiten derselben Medaille. Doch Ainz war nichts weiter als ein normaler Angestellter gewesen. Entsprechend fiel es ihm schwer, zu entscheiden, wann Strafe und wann Vergebung angebracht war. Sein normales Selbst würde das Problem umgehen, indem es alles entschuldigte. In diesem Fall tat ihm Shalltear ein wenig leid, es könnte jedoch eine gute Übung für ihn darstellen, Vergeltung zu üben. »Alles klar. Ich überleg mir eine Strafe für sie.«

»Ich denke, das wird das Beste sein. Vergebt mir, dass ich so offen spreche.«

»Wovon redest du? Ich *will* solche Vorschläge. Wenn ich unsicher bin, was ich machen soll, wünsche ich mir, dass mir jemand seine

Ansichten mitteilt. Albedo, als Befehlshaberin der Ebenenwächter liegt das voll und ganz in deinem Aufgabenbereich.«

»Vielen Dank!« Die Wangen der makellosen Schönheit röteten sich und sie verneigte sich mit Tränen in den Augen.

Diese ungezügelte Fröhlichkeit machte Ainz ganz verlegen, daher winkte er nur wohlwollend ab. »Okay, ich kehre dann erst mal zurück und erledige ein paar Sachen. Solange hast du hier das Sagen.«

»Ja, bitte tut das! Solange Ihr weg seid, werde ich mich nach besten Kräften um alles kümmern.« Er meinte zu hören, wie Albedo etwas davon flüsterte, seine Ehefrau zu sein, ließ es ihr jedoch durchgehen, da sie noch mehr zu sagen hatte. »Aber Lord Ainz, bitte seid vorsichtig. Wir können nicht wissen, ob diejenigen, die Shalltear unter ihre Kontrolle gebracht haben, nicht einen weiteren Angriff vorbereiten.«

»Hm!« Zum ersten Mal, seit er sich wieder in seinem Zimmer aufhielt, wirkte Ainz unzufrieden. »Wenn sie es versuchen, treten wir ihnen in den Arsch … Na ja, vielleicht wird es nicht ganz so einfach. Aber mach dir keine Sorgen, Albedo. Wir kennen unsere Gegner nicht. Sollte ich ihnen begegnen, wird Rückzug das Wichtigste sein. Und ich hab etwas Schutz vorbereitet.« Ainz hob den Blick zur Decke und dachte an ihre möglichen Feinde.

Die unbekannten Besitzer des *World Items* waren auf jeden Fall ihre Gegner, möglicherweise existierende *Yggdrasil*-Spieler oder Abkömmlinge der Spieler, die es hier einst gegeben haben musste … Natürlich war es noch zu früh, sie alle zu Feinden zu erklären, doch unter dieser Annahme weiterzumachen würde sie davor bewahren, dass man sie später überraschte. *Rechne stets mit dem Schlimmsten.*

»Solange wir nicht wissen, wer sie sind, sollten wir uns bedeckt halten. Könnte aber sein, dass wir ein paar Köder auslegen müssen, um unsere Beute zu fangen … Also, was macht der Plan?«

Da sich Albedo weigerte, ihm in die Augen zu sehen, ahnte Ainz schon, was los war. »Es liegt kein Bericht von Cocytus vor. Entoma zufolge kann alles, was wir erwarten, eintreten. Ich denke, wir bekommen mehr Informationen, sobald sie sich dem Zielgebiet nähern und die Warnung aussenden.«

»Verstehe ... Nicht gerade das, worauf ich gehofft hatte, aber vermutlich wissen wir bald mehr.«

»Es nützt uns, wenn Ihr die Dinge so betrachtet.«

»Okay. Ich würde mir wirklich gern ansehen, wie die Dinge laufen. Leider hab ich einen Haufen Abenteureraufträge abzuarbeiten, ich muss also los. Den Kampf will ich aber mit ansehen, also zeichne ihn für mich auf – die Echsenmenschen gegen die Armee der Großen Gruft von Nazarick.«

Kapitel 1: Abschied

Kapitel 1: Abschied

1

Der Große Wald von Tob erstreckte sich entlang der hügeligen Ausläufer des Azerlisia-Gebirges, das eine natürliche Grenze zwischen dem Kaiserreich Baharuth und dem Königreich Re-Estize darstellte. Nördlich des Waldes befand sich ein riesiger See. Die Form des Gewässers ähnelte einem umgedrehten Flaschenkürbis und war unterteilt in einen oberen und einen unteren See mit einem Durchmesser von etwa vierzig Kilometern. Im tieferen oberen See lebten große Kreaturen, während der untere Teil weitestgehend von kleineren Lebensformen bevölkert wurde.

Wo der untere See in die Feuchtgebiete im Süden überging, stand eine Vielzahl Gebäude im Sumpf. Jedes ruhte auf einem Fundament aus etwa zehn ins Moor getriebenen Pfählen. So bauten Wesen häufig, wenn sie sich für ein Leben auf dem Wasser entschieden.

Die Tür eines dieser Gebäude öffnete sich und der Hausherr trat ins Sonnenlicht. Er war, was man gemeinhin einen Echsenmenschen nannte.

Echsenmenschen ähnelten einer Kreuzung aus Reptil und Mensch. Genauer gesagt waren sie Eidechsen mit menschenähnlichen Händen und Füßen, die aufrecht gingen, ihre Köpfe wiesen jedoch fast keinerlei menschliche Züge auf.

Die meisten klassifizierten diese Wesen ähnlich wie Goblins und Orks als Halbmenschliche und sie waren weniger fortschrittlich als Menschen. Obwohl man ihre Lebensweise häufig als barbarisch betrachtete, hatten sie ihre eigene, wenn auch grobschlächtige Kultur.

Der durchschnittliche männliche Echsenmensch war etwa ein Meter neunzig groß und brachte mühelos über einhundert Kilo auf die Waage – sie waren nicht fett, sondern vielmehr robust gebaut mit dicken Muskeln. Ihre langen Reptilienschwänze halfen ihnen dabei, das Gleichgewicht zu halten.

Um sich in den Feuchtgebieten leichter bewegen zu können, hatten sie im Laufe ihrer Evolution breite, mit Schwimmhäuten versehene Füße entwickelt. Das machte das Vorankommen auf trockenem Land ein wenig schwieriger, was aber in ihrem alltäglichen Leben kein Problem darstellte. Die Färbung ihrer Schuppen reichte von Dunkelgrün bis Grau oder sogar Schwarz, zudem glichen sie mehr den Hornplatten, die man bei Alligatoren fand. Und sie waren härter als die schwächsten Rüstungen der Menschen.

Wie Menschen hatten sie fünf Finger, die allerdings in kurzen Krallen endeten. Die von ihnen geführten Waffen waren jedoch äußerst primitiv. Da man im Sumpf nicht viel Metall fand, bestanden die meisten davon aus den Reißzähnen von Monstern oder es handelte sich um stumpfe Steinwaffen.

Der Himmel strahlte blau und die Sonne hatte fast ihren Zenit erreicht. Das Wetter war schön, es waren nur ein paar weiße Wölkchen zu sehen, die wie die Pinselstriche eines Malers über den entfernten Bergen hingen.

Da Echsenmenschen ein so breites Gesichtsfeld hatten, konnte er – Zaryusu Shasha – die blendende Sonne sehen, ohne dafür den Kopf zu heben. Mit leicht zusammengekniffenen Augen schritt er gleichmäßig die Treppe hinab und kratzte sich dabei das Brandzeichen auf seiner schwarz geschuppten Brust. Es belegte seinen Status innerhalb des Stamms.

Die Stämme der Echsenmenschen lebten in einer Art Kastengesellschaft. Ganz oben stand der Stammeshäuptling. Ihre Anführer wurden nicht durch Abstammung bestimmt, sondern ganz einfach dadurch, wer der Stärkste war. Die Zeremonie, bei der der Häuptling bestimmt wurde, fand alle paar Jahre statt. Unter ihm stand der Ältestenrat, in dem sich ausgesuchte ältere Vertreter ihrer Rasse fanden. Weiter unten in der Rangordnung kamen dann die Kriegerkaste, danach die normalen Männchen, die Weibchen und zum Schluss die Kinder.

Selbstverständlich gab es auch jene, die nicht in diese Hierarchie passten. Beispielsweise die Druidenpriester. Sie unterstützten den Stamm, indem sie das Wetter vorhersagten, vor drohenden Gefahren warnten und Heilmagie anwendeten.

Und dann gab es die aus Waldläufern bestehenden Jagdgruppen. Deren Hauptaufgaben waren Fischen und Jagen. Da sie dabei von den herkömmlichen Echsenmenschen unterstützt wurden, erwartete sie der wichtigste Teil ihrer Aufgaben allerdings im Wald.

Im Grunde waren Echsenmenschen Allesfresser, dennoch bestand ihre Ernährung zu 80 Prozent aus Fisch und sie aßen nur wenige Pflanzen und Früchte. Der Hauptgrund, aus dem sie Jagdgruppen in den Wald schickten, war Bauholz. Da es für Echsenmenschen nicht ungefährlich war, sich auf Land zu bewegen und sich in die Wälder zu begeben, überließ man diese Aufgabe den Fachleuten.

Diese Waldläufer genossen eine gewisse Unabhängigkeit, dennoch unterstanden sie dem Häuptling und man erwartete, dass sie seine Befehle befolgten. Was das anging, war ihre Gesellschaft ein striktes Patriarchat mit strengen Rollenverteilungen. Allerdings gab es ein paar Ausnahmen, die nicht der Befehlsgewalt des Häuptlings unterstanden. Wie etwa die Reisenden.

Bei dem Begriff Reisende dachte man möglicherweise an Fremde, allerdings gab es keine Außenstehenden, die die Stämme besuchten. Die Gesellschaft der Echsenmenschen lebte weitestgehend isoliert, daher kam es nur selten vor, dass jemand von außerhalb des Stamms akzeptiert wurde. Wer also waren diese Reisenden?

Es waren Echsenmenschen, die was von der Welt sehen wollten. Abgesehen von Notfällen, wie wenn sie etwa keine Nahrung fanden, verließen diese Wesen nur selten den Ort ihrer Geburt. Doch seltene Ausnahmen verspürten das Verlangen, mehr über die Welt da draußen zu erfahren.

Wenn Reisende beschlossen, den Stamm zu verlassen, wurden sie mit einem besonderen Brandzeichen auf der Brust versehen. Es symbolisierte, dass sie nicht länger Teil des Stamms waren und seiner Befehlsgewalt unterstanden.

Die meisten, die sich aufmachten, kamen nie zurück. Vielleicht fanden sie irgendwo dort draußen den Tod oder sie bauten sich ein neues Leben auf. Ihr Schicksal war ungewiss. Doch gelegentlich gab es auch diejenigen, die den Weg zurück nach Hause fanden.

Heimkehrende Reisende waren wegen des mitgebrachten Wissens von großem Wert. Was die Stammeshierarchie anging, blieben sie Außenstehende, allerdings verdienten sie sich auf andere Weise Respekt.

Es gab im Dorf durchaus einige, die Zaryusu nicht mochten, im Allgemeinen war er jedoch hoch angesehen. Nicht nur weil er ein Reisender war, sondern auch ...

Er trat von der letzten Stufe auf den Sumpf und die zuverlässige Waffe an seiner Hüfte schlug mit leisem Klirren gegen seine Schuppen. Die helle Klinge leuchtete schwach. Auf den ersten Blick erinnerte sie an eine in drei nadeldünne Spitzen auslaufende Keule.

Es gab keinen Echsenmenschen, der diese Waffe nicht kannte. Jedes Mitglied jedes Stamms kannte die magischen Items, die als die Vier Großen Schätze bekannt waren und Zaryusus Schwert hieß Frost Pain. Diese berühmte Waffe war der Grund für sein Ansehen.

Gemütlich schlendernd machte er sich auf den Weg. Er hatte zwei Ziele und für eines davon hatte er ein Geschenk dabei. Drei große Fische – jeder etwa einen Meter lang. Sie waren das Grundnahrungsmittel seines Volkes. Der Geruch störte Zaryusu nicht im Geringsten. Ganz im Gegenteil, er bekam riesigen Hunger.

Am liebsten würde ich sie einfach selbst essen. Um den Kopf freizubekommen, schnaubte er mehrmals und tapste mit platschenden Schritten ins Dorf der Grünen Klaue.

Ein paar Kinder mit den grün schillernden Schuppen der Jugend rannten lachend an ihm vorbei, blieben jedoch wie angewurzelt stehen, als sie bemerkten, was er bei sich hatte. Auch andere Heranwachsenden musterten ihn aus dem Schatten ihrer Behausungen – nein, sie sahen die Fische an. Ihre Lippen waren leicht geöffnet und vermutlich lief ihnen schon das Wasser im Mund zusammen. Selbst als er weiterging, folgten ihm die Blicke – die Kinder wollten etwas abhaben.

Lächelnd ging er weiter und tat so, als würde er sie nicht bemerken. Die Entscheidung, wer diese Fische bekommen würde, war bereits gefallen. Zum Leidwesen dieser Kinder waren sie nicht die Glücklichen.

Zaryusu war froh, dass es sich bei dem Funkeln in ihren Augen nicht um Hunger handelte, denn vor ein paar Jahren wäre das noch der Fall gewesen.

Mit den sehnsüchtigen Blicken im Rücken ging er an den vereinzelt stehenden Gebäuden vorbei, bis die Hütte, sein Ziel, in Sicht kam.

Das hier war der Rand des Dorfs, noch ein Stück weiter begann das Sumpfland, das dann in den See überging. Die Hütte an dieser subtilen Grenze war stabiler, als sie aussah, und größer als Zaryusus Zuhause. Wenn daran etwas seltsam war, dann die leichte Neigung des Gebäudes. Eine Hälfte lag unter der Wasseroberfläche, allerdings nicht, weil es verfiel – man hatte es absichtlich so gebaut.

Mit lautem Platschen näherte sich Zaryusu dem Haus. Aus dem Inneren hörte er einen liebevollen Ruf, möglicherweise, weil der Fischgeruch bereits bis dorthin vordrang.

Durch eine der Öffnungen des Gebäudes ragte ein schlangenähnlicher, dunkelbraun geschuppter Kopf. Sobald der Blick der bernsteinfarbenen Augen bestätigt hatte, dass es sich wirklich um Zaryusu handelte, streckte sich der Hals, um sich liebevoll um ihn zu legen.

»Schon gut.« Er streichelte die Schlange mit geübter Hand. Das Tier lächelte und kniff die Augen zusammen – neben der schützenden Membran über den Augen hatte es auch Lider. Zaryusu fand die Berührung der Schlangenschuppen angenehm.

Dieses Wesen war sein Haustier Rororo.

Da sich Zaryusu bereits den Großteil von Rororos Leben um ihn kümmerte, hatte er mittlerweile das Gefühl, sie konnten sogar Gespräche miteinander führen. »Rororo, ich hab dir was zu essen mitgebracht! Schön aufessen, ja?« Er warf die mitgebrachten Fische durch das Fenster hinein, wo sie feucht und hart aufschlugen. »Ich würde ja gern bleiben und mit dir spielen, muss aber nach den Fischen sehen. Ich komm später noch mal vorbei.«

Als würde sie ihn verstehen, rieb sich die Schlange noch ein paarmal an Zaryusu und wollte ihn gar nicht gehen lassen, um sich dann in ihre Hütte zurückzuziehen. Was folgte, waren eindeutige Schling- und Kaugeräusche. Rororos Enthusiasmus sagte Zaryusu, dass es ihm gut ging, also machte er sich auf den Weg.

Sein nächstes Ziel lag etwas außerhalb des Dorfs, am Seeufer. Er ging leise durch den Wald. Durch das Wasser wäre er schneller, er hatte sich jedoch angewöhnt, bei seinen Spaziergängen zu überprüfen, ob es an Land irgendwelche Probleme gab. Trotzdem war es selbst für Zaryusu zermürbend, sich durch dieses unüberschaubare Gebiet zu bewegen.

Doch irgendwann entdeckte er durch eine Lücke zwischen den Bäumen sein Ziel. Er seufzte erleichtert, dass nichts passiert war. Nachdem er sich zwischen den Stämmen hindurchgeschoben hatte, überbrückte er die restliche Distanz mit schnellen Schritten.

Sobald er sich unter den letzten tief hängenden Ästen hindurchgeduckt hatte, riss er überrascht die Augen auf – er hätte nie damit gerechnet, diese vertraute Gestalt ausgerechnet hier anzutreffen. Es war ein Echsenmensch mit denselben schwarzen Schuppen wie er.

»Bruder …«

»Ach, du bist's.« Der schwarz geschuppte Echsenmensch drehte sich zu Zaryusu um.

Er war der Häuptling des Stamms Grüne Klaue und Zaryusus älterer Bruder, Shasuryu Shasha. Er hatte in Folge zwei Wettbewerbe um den Posten des Häuptlings für sich entschieden und war daher aktuell nicht gezwungen, um die Herrschaft zu kämpfen. Das auffälligste Merkmal dieses Echsenmenschen war sein Körperbau. Neben ihm wirkte der normal gebaute Zaryusu klein. Auf Shasuryus schwarzen Schuppen zeichneten sich alte Narben als weiße Linien ab, die an Blitze in einer dunklen Wolke erinnerten. Auf dem Rücken führte er ein riesiges Schwert mit sich – ein breites, grobschlächtiges Ding von fast zwei Metern Länge. Das Stahlschwert – sein Herrschaftssymbol – war mit einem Zauber versehen, der es vor Rost bewahrte und schärfer machte.

Zaryusu stellte sich neben seinen Bruder ans Seeufer.

»Was machst du an einem Ort wie diesem?«, fragte Shasuryu.

»Dasselbe könnte ich dich fragen, Bruder. Der Häuptling muss sich nicht die Mühe machen, herzukommen.«

»Hmpf.« Da er nicht wusste, was er dazu sagen sollte, antwortete Shasuryu mit seinem typischen Schnauben und starrte auf den See hinaus.

Aus dem Wasser ragten stabil aussehende Pfosten und die dazwischen gespannten äußerst feinen Netze, grenzten ein recht großes Gebiet ab. Man erkannte sofort, dass es sich um ein Zuchtbecken handelte.

»Du bist doch nicht hergekommen, um dir einen Happen zu stibitzen, oder?«

Shasuryus Schwanz zuckte nach oben und schlug ein paarmal auf den Boden. »Hmpf. Das würde ich nicht tun. Ich bin nur hier, um zu sehen, was die Zucht macht.«

Sein Bruder schwieg dazu lieber.

»Zaryusu, traust du mir so was wirklich zu?«, fragte er energisch nach, wobei er einen Schritt näher herantrat. Es war, als würde auf den kleineren eine Wand zustürzen, was sogar den Reisenden und erfahrenen Kämpfer Zaryusu dazu brachte, ein paar Schritte zurückzuweichen.

Er hatte jedoch die perfekte Entgegnung. »Wenn du nur gekommen bist, um einen Blick auf die Zucht zu werfen, bedeutet das wohl, du möchtest keine, hm? Zu schade, Bruder. Wenn sie gut gedeihen, hätte ich dir ein paar überlassen.«

»Hmpf.« Shasuryu ließ den Schwanz sinken, das Klopfen endete.

»Sie schmecken wirklich gut und sind dank des guten Futters groß und fett. Sie sind fetter als die Fische, die man sonst so fängt.«

»Ach?«

»Das gute Fett rinnt dir beim Reinbeißen förmlich zwischen den Zähnen hindurch. Und wenn du ein Stück rausreißt, schmilzt das Fleisch förmlich in deinem Mund.«

»Mmmmpf.« Das Klopfen setzte wieder ein, drängender als zuvor.

Zaryusu bemerkte es und scherzte: »Deine Frau sagt, dein Herz liegt in deinem Schwanz.«

»Was? Wie kann sie es wagen, ihren Mann zu verspotten? Davon abgesehen, was soll das überhaupt bedeuten?« Bei dieser Frage sah er über die Schulter zu seinem nun reglosen Schwanz.

Zaryusu war sich nicht sicher, was er erwidern sollte, und entschied sich für ein trockenes »Ahh«.

»Meine Güte. Sie ist so … Sobald du am Haken hängst, wirst du wissen, wie ich mich fühle.«

»Ach, ich kann nicht heiraten.«

»Ha. Unsinn. Du meinst wegen des Brandzeichens? Es ist egal, was die Ältesten sagen – du kannst sie einfach ignorieren. Und ich denke, es gibt kein Weibchen im Dorf, das sich weigern würde, wenn du ihr einen Antrag machst … die nehmen jeden mit einem kräftigen Schwanz.«

Echsenmenschen legten in ihren Schwänzen Fettreserven an, darum fand das andere Geschlecht dickere anziehend. Früher hätte Zaryusu dickschwänzige Weibchen bevorzugt, doch als ausgewachsenes Männchen, das die Welt gesehen hatte, ging er ihnen jetzt nach Möglichkeit aus dem Weg.

»Ich bin nicht an den fettschwänzigen Weibchen des Dorfs interessiert. Wenn es darauf ankäme, wäre mir eine dünnere lieber. Ich persönlich bevorzuge jemanden von der Größe deiner Frau.«

»Das mag zu deiner Persönlichkeit passen, aber halte dich von den Vergebenen fern. Ich werde mich nicht in irgendein sinnloses Blutbad einmischen. Hmm, aber du solltest das Leid der Ehe kennenlernen. Es ist nicht gerecht, dass ich das alleine durchmache.«

»Woah. Das sag ich deiner Frau.«

»Hmpf. Siehst du – das ist eines der Leiden der Ehe. Ich bin der Stammeshäuptling und dein älterer Bruder, trotzdem kannst du mich ohne Weiteres erpressen.«

Ein paar Momente lang hallte ihr zufriedenes Lachen über den See.

Als es endete, betrachtete Shasuryu schwermütig die Fischzucht. »Schon beeindruckend, dein …«

Als ihm das Wort nicht einfiel, half ihm sein jüngerer Bruder aus. »Zuchtbecken?«

»Ja, genau. So was hat noch niemand von unserem Stamm gemacht. Und die Neuigkeiten von deinem Erfolg verbreiten sich wie ein Lauffeuer.

Wenn das so weitergeht, werden alle, die dich um deine Fische beneiden, anfangen, es dir nachzumachen.«

»Das ist dir zu verdanken, Bruder. Ich weiß, dass du allen davon erzählt hast.«

»Zaryusu, ich hab nichts weiter als die Wahrheit gesagt, wenn ich mich mit ihnen unterhalten habe. Das Bemerkenswerte ist, dass du hart dafür gearbeitet und als Lohn diese köstlich aussehenden Fische gezüchtet hast.«

Zu Beginn des Projekts war Fehlschlag auf Fehlschlag gefolgt. Selbstverständlich. Er hatte während seiner Wanderschaft nur davon gehört und auf diesen Erzählungen aufgebaut. Sogar das Errichten der Eingrenzung war eine Aneinanderreihung von Fehlschlägen gewesen. Nach einem Jahr voller erfolgloser Versuche stand das Zuchtbecken, aber das war noch nicht der Anfang des Erfolgs. Er hatte sich um die Fische kümmern, sie füttern müssen. Wie oft waren sie gestorben, während er verschiedenes Futter hineinwarf, um herauszufinden, was sich am besten eignete? Dann wieder hatten Monster die Netze zerfetzt und seine ganze harte Arbeit zunichte gemacht.

Man hatte ihm vorgeworfen, mit den als Nahrung gefangenen Fischen zu »spielen«. Man hatte ihn sogar als Trottel bezeichnet. Aber nun waren die Früchte seiner Arbeit unbestreitbar.

Unter der Oberfläche glitt ein großer Fisch vorbei. Er war recht ansehnlich, selbst verglichen mit denen, die man in dieser Gegend fangen konnte. Abgesehen von seinem Bruder und seiner Schwägerin würde niemand glauben, dass er ihn von klein auf großgezogen hatte.

»Das ist wirklich beeindruckend, Zaryusu«, murmelte Shasuryu erneut, während sie gemeinsam zusahen. Dabei klang er sehr emotional.

Zaryusu war ebenso ergriffen. »Das verdanke ich zum Großteil dir, Bruder.«

»Hmpf. Was hab ich schon getan?«

Natürlich, er hatte nichts *getan*, zumindest hatte er nicht selbst Hand angelegt. Aber als es den Fischen nicht gut gegangen war, war unvermittelt ein Priester aufgetaucht. Als es Zeit war, Material für die Zäune zu besorgen, hatte er Unterstützung gefunden. Und als die Fänge des Tages verteilt worden waren, hatte er lebendige, gesunde Fische bekommen. Zudem gab es Jäger, die ihm Obst für seine Fische brachten.

Es war nie bekannt geworden, wer sie alle gebeten hatte, ihm zu helfen. Doch selbst ein absoluter Narr konnte es sich denken – und auch, dass derjenige anonym bleiben wollte. Es würde dem Ansehen des Häuptlings schaden, einen Reisenden zu unterstützen, der sich vom Kastensystem des Stamms abgewandt hatte.

»Bruder, sobald sie groß genug sind, bekommst du als Erster welche.«

»Ha. Ich freu mich schon darauf.« Shasuryu machte auf dem Absatz kehrt und entfernte sich. Dann murmelte er noch: »Entschuldige.«

»Was meinst du, Bruder? Du hast nichts falsch gemacht.«

Hatte er ihn gehört oder nicht? Zaryusu sah Shasuryu hinterher, wie er sich ohne ein weiteres Wort am Rand des Sees entlang entfernte.

Nachdem er sich davon überzeugt hatte, dass mit der Fischzucht alles in Ordnung war, befand sich Zaryusu mittlerweile auf dem Rückweg ins Dorf, als er plötzlich etwas Seltsames spürte und zum Himmel hinaufsah.

Nach wie vor blickte er in ein endloses Blau mit den wenigen Wolken um die Berggipfel im Norden. So wie immer. Nichts schien anders. Gerade als er zu dem Ergebnis kam, es wäre nur Einbildung gewesen, fiel ihm eine eigentümliche Wolke auf.

Jeder im Dorfzentrum bemerkte sie zur selben Zeit – eine einzige, düstere Masse, die sich dick und schwer wie eine Regenwolke vor die Sonne schob.

Die Priester hatten einen wolkenklaren Tag vorhergesagt. Sie trafen ihre Wettervorhersagen mit Magie und dank jahrelanger Erfahrung waren sie äußerst genau. Alle waren überrascht, dass sie sich geirrt hatten.

Was diese einzelne dunkle Wolke über dem Dorf noch seltsamer machte, war das Fehlen weiterer Regenwolken. Als hätte jemand eine einzige Wolke beschworen, die direkt und ausschließlich über dem Dorf hing.

Dann wurde es noch seltsamer. Während diese geheimnisvolle Wolke über dem Dorfzentrum waberte, breitete sie sich aus. Es dauerte nicht lange, bis sie fast den gesamten blauen Himmel verdeckte. Das war alles andere als normal.

Hastig machte sich die Kriegerkaste bereit. Kinder stürmten praktisch in ihre Häuser. Zaryusu nahm eine kampfbereite Haltung ein und griff nach Frost Pain, während er weiter den Blick schweifen ließ.

Inzwischen verschleierte diese Dunkelheit beinahe den gesamten Himmel. Weit entfernt war noch etwas Blau zu erkennen, was bedeutete, diese Wolke befand sich tatsächlich nur über dem Dorf. Das Zentrum der Siedlung war in Aufruhr. Der Wind aus dieser Richtung trug schrille, raue Rufe mit sich. Es war eine Warnung. Eine nahe Bedrohung, die möglicherweise eine Evakuierung nötig machte.

Als Zaryusu das hörte, rannte er schneller durch den Sumpf, als es den meisten Echsenmenschen möglich gewesen wäre. Er rannte wie besessen.

Sich durch den Sumpf zu bewegen war nicht einfach, doch sein Schwanz half ihm, das Gleichgewicht zu halten. Mit einer Geschwindigkeit, zu der kein Mensch fähig wäre – was natürlich an den an diese Umgebung angepassten Füßen lag –, erreichte er den Ursprung des Alarms.

Shasuryu und die Krieger standen im Kreis und starrten in die Mitte des Dorfs. Zaryusu folgte ihren Blicken zu dem, auf das sie sich konzentrierten.

Dort befand sich ein Monster wie wabernder, schwarzer Nebel. In seinem Inneren formten sich schreckliche Fratzen, um sich im nächsten Augenblick wieder aufzulösen. So unterschiedlich sie auch waren, eines teilten all diese Gesichter: Jedes einzelne drückte unvorstellbares Leid aus. Gequältes Schluchzen, verärgerte Stimmen, gepeinigte Schreie, das letzte Keuchen Sterbender und mehr wurde wie ein Lied vom Wind davongetragen.

Eine eiskalte Decke aus lähmendem Hass senkte sich über sie und das begleitende Entsetzen ließ Zaryusu schaudern. *Das ist übel ... Shasuryu und ich sollten den anderen sagen, sie sollen gehen, damit wir uns alleine darum kümmern können. Aber ...* Das war ein mächtiger Untoter, der sogar Zaryusu, der unter den anderen Stämmen der Gegend als großer Krieger angesehen war, Angst einjagen konnte. Vermutlich waren er und sein Bruder die Einzigen, die sich dem Ungeheuer stellen konnten. Zudem kannte Zaryusu seine Spezialfähigkeit.

Als er sich umsah, bemerkte er, es waren zwar nur Echsenmenschen der Kriegerkaste anwesend, allerdings atmete fast jeder von ihnen schwer – wie verängstigte Kinder.

Das Monster wich keinen Millimeter von seiner Position.

Wie viel Zeit verging? Die Anspannung war so groß, dass schon ein herabfallendes Blatt sie zerrissen hätte. Das zeigte auch die Art, wie die Krieger langsam näher zusammenrückten. Sie mussten sich mit aller Kraft gegen den mentalen Druck stemmen, um sich überhaupt bewegen zu können.

Am Rand seines Sichtfelds bemerkte Zaryusu, wie Shasuryu seine Waffe zog, tat es ihm gleich und schweigend nahmen sie Kampfhaltung ein. Sollte es so weit kommen, wollte er schneller als jeder andere zuschlagen. *Man wird es wohl kaum als Verletzung meiner Befugnisse betrachten, wenn ich alle wissen lasse, dass die Spezialfähigkeit dieses Dings …*

Die von der lähmenden Anspannung erfüllte Luft wurde sogar noch geladener – und mit einem Mal hörte das hasserfüllte Zetern auf.

Die Stimmen des Monsters vereinigten sich zu einer. Anstelle von unverständlichen Flüchen war diese klar und deutlich zu verstehen. **»Hört, Diener des Erhabenen, ich komme als Vorbote.«**

Die Krieger sahen einander unruhig an. Nur Zaryusu und Shasuryu hielten den Blick auf das Monster gerichtet.

»Ich verkünde euren Tod. Der Erhabene hat eine Armee entsandt, um euch zu vernichten. Trotzdem erlaubt er euch in seiner Großzügigkeit, verzweifelten – wenn auch zwecklosen – Widerstand zu leisten. In acht Tagen werdet ihr der zweite Stamm der Echsenmenschen um diesen See sein, der geopfert wird.«

Zaryusu verzog das Gesicht, wobei er mit gefletschten Zähnen drohend knurrte.

»Setzt euch verzweifelt zur Wehr – damit der Erhabene Vergnügen darin findet, euch zu verspotten.«

Wie sich ständig umwälzender Rauch erhob sich das Monster in die Luft.

»Vergesst nicht – acht Tage.«

Es flog in Richtung Wald davon. Unter den ihm hinterherblickenden Echsenmenschen sahen nur Zaryusu und Shasuryu schweigend in Richtung Horizont.

2

Die größte Hütte des Dorfs war als Versammlungsort gedacht, fand in der Regel allerdings nicht viel Verwendung. Da der Häuptling eines Echsenmenschenstamms absolutes Bestimmungsrecht genoss, gab es nicht oft Grund für große Zusammenkünfte, was die Hütte beinahe überflüssig machte. An diesem Tag jedoch war die allgemeine Aufregung deutlich spürbar.

Obwohl sie im Inneren äußerst geräumig war, fühlte sie sich mit so vielen Echsenmenschen beengt an. Natürlich war die Kriegerkaste anwesend, aber auch die Priester, Jäger, Ältesten sowie der Reisende Zaryusu. Alle saßen Shasuryu zugewandt mit unterschlagenen Beinen auf dem Boden.

Der Häuptling eröffnete das Treffen und das Oberhaupt der Priester ergriff als Erstes das Wort. Sie war ein älteres Weibchen, auf deren Haut mit weißer Farbe gezeichnete seltsame Symbole prangten. Jedes dieser Zeichen hatte eine Bedeutung, allerdings wusste Zaryusu nicht, welche. »Wir alle erinnern uns an die Wolke am Himmel. Das war Magie. Meines Wissens gibt es nur zwei Zauber, mit denen man das Wetter beeinflussen kann. Da wäre der Zauber der Stufe sechs *Control Weather*, der kann es also nicht gewesen sein. Caster, die Zauber der Stufe sechs wirken können, existieren nur in Geschichten. Dann gibt es noch den der Stufe vier, *Control Cloud*. Den kann aber auch nur ein ungewöhnlich mächtiger Caster wirken. Nur ein Narr würde einem solchen Feind die Zähne zeigen.«

Die ähnlich geschmückten Priester hinter dem Oberhaupt nickten zustimmend.

Zaryusu wusste, was für eine Machtdemonstration ein Zauber der Stufe vier war, dennoch wurde das zweifelnde Stöhnen derer laut, für die das nicht galt.

Die Miene der Priesterin machte deutlich, sie war sich nicht sicher, wie sie es am besten erklären sollte. Dann deutete sie auf einen Echsenmenschen. Der wiederum wirkte verwirrt und zeigte fragend auf sich selbst.

»Ja, du. Könntest du mich in einem Kampf schlagen?«

Hastig schüttelte der Echsenmensch den Kopf.

In einem mit Waffen ausgetragenen Kampf könnte er sie vermutlich besiegen, doch sobald Magie ins Spiel kam, hätte er nur geringe Chancen. So gering, dass es sich für einen Krieger nicht einmal lohnte, sie in Betracht zu ziehen.

»Aber ich beherrsche nur Zauber bis zur zweiten Stufe.«

»Dann ist unser Feind doppelt so mächtig?«, fragte jemand.

Bedauernd und begleitet von einem Seufzen schüttelte die Priesterin den Kopf. »So einfach ist das nicht. Mit einem Zauber der Stufe vier könnte man vermutlich sogar unseren Häuptling mühelos töten.« Schließlich erklärte sie: »Ich kann es nicht mit Gewissheit sagen, aber die Möglichkeit besteht«, und schwieg daraufhin.

Als alle begriffen, welche Gefahr ein Zauber der Stufe vier darstellte, senkte sich Stille über den Raum, bis Shasuryu wieder sprach. »Anders ausgedrückt, Hohepriesterin ...«

»Ich denke, wir sollten evakuieren. Einen Kampf können wir nicht gewinnen.«

»Was soll das heißen?!«, rief ein Echsenmensch mit tiefer Stimme, während er auf die Füße sprang. Was reine Muskelkraft anging, war er – der Anführer der Krieger – Shasuryu vermutlich ebenbürtig.

»Wir sollen flüchten, ohne überhaupt zu versuchen zu kämpfen? Wegen dieser lächerlichen Drohung?«

»Hast du überhaupt ein Hirn in deinem Schädel? Wenn wir kämpfen, sind wir bereits verloren!« Die Hohepriesterin stand auf, um dem unbeugsamen Blick des Kriegers zu begegnen. Alle waren aufgebracht und ohne es zu bemerken, gaben beide Drohlaute von sich.

Als deutlich wurde, dass die beiden sich auf Messers Schneide bewegten, ertönte eine kalte Stimme. »Das reicht.«

Krieger und Priesterin sahen Shasuryu an, als hätte er ihnen einen Eimer kaltes Wasser übergeschüttet. Dann entschuldigten sie sich und nahmen wieder Platz.

»Anführer der Jäger, wie denkst du darüber?«

»Ich verstehe die Ansichten des Anführers der Krieger und die der Hohepriesterin. Beide sind vernünftig«, beantwortete ein schlaksiger Echsenmensch Shasuryus Frage. Obwohl er schlank war, mangelte es ihm nicht an Muskeln – er war nur äußerst drahtig. »Darum denke ich, da uns noch Zeit bleibt, können wir uns erlauben, abzuwarten, wie sich die Dinge entwickeln. Es sagte, es gäbe eine Armee. Dann brauchen sie auch ein Lager und alles, was dazugehört. Es wäre also nur vernünftig, sie zu beobachten und dann zu entscheiden, wie wir fortfahren sollen.«

Mehrere beipflichtende Stimmen wurden laut, dass es ohne ausreichende Informationen unklug wäre, übereilt zu handeln.

»Ältester …«

»Ich kann dazu nichts sagen. Jede Ansicht scheint richtig zu sein. Es bleibt dem Häuptling überlassen zu entscheiden.«

»Hmpf …« Shasuryu ließ den Blick schweifen und begegnete dem von Zaryusu über die Köpfe einiger Echsenmenschen hinweg. Der ältere Bruder nickte, ohne den Kopf zu bewegen.

Mit einem Gefühl, als hätte ihn jemand sanft nach vorn geschoben – vielleicht sogar von einer Klippe –, hob Zaryusu die Hand, um zu sprechen. »Häuptling, ich möchte ebenfalls meine Meinung äußern.«

Alle Blicke richteten sich auf Zaryusu. Die meisten waren erwartungsvoll, ein paar Echsenmenschen hingegen runzelten die Stirn.

»Du bist ein Reisender! Du hast hier keine Stimme. Du solltest dich glücklich schätzen, hier sein zu dürfen«, erklärte ein Mitglied des Ältestenrats. »Halt dich zur…«

Ein Schwanz schlug lautstark auf den Boden. Wie ein Messer schnitt das Geräusch dem Ältesten das Wort ab. »Ruhe!« In Shasuryus Stimme lagen undeutbare Gefühle, doch er sprach mit fast demselben Knurren, das Echsenmenschen bei Verärgerung von sich gaben. Niemand würde es nun wagen, sich ihm zu widersetzen. Die Anspannung in der Hütte wurde schlagartig drückender, dafür kühlte die Aufregung merklich ab.

Dennoch öffnete einer der Ältesten den Mund, um das Wort zu ergreifen – ohne das stumme Flehen vieler andere zu bemerken, sich eines Besseren zu besinnen. »Aber Häuptling, du kannst ihm keine Sonderechte zugestehen, nur weil er dein kleiner Bruder ist. Reisende sind …«

»Ich sagte Ruhe. Hast du mich nicht verstanden?«

»Gngh …«

»In einem solchen Augenblick gestatten wir jedem mit Erfahrung, sich einzubringen. Es wäre seltsam, sich nicht anzuhören, was ein Reisender weiß.«

»Reisende …«

»Ich bin der Häuptling und sage, es ist in Ordnung. Willst du mir wirklich weiter widersprechen?«

Der Älteste wandte endlich den Blick ab und Shasuryu sah die anderen herausfordernd an. »Hohepriesterin, Anführer der Krieger, Anführer der Jäger, stimmt ihr zu, dass seine Worte keinerlei Wert haben?«

Als Erstes sprach der Krieger: »Ich denke, wir sollten Zaryusu anhören. Kein Krieger würde die Meinung desjenigen ignorieren, der über Frost Pain gebietet.«

»Dem stimme ich zu. Es gibt viele Gründe, ihn anzuhören«, pflichtete ihm der Jäger bei.

Die Hohepriesterin zuckte schließlich mit den Schultern. »Natürlich werde ich zuhören. Nur ein Narr weigert sich, jemandem zuzuhören, der über Wissen verfügt.«

Der beleidigende Sarkasmus ihrer Worte brachte ihr von ein paar der Ältesten böse Blicke ein. Shasuryu nickte den dreien zu, dann bedeutete er Zaryusu mit einem Nicken, fortzufahren.

Zaryusu blieb sitzen, als er sprach. »Wenn wir uns zwischen Weglaufen und Kämpfen entscheiden müssen, würde ich Letzteres wählen.«

»Hmm, und warum?«

»Weil es unsere einzige Wahl ist.«

Wenn der Häuptling eine Frage stellte, wurde eine angemessene Antwort erwartet, doch Zaryusu erweckte den Eindruck, sich nicht weiter erklären zu wollen.

Shasuryu stützte in Gedanken versunken das Kinn auf seine Faust.

Was? Hast du meine Gedanken erraten? Bruder … Zaryusu war besorgt, ließ es sich jedoch nicht anmerken.

Dann fragte die Hohepriesterin: »Aber können wir gewinnen?«

»Ja, können wir«, rief der Anführer der Krieger enthusiastisch, um die vorherrschende Nervosität zu vertreiben.

Die Hohepriesterin kniff lediglich misstrauisch die Augen zusammen.

»Nein, in unserer jetzigen Situation haben wir keine große Chance.« Der Widerspruch kam von Zaryusu.

»Wie meinst du das?«

»Anführer der Krieger, unsere Gegner müssen Informationen über uns und unsere Verteidigung haben. Ansonsten könnten sie sich nicht dermaßen überheblich geben. Das wiederum bedeutet, selbst wenn wir mit aller Kraft kämpfen, ist ein Sieg mit unserer derzeitigen Stärke unmöglich.«

Was sollen wir dann tun? Diese Frage lag jedem Einzelnen auf der Zunge.

Zaryusu sprach seine wahren Absichten noch immer nicht aus, als er allen zuvorkam. »Also müssen wir ihren Plan vereiteln ... Erinnert ihr euch an den Krieg?«

»Natürlich«, tönte es aus den Reihen.

Er lag nur ein paar Jahre zurück, jeder der Anwesenden hatte ihn miterlebt. Selbst wenn sie alle senil geworden wären, es wäre unmöglich, diesen Krieg zu vergessen.

Im großen Sumpfgebiet hatte es einst sieben Stämme gegeben: Grüne Klaue, Kleiner Fangzahn, Schlagender Schwanz, Drachenzahn, Gelbflecken, Scharfe Klinge und Rotes Auge.

Jetzt waren es nur noch fünf. Bei diesem Krieg hatten zwei Stämme der Echsenmenschen ihr Ende gefunden.

Alles hatte mit ein paar schlechten Fischfangzügen seinen Anfang genommen. Die Jagdgruppen von Grüne Klaue hatten begonnen, ein größeres Gebiet des Sees abzusuchen, und dasselbe galt selbstverständlich auch für die anderen Stämme.

Das hatte irgendwann zu Streitereien um die Fischgründe geführt. Die Nahrungsversorgung jedes Stamms hatte auf dem Spiel gestanden, daher hatte sich niemand erlauben können, nachzugeben.

Es hatte nicht lange gedauert, bis aus Streitereien Handgemenge und aus Handgemengen tödlicher Ernst geworden war. Letztendlich hatten die Jagdgruppen Unterstützung durch die Krieger erhalten und ein gnadenloser Kampf ums Überleben war ausgebrochen.

In diesem Konflikt waren fünf der sieben Stämme aufeinandergetroffen. Er hatte sich zu einem Kampf drei gegen zwei entwickelt:

Grüne Klaue, Kleiner Fangzahn und Schlagender Schwanz verbündeten sich gegen Gelbflecken und Scharfe Klinge – die Stämme boten alles auf, was sie hatten – nicht nur die Kriegerkaste, auch die normalen Männchen und Weibchen.

Nach mehreren gnadenlosen Kämpfen hatten die drei verbündeten Stämme den Sieg davongetragen. Die Gegenseite hatte so viele Mitglieder verloren, dass sie als Stämme nicht weiter hatten bestehen können. Sie hatten sich aufgelöst und sich später den Drachenzähnen angeschlossen, die sich nicht am Krieg beteiligt hatten.

Ironischerweise hatte der Rückgang der Bevölkerung gleichzeitig das Nahrungsproblem gelöst. Es gab wieder genug Fisch für alle.

»Was ist damit?«

»Erinnert euch, was es sagte: Wir sind die *zweiten*. Das bedeutet, es fällt auch über andere Dörfer her, nicht nur unseres.«

»Oooh …«, wurden verstehende Stimmen laut.

»Du denkst, wir sollten uns also erneut verbünden?«

»Das ist doch wohl ein Scherz.«

»Nein, ich denke, das sollten wir tun.«

»Wie während des Kriegs …?«

»Ich glaube, wenn wir das machen, haben wir eine Chance zu gewinnen.«

Man tuschelte miteinander und es dauerte nicht lange, bis eine lautstarke Diskussion ausbrach. Während jeder in der Hütte über Zaryusus Vorschlag nachdachte, schwieg nur Shasuryu, ohne den Eindruck zu machen, etwas dazu sagen zu wollen.

Zaryusu ertrug seinen durchdringenden Blick nicht. Als er den Eindruck hatte, sie hätten genug Zeit mit Diskutieren verbracht, sagte er: »Versteht mich nicht falsch. Ich rede von allen Stämmen.«

»Was?« Der Anführer der Jäger war der zweite, der die Bedeutung seiner Worte erfasste.

Der Reisende sah Shasuryu direkt in die Augen. Die Echsenmenschen zwischen ihnen rückten unwillkürlich beiseite.

»Häuptling, ich schlage ein Bündnis vor, das auch Drachenzahn und Rotes Auge miteinbezieht.«

Das sorgte für großen Aufruhr – genauso gut hätte er eine Bombe in die Hütte werfen können.

Die Stämme Drachenzahn und Rotes Auge hatten sich nicht am Krieg beteiligt. Grüne Klaue pflegte keinerlei Kontakt zu ihnen und seit die Überlebenden der Gelbflecken und der Scharfen Klingen sich den Drachenzähnen angeschlossen hatten, herrschte im anderen Stamm eine hartnäckige Abneigung gegen Grüne Klaue. Mit ihnen ein Bündnis einzugehen würde zu einer Koalition der fünf Stämmen führen. Sollte ihnen das gelingen, könnten sie tatsächlich eine Chance haben.

Während sich jeder an diese vage Hoffnung klammerte, ergriff Shasuryu plötzlich das Wort: »Wen sollen wir schicken?«

»Das übernehme ich.«

Es überraschte Shasuryu nicht, dass sich Zaryusu sofort meldete. Er kannte seinen kleinen Bruder gut genug, vermutlich hatte er damit gerechnet.

Die anderen Echsenmenschen gaben anerkennende Laute von sich. Ihrer Meinung nach gab es keine bessere Wahl.

Nur einer stimmte dem nicht zu. »Ein Reisender?« Shasuryu durchbohrte seinen Bruder mit einem eiskalten Blick.

»Ganz genau, Häuptling, das ist ein Notfall. Wenn man mir nicht zuhört, weil ich ein Reisender bin, sind sie ein Bündnis nicht wert.« Zaryusu ließ sich von dem Blick nicht im Geringsten beeindrucken.

Ein paar Augenblicke lang hielten beide das Starren aufrecht, bis Shasuryu traurig lächelte. Weil er aufgegeben hatte? Oder weil er wusste, er konnte nichts sagen, um seinen kleinen Bruder davon abzuhalten? Oder schmunzelte er innerlich, weil er akzeptierte, dass Zaryusu die richtige Wahl war? Auf jeden Fall war es ein schmerzliches Lächeln. »Bringt mir das Zeichen des Häuptlings.«

Das Zeichen bedeutete, der Träger sprach für den Häuptling. Einem Reisenden konnte man so etwas nicht übergeben. Der Ältestenrat wollte gerade Einspruch erheben, doch bevor sie dazu kamen, ließ ein wütender Blick von Shasuryu ihnen die Worte im Halse stecken bleiben.

»Danke.« Zaryusu neigte den Kopf.

Dann verkündete Shasuryu: »*Ich* wähle den Boten, der die anderen Stämme aufsucht. Zuerst ...«

Am Abend wehte eine kühle Brise. Da es sich um einen Sumpf handelte, sorgte die recht hohe Feuchtigkeit in Verbindung mit der Hitze dafür, dass einem das Atmen schwerfallen konnte. Abends allerdings kühlte es weit genug ab, um sogar ein wenig frisch zu sein. Dank ihrer dicken Haut machte diese Veränderung den Echsenmenschen nicht viel aus.

Zaryusu tappte durch den Sumpf zu Rororos Hütte.

Ihm blieb noch Zeit, allerdings konnte er nicht ausschließen, dass etwas Unvorhergesehenes eintrat. Zudem bestand die Möglichkeit, dass ihre Feinde ihr Versprechen nicht hielten und seine Reise störten. In Anbetracht all dieser Dinge war es das Vernünftigste, auf Rororo durch den Sumpf zu reiten.

Seine platschenden Schritte wurden langsamer, bis er schließlich stehen blieb. Sein schwerer Lederrucksack zerrte an seinem Rücken. Der Grund für sein Stehenbleiben war ein vertrauter Echsenmensch, der aus Rororos Hütte gekommen war.

Sie sahen sich in die Augen. Nachdem er im Angesicht des verdutzten Zaryusu den Kopf zur Seite geneigt hatte, kam der schwarz geschuppte Echsenmensch näher. »Ich war immer der Meinung, du hättest Häuptling werden sollen«, erklärte Shasuryu, nachdem er etwa einen halben Meter vor dem kleineren stehen geblieben war.

»Wovon redest du, Bruder?«

»Erinnerst du dich an den Krieg?«

»Natürlich.«

Schließlich hatte er ihn selbst bei dem Treffen angesprochen, er erinnerte sich also auf jeden Fall daran. Dann verstand er, das war nicht, was ihm Shasuryu damit zu sagen versuchte.

»Danach wurdest du ein Reisender. Ich habe es so sehr bedauert, dich brandmarken zu müssen. Ich hätte dich aufhalten sollen, und wenn es dafür nötig gewesen wäre, dich zu Boden zu ringen.«

Zaryusu schüttelte energisch den Kopf. Der Blick seines Bruders damals hatte sich in sein Herz gebrannt. »Weil du mich hast gehen lassen, habe ich gelernt, wie man Fische züchtet.«

»Darauf wärst du auch hier gekommen. Das Dorf hätte einen weisen Mann wie dich als Anführer gebraucht.«

»Bruder ...«

Vergangenes konnte man nicht ungeschehen machen. Es war geschehen und es gab kein Zurück. Dachten sie aus Schwäche so? Nein, das war nicht der Grund.

»Lass mich das nicht als dein Häuptling sagen, sondern als dein Bruder. Ich werde nicht fragen, ob du allein zurechtkommst. Komm nur gesund und munter zurück. Bemüh dich nicht zu sehr.«

Zaryusu reagierte mit einem dreisten Lächeln. »Natürlich. Ich werde gute Arbeit leisten und zurückkommen. Ist doch ein Kinderspiel für mich.«

»Hmpf.« Auf Shasuryus Gesicht breitete sich ein Grinsen aus. »Wenn du versagst, ess ich deinen fettesten Fisch.«

»Bruder, das kümmert mich nicht. Trotzdem ist das nicht der Moment, um so was zu sagen.«

»Hmpf.«

Sie lachten leise. Aber irgendwann, ohne sagen zu können, wer den Anfang machte, sahen sie einander wieder ernst an.

»Ist dieses Bündnis wirklich dein einziges Ziel?«

»Was meinst du? Was versuchst du, mir zu sagen?«

Zaryusu verengte die Augen – und dachte: *Mist.* So aufmerksam, wie sein Bruder war, konnte er sich eine solche Reaktion nicht erlauben.

»Die Art, wie du in der Hütte gesprochen hast, um alle zu überzeugen – das schien dir nicht zu behagen.« Zaryusu fehlten die Worte, also sprach Shasuryu weiter: »Einer der Gründe für diesen Krieg war, dass es wegen zu weniger kleinerer Kämpfe zu viele Echsenmenschen gab.«

»Bruder … wir sollten nicht weiter darüber reden.« Zaryusus harter Tonfall bestätigte Shasuryus Theorie.

»Aha … Ich verstehe.«

»Es ist der einzige Ausweg … wenn wir so einen Krieg nicht noch einmal führen wollen«, blaffte Zaryusu. Er wusste, dieser Hintergedanke war nicht in Ordnung. Er war geradezu hinterhältig. Er hatte nicht gewollt, dass sein Bruder davon erfuhr.

»Und was willst du machen, wenn die anderen Stämme kein Bündnis eingehen wollen? Unsere Überlebenden und Flüchtlinge werden später keine Chance gegen sie haben.«

»Dann vermute ich … müssen wir sie zuerst zerschmettern.«

»Du schlägst vor, wir sollten uns gegenseitig vernichten?«

»Bruder …«

Zaryusu wollte gerade versuchen, ihn zu überzeugen, doch Shasuryu tat es mit einem Lachen ab. »Ich verstehe und du liegst durchaus richtig. Ich stimme dir zu. Als Anführer des Stamms muss ich zuerst an sein Überleben und Weiterbestehen denken. Mach dir also keine Gedanken, Zaryusu.«

»Das freut mich. Soll ich dann alle zu unserem Dorf bringen?«

»Nein, wenn die Botschaft stimmt, sind wir erst als Zweites dran. Das erste Dorf sollte unser Schlachtfeld sein. Normalerweise würde ich vorschlagen, wir sollten uns in einem der anderen versammeln oder in einem mit guter Verteidigung. Aber sobald ganze Siedlungen dem Erdboden gleichgemacht wurden, wird es nur schwieriger werden. Wir sollten sie bereits im ersten abfangen, also kannst du dich sofort dorthin auf den Weg machen? Ich werde die Priester um Magie bitten, damit wir in Verbindung bleiben können.«

»Selbstverständlich.«

Die von seinem Bruder erwähnte Magie war nicht besonders gut geeignet, um ausgedehnte Gespräche zu führen, und bei zu großer Entfernung versagte die Verbindung, doch Zaryusu nahm an, für die bevorstehende Aufgabe würde sie ausreichen.

»Und als Verpflegung nehmen wir deine Fische.«

»Natürlich. Lass nur die kleinen drin. Sieht so aus, als würde jetzt alles reibungslos laufen. Selbst wenn wir das Dorf aufgeben müssen, können sie uns nützlich sein.«

»In Ordnung, versprochen. Was denkst du, wie viel Verpflegung steht uns zur Verfügung?«

»Das Trockenfleisch mitgezählt vermutlich um die tausend Mahlzeiten.«

»Gut, das wird also nicht so schnell zum Problem.«

»Genau, ich weiß, du wirst dich um alles kümmern. Nun gut, Bruder. Ich mach mich dann auf den Weg ... Rororo.« Im Fenster erschien der Kopf der Schlange. Auf ihren Schuppen schimmerte feucht das blasse Mondlicht. Das Glitzern jeder einzelnen sorgte für eine wunderschöne optische Illusion. »Komm raus. Wir gehen.«

Rororo sah die beiden Echsenmenschen einen Moment lang an, bevor er sich zurückzog. Es folgte schweres Plätschern im Wasser und Gurgeln.

»Bruder, eins wollte ich dich noch fragen. Ich weiß nicht, ob du schon eine Antwort hast. Hast du bereits eine Entscheidung zur Anzahl der Personen getroffen? Abhängig davon, wie sich die Dinge entwickeln, könnte ich es für meine Verhandlungen nutzen.«

Shasuryu zögerte kurz, bevor er antwortete. »Zehn der Kriegerkaste, zwanzig Jäger, drei Priester, siebzig Männchen, hundert Weibchen und von den Kindern ... ein paar.«

»Verstehe ...« Shasuryus erschöpftes Lächeln brachte Zaryusu zum Schweigen.

Ein Platschen durchbrach die schwermütige Stille. Beide sahen in die Richtung, aus der es gekommen war, um dann wehmütig zu lächeln.

»Hmpf ... Er ist ganz schön groß geworden. Ich war richtig überrascht, als ich in der Hütte war.«

»Ja, ich auch, Bruder. Ich hätte nie gedacht, dass er so groß wird. Er war so klein, als ich ihn gefunden habe.«

»Irgendwie fällt es mir schwer, das zu glauben. Als du ihn ins Dorf gebracht hast, war er schon ziemlich groß.«

Während sie darüber nachdachten, wie Rororo einst ausgesehen hatte, erhoben sich etwas von der Hütte entfernt vier Schlangenköpfe über die Wasseroberfläche. Die vier Köpfe bewegten sich in dieselbe Richtung und näherten sich den beiden Echsenmenschen.

Plötzlich erhoben sich die Köpfe hoch in die Luft, als etwas Riesiges aus dem Wasser stieg. Die vier Reptilienköpfe auf ihren langen, biegsamen Hälsen endeten alle im selben großen, vierbeinigen Körper – Rororo war eine magische Bestie, die man Hydra nannte. Wenn ihn Zaryusu fütterte, verdeutlichten die begleitenden Geräusche, dass er keine gewöhnliche Schlange war. Das fünf Meter große Wesen näherte sich seinem Herrn überraschend gehorsam.

Geschickt wie ein Affe, der einen Baum hinaufkletterte, begab sich Zaryusu auf seinen Rücken.

»Komm wohlbehalten zurück! Es ist ein Wunder, dass du nicht genau wie früher deinen Verstand ausschaltest und leidenschaftlich verkündest, du würdest niemanden sterben lassen.«

»Vermutlich bin ich inzwischen etwas reifer.«

Shasuryu schnaubte. »Der Dreikäsehoch ist jetzt erwachsen ... Pass auf dich auf! Wenn du nicht zurückkommst, wissen wir, wen wir als Erstes angreifen.«

»Ich komme zurück. Wartet auf mich, Bruder.«

Kurz sahen sie sich entschlossen an, dann, ohne ein weiteres Wort, entfernten sich ihre Schatten voneinander.

3

Auf der neunten Ebene der Großen Gruft von Nazarick gab es viele Zimmer. Selbstverständlich befanden sich hier die Gemächer der Gildenmitglieder und der NPCs, doch darüber hinaus gab es Einrichtungen wie ein großes Badehaus, eine Cafeteria, einen Schönheitssalon, ein Bekleidungsgeschäft, einen Laden für dies und das, ein Spa, ein Nagelstudio und vieles mehr.

Für den Spielbetrieb war das alles absolut unnötig, allerdings waren viele Gildenmitglieder von solchen Einzelheiten besessen gewesen oder sie hatten sich beim Aufbau der Gruft an einer Arkologie orientiert. Eine weitere Möglichkeit wäre, dass ihre beruflichen Umstände in der echten Welt dermaßen ernüchternd waren, dass sie sich nach solchen Einrichtungen gesehnt hatten.

Und in einem dieser Räume ...

Der Leiter dieser Einrichtung war der Souschef der Großen Gruft von Nazarick. Für gewöhnlich stellte er sein Können in der Cafeteria unter Beweis, doch je nach Tageszeit traf man ihn auch hier an, wobei er alles für den Fall bereithielt, dass jemand vorbeikam. Der Raum war wie eine kleine Kneipe aufgebaut, inklusive ein paar Stammgästen, und auf allem lag dank des gedämpften Lichts ein friedlicher Schimmer.

Die Regale voller Flaschen und die acht Hocker am Tresen gaben ihm die Gewissheit, der Raum war ideal, um in Ruhe ein Getränk zu genießen. Er war voll und ganz mit der Örtlichkeit zufrieden, die man ihm zur Verfügung gestellt hatte.

Aber schon ein paar Minuten nachdem er einen neuen Gast willkommen geheißen hatte, wurde ihm klar, vieles davon hing auch vom Charakter seiner Kundschaft ab.

Gluck, gluck, gluck, ahhhhhhh! Seine Kundin machte mit einem Drink nach dem anderen kurzen Prozess.

Während der Koch gedankenverloren ein Glas polierte, dachte er: *Es gibt geeignetere Orte, um sich dermaßen volllaufen zu lassen.* Auf der neunten Ebene gab es Lounges und Bars. Es bestand kein Grund, sich ausgerechnet hier zu betrinken.

Ihr Glas – ein recht großes – landete krachend auf dem Tresen. Der Koch bemühte sich verzweifelt, sich seinen Unmut nicht anmerken zu lassen.

»Mehr!«

Als Antwort auf ihre Bestellung füllte er ihr Glas fast bis zum Rand mit hochprozentigem Spirytus und etwas blauem Gin obendrauf. Vorsichtig schob er es ihr entgegen. »Der heißt *Tränen einer Dame.*«

Erst wirkte sie zweifelnd, aber als er ihr den improvisierten Namen nannte, hellte sich ihre Miene auf. Ein Drink, den sie noch nicht kannte. »Das Blaue sollen die Tränen sein?«

»Genau«, log er mühelos.

Sie nahm das Glas und setzte es an ihre Lippen, um es dann in einer fließenden Bewegung zu leeren. Wie man das nach einem Bad mit einer Tasse Milchkaffee machte.

Auch dieses Glas krachte lautstark auf den Tresen. »Puh, ich bin etwas angetrunken.«

»Das passiert, wenn man so schnell trinkt. Vielleicht solltet Ihr nach Hause gehen und es für heute gut sein lassen?«

»Ne, keine Lust nach Hause zu gehen …«

»Verstehe …« Er versuchte, weiter das Glas zu polieren, doch als sie ihn missbilligend ansah, zog er den Kopf ein. *Wenn du was zu sagen hast, dann raus damit. Deshalb sind Frauen so nervtötend. Diese Bar ist für eitle Gockel gedacht, nicht für unausstehliche Weibsbilder. Ich könnte ihnen einfach Hausverbot erteilen … Lieber nicht. Das wäre den Höchsten Geschöpfen gegenüber respektlos. Aber das war wirklich eine seltendämliche Idee …*

Er hatte sie selbst hereingebeten. Sie hatte auf ihrem Weg durch den Korridor der neunten Ebene derart verloren gewirkt, dass er sich Sorgen gemacht und sie angesprochen hatte – und das hatte er jetzt davon. Im Nachhinein bereute er es zutiefst. Doch da sie auf seine Bitte in seine Bar gekommen war, fühlte er sich verpflichtet, sie auch zu bewirten. *Und wenn ich ihr nur weiter zusammengepanschte Getränke serviere!*

Vorsichtig fragte er: »Was ist los, Meisterin Shalltear?«

Er bezweifelte, dass er es sich nur einbildete. Sie hatte nur auf diese Frage gewartet. »Tut mir leid, ich will nicht darüber reden.«

Das soll doch wohl ein Witz sein. Er runzelte die Stirn, aber da er ein pilzähnlicher Myconid war, verstand sie seine Miene nicht und reagierte auch nicht darauf. Sie schob lediglich mit dem Finger das Glas über den Tresen.

»Ich bin etwas angetrunken.«

»Verstehe …« *Absolut unmöglich, aber na schön.*

Shalltear redete sich anscheinend ein, dass der Alkohol eine Wirkung auf sie hatte, der Koch konnte jedoch mit Überzeugung sagen, das war nicht der Fall. Betrunken zu sein war eine Art von Vergiftung, daher konnte sich jemand mit einer absoluten Immunität gegen Vergiftung auch nicht betrinken. Als Untote war Shalltear unempfindlich gegen jede Art von Gift, demnach war Alkohol für sie nicht anders als Wasser. Die meisten seiner Gäste nahmen entweder ihre Items ab, die ihnen Immunität gewährten, oder genossen einfach den Abend in dem Wissen, dass jeder Rausch ausbleiben würde.

Shalltear hingegen schien wirklich zu glauben, sie wäre betrunken. Vielleicht lag es auch einfach nur an der Atmosphäre.

Während er sich fragte, was er tun sollte, geschah etwas, das man durchaus als göttliche Fügung bezeichnen konnte. Er sah zur Tür und verneigte sich ein wenig. »Guten Abend.«

»Hey, Peckii.« Der Neuankömmling, der den Koch mit seinem pilzbezogenen Spitznamen ansprach, war einer seiner Stammgäste, der Hilfsbutler Eclair. Ihn begleitete der Diener, der dafür zuständig war, ihn herumzutragen.

Wie immer wurde Eclair auf einem der Hocker abgesetzt. Da er nicht mal einen Meter groß war, fiel es ihm wegen der langen Beine der Sitzgelegenheiten schwer, allein Platz zu nehmen.

Der Koch wunderte sich, dass Shalltear nichts zu den beiden sagte, obwohl sie direkt neben ihr saßen. Als er zu ihr sah, starrte sie die Theke an, während sie irgendwas vor sich hinmurmelte. Die kaum hörbaren Worte klangen nach einer Entschuldigung an das Höchste Geschöpf Ainz Ooal Gown.

Eclair bestellte mit affektiertem Tonfall: »Ich nehme das *Übliche*.«

»Jawohl, Sir.«

Das Übliche konnte nur eins bedeuten – der Cocktail, der aus zehn Likören mit zehn verschiedenen Farben bestand, der Nazarick. Er sah beeindruckend aus, doch dank des Geschmacks hatte man nach einem mehr als genug. Die Stammgäste mochten ihn und fanden, der Name sei hervorragend gewählt, allerdings konnte man ihn kaum empfehlen. Der Koch hatte vergeblich versucht, den Geschmack zu verbessern, und vermutlich würde ihm das nie gelingen.

Mit geübten Handgriffen bereitete er das Getränk zu und stellte es vor Eclair ab.

»Hey, Miss. Das ist für Euch.«

As Nächstes hörte er, wie das Glas umkippte und die Flüssigkeit herumspritzte.

Vermutlich hatte Eclair versucht, das Getränk zu ihr zu schubsen, so etwas war jedoch geschickten Leuten oder Mangafiguren vorbehalten. Ein Pinguin war dazu jedenfalls nicht in der Lage.

Der Souschef nahm das umgekippte Glas und seufzte erleichtert, als er keine Schäden daran entdeckte. Dann wischte er den verschütteten Alkohol auf, wobei er leise und mit verstimmter Miene sagte: »Wärst du so gut, mit deinen Flügeln nichts umzuwerfen? Wenn du das unbedingt tun willst, lass es mich wissen, und ich serviere dir deine Getränke in dickeren Gläsern.«

»Ich bitte vielmals um Entschuldigung.«

Als Shalltear die zugegeben lustige Situation bemerkte, fiel ihr auch endlich auf, dass Eclair neben ihr saß, und sie hob den Kopf. »Oh, Eclair. Dich hab ich ja schon lange nicht mehr gesehen.«

»Es ist tatsächlich schon eine Weile h… Ich sehe Euch jedes Mal, wenn Ihr auf die neunte Ebene kommt.«

»Wirklich?«

»Ja. Es ist nur erstaunlich, Euch ausgerechnet hier zu begegnen. Ich dachte, Demiurge wäre der einzige Wächter, der herkommt, auch wenn er vor ein paar Tagen mit Cocytus hier war.«

»Ach? Sieh einer an.« Shalltear bekam große Augen.

»Aber was ist los? Ihr wirkt so verzweifelt.«

»Es ist ni… Nein, ich habe nur vor Kurzem auf ganzer Linie versagt. Also versuche ich, mein Leid darüber, was ich für eine schlechte Wächterin bin, zu ertränken.«

Eclair wirkte besorgt und fragte den Koch stumm: *Was ist mit ihr los?*

Der Souschef hatte darauf keine Antwort und schüttelte lediglich den Kopf. Allerdings wollte er, dass sie ihren Aufenthalt genossen, also wechselte er das Thema zu etwas völlig Unerwartetem. »Na schön, um die Stimmung etwas zu heben, wie wäre es mit einem Apfelsaft?«

Beide sahen ihn ausdruckslos an.

»Er ist aus Äpfeln der sechsten Ebene.«

Dieses Detail reichte vermutlich bereits, um ihr Interesse zu wecken, da beide zustimmten. Er war mit dieser Antwort höchst zufrieden.

Was auf den Tresen kam, waren zwei Gläser mit ganz gewöhnlichem Apfelsaft. Er sah zum Diener, der wie immer schweigend ablehnte. Wegen seines Schnabels bekam Eclair zusätzlich einen Strohhalm.

»Der Geschmack ist erfrischend.«

»Nicht schlecht, aber irgendwie fehlt was … vermutlich, weil er nicht besonders süß ist?«

Das waren die vermittelten Eindrücke, nachdem sie ihre Gläser hinuntergestürzt hatten.

»Tja, da kann man wohl nichts machen. Ich habe einen probiert, aber es fehlt der samtene Honiggeschmack der Äpfel, die wir hier in Nazarick eingelagert haben.«

Doch Shalltear fiel dazu etwas ein. Bevor der Souschef antworten konnte, sagte sie: »Sind das die, die Lord Ainz mitgebracht hat? Von Albedo weiß ich, er will ausprobieren, ob wir in Nazarick Obst von außerhalb anbauen können, um so unsere Nahrungsvorräte wieder aufzustocken.«

Dasselbe hatte der Koch auch gehört. Man hatte ihn damit beauftragt, festzustellen, ob Zutaten von außerhalb dazu geeignet waren, fähigkeitssteigernde Nahrungsmittel zuzubereiten. »Ja, soweit ich gehört habe, möchte er eine ganze Plantage anlegen, wenn das Ergebnis zufriedenstellend ist. Aber Eurer Meinung nach sind sie nicht süß genug?«

»Man kann den Saft trinken. Könnte sich für Gelegenheiten eignen, wenn man was nicht ganz so Süßes möchte.«

»Aber wer kümmert sich darum? Aura und Mare sind beide draußen. Haben sie das ihren magischen Bestien überlassen?«

»Nein, nein. Das erledigt eine Dryade, die Lord Ainz mitgebracht hat.«

Eclair und Shalltear bedachten ihn mit gegensätzlichen Mienen von *Wer?* und *Ah!*.

»Verstehe ... meinte er das damit, als er die richtigen Leute für die Aufgabe besorgen wollte? War das damals schon sein Plan gewesen?«

»Wovon sprecht Ihr? Ist jemand Neues in Nazarick angekommen?«

Shalltear beantwortete Eclairs Frage. Der Souschef war der Dryade bereits begegnet, doch die Geschichte dazu kannte er nicht, daher war er ganz Ohr.

Allem Anschein nach hatte Lord Ainz sie für eine Art Kampf mitgebracht, um die Zusammenarbeit der Wächter auf die Probe zu stellen. Danach hatte es ein Versprechen gegeben und sie war zurückgekommen, um in Nazarick zu leben. Nun arbeitete sie als Apfelbäuerin.

»Man kann also sagen, Nazarick verändert sich Stück für Stück und wird dadurch nur noch stärker, ja?«

Der Koch und Shalltear stimmten zu.

Der Souschef war einzig und allein für seine Aufgabe zuständig, daher wusste er nichts über die Pläne bezüglich der Zukunft der Großen Gruft von Nazarick. Trotzdem wusste er, dass Ainz Ooal Gown, das letzte der Höchsten Geschöpfe, versuchte, in dieser Welt Macht zu erlangen.

»Oh. Das bedeutet, es könnte weitere neue Mitglieder Nazaricks wie die Dryade geben ... richtig?« Shalltear schmollte Eclair an. »Wie ärgerlich ... Ich will nicht, dass schmierige Außenseiter durch diesen geheiligten Ort stolzieren.«

Dem Koch ging es genauso. Der Gedanke, dass andere, nicht hier erschaffene Wesen sich im Reich der Höchsten Geschöpfe ausbreiteten, gefiel ihm nicht. Allerdings gab es eine Sache, die wichtiger als seine Meinung war. »Wir müssen es wohl akzeptieren. Die Entscheidung liegt einzig und allein bei Lord Ainz.«

Jeder Beschluss des Höchsten Geschöpfs Ainz Ooal Gown war absolut. Wenn er sagte, etwas Weißes war schwarz, dann war es schwarz.

»I... Ich würde mich nie gegen eine von Lord Ainz' Entscheidungen stellen!«, rief Shalltear aufgebracht.

Die anderen beiden nickten.

»Also müssen wir von jetzt an mit gutem Beispiel vorangehen – wir müssen Lord Ainz gegenüber noch ergebener sein. Natürlich glaube ich nicht, dass jemand außer Euch versucht hat, sich gegen ihn aufzulehnen.«

»Ja, übrigens, Shalltear, wie wäre es damit? Ich verspreche Euch eine hohe Stellung, also ...« Eclair begann mit einer seiner üblichen Einladungen – auch wenn seine Umsturzpläne niemals funktionieren würden –, doch ein seltsames Geräusch unterbrach ihn.

»Agh ... gh ... gh ... gh ... gh ... gh ...«

Beide sahen Shalltear an, die sich den Kopf hielt. Es klang, als würde sie zwischen ihrem Ächzen immer wieder »Ich bin loyal, ich schwöre, ich bin loyal ...« murmeln.

»Aber ernsthaft, was ist passiert? Sie redet ja nicht mal wie sonst.«

Als Antwort auf Eclairs Fassungslosigkeit schüttelte der Souschef nur schulterzuckend den Kopf. »Wer weiß?«

Kapitel 2: Zusammenkunft der Echsenmenschen

Kapitel 2: Zusammenkunft der Echsenmenschen

1

Zaryusu ritt bereits über einen halben Tag auf Rororo durch den Sumpf. Die Sonne stand inzwischen hoch am Himmel, doch die befürchtete Begegnung mit dem Feind war ausgeblieben und er erreichte schließlich wohlbehalten sein Ziel.

Ähnlich wie bei der Siedlung von Grüne Klaue gab es auch hier Gebäude, die auf Pfählen im Sumpf standen, und das gesamte Gebiet war von angespitzten, nach außen gerichteten Pflöcken umgeben. Innerhalb dieser Verteidigungslinie klafften große Lücken, die Pflöcke standen jedoch dicht genug beieinander, um ein größeres Monster wie Rororo davon abzuhalten, ungehindert einzufallen. Das Dorf bestand aus weniger Gebäuden als das von Grüne Klaue, dafür waren sie größer. Das machte es schwierig zu sagen, welcher Stamm größer war. Vor einem der Gebäude wehte eine Fahne mit dem Symbol des Stamms Rotes Auge.

Ja, das war das Ziel, das Zaryusu als Erstes gewählt hatte, das Dorf der Rotaugen.

Er sah sich kurz um, bevor er sich erlaubte, erleichtert aufzuatmen. Es war reines Glück, dass sie noch im selben Teil des Sumpflands lebten wie vor so langer Zeit. Er hatte befürchtet, sie hätten nach dem Krieg das Dorf verlegt und er müsste nach ihnen suchen.

Zaryusu drehte sich um und blickte in die Richtung, aus der er gekommen war. Er konnte sein eigenes Dorf ausmachen. *Bestimmt beeilen sie sich, um alles entsprechend vorzubereiten.* Da er nun nicht mehr dort war, machte er sich Sorgen, er konnte sich jedoch recht sicher sein, dass sie nicht ausgerechnet jetzt angegriffen werden würden.

Ein Beleg dafür war, dass er es in einem Stück bis hierhergeschafft hatte.

War der Erhabene, oder wer immer dafür zuständig war, derart unvorsichtig? Oder hatte er mit Zaryusus Handeln gerechnet? Das war schwer zu sagen. Zumindest vorläufig schienen ihre Feinde geneigt, sich an ihr Versprechen zu halten und die Kriegsvorbereitungen der Echsenmenschen nicht zu stören. Sollte dieser große Feind etwas tun, um sie aufzuhalten, würde Zaryusu nichts anderes übrig bleiben, als zu tun, woran er glaubte.

Er stieg von Rororo ab, um sich zu strecken. Seine Muskeln waren vom langen Ritt ganz steif, aber sich zu bewegen half, sehr sogar. Dann befahl er Rororo, auf ihn zu warten, und gab ihm als gleichzeitiges Frühstück und Mittagessen etwas getrockneten Fisch aus seinem Beutel. Es wäre ihm lieber, er würde sich selbst etwas fangen, doch da das vermutlich ein Eingriff in die Jagdgründe der Rotaugen dargestellt hätte, entschied er sich dagegen. Nachdem er jeden der Schlangenköpfe ein paarmal getätschelt hatte, machte sich Zaryusu zu Fuß auf den Weg.

Vermutlich war man wegen der Hydra vorsichtig und daher kam niemand, um ihn zu begrüßen. Allerdings war Zaryusu hier, um ein Bündnis vorzuschlagen. Er wollte nicht bedrohlich wirken.

Mit platschenden Schritten bewegte er sich durch die Siedlung.

Am Rande seines Sichtfelds entdeckte er mehrere Mitglieder der Kriegerkaste der Rotaugen, die sich mit Abstand parallel zu ihm bewegten. Ihre Ausrüstung war dieselbe wie die von Grüne Klaue. Sie trugen keinerlei Panzerung und als Waffen führten sie Stöcke mit geschärften Knochenspitzen mit sich. Einige hatten auch Schleudern dabei, doch dass sie keine Steine bereithielten, verriet ihm, zumindest vorläufig wollten sie ihn nicht angreifen.

Er bemühte sich, dass es dabei blieb, während er sich auf das Haupttor zubewegte. Dann wandte er sich an die Echsenmenschen, die ihn von der anderen Seite aus beobachteten, und erhob die Stimme. »Ich bin Zaryusu Shasha vom Stamm Grüne Klaue. Ich bin hier, um mit dem Häuptling des Stamms zu sprechen!«

Schließlich – man beeilte sich nicht gerade, ließ ihn aber auch nicht unnötig warten – erschien ein älterer Echsenmensch mit einem knotigen Stab und weißen Symbolen auf dem Körper. Ihm folgten fünf kräftige Stammesmitglieder.

Ein Priester?

Zaryusu hielt sich gerade. In diesem Moment waren sie Gleichgestellte. Er durfte sich nicht verneigen. Selbst als der Priester das Brandmal auf seiner Brust betrachtete, blieb seine Haltung unverändert.

»Ich bin Zaryusu Shasha vom Stamm Grüne Klaue. Ich muss mit eurem Häuptling sprechen.«

»Ich werde nicht behaupten, es wäre gut, dass du gekommen bist, aber anscheinend wird dich diejenige, die unseren Stamm führt, empfangen. Folge mir.«

Die seltsame Umschreibung verwirrte Zaryusu kurz. *Warum nicht Häuptling?* Und man verlangte auch keinen Beweis, dass er war, wer er zu sein vorgab. Aber er wollte die Gespräche nicht durch einen dummen Fehler gefährden und sie beunruhigen. Trotz seines Gefühls, dass etwas nicht stimmte, folgte er dem Priester schweigend.

Die Hütte, zu der man ihn führte, war eine ansehnliche Behausung. Verglichen mit seinem eigenen Stamm war sie sogar größer als das Haus seines Bruders. Die Wände waren mit Mustern in seltenen Farben verziert, was ein Beleg für den Status desjenigen war, der hier lebte.

Was ihm auffiel, war das Fehlen von Fenstern. Es gab nur hier und da kleine Löcher zur Belüftung. Wie alle Echsenmenschen konnte Zaryusu im Dunkeln gut sehen, was allerdings nicht bedeutete, dass er gern von ihr umgeben leben würde. *Also, warum hält sich ihr Anführer in einem so düsteren Raum auf?*, fragte er sich, es sah jedoch nicht danach aus, als würde ihm hier jemand eine Antwort geben.

Er drehte sich um. Der Priester und die Krieger, die ihn herbegleitet hatten, waren bereits gegangen. Zuerst hatte er gedacht, ihn allein zu lassen sei unglaublich leichtsinnig, und hatte sie sogar indirekt danach fragen wollen. Doch als man ihn wissen ließ, dass es auf Wunsch des amtierenden Häuptlings geschah, schnellte sein Respekt vor der auf ihn wartenden Person in die Höhe.

Ungeachtet dessen, was er zu seinem Bruder gesagt hatte, Zaryusu rechnete nicht damit, unbeschadet zurückzukommen. Allerdings hätte es den Rotaugen nichts genützt, ihn mit Kriegern zu umringen und unter Druck zu setzen. Als Erstes wäre er vermutlich enttäuscht gewesen, wie sie sich als Krieger gaben. Wenn sie ihn jedoch dermaßen gut einschätzten und aufrichtig handelten ... *Kann sein, dass sie gut im Verhandeln sind, schwierig ...*

Er ignorierte das Gefühl, beobachtet zu werden, trat stattdessen auf die Tür zu und hob die Stimme. »Ich bin Zaryusu Shasha vom Stamm Grüne Klaue. Man sagte mir, der Anführer dieses Stamms ist hier. Erlaube mir, hereinzukommen!«

Er hörte ein Flüstern, eine heisere, weibliche Stimme, die ihm die Erlaubnis gab.

Ohne zu zögern, schob Zaryusu die Tür auf. Im Inneren war es wie erwartet finster. Obwohl er im Dunkeln sehen konnte, ließ ihn der Wechsel blinzeln. Der vorherrschende Geruch erinnerte an ein Kräuterbad. Er rechnete damit, sich einem älteren Weibchen gegenüberzusehen, stattdessen wurden seine Erwartungen komplett auf den Kopf gestellt.

»Gut, dass du gekommen bist«, hörte er eine Stimme aus der Dunkelheit. Durch die Tür hatte sie alt geklungen, nun hingegen bemerkte er eine jugendliche Kraft.

Dann konnte er sie erkennen.

Sie ist weiß. Das war sein erster Eindruck.

Ihre Schuppen waren weiß wie Schnee, ohne die kleinste Verfärbung. Ihre dunkelroten Augen schimmerten wie Rubine, ihr schlanker Körper war eindeutig weiblich und mit roten und weißen Symbolen bedeckt. Sie besagten, sie war ausgewachsen, bewandert in vielen Zaubern … und ungebunden.

Zaryusu wusste, wie es sich anfühlte, von einem Speer getroffen zu werden. Zuerst raste ein brennend heißes Gefühl durch den Körper und jeder Herzschlag wurde von beißendem, allumfassendem Schmerz begleitet. Genauso fühle er sich gerade. Allerdings ohne den Schmerz. Es war nur …

Er stand einfach schweigend da.

Wie fasste sie sein Schweigen auf? Auf ihrem Gesicht zeichnete sich ein zynisches Lächeln ab.

»Ich sehe also selbst für den Träger von Frost Pain, einem der Vier Großen Schätze, seltsam aus, hm?«

Albinos waren eine Seltenheit – das lag teilweise an ihrer Auffälligkeit, wodurch das Überleben erschwert wurde. In der Gesellschaft der Echsenmenschen verhielt es sich ähnlich. Sie waren als Zivilisation noch nicht weit genug, um auch das Überleben eines Mitglieds mit schlechten Augen zu gewährleisten, und Albinos waren empfindlich gegen Sonnenlicht. Es kam selten vor, dass sie das Erwachsenenalter erreichen, und manchmal wurden sie bereits gleich nach der Geburt getötet.

Würden Echsenmenschen Albinos lediglich als ärgerlich betrachten, wäre das noch erträglich, in manchem Fällen wurden sie jedoch regelrecht als Monster betrachtet. Und das war der Grund für ihren Zynismus.

Zaryusu hegte allerdings keine Vorurteile.

»Was ist los?«, fragte sie verdutzt darüber, dass er nach wie vor in der Tür stand und nichts tat.

Ohne auf ihre Frage zu antworten, gab er einen tiefen, vibrierenden Laut von sich, der in einem hohen Ton endete.

Das Weibchen riss die Augen auf, während sie den Mund etwas öffnete. Sie war gleichermaßen entsetzt, verwirrt und empört.

Es war ein Paarungsruf.

Zaryusu kam wieder zu sich und als er begriff, was er gerade getan hatte, was für einen Ruf er eben unbewusst ausgestoßen hatte, reagierte er mit etwas, das menschlichem Erröten gleichkam: Sein Schwanz schlug umher – so ungestüm, dass man befürchten musste, er würde die Hütte beschädigen. »Äh, nein, das wollte ich nicht. Ich meine … Nein … ähm …«

Möglicherweise wirkten seine Überraschung und Panik alles andere als beschwichtigend auf sie. Klackend legte sie die Zähne aufeinander, lächelte und bat unbeholfen: »Bitte beruhige dich. Wenn du jetzt anfängst zu randalieren, bekomme ich nur Schwierigkeiten.«

»Oh! Tut mir leid.« Mit einem entschuldigenden Nicken betrat er das Haus.

In diesem Moment ließ sie ihren Schwanz sinken, was bedeutete, sie hatte sich wieder gefasst, allerdings ließ die zuckende Schwanzspitze darauf schließen, so ganz hatte sie sich noch nicht beruhigt.

»Setz dich.« Sie deutete auf ein aus irgendeiner Pflanze gewobenes Kissen auf dem Boden.

»Danke.«

Als er saß, tat sie es ihm gleich.

»Es freut mich, dich kennenzulernen. Ich bin ein Reisender vom Stamm Grüne Klaue, Zaryusu Shasha.«

»Ich danke dir für deine höfliche Vorstellung. Ich bin der amtierende Häuptling des Stamms Rotes Auge, Crusch Lulu.«

Da die Förmlichkeiten damit hinter ihnen lagen, betrachteten sie sich gegenseitig. Das Schweigen zog sich hin, aber so konnte es nicht ewig weitergehen. Zaryusu war ein Gast. Als Gastgeberin war es an Crusch, das Wort zu ergreifen. »Als Erstes, Bote, möchte ich betonen, es gibt keinen Grund, dass wir uns an zeremonielle Gepflogenheiten halten. Mir wäre lieber, wir würden uns frei heraus unterhalten. Du kannst dich also ruhig entspannen.«

Das bedeutete, sie wollte in aller Offenheit sprechen, und Zaryusu bestätigte nickend. »Vielen Dank. Ich bin es nicht gewohnt, förmliche Gespräche zu führen.«

»Darf ich also fragen, warum du gekommen bist?« Obwohl sie die Frage stellte, konnte sich Crusch den Grund bereits denken. Ein Untoter, der plötzlich mitten im Dorf erschien, jemand, der den Zauber der Stufe vier *Control Cloud* benutzte, und jetzt dieses Männchen von einem anderen Stamm, das viele als Held betrachteten. Es konnte nur einen einzigen Grund geben. Crusch konnte sich seine Antwort denken – doch er zerschlug ihre Erwartungen.

»Heirate mich.«

»Waaaas?« Einen Moment lang glaubte sie, sich verhört zu haben.

»Das ist natürlich nicht der Grund, aus dem ich hier bin. Ich weiß genau, bevor wir über Persönlicheres sprechen, sollten wir uns erst darüber unterhalten, aber ich kann mich nicht selbst belügen. Nur zu, lach über mich und nenn mich einen Trottel.«

»Äh, ähm, ah … haaaa.« Solche Worte hatte sie noch nie im Zusammenhang mit sich selbst gehört und niemals damit gerechnet, dass es jemals dazu kommen würde. Ihre Gedanken wirbelten wie ein Sturm durcheinander und rissen sie unwiederbringlich mit sich.

Zaryusu lächelte wegen ihrer offensichtlichen Verwirrung beschämt und sprach weiter: »Tut mir leid. Wirklich, ich bitte um Verzeihung.

Und das auch noch während einer Notsituation! Du kannst mir deine Entscheidung auch später noch mitteilen.«

»Äh, i… in Ordnung …« Irgendwie schaffte es Crusch, ihre Gedanken zu ordnen und ihre Fassung wiederzuerlangen. Dennoch musste sie augenblicklich erneut an seine Worte denken und sie befürchtete, ihr würde jeden Moment schwindelerregend heiß werden.

Ohne dass er es bemerkte, musterte sie das Männchen vor sich. Er wirkte äußerst gelassen. *Wie kann er nach dem, was er zu mir gesagt hat, nur so entspannt sein? Ist er ständig auf der Suche nach einer Partnerin? Oder macht man ihm viele Anträge? Ich meine, es klang schon toll … Ahh, was denke ich da überhaupt? Das war bestimmt sein Plan! Er will mich um den kleinen Finger wickeln. Wa… Warum sollte er sich überhaupt mit mir paaren wollen?*

Crusch war dermaßen verwirrt darüber, dass man sie zum ersten Mal als Weibchen wahrnahm, sie bemerkte nicht einmal das Zucken von Zaryusus Schwanzspitze. Das Männchen vor ihr bemühte sich mit aller Kraft, sich seine ungezügelten Gefühle nicht anmerken zu lassen.

Das war der Grund für das beidseitige Schweigen. Sie brauchten einen Moment Ruhe, um wieder einen klaren Kopf zu bekommen.

Nachdem genug Zeit vergangen war, dachte Crusch, es wäre der geeignete Moment, um wieder über das eigentliche Thema zu sprechen. Sie wollte ihn gerade erneut fragen, warum er in ihr Dorf gekommen war, musste aber ein weiteres Mal an seine letzte Antwort denken.

Wie kann ich jetzt danach fragen?! Ihr Schwanz schlug einmal auf den Boden und das Männchen vor ihr zuckte zusammen, als hätte sie ihn getroffen.

Insgeheim befürchtete Crusch, unhöflich zu wirken. Auch wenn er ein Reisender war, er war als Vertreter seines Stamms hier und nicht irgendein Echsenmensch – er war ein Held und der Träger von Frost Pain. Er war zu wichtig, um ihn so zu behandeln. *Aber es ist deine eigene Schuld! Wichtiger noch, sag was!*

Während sie damit beschäftigt war, den Vulkan in ihrem Inneren unter Kontrolle zu bringen, ahnte sie nicht, dass Zaryusu schwieg, weil er sich für sein unangebrachtes Verhalten schämte.

Die wortlose Leere zog sich hin und Crusch gab sich der Tatsache hin, dass sie nichts tun konnte, wenn es dabei blieb. Schließlich beschloss sie, das Thema zu wechseln. »Hätte ich nicht erwarten sollen, dass du mich fürchtest?«

Auf ihre zynisch gefärbte Frage entgegnete Zaryusu unausgesprochen: *Wovon redest du?*

Crusch hingegen überlegte: *Was denkt er?* »Ich frage, ob du dich vor meinem weißen Körper fürchtest.«

»Er ist wie die schneebedeckten Berggipfel.«

»Was?«

»Die Farbe ist schön.«

Natürlich hatte man ihr so was noch nie gesagt.

Wo... Wovon redet e... er? Sie konnte ihren inneren Aufruhr, der ihre Gefühle in Wallung brachte, nicht länger kontrollieren.

Zaryusu wagte es, die Hand auszustrecken und über ihre Schuppen zu streichen. Sie schimmerten hübsch, wie poliert – und sie waren ein wenig kühl.

»Sha!« Crusch atmete auf eine Weise aus, die eine knappe Drohung ausdrückte.

Das kühlte zumindest die Spannung zwischen ihnen wieder etwas ab.

Beide verstanden, was geschehen war, was er, ohne darüber nachzudenken, getan hatte, und es erschütterte beide. Welcher Instinkt hatte ihn dazu gebracht? Warum geschah das nun mit ihr? Die Fragen weckten Ungeduld und in dieser Ungeduld gärte Verwirrung.

Als Ergebnis schlugen beide mit dem Schwanz so fest gegen die Hütte, dass sie bebte.

Nach ein paar Momenten sahen sie sich gegenseitig ins Gesicht, bemerkten, was sie taten, und beide Schwänze verharrten, als stünde die Zeit still.

Konnte man diese Atmosphäre als bedrückend bezeichnen? Oder angespannt? Erneut legte sich Schweigen über sie und sie sahen einander an.

Endlich war Crusch wieder Herrin ihrer Gefühle und mit kaltem Blick, der deutlich machte, sie würde keine Lügen tolerieren, fragte sie: »Das kommt alles sehr plötzlich ... Was hast du dazu zu sagen?«

Ihre Worte waren nicht besonders gut gewählt, doch Zaryusu schien sie dennoch zu verstehen und antwortete ehrlich und ohne zu zögern: »Liebe auf den ersten Blick. Und da ich bei diesem Kampf sterben könnte, möchte ich nichts bedauern müssen.«

Als sie seine schlichte Aufrichtigkeit hörte, die Worte, hinter denen sich keine Hintergedanken zu verbergen schienen, war Crusch einen Moment lang sprachlos. Doch etwas davon konnte sie nicht wirklich glauben. »Der Träger von Frost Pain hat sich mit seinem Tod abgefunden?«

»Wir wissen nicht, wie stark der Gegner ist. Wir können uns nicht erlauben, unvorsichtig zu sein ... Hast du das Monster gesehen, das die Nachricht überbracht hat? In meinem Dorf war es ein ...«

Zaryusu beschrieb es und Crusch nickte. »Ja, es ist dasselbe.«

»Weißt du, was es ist?«

»Nein, niemand aus meinem Stamm weiß es.«

»Oh ... Ich bin mal einem begegnet.« Er zögerte, um ihre Reaktion zu beobachten. »Ich lief weg.«

»Hm?«

»Ich hätte nicht gewinnen können. Bestenfalls wäre ich am Ende halb tot gewesen.«

Crusch begriff, um was für eine Art schreckliches Monster es sich handelte, und war erleichtert, dass sie die richtige Entscheidung getroffen und die Krieger zurückgehalten hatte.

»Sein Schrei ist verwirrend. Und es ist körperlos, daher ist es außer gegen Angriffe mit verzauberten Waffen immun. Nicht mal zahlenmäßige Überlegenheit ändert daran was.«

»Mit Druidenmagie können wir Waffen vorübergehend verzaubern.«

»Könnt ihr auch Angriffe gegen den Verstand abwehren?«

»Wir können nur die Resistenz erhöhen, aber unsere Macht reicht nicht, um alle zu schützen.«

»Ich verstehe … Ist jeder Priester dazu in der Lage?«

»Fast jeder. Allerdings bin ich die Einzige dieses Stamms, die jemanden vor Verwirrung schützen kann.«

Crusch bemerkte, wie Zaryusu ein wenig schwerer atmete. Anscheinend begriff er, sie hatte ihre Position nicht ohne Grund erlangt.

Ja, Crusch Lulu war eine sehr begabte Druidin und verfügte vermutlich über mehr Macht als sonst ein Hohepriester unter den Echsenmenschen.

»Wann soll der Stamm Rotes Auge angegriffen werden?«

»Es hat uns gesagt, wir sind als Vierte dran.«

»Hmm. Und was wollt ihr deswegen unternehmen?«

Zeit verstrich.

Crusch fragte sich, was es brachte, darüber zu sprechen. Grüne Klaue würde bestimmt kämpfen. Vermutlich war Zaryusu gekommen, um ein Bündnis zu schließen. Er würde sagen: *Kämpft mit uns.* Welchen Nutzen hätte das für die Rotaugen?

Sie interessierten sich nicht für Bündnisse. Sie wollten fliehen. Es war unvorstellbar dumm, sich einem Gegner zu stellen, der Zauber der Stufe vier benutzen konnte. Und wenn der Bote wirklich dermaßen schrecklich war, welche andere Schlussfolgerung könnte es geben?

Aber konnte sie das so geradeheraus sagen?

Während sie im Wirbel ihrer Gedanken herumgeschleudert wurde, lächelte Zaryusu und sagte wie zu sich selbst: »Ich werde einfach aussprechen, was ich wirklich denke.«

Und das wäre? Crusch sah ihn unumwunden an.

»Ich mache mir darum Gedanken, was nach der Flucht passiert.« Sie erweckte wohl den Eindruck, nicht zu verstehen, also wurde er deutlicher. »Selbst wenn es uns gelingt, diesen gewohnten Ort hinter uns zu lassen, denkst du wirklich, wir schaffen es, woanders denselben Lebensstandard beizubehalten?«

»Nein ... Ich meine, es wäre schwierig.«

Diesen Ort zu verlassen und sich einen neuen Lebensraum zu erschließen würde ein Überlebenskampf werden – sie müssten sich in diesem neuen Ökosystem behaupten. Die Echsenmenschen waren nicht die Herrscher des Sees oder von sonst etwas und die Übernahme des Sumpflands hatte viele Jahre gekostet. Auf keinen Fall könnten sie sich woanders einfach so eine neue Existenz aufbauen.

»Es besteht auch die Möglichkeit, dass es uns an Nahrung mangeln wird.«

Da sie nicht verstand, worauf er hinauswollte, klang ihre Antwort ärgerlich und verwirrt. »Ja.«

»Was würde also passieren, wenn alle fünf Stämme versuchen zu fliehen?«

»Dann ...« Sie wusste nicht, was sie sagen sollte – endlich begriff sie, wovon Zaryusu sprach.

Trotz der Größe des Sees würde jede neue Bleibe, die sich ein Stamm aussuchte, auch für die anderen verlockend erscheinen. Was würden sie tun, wenn es zum Streit um die Fischgründe kam, während sie ohnehin bereits um ihre Existenz kämpften? Das könnte hässlich werden. Es könnte wieder zu einem Krieg führen.

»Aber du kannst unmöglich vorschlagen … Zu kämpfen, wenn nicht sicher ist, dass wir auch gewinnen, ist keine …«

»Nein, ist es nicht. Ich zähle darauf, dass es in allen Stämmen weniger Mäuler zu stopfen geben wird.«

»Das ist deine Begründung?!«

Deshalb wollte er eine Armee aufbauen und kämpfen, selbst wenn sie verloren – nur um die Bevölkerung der Echsenmenschen auszudünnen. Der Gedanke, dass jene, die zusammen mit den Kriegern, Jägern und Priestern um ihr Überleben kämpften, sterben könnten, war geradezu extrem. Andererseits verstand sie es. Nein, sie in den Tod zu schicken könnte sich langfristig als die richtige Entscheidung erweisen.

Wenn weniger Mäuler zu stopfen waren, würden sie auch weniger Nahrung benötigen. Dann gäbe es eventuell eine Möglichkeit, gemeinsam zu leben.

Crusch suchte verzweifelt nach einem Gegenargument. »Du schlägst also vor, obwohl wir nicht wissen, wie gefährlich dieser neue Ort sein könnte, sollen wir mit weniger Stammesmitgliedern übersiedeln?«

»Hör zu. Selbst wenn wir das Gebiet problemlos übernehmen könnten, was dann? Sobald die Fischbestände abnehmen, wären die fünf Stämme nur gezwungen, sich gegenseitig zu töten!«

»Aber es könnte sein, dass wir viele Fische fangen!«

»Und wenn nicht?«

Seine kalte Antwort machte sie sprachlos.

Zaryusu handelte entsprechend des zweitschlimmsten Szenarios. Crusch hingegen betrachtete es eher hoffnungsvoll. Würde man ihren Vorschlägen folgen und etwas ging schief, wäre das Ergebnis katastrophal. Nicht so bei seinem Plan.

Und wenn die Anzahl ausgewachsener Echsenmenschen durch eine Niederlage abnahm, würden sie zumindest einen ehrenvollen Tod finden.

»Wenn du dich weigerst, müssen wir zuerst gegen euch kämpfen.«

Seine tiefe Stimme ließ Crusch schaudern.

Zaryusu stellte klar, er würde nicht zulassen, dass nur der Stamm Rotes Auge mit all seinen Mitgliedern zu diesem neuen Wohnort übersiedeln würde. Das war eine nachvollziehbare Entscheidung und sie verstand es voll und ganz. Das war die einzige Möglichkeit, zu verhindern, dass die anderen Stämme durch die Rotaugen dank ihrer zahlenmäßigen Überlegenheit vernichtet würden. Es war nur natürlich, dass jemand, dessen Aufgabe es war, das Überleben des eigenen Stamms zu sichern, so dachte. An seiner Stelle würde sie vermutlich dasselbe tun.

»Ich denke, die Aussicht, dass wir uns in dem neuen Gebiet gegenseitig töten, ist geringer, wenn wir ein Bündnis eingehen, selbst im Fall einer Niederlage.«

Crusch verstand nicht und sah ihn entsprechend ratlos an.

Zaryusu versuchte, es anders zu erklären. »Es würde ein Band der Freundschaft knüpfen. Statt unterschiedliche Stämme wären wir Kameraden, die zusammen gekämpft haben.«

»Ich verstehe.« Sie kaute auf seinen Worten herum.

Wenn die Stämme gemeinsam Blut vergossen, wäre es also unwahrscheinlicher, dass alles zusammenbrach und es zu einem Gemetzel kommen würde, selbst bei Nahrungsknappheit. Doch basierend auf ihren Erfahrungen fragte sie sich, ob das wirklich den Tatsachen entsprach.

Während Crusch den Blick gedankenversunken leicht gesenkt hielt, fragte Zaryusu leise, mit einem Tonfall, der sie ernsthaft beunruhigte: »Übrigens, wie hat dein Stamm die Zeit damals überstanden?«

Es war wie ein Nadelstich. Unwillkürlich riss sie den Kopf hoch und starrte ihn an. Er wirkte überrascht. *Oh, er weiß es also wirklich nicht.*

Sie kannten sich erst seit Kurzem, trotzdem konnte ihn Crusch bereits recht gut einschätzen. Instinktiv verstand sie, seine Frage war keine Drohung.

Sie verengte die Augen und sah ihn eindringlich an, als würde sie versuchen, mit ihrem Blick ein Loch in seinen Kopf zu bohren. Sie wusste, der verdutzte Zaryusu verstand ihr Starren nicht, doch sie konnte nicht anders. »Muss ich antworten?«

Cruschs Stimme war voller Abscheu. Die Veränderung war so dramatisch, er hatte das Gefühl, mit einer ganz anderen Person zu sprechen. Doch jetzt gab es für Zaryusu kein Zurück mehr. Vielleicht waren ihre Worte die Rettung für sie alle.

»Ich will es wissen. War es die Macht eurer Priester? Oder etwas anderes? Vielleicht kann es uns ret…« Dann stockte er.

Wenn es einen Weg gäbe, sie zu retten, würde ihn Crusch nicht so gequält ansehen.

Vielleicht war sie in diesem Moment in der Lage, Zaryusus Gedanken zu erahnen. Sie schnaubte über die ganze Situation und auch über sich selbst. »Ganz genau. Es gibt keine Möglichkeit, irgendwen zu retten.« Sie stockte und lächelte erschöpft. »Wir waren Kannibalen. Wir haben unsere eigenen Toten gegessen.«

Zaryusu fehlten die Worte. Die Schwachen zu töten, um die Zahl der zu stopfenden Mäuler zu reduzieren, war kein Tabu, aber Kannibalismus verstieß gegen alles.

Warum hat sie mir das gesagt? Warum verrät sie ausgerechnet einem Fremden von einem anderen Stamm – einem Besucher – ein Geheimnis, das sie mit ins Grab hätte nehmen sollen? Bedeutet das, sie wird mich nicht lebendig gehen lassen? Nein, das kann es nicht sein. Den Eindruck macht sie nicht auf mich.

Crusch verstand auch nicht genau, warum sie es gesagt hatte. Sie wusste, wie sehr die Echsenmenschen von anderen Stämmen sie dafür verachten würden. Also warum …?

Sie plapperte, als hätte sie jegliche Kontrolle über sich verloren. »Damals … Als die anderen Stämme den Krieg begannen, hatten wir auch nicht genug Nahrung und es sah schlecht aus. Wir beteiligten uns nicht an den Kämpfen, weil unser Stamm viele Priester, aber nur wenige Krieger hatte. Dank der Priester konnten wir mit Magie viel Nahrung produzieren.« Sie sprach unermüdlich, geradezu besessen weiter. »Trotzdem war es im Vergleich zur Menge der Stammesmitglieder verschwindend gering. Wir konnten uns nur dem Tod stellen und langsam dem Ende entgegengehen. Aber eines Tages brachte der Häuptling Nahrung – saftiges, rotes Fleisch.«

Vielleicht wollte ich es jemandem erzählen ... dass jemand die Geschichte meines Verbrechens hört ... Sie knirschte mit den Zähnen.

Das Männchen vor ihr hörte schweigend zu. Falls es ihn anwiderte, ließ er es sich nicht anmerken. Dafür war Crusch dankbar.

»So ziemlich jeder wusste, was es für Fleisch war. Damals hatten wir strenge Gesetze und jede Familie, die sie brach, wurde verstoßen. Unser Häuptling brachte das Fleisch, kurz nachdem ein paar Leute gezwungen worden waren, das Dorf zu verlassen. Wir haben einfach die Augen vor der Wahrheit verschlossen und gegessen – um zu überleben. Aber so konnte es nicht weitergehen. Irgendwann entlud sich die angestaute Unzufriedenheit in einer Revolte.« Sie schloss die Augen und erinnerte sich an ihren Häuptling. »Wir aßen es ... Wir wussten es, trotzdem aßen wir. Wir sind also genauso schuldig. Um ehrlich zu sein, wenn ich jetzt daran zurückdenke, ist es so seltsam.«

Nach kurzer Stille sah sie Zaryusu direkt an. Es überraschte sie, dass sie sich freute, in seinem schweigsamen Blick keinen Ekel zu entdecken. *Warum sollte ich so empfinden?* Sie hatte eine vage Ahnung, wie die Antwort lautete.

»Sieh mich bitte an. Gelegentlich wird im Stamm Rotes Auge jemand wie ich geboren. Sie verfügen immer über eine besondere Begabung – in meinem Fall priesterliche Kräfte. Deshalb steht einzig und allein der Häuptling über jemandem wie mir. Ich führte die Revolution gegen ihn.

Das Dorf spaltete sich, kämpfte gegeneinander und meine Seite gewann, einfach weil wir mehr waren.«

»Und weil die Bevölkerung schrumpfte, reichte die vorhandene Nahrung?«

»Ja ... Letztendlich haben wir überlebt. Der Häuptling weigerte sich aufzugeben – er starb von unzähligen Wunden übersät. Und als ich ihm den Todesstoß versetzte, lächelte er mich an.« Crusch klang, als würde schon darüber zu sprechen schmerzen. Die Worte waren wie Eiter, der sich seit dem Tod ihres Häuptlings in ihrem Herzen gesammelt hatte.

Gegenüber Zaryusu konnte sie endlich die Dinge aussprechen, die sie ihrem Stamm – denjenigen, die an sie geglaubt und mit ihr zusammen gegen ihren Häuptling gekämpft hatten – nie hatte sagen können. Deshalb konnte sie nicht aufhören. Die Worte sprudelten aus ihr heraus wie ein Wasserfall.

»Das war kein Lächeln, das man jemandem zeigte, der kurz davor war, einen zu töten. Es lag kein Hass, Neid, Feindseligkeit, keine Verwünschung oder sonst was darin. Es war ein aufrichtiges, liebevolles Lächeln. Hatte der Häuptling vielleicht von Anfang an recht? Daran halte ich mich fest! Mit seinem Tod, der Wurzel all unserer Missetaten, wurde der Stamm wieder geeint. Nicht nur das, danach waren wir als Stamm weit genug geschrumpft, dass die Nahrungsknappheit kein Problem mehr darstellte.«

Sie ertrug es nicht länger. So lange hatte sie sich bemüht, diese Bürde als amtierender Häuptling allein zu tragen. Sie drängte die unzusammenhängenden Worte zurück. Sie konnte ihre zerfaserten Gedanken nicht länger artikulieren. Weinend – aus biologischen Gründen hatte sie nicht viele Tränen, die damit zusammenhängenden Gefühle waren aber dennoch dieselben – brach sie zusammen.

Sie war so klein.

In der Natur kam Schwäche einem Verbrechen gleich. Selbstverständlich wurden Kinder geschützt, doch für männliche und weibliche Echsenmenschen gleichermaßen war Stärke eine Priorität. Bestimmt hatte man Crusch verspottet. Es konnte nicht gut sein, wenn der Anführer eines Stamms vor dem Mitglied eines anderen Schwäche zeigte.

Und doch hatte keiner dieser Gedanken in Zaryusus Herz Platz. Vielleicht lag es zum Teil daran, dass sie ein schönes Weibchen war. Aber mehr noch war sie eine Kriegerin, eine verletzte Kriegerin, die keuchte, humpelte und sich dennoch weiterschleppte. Sie hatte nur einen Hauch Schwäche durchscheinen lassen.

Sie war kein Schwächling, wenn sie aufrecht stand und weiter ihren Weg ging.

Zaryusu näherte sich ihr und nahm sie sanft in die Arme. »Wir sind nicht allmächtig oder allwissend. Wir können unsere Entscheidungen nur aufgrund der Umstände treffen. Ich an deiner Stelle hätte vielleicht dasselbe getan. Ich versuche nicht, dich aufzumuntern. Gibt es in dieser Welt überhaupt richtige Antworten? Wir gehen einfach weiter, voller Schmerz und Bedauern, mit den Narben auf unseren Fußsohlen. Du kannst nichts weiter tun, als weiterzugehen – das ist meine Meinung.«

Beide spürten die Körperwärme des anderen, hörten den leisen Herzschlag. Die Rhythmen glichen sich langsam aneinander an, als würden sie zu einem. Ein eigenartiges Gefühl.

Zaryusu spürte eine Wärme, die er noch nie erlebt hatte. Der Grund war nicht, dass er einen anderen Echsenmenschen in den Armen hielt.

Ist es wegen dieses Weibchens, Crusch Lulu?

Einige Zeit verging, dann löste sie sich von seiner Brust.

Der Verlust ihrer Körperwärme weckte in ihm ein Gefühl von Bedauern. Aber natürlich war es ihm peinlich, diesen Gedanken auszusprechen.

»Ich habe einen ungebührlichen Eindruck gemacht ... Hasst du mich?«

»Was meinst du mit ungebührlich? Man kämpft sich seinen Pfad entlang, verletzt sich, lässt sich aber nicht aufhalten. Mache ich den Eindruck, ein Trottel zu sein, dass ich so was für ungebührlich halten würde? Du bist wunderschön.«

Ihr weißer Schwanz bog sich und schlug mehrmals auf den Boden. »Himmel ...«

Außerstande zu fragen, was sie mit diesem einzelnen Wort ausdrücken wollte, stellte Zaryusu eine andere. »Was mich sehr interessieren würde, züchten die Rotaugen Fische?«

»Züchten?«

»Ja. Fische aufziehen, um sie später zu essen.«

»Wir machen nichts Derartiges. Fische sind ein Geschenk der Natur.«

Soweit Zaryusu wusste, züchtete kein Stamm der Echsenmenschen Fische. Allein die Vorstellung, die verfügbaren Nahrungsvorräte auf diese Art zu vergrößern, war ihnen absolut fremd.

»Anscheinend denken alle Priester – Druiden – so, aber würdest du deine Meinung überdenken? Damit ihr Fische zum Essen großziehen könnt? Die Priester meines Stamms haben es akzeptiert.«

Crusch nickte.

»Dann bringe ich es euch bei. Es ist wichtig, dass sie das richtige Futter bekommen. Dafür könnt ihr von den Druiden magisch erschaffenes Obst benutzen. Damit wachsen sie ziemlich gut.«

»Es stört dich wirklich nicht, dein Wissen mit uns zu teilen?«

»Natürlich nicht. Es für mich zu behalten wird niemandem helfen und die Stämme zu retten ist wichtiger.«

Crusch verneigte sich tief und reckte den Schwanz dabei in die Höhe. »Ich bin dankbar.«

»Du musst mir wirklich … nicht danken. Im Austausch muss ich dich noch mal fragen …«

Die Gefühle wichen aus Cruschs Gesicht.

Das beruhigte Zaryusu ungemein. Diese Frage musste er unbedingt stellen.

Er hielt den Atem an und im selben Moment holte sie Luft.

Dann sprach er es aus. »Was haben die Rotaugen vor, im bevorstehenden Krieg zu tun?«

»Gestern haben wir uns für Flucht entschieden.«

»Dann frage ich den amtierenden Häuptling, Crusch Lulu: Denkst du, ihr werdet das noch immer machen?«

Darauf hatte sie keine Antwort. Damit würde sie das Schicksal ihres Stamms besiegeln. Es war nur natürlich zu zögern.

Zaryusu hingegen lächelte nur besorgt. »Die Entscheidung liegt bei dir. Kurz vor seinem Ende lächelte dich dein Häuptling an, weil er in diesem Moment die Zukunft des Stamms in deine Hände gelegt hat. Nun ist es an der Zeit, diesem Auftrag zu folgen. Ich habe alles gesagt. Du musst nun entscheiden.«

Crusch ließ den Blick durch den Raum schweifen. Sie suchte nicht nach einem Fluchtweg oder Hilfe. Sie versuchte, in sich selbst die richtige Antwort zu finden.

Wie sie auch ausfiel, Zaryusu würde sie akzeptieren.

»Lass mich dich als amtierender Häuptling etwas fragen: Wie vielen werdet ihr die Flucht erlauben?«

»Der Plan sieht von jedem Stamm zehn Krieger, zwanzig Jäger, drei Priester, siebzig Männchen, hundert Weibchen und ein paar Kinder vor.«

»Und die anderen?«

»Abhängig von den Umständen müssen wir sie vielleicht sterben lassen.«

Crusch erwiderte nichts, stattdessen starrte sie vor sich hin. Dann murmelte sie: »Verstehe.«

»Ich würde gern deine Entscheidung hören, amtierender Häuptling Crusch Lulu.«

Crusch dachte über die verschiedenen Herangehensweisen nach.

Natürlich war eine der Optionen, Zaryusu zu töten. Persönlich wollte sie das nicht tun, als amtierender Häuptling sah die Angelegenheit allerdings anders aus. *Ich könnte ihn töten und dann könnte das ganze Dorf flüchten.* Diesen Gedanken lehnte sie ab. Es war ein Risiko. Nicht zuletzt, da sie nicht wussten, ob er wirklich allein gekommen war.

Wie wäre es damit, ihm zu versprechen zu kämpfen, und dann laufen wir weg? Das könnte ebenfalls problematisch werden. Hier war die Gefahr, dass er seinen Plan ändern und sich gegen sie wenden könnte, um die Population in einem Kampf gegen die Rotaugen auszudünnen. Sein eigentliches Ziel war es, die Anzahl der zu fütternden Mäuler zu reduzieren. In dem Fall war egal, gegen wen sie kämpften. Und sollte sie ein Bündnis ablehnen, würde er vermutlich in sein Dorf zurückkehren, um dann mit einer Armee über die Rotaugen herzufallen.

Zaryusus Plan hatte jedoch einen Fehler, den er vielleicht nicht einmal bemerkt hatte. Und selbst wenn, sollten sie sich ihm nicht anschließen, könnten sie das Nahrungsproblem nicht abwenden.

Crusch lächelte wissend. Es hatte von Anfang an keinen anderen Ausweg aus diesem Gespräch gegeben – nicht nachdem sie ihn angehört hatte, nicht nachdem sich Grüne Klaue diesen Plan eines Bündnisses zurechtgelegt hatte.

Es gab nur eine Möglichkeit, wie die Rotaugen überleben konnten: Das Bündnis eingehen und zusammen mit ihnen kämpfen. Bestimmt wusste das auch Zaryusu.

Also wartete er nur aus dem Grund auf ihre Antwort, um sicher zu sein, dass sie eine würdige Verbündete war und das Bündnis ehren würde. Aber sollte sie diese Worte aussprechen, würde es viele Leben kosten. Und …

»Lass mich eins klarstellen. Wir kämpfen nicht, um zu sterben – sondern, um zu gewinnen. Vielleicht habe ich Dinge gesagt, die dich beunruhigt haben, aber sollten wir den Feind besiegen, werden wir später darüber lachen. Versteh mich also bitte nicht falsch.«

Crusch nickte.

Er ist wirklich ein nettes Männchen, dachte sie, als sie ihm ihre Entscheidung mitteilte. »Wir vom Stamm Rotes Auge werden mit euch zusammenarbeiten, sodass das Lächeln unseres Häuptlings nicht vergebens war und damit so viele Rotaugen wie möglich überleben.« Sie verneigte sich tief und reckte den Schwanz in die Höhe.

»Ich danke dir.« Auch er verneigte sich tief und hob den Schwanz. Sein Handeln sagte mehr, als Worte ausdrücken könnten.

Früh am nächsten Morgen stand Zaryusu vor Rororo und sah zum Eingang des Dorfs der Rotaugen. Er musste kräftig gähnen. Nachdem er bis spät in die Nacht als Beobachter dem Treffen der Rotaugen beigewohnt hatte, war er etwas müde, ihm blieb jedoch nicht viel Zeit. Er musste heute noch den nächsten Stamm erreichen.

Er schaffte es nicht, ein noch größeres Gähnen zu unterdrücken. Zaryusu hatte das Gefühl, er könnte auf Rororo schlafen, obwohl sein Gleichgewicht nicht das Beste war.

Er sah zur aufgehenden, fast gelben Sonne und dann zurück zum Tor. Er stutzte. Etwas Seltsames kam heraus.

Ein Grashaufen.

Aus einem Hemd aus verschiedenen losen Fäden und Stoffstücken wuchsen Unkräuter. Würde es irgendwo im Sumpfland herumliegen, wäre es von Weitem nicht von einem Flecken Gras zu unterscheiden gewesen.

Ah, ich hab so ein Monster schon mal gesehen. Zaryusu erinnerte sich an etwas, dem er auf seiner Wanderschaft begegnet war. Hinter ihm grollte Rororo leise warnend.

Natürlich wusste er, wer es war. Der herauslugende weiße Schwanz ließ keinen Zweifel.

Er beobachtete das gut gelaunte Schwingen des Schwanzes und beruhigte Rororo, während der Grashaufen näher kam.

»Morgen!«

»Ja, guten Morgen ... Sieht so aus, als hättest du keine Schwierigkeiten gehabt, den Stamm zu überzeugen?« Erneut sah er zur Siedlung der Rotaugen. Das ganze Dorf war in Aufruhr, Echsenmenschen liefen geschäftig umher.

Neben ihm drehte sich Crusch um und blickte in dieselbe Richtung wie er. »Ja, nicht im Geringsten. Wir sollten heute noch bereit sein, zu den Schlagenden Schwänzen aufzubrechen, und die Flüchtlinge sollten auch bald so weit sein.«

Die Priester hatten mittels Magie erfahren, dass die Schlagenden Schwänze als Erste vernichten werden sollten. Was das Timing anging, war es ein glücklicher Zufall, dass es nicht die Drachenzähne waren.

»Warum bist du dann hergekommen, Crusch?«

»Ganz einfach, Zaryusu. Aber verrate mir zuerst, was du jetzt vorhast.«

Nach dem Treffen letzte Nacht, das bis in den frühen Morgen gedauert hatte, schien es nur selbstverständlich, sich gegenseitig mit Vornamen anzusprechen. Sie hatten sich besser kennengelernt, wodurch es ihnen inzwischen leichter fiel, miteinander zu reden.

»Ich suche einen anderen Stamm auf, die Drachenzähne.«

»Für sie zählt nur Stärke, oder? Angeblich haben sie von allen Stämmen das schlagkräftigste Militär.«

»Richtig. Bislang hatten wir nichts mit ihnen zu schaffen, ich muss also vorbereitet sein.«

Alles, was er bislang über sie gehört hatte, war geheimnisumwoben. Das machte schon den Versuch eines Besuchs äußerst gefährlich. Und die Tatsache, dass sie nach dem Krieg die Reste der beiden unterlegenen Stämme aufgenommen hatten, machte das Unterfangen noch riskanter.

Da Zaryusu selbst mitgekämpft hatte, betrachteten ihn die Überlebenden ohne Zweifel als verhassten Feind. Doch für den bevorstehenden Kampf war die Unterstützung der Drachenzähne unverzichtbar.

»Ich verstehe … Dann sollte ich dich auf jeden Fall begleiten.«

»Was?«

»Ist das eigenartig?« Der Grashaufen raschelte.

Ohne ihr Gesicht zu sehen, war er sich nicht sicher, wovon sie sprach. »Ich weiß nicht, ob es eigenartig ist … auf jeden Fall ist es gefährlich.«

»Gibt es denn zurzeit irgendwo einen Ort, wo es nicht gefährlich ist?«

Zaryusu zögerte. Wenn er rational darüber nachdachte, gab es vieles, was dafürsprach, sie mitzunehmen. Doch als Männchen gefiel ihm der Gedanke nicht, seine Angebetete in eine riskante Situation zu bringen. »Ich kann gerade nicht klar denken …«

Das Gras verbarg sie, trotzdem hatte er den Eindruck, dass sie lachte.

»Ich hab da eine andere Frage. Was soll der Aufzug?«

»Steht er mir etwa nicht?«

Es geht nicht darum, ob er dir steht. Er ist bizarr. Oder sollte ich ihr lieber Komplimente machen? Zaryusu war sich nicht sicher, wie er antworten sollte. Nach sorgfältiger Überlegung entschied er, sie lieber nicht zu verärgern, auch wenn er ihre Miene nicht sehen konnte. »Ich denke, es sieht … gut aus?«

»Ja, klar«, blaffte sie.

Vermutlich hätte Zaryusu nichts tun können, um sich jetzt nicht niedergeschlagen zu fühlen.

»Ich vertrage einfach kein Sonnenlicht, deshalb trage ich das, sobald ich rausgehe.«

»Verstehe …«

»Oh, aber du hast mir nicht geantwortet. Darf ich dich begleiten?«

Es war zwecklos, zu sagen, was er dachte. Und sie dabeizuhaben könnte vermutlich dabei helfen, andere Stämme zu diesem Bündnis zu bewegen. Vielleicht dachte sie genauso und schlug es deswegen vor. In dem Fall hatte er keine weiteren Einwände. »Na schön. Leih mir deine Kraft, Crusch.«

Sie schien überaus begeistert. »Einverstanden, Zaryusu. Du kannst dich auf mich verlassen.«

»Bist du bereit aufzubrechen?«

»Natürlich. Ich habe meine Tasche gepackt.«

Jetzt, da sie es erwähnte, bemerkte er unter dem Gras den Höcker auf ihrem Rücken. Er roch nach frischen Kräutern, wenn auch etwas streng. Als Druidin benutzte sie vermutlich medizinische Pflanzen, von denen sie bestimmt ein paar dabeihatte.

»Zaryusu, du siehst müde aus.«

»Oh, ähm, bin ich auch … ein wenig. Ich hab die letzten Tage nicht viel geschlafen.«

Plötzlich ragte eine weiße Hand aus dem Gras. »Hier. Das ist eine Rikiriko-Nuss. Kau sie mit der Schale, aber nicht zerbeißen.«

Zaryusu nahm ihr die braune Nuss aus der Hand und schob sie sich, ohne zu zögern, in den Mund. Zuerst war da ein bitterer Geschmack, der seinen Verstand ein wenig klärte, jedoch nicht so sehr, dass er sagen würde, er fühle sich wach. Doch während er weiterkaute, explodierte plötzlich ein Geschmack auf seiner Zunge. Sogar sein Atem roch danach. »Hmpf! Erfrischend! Das macht einem wirklich die Nase frei.« Unbeabsichtigt reagierte er genauso, wie es sein Bruder tun würde.

»Schuu schuu«, lachte Crusch. »Du bist nicht mehr müde, oder? Das bedeutet aber nicht, dass du nicht erschöpft bist, übernimm dich also nicht! Sobald du kannst, solltest du dich ausruhen.«

Mit dem frischen, kühlen Gefühl in Mund und Nase nickte er. »Dann werde ich irgendwann auf Rororo schlafen.«

Ohne weiter Zeit zu verschwenden, stieg er auf den Rücken der Hydra. Crusch folgte ihm einen Moment später. Rororo funkelte Zaryusu an, offensichtlich nicht gerade von dem Gefühl von Gras begeistert, das über seinen Körper streifte, aber es gelang Zaryusu, ihn zu beruhigen.

»Gut, machen wir uns auf den Weg. Es wird ein bisschen holprig, halt dich also besser an mir fest.«

»Verstanden!« Sie schlang die Arme um ihn und das kratzige Gras kitzelte.

Dieses Gefühl hatte er nicht erwartet, sodass er die Stirn runzelte.

»Was ist los?«

»Ähm, nichts. Also los. Na schön, Rororo, wir verlassen uns auf dich.«

»Warum freue ich mich nur so?« Als sie loswankten, zauberte Cruschs aufgeregte Stimme ein Lächeln auf Zaryusus Züge.

2

Der Wald von Tob hatte einen neuen Herrscher. Es war totenstill, da alles Lebendige aus Angst vor diesem neuen König den Atem anhielt.

Doch an diesem Ort war es anders. Alles war erfüllt vom Geräusch fallender Bäume, die man dann abtransportierte. Schwere Ungetüme aus Eisen – Golems, die an schwere Baumaschinen erinnerten – trugen die Baumstämme in ein Gebiet, wo riesige Holzgebäude errichtet wurden. Und die Bauarbeiten waren noch lange nicht abgeschlossen. Für die Größe des Areals war die Anzahl der Gebäude überraschend gering.

Hier arbeiteten Golems und Untote. Bei den meisten der Untoten handelte es sich um *Elder Lichs* in auffälligen blutroten Roben. Jeder von ihnen hatte einen zwanzig Zentimeter großen Dämon auf der Schulter sitzen – *Imps* mit erdfarbener Haut und Fledermausflügeln. Sie hielten ihren Schwanz mit der giftigen Spitze hoch erhoben, um den *Elder Lichs* damit nicht im Weg zu sein.

Einer der *Elder Lichs* entrollte ein Stück Papier, um dann einem vorbeikommenden Golem Anordnungen zu geben. Wie befohlen blieb er stehen und der *Lich* sah zwischen dem Teil, das der Golem baute, und dem Papier hin und her. Schließlich sagte er etwas zu dem *Imp* auf seiner Schulter.

Daraufhin bestätigte der *Imp*, dass er verstanden hatte, und schwang sich in die Luft.

Sein Flattern war nicht gerade elegant, trotzdem erhob er sich immer höher, von wo aus er sich mit seinen Glupschaugen umsah. Es dauerte nicht lange, bis er fand, wen er suchte. Augenblicklich glitt er zu ihr hinab.

Es war einer der Wächter der sechsten Ebene der Großen Gruft von Nazarick, Aura Bella Flora. Sie gehörte zu den neuen Herrschern dieses Waldes.

Die Dunkelelfe benutzte ein trichterförmig zusammengerolltes Stück Pappe, um ihre Stimme zu verstärken. Der *Imp* landete flatternd vor ihr, verneigte sich und sie fragte: »Ja? Zu welcher Gruppe gehörst du?«

»Meisterin Aura, ich bin C-3.«

»Ein C, hm? Na schön. Gibt es schon wieder Schwierigkeiten?«

Alle Arbeitskräfte hier waren in Gruppen von A bis E eingeteilt und jede von ihnen arbeitete von den anderen unabhängig. Aura erinnerte sich, C errichtete die Lagerhäuser. Lediglich eine andere Gruppe war mit ihrer Arbeit weiter.

»Es gibt da ein Problem mit der Dicke des Holzes, das wir für den Bau verwenden. Wenn Ihr also einen Moment Zeit erüb…« Eine Stimme aus dem Eisenarmband um Auras Handgelenk ließ den *Imp* verstummen.

»Es ist Zeit!«

Es war die alberne Stimme eines gut gelaunten Mädchens und als Aura sie hörte, verzog sie das Gesicht. Sie ließ die Ohren hängen, wobei sie verlegen errötete. »Okay, verstanden, Lady Bukubuku Chagama!«, antwortete sie energisch.

»Es ist Zeit fürs Mittagessen. Machen wir für heute Morgen Schluss.«

Hier arbeiteten kaum Monster, die Nahrung benötigten. Tatsächlich trug Aura einen Ring des Erhalts, weshalb sie ebenfalls nicht essen, trinken oder schlafen musste. Doch ihre Herrin hatte ihr freundlich gesagt: »Leg gelegentlich eine anständige Pause ein.«

»Tut mir echt leid, aber ich mach jetzt Pause. Könntest du in einer Stunde wiederkommen?«

»Zu Befehl. Dann entschuldigt mich bitte.« Der *Imp* verneigte sich, bevor er wieder geräuschvoll abhob.

Nachdem sie dem *Imp* hinterhergesehen hatte, wie er durch die Luft zurück in Richtung Lagerhäuser taumelte, drückte Aura die Schultern durch und betrachtete wieder das Armband an ihrem Handgelenk – sie grinste von Ohr zu Ohr. Es war eine Belohnung ihres Meisters für gut geleistete Arbeit. Als von den Höchsten Geschöpfen erschaffene Wächterin war es für sie selbstverständlich, ihnen und vor allem ihrem Gebieter zu dienen, und es wäre falsch, etwas für ihre Ergebenheit zu verlangen. Dieses Angebot hatte sie jedoch nicht ausschlagen können.

»Eh he he he. Ich möchte Lady Bukubuku Chagama noch etwas zuhören.« Sanft streichelte sie das Armband, vielleicht sogar zärtlicher als die Bestien, über die sie herrschte.

Alle Stimmen des Items stammten von dem Höchsten Geschöpf, das Aura erschaffen hatte. Schon zu hören, wie sie ihr die Zeit nannte, erfüllte die Dunkelelfe mit reiner Freude. Als sie gehört hatte, dass ihr kleiner Bruder Mare einen Ring von Ainz Ooal Gown erhalten hatte, war sie ein wenig neidisch gewesen. Inzwischen war sie jedoch der Meinung, das bessere Geschenk bekommen zu haben.

»Eh he he he he.« Ihre Ohren hingen ein wenig herab, während sie das Armband fröhlich polierte. Als es im Sonnenlicht funkelte, nickte sie zufrieden. Dann runzelte sie verwirrt die Stirn. »Ich frage mich, warum Lord Ainz eingeschränkt hat, was ich damit machen kann.« Er hatte ihr dazu mehrere Befehle gegeben, beispielsweise *Programmiere keinen Alarm für 7:21 und 19:19.* »Vielleicht sollte ich fragen … Ach, das kann ich nicht machen!«

Als sie die Zahlenanzeige bemerkte, eilte sie davon.

Sie begab sich zu einer Maid.

Die einundvierzig Maids, die in der Großen Gruft von Nazarick arbeiteten, waren Heteromorphe – Homunkuli –, die äußerlich hübschen Frauen glichen. Diese hingegen war anders.

Sie hatte einen Hundekopf, mit einer an eine vernähte Narbe erinnernden Linie, die mitten durch ihr Gesicht verlief. Als hätte man ihren Kopf sauber gespalten – so unglaublich das auch schien – und dann wieder zusammengenäht. Sie hieß Pestonia S. Puppydog. Sie war die Leiterin der Maids und eine hochrangige Priesterin.

»Wie erbeten habe ich Euch einen Hamburger gebracht. Dazu noch Essiggurken und ungeschälte Pommes. Und als Getränk eine Cola … wuff.«

Während der kurzen Pause vor dem »Wuff« bekam Aura das Gefühl, sie hätte ihr Markenzeichen vergessen, sagte aber nichts dazu.

Das Aroma ließ ihr das Wasser im Mund zusammenlaufen und weckte einen wahren Heißhunger. Obwohl sie dank des Rings nichts essen musste, konnte sie es dennoch *tun* und Essen bereitete ihr Freude – besonders wenn es etwas war, dessen Duft so angenehm in der Nase kitzelte.

»Die Effekte Eurer Mahlzeit sind …«

»Ach, schon okay. Das muss ich nicht wissen. Ich hab es nicht bestellt, um irgendwelche Fähigkeiten zu steigern.«

»Verstanden, wuff.«

Pestonia wandte sich dem Essenswagen neben ihr zu, der herrliche Gerüche verströmte.

»Mittagessen, Mittagessen!«

Während sie Auras Essenslied lauschte, hob Pestonia die Abdeckung von einem Silbertablett.

»Ooh!« Als sie ihr Essen sah, erwähnte Aura etwas, das ihr gerade wieder einfiel. »Fettarmes Rinderhack ist nicht schlecht, aber mir wäre eine Mischung aus Rind und Schwein lieber. Ich frage mich, ob du mir einen Burger mit drei Pattys daraus machen kannst.«

»Ich werde es an den Koch weitergeben, wuff.«

»Klasse, danke!«

Aura schnappte sich das Tablett und machte sich lächelnd wieder auf den Weg.

3

Während sie sich dem Dorf der Drachenzähne näherten, linste ein Haufen Pflanzen an Zaryusus Schulter vorbei. Selbstverständlich war es Crusch. Sie bewegte die Hände, woraufhin das Gras auf ihrem Kopf geteilt wurde und das Gesicht freilegte, das er so hübsch fand.

»Willst du wirklich einfach so hineinreiten? Legst du es darauf an, einen Kampf vom Zaun zu brechen?«

»Ganz im Gegenteil. Für den Stamm Drachenzahn ist Stärke das Wichtigste. Wenn ich jetzt von Rororo absteige, könnte das Ärger geben – ich könnte in einen Kampf geraten, noch bevor ich den Häuptling zu Gesicht bekomme. Was das angeht, ist Rororo eine hervorragende Abschreckung.«

Während sie weiterritten, spießten mehrere bewaffnete Krieger im Dorf sie mit ihren Blicken auf.

Als Antwort auf diese Feindseligkeit stieß Rororo einen tiefen, leisen Ruf aus. Trotz der Warnung trieb ihn Zaryusu weiter vorwärts.

Sollte er es übertreiben, würde es auf jeden Fall zu einer Auseinandersetzung kommen. Als die Luft vor Anspannung förmlich knisterte, hielt er Rororo endlich an und stieg ab. Einen Moment später folgte auch Crusch.

Mehrere Krieger starrten das Paar derart eindringlich an, dass es körperlich spürbar war. In ihrem Blick lag mehr als nur Feindseligkeit, sie wollten Blut sehen.

Crusch schien ein wenig überfordert und blieb reglos stehen. Sie war vielleicht eine mächtige Druidin, allerdings hatte sie sich nur selten feindseligen Kriegern gegenübergesehen.

Zaryusu hingegen trat einen Schritt vor. Er verdeckte Crusch halb mit seinem Körper und erhob die Stimme. »Ich bin Zaryusu Shasha und komme vom Stamm Grüne Klaue. Ich möchte mit eurem Häuptling sprechen!« Seine Selbstsicherheit erstickte ihre Mordlust und die Drachenzahn-Krieger wirkten verdutzt und gar nicht mehr so angriffslustig.

Crusch folgte seinem Beispiel. »Ich bin Crusch Lulu, amtierender Häuptling der Rotaugen. Ich bin ebenfalls gekommen, um mit eurem Häuptling zu sprechen.« Sie war vergleichsweise leise, sprach aber mit der Selbstsicherheit und Umsicht eines Stammesoberhaupts. Das stolze Männchen vor ihr hatte ihr Mut gemacht und das kleine, verletzliche Weibchen von gerade eben war verschwunden.

»Ich sage es noch mal! Wir sind hier, um mit eurem Häuptling zu sprechen! Wo ist er?«

Mit einem Mal schlug die Atmosphäre um. Fast als hätten die Emotionen körperliche Form erlangt und würden über Zaryusu und Crush herfallen.

Augenblicklich zuckten alle vier von Rororos Köpfen. Er öffnete die Mäuler, grollte drohend und gab sich möglichst bedrohlich. Einen Moment lang wichen die Echsenmenschen zurück, als würden sie sich vor den anhaltenden, hohen Schreien der Hydra fürchten.

»Du musst mich wirklich nicht beschützen.«

»Hab ich auch nicht vor. Du bist aus freien Stücken mitgekommen. Aber wenn sie schon jemanden für den Zerfall ihrer Stämme verantwortlich machen wollen, dann gefälligst mich.«

Am Eingang des Dorfs versammelten sich immer mehr Krieger. Jeder Einzelne von ihnen war eine beeindruckende Erscheinung mit verblassten Narben auf den Schuppen. Vermutlich hatten sie harte

Kämpfe erlebt. Doch Zaryusu konnte sehen, der Häuptling war nicht unter ihnen. Es handelte sich nur um gewöhnliche Krieger. Keiner von ihnen besaß die Würde seines älteren Bruders oder war so außergewöhnlich wie Crusch.

Das einzige Geräusch war Rororos warnendes Grollen. Jeder der Echsenmenschen blieb auf der Hut. Dann ...

»Ah!«, keuchte Crusch leise. Zaryusu hingegen blieb gefasst, als der Echsenmensch, auf den sie warteten, endlich erschien – er hatte dieses ungeheuer mächtige Wesen gespürt, noch bevor er es sehen konnte. Dennoch war er ein wenig schockiert, als der Häuptling vor sie trat.

Um diesen Echsenmenschen mit einem Wort zu beschreiben: *monströs*.

Er war riesig, fast zweieinhalb Meter groß. Das allein machte ihn noch nicht bizarr, trotzdem gab es Gründe, ihn so zu beschreiben. Sein rechter Arm war groß und massig. Vergleichbar mit Winkerkrabben mit ihrer übergroßen Schere. Sein linker Arm hingegen war nicht dürr, sondern etwa so groß wie Zaryusus. Der rechte war nur so viel massiver, doch nicht durch Krankheit oder Fehlbildung, sondern dank der Muskeln. An seiner linken Hand fehlten der Ring- und der kleine Finger. Es sah so aus, als hätte ihm jemand den Mund bis zum Hinterkopf aufgeschlitzt. Sein Schwanz war platt und glich dadurch weniger dem eines Echsenmenschen, sondern mehr dem eines Alligators. Aber auffälliger als alles andere war das Brandmal auf seiner Brust. Die Form unterschied sich von Zaryusus, doch die Bedeutung war dieselbe: Er war ein Reisender.

Er sah sich Zaryusu und Crusch genau an – es folgte ein Geräusch wie aufeinanderklopfendes, trockenes Holz. Die scharfen Zähne des Echsenmenschen rieben aneinander. Anscheinend lachte er.

»Du hast es also geschafft, Träger von Frost Pain.« Seine tiefe Stimme passte zu dem absonderlichen Aussehen. Vermutlich klang er immer so, trotzdem war es beängstigend.

»Freut mich, dich kennenzulernen. Ich bin vom Stamm Grüne Klaue un…«

Der Echsenmensch winkte ab, als wollte er sagen: *Nicht nötig.* »Wie wäre es einfach mit euren Namen?«

»Zaryusu Shasha. Und das ist Crusch Lulu.«

»Ist das ein … Pflanzenmonster? Nun, du hast eine Hydra mitgebracht, ist also kaum verwunderlich, wenn du noch ein anderes Monster als Haustier hast.«

»Nein …«

Crusch wollte sich gerade rechtfertigen, doch der riesige Echsenmensch winkte erneut ab. »Nehmt den Scherz nicht so ernst, ihr Witzfiguren.«

Noch während Crusch mit ihrem Gras raschelte, bedachte er sie mit einem gelangweilten Blick und wandte sich stattdessen an Zaryusu: »Na, dann will ich mal fragen, warum ihr hier seid.«

»Könnte ich vorher deinen Namen erfahren?«

»Klar, ich bin der Häuptling der Drachenzähne, Zenberu Gugu. Kannst mich Zenberu nennen!«, verkündete er breit grinsend.

Zaryusu hatte sofort gewusst, dass es sich bei ihm um den Häuptling handelte, doch dass ein Reisender diese Stellung innehatte, war überraschend. Andererseits ergab es Sinn. Auf keinen Fall konnte dieses Männchen *nur* ein Reisender sein. Mit seinem Erscheinen verschwand die Feindseligkeit der anderen. Dieses Männchen verfügte über absolute Autorität, enorme militärische Schlagkraft und einigende Gewalt.

»Und du kannst mich Zaryusu nennen. Also … Zenberu. Ich nehme an, ihr hattet vor Kurzem Besuch von einem seltsamen Monster?«

»Ja, der Bote des Erhabenen.«

»Das macht das Ganze einf…«

Zenberu hob eine Hand, um Zaryusu zu unterbrechen. »Ich kann mir schon denken, was du sagen willst, aber wir trauen nur den Starken.

Nimm dein Schwert.« Der gespaltene Mund des riesigen Häuptlings der Drachenzähne zeigte ein fröhliches, scharfzahniges Lächeln.

»Was?« Crusch keuchte als Einzige überrascht auf. Die anwesenden Krieger und Zaryusu schienen einverstanden.

»Wie direkt, Häuptling der Drachenzähne! Das ist die schnellste Methode, um zu einem eindeutigen Urteil zu kommen.«

»Und du bist ein hervorragender Bote. Vermutlich hätte ich mir das denken können, immerhin trägst du ja Frost Pain.«

Der Stärkste wird Häuptling. Für einen Echsenmenschen war das nur natürlich. *Aber ist das auch dann noch gut, wenn es um den Fortbestand des Stamms geht? Sollten sich nicht mehrere beraten und verschiedene Herangehensweisen diskutieren, bevor eine Entscheidung getroffen wird?* Das waren Cruschs Gedanken – doch sie konnte sich die Logik dahinter nicht erklären.

Jeder der Umstehenden, Männchen wie Weibchen, stimmte der Entscheidung ihres Häuptlings zu. Bis vor Kurzem hätte sie noch gesagt: *So treffe ich auch meine Entscheidungen.*

Warum hege ich dann jetzt Zweifel? Woher kamen diese Bedenken?

Stehe ich unter magischem Einfluss? Das war unmöglich. Sie war überzeugt, dank ihrer Magie jedem Echsenmenschen im Sumpf gewachsen und sogar überlegen zu sein. Dieser Stolz sagte ihr, es war keine Magie im Spiel.

Crusch sah zu den beiden Männchen. Zaryusu und Zenberu. Nebeneinander sahen sie wie ein Kind und ein Erwachsener aus.

Als Caster wusste sie natürlich, körperliche Überlegenheit war nicht entscheidend, trotzdem ließ dieser Unterschied ihr Herz schreien: *Ich hasse das!*

Ich hasse das? Ich hasse den Gedanken, dass sie – nein, er *– kämpft?* Sie suchte in sich nach einer Erklärung für dieses eigenartige Gefühl in ihrem Herzen. *Warum bin ich so sehr dagegen? Warum will ich nicht, dass sie kämpfen?*

Es gab eine Antwort. Sie musste nicht einmal darüber nachdenken. Sie lächelte schwach, ein wenig unbeholfen und mit einem Hauch von Spott. *Du musst es dir einfach nur eingestehen, Crusch. Du willst nicht, dass Zaryusu kämpft, weil du Angst hast, er könnte verletzt werden ... oder sogar sterben.*

Bei solchen Kämpfen starb fast nie jemand. Aber eben nur *fast nie*, was bedeutete, gelegentlich kam es doch vor. Wenn es zu wild wurde, konnte durchaus jemand sterben. *Ich will meinen Ehemann nicht in einem solchen Kampf sterben sehen.*

In ihrem Herzen hatte sie Zaryusus Antrag längst angenommen.

So hat mich noch kein Männchen behandelt ... Das soll aber nicht heißen, ich sollte mich einfach so umgarnen lassen ... Wie nennt man das? »Leicht zu haben«? Aah, ich bin irgendwie ... glücklich und doch traurig ... Ach, ich weiß nicht!

Mit ihren Gefühlen im Reinen ging sie zu Zaryusu, der gerade mit Aufwärmen beschäftigt war, und tippte ihm auf die Schulter. »Brauchst du noch was zur Vorbereitung?«

»Nein. Alles bestens.«

Sie tippte ihm erneut auf die Schulter. Es war eine starke Schulter.

Etwa im selben Alter, als sie angefangen hatte, die Welt um sich herum zu verstehen, hatte sie den Pfad der Priesterin eingeschlagen. Während dieser Zeit hatte sie bei Gebeten, dem Auftragen von Medizin und dem Wirken von Zaubern die Körper vieler Männchen berührt. Trotzdem war da dieses Gefühl, sie hätte Zaryusu bereits häufiger berührt als alle anderen zusammen.

Das ist also Zaryusus Körper ...

Allmählich erregte ihn die Aussicht auf den Kampf, seine Muskeln schwollen an. Für sie fühlte sich das sehr maskulin an.

»Stimmt was nicht?« Offenbar fand er es seltsam, dass Cruschs Hand blieb, wo sie war.

»Hm?! Ähm, äh … Priesterlicher Segen!«

»Aha. Die Geister deiner Ahnen werden mir beistehen, obwohl ich von einem anderen Stamm bin?«

»Die Geister unserer Ahnen sind nicht so engstirnig. Viel Glück!«

Zenberu bereitete sich ähnlich vor. In der rechten Hand hielt er einen riesigen Speer – eine stählerne Hellebarde von etwa drei Metern Länge, für die jeder andere Echsenmensch beide Hände gebraucht hätte. Dann – ganz beiläufig – schwang er sie.

Obwohl sie ein paar Meter entfernt stand, spürte Crusch den Windzug, mit dem die Waffe durch die Luft schnitt.

»Kannst du …? Nein. Wirst du das schaffen?«

»Hmm, zumindest hab ich es vor, auf die eine oder andere Art.«

Sie hatte fragen wollen, ob er gewinnen könnte, sich aber zurückgehalten. Zaryusu kämpfte, weil er wusste, er musste siegen. Und deshalb würde er nicht unterliegen. Sie kannte ihn erst einen Tag, war nur einen halben mit ihm gereist, dennoch wusste sie: Dieses Männchen war es wert, es zu lieben.

»Na gut, bist du bereit, Träger von Frost Pain … Äh, Zaryusu.«

»Alles bestens. Ich bin jederzeit bereit.« Er wandte sich von Crusch ab und betrat den Kreis, der ihr Kampfplatz sein sollte.

»Hah«, seufzte Crusch, die nichts weiter für ihn tun konnte.

Die Wärme in Zaryusus Schulter, wo ihn Crusch so lange berührt hatte – obwohl es vermutlich gar nicht so lange gewesen war –, verblasste.

Das Duell war eine vereinfachte Version dessen, durch das der Häuptling bestimmt wurde. Da es ein Zweikampf war, widersprach es den Regeln, dass jemand Zauber wirkte.

Während die Wärme sein Herz taumeln ließ, als sie die Hand nicht wegnahm, dachte er, sie hätte möglicherweise einen Verteidigungszauber gewirkt. Doch als amtierender Häuptling ihres Stamms musste Crusch die Regeln kennen.

Wenn es also keine Magie war, warum war er so aufgeregt?

Weil ich ein Männchen bin? Weil ich ein Weibchen beeindrucken möchte? Mein Bruder hat mich mal als toten Baum bezeichnet ... Sieht so aus, als hätte er sich geirrt.

Zaryusu betrat den Kreis aus Echsenmenschen, nahm Frost Pain von seiner Hüfte und hob es. Von seinem Willen herbeigerufen überzog frostiges Weiß die Klinge.

Die umstehenden Echsenmenschen keuchten. Die einen waren Überlebende der Scharfen Klinge, die den vorherigen Träger von Frost Pain kannten. Andere hatten miterlebt, zu was diese Waffe fähig war.

Als Zenberu sah, wie Zaryusu die Macht weckte, die nur der wahre Träger von Frost Pain entfesseln konnte, schimmerte ein wenig Freude durch seine bösartige Miene – die Freude eines knurrenden, zähnefletschenden Tieres.

»Ich möchte niemanden schwer verletzen«, erklärte Zaryusu kalt als Antwort auf die Grimmigkeit, die der Echsenmensch vor ihm ausstrahlte.

Diese Provokation peitschte den Unmut der Krieger in der Menge wieder auf, aber ein scharfes Platschen und das dazugehörige herumspritzende Wasser beruhigte sie augenblicklich.

Zenberu hatte die Spitze seines Speers in den Sumpf gestoßen. »Ach ...? Dann darf ich mich nicht geschlagen geben. Hört zu! Wenn ich verliere, ist der hier euer neuer Häuptling! Keine Einwände, keine Widersprüche und kein Rumheulen!«

Auf keinen Fall waren sie damit einverstanden, doch nicht einer der Krieger erhob Einspruch. Sollte Zaryusu Zenberu töten, würden sie vermutlich zähneknirschend gehorchen.

»Na schön, jetzt sind wir so weit. Greif mich an, als wolltest du mich töten. Vermutlich bin ich der stärkste Gegner, den du jemals vor dir hattest.«

»Damit könntest du recht haben … Einverstanden. Und sollte ich sterben …« Er sah hinter sich zu Crusch.

»Klar, ich bring dein Weibchen sicher nach Hause zurück.«

»*Noch* ist sie nicht mein, aber in Ordnung.«

»Ha, aber du hast es auf sie abgesehen, oder? Dieses Pflanzenmonster! Ist sie es denn wert?«

»Auf jeden Fall.«

Sie ignorierten das Weibchen, das sich zusammenkauerte und sich den Kopf hielt.

»Das macht mich neugierig. Wenn ich gewinne, hol ich sie vielleicht aus dem Busch raus, um sie mir anzusehen. Danach schick ich sie nach Hause.«

Bis eben hatte Zaryusu nur dem Kampf selbst entgegengefiebert, nun durchströmte ihn eine neue, andere Kraft.

»Also, jetzt hab ich einen wirklich guten Grund, nicht zu verlieren. Jemand wie du bekommt Crusch nicht zu sehen!«

»Du bist ja richtig verrückt nach ihr!«

»Ja, absolut.«

Selbst jetzt beachteten sie das wimmernde Weibchen nicht, während andere versuchten, mit ihr zu sprechen.

»Ha!«, lachte Zenberu über alle Maßen glücklich. »Dann streng dich besser an! Wenn du verlierst, war's das!«

»Oh, das hab auch vor.«

Die beiden starrten einander an, als wären sie endlich fertig mit dem Geplänkel.

»Fangen wir an?«

»Na komm schon!«

Dennoch rührte sich keiner der beiden.

Als die Zuschauer anfingen, ungeduldig zu werden, schob sich Zaryusu als Erster ein, zwei Zentimeter vor. Obwohl es in diesem Teil des Sumpflands ziemlich feucht war, hörte man keinen Laut von ihm.

Zenberu wartete einfach auf ihn.

Als sich Zaryusu ein Stück weiter näherte, zischte vor ihm ein Brüllen durch die Luft und er sprang zurück. Es war Zenberus Speer. Er hatte keinerlei Technik, keine Finesse – er schwang ihn einfach herum. Und genau das machte ihn so gefährlich.

Zaryusu bereitete sich darauf vor, auf Zenberu zuzustürmen, und sein Gegner hielt seinen Speer bereit. Er schwang dieses riesige Ding nur mit seinem rechten Arm herum. Und dann nahm er schnell wie der Wind wieder eine kampfbereite Haltung ein.

Zaryusu hatte eine Idee. Um sie auf die Probe zu stellen, näherte er sich erneut – und die Gewalt eines kräftigen Winds zerrte an ihm. Er fing den Schaft mit Frost Pain ab und der Aufprall raste durch seinen Arm – er verlor den Boden unter den Füßen.

Mit der Kraft eines Armes hatte Zenberu einen ausgewachsenen Echsenmenschen in die Luft geschleudert. Dieser Arm widersprach jeglicher Vernunft.

Aufregung knisterte in der Luft. Die überwältigende Kraftdemonstration ihres Häuptlings ließ die Krieger brüllend jubeln.

Mit platschenden Schritten ging Zaryusu auf Abstand, wobei er mit seinem Schwanz das Gleichgewicht hielt. Er schüttelte die taube Hand und verengte die Augen ein wenig. *Was zum …?* Er starrte den Riesen vor ihm auf alles vorbereitet an. *Jetzt mal ernsthaft, was? Er ist so … schwach.*

Er *war* erstaunlich schnell. Wenn Zaryusu die Schläge mit seinem Schwert parierte, wurde er zurückgeschleudert. Doch mehr auch nicht. Er hatte keine Angst. Zenberu schwang seinen Speer herum, wie das

Kinder mit Stöcken machten. Die Frage war, hatte er wirklich sonst nichts zu bieten? Man sollte annehmen, mit diesem Arm könnte er präziser und kräftiger zuschlagen.

Nimmt er diesen Kampf nicht ernst oder will er mich in Sicherheit wiegen?

Zaryusu spürte, dass das nicht der Fall war. Er war auf der Hut vor dem Unbekannten und überdachte seine Strategie, als Zenberu, der sich keinen Schritt bewegt hatte, grinsend fragte: »Was ist los? Hat Frost Pain Ladehemmungen?«

Vermutlich versuchte er, ihn zu provozieren, Zaryusu reagierte nicht.

»Ich hab mal einen Kampf gegen den vorherigen Träger von Frost Pain verloren.«

Zaryusu erinnerte sich an ihn. Er kannte das Männchen, von dem Zenberu sprach: den Häuptling des inzwischen ausgelöschten Stamms Scharfe Klinge. Zaryusu hatte ihn getötet.

Bis jetzt hatte sich Zaryusu auf Zenberu konzentriert, nun aber achtete er auch auf ihre Umgebung. In diesem Meer aus Feindseligkeit stachen die Überlebenden Scharfen Klingen besonders hervor.

»Die Verletzungen an meiner linken Hand stammen aus diesem Kampf.« Zenberu hob wie zum Beweis die Hand, an der die zwei Finger fehlten. »Wenn du die Kraft einsetzt, mit der er mich besiegt hat, hast du vielleicht eine Chance.«

»Denkst du?«, erwiderte Zaryusu absolut gelassen.

Es war auf alle Fälle eine beeindruckende Kraft. Man konnte sie zwar nur dreimal am Tag einsetzen, dafür führte sie aber in den meisten Fällen zum Sieg. Zaryusu hatte den vorherigen Träger nur besiegt, weil der sie bereits aufgebraucht hatte. Andernfalls würde er heute vermutlich nicht hier stehen.

Keinesfalls würde jemand, der Frost Pains Macht kannte, das Risiko eingehen, sie noch einmal zu erleben. Zaryusu spannte sich an. *Ich weiß nicht … Aber so komme ich nicht weiter. Vermutlich sollte ich angreifen.*

Mit dieser Entscheidung machte er doppelt so schnell wie zuvor einen Satz auf Zenberu zu.

Und die Hellebarde begegnete ihm mit enormer Wucht.

Zaryusu wich nicht aus, sondern fing sie mit Frost Pain ab. Jeder der Zuschauer rechnete damit, dass ihn das erneut zurückwerfen würde.

Krachend trafen die beiden Waffen aufeinander – und Zaryusu parierte einfach. Er brauchte nicht einmal eine Kampfkunst. Zenberu benutzte seinen Speer wie ein spielendes Kind. Das machte es Zaryusu leicht, jeden Angriff abzuwehren, egal wie kraftvoll.

Zenberu riss überrascht die Augen auf – nein, es war Bewunderung.

In diesem Moment fiel Zaryusu wie ein Sturm über seinen Gegner her. Zenberu konnte versuchen, seine Hellebarde herumzureißen, doch er wäre zu langsam. Selbst wenn er die Kraft hätte, den Schwung seiner Waffe abzufangen und sie direkt herumzureißen, würde das mehrere Augenblicke kosten – und das war mehr als genug Zeit für Zaryusu, um an ihn heranzukommen.

Die Klinge grub sich in Zenberus Fleisch …

… und frisches Blut floss.

Jubel brandete auf, dazwischen das einsame Kreischen eines Weibchens. Derjenige, der blutete und sich fluchtartig zurückzog, war nicht Zenberu. Zaryusu hatte zwei blutende Schnitte im Gesicht.

Anders als zuvor setzte Zenberu nun nach, wollte Zaryusu nicht entkommen lassen. Und er griff ihn auf dieselbe Art an, wie er ihn bereits verletzt hatte – mit seinen Krallen.

Als Frost Pain auf sie traf, ertönte ein hartes, metallisches Klirren. Einen Herzschlag später landete Zenberus Hellebarde laut platschend im Sumpf.

»Grrrrahhhh!« Brüllend schlug der riesige Echsenmensch erneut mit seinem massigen Arm zu.

Verglichen zu der kindlichen Art, mit der er seinen Speer schwang, waren diese Angriffe eines Meisters würdig. Jetzt verstand Zaryusu.

Zenberu war kein Krieger – er war ein Mönch, der seinen Körper mithilfe einer besonderen Energie namens Chi zu einer Waffe machte.

Zaryusu fing die Hand mit seiner Waffe ab.

Die Krallen eines Echsenmenschen waren härter und schärfer als menschliche Fingernägel, allerdings nicht hart genug, um bei einem Aufeinandertreffen Metall klirren zu lassen. Ja, das war eine Fähigkeit von Mönchen, die Zähne und Nägel härter machte: *Natural Steel Weapon.* Angeblich war ein Mönch auf dem Zenit seiner Kräfte in der Lage, sogar Adamant, das härteste Metall von allen, mit bloßen Fäusten zu verbiegen. So stark war Zenberu nicht – seine Grenze lag bestenfalls bei Stahl. Doch wenn sich diese Krallen mit Frost Pain, einem der Vier Großen Schätze der Echsenmenschen, messen konnten, durfte Zaryusu sie auf keinen Fall unterschätzen.

Es folgte ein weiterer Schlagabtausch. Zenberu griff mit seinen Händen an, Zaryusu führte Frost Pain. Sie wichen den Angriffen des anderen aus, trafen aufeinander und machten eine kurze Pause.

»Ha ha! Du lebst noch?!« Zenberu lecke sich Blut und Fleischfetzen von den Fingern.

Im Gegenzug leckte sich Zaryusu mit der Zunge, die länger als die eines Menschen war, die rote Flüssigkeit von dem Teil seines Gesichts, der menschlichen Wangen entsprach. Er war dem Angriff, der auf sein Auge abgezielt hatte, nur um Haaresbreite ausgewichen. Er war verletzt, wenn auch nicht schwer. Er konnte noch eine ganze Weile weiterkämpfen.

Während Zaryusu seinen Ahnen dankte – *und ich nehme an, Cruschs haben mitgeholfen* –, beschwerte sich Zenberu: »Weißt du … wenn du dieses Manöver nicht benutzt und ich dich besiege, werde ich denken, du hast es mir leicht gemacht.« Er ballte die Fäuste und schlug sie mehrmals vor seiner Brust gegeneinander.

»Tut mir leid, aber das hab ich nicht vor.«

»Hrmm. Dann heul nachher aber nicht, du hättest nicht ernsthaft gekämpft!«

»Würdest du mir das nach unserem bisherigen Schlagabtausch ernsthaft zutrauen?«

»Nein, eigentlich nicht. Tut mir leid. Aber wenn du es nicht benutzen willst, dann erledige ich dich jetzt!«

Begleitet von einem gewaltigen Luftzug trat er mit einem seiner stämmigen Beine nach Zaryusu.

Der reagierte, ohne zu zögern. Er wich dem Fuß aus und schlug sofort mit Frost Pain zu, das Schwert prallte jedoch mit einem metallischen Klang ab.

Staunend riss er die Augen auf.

Zu versuchen, ein Schwert mit bloßen Händen abzuwehren, führte zu Verletzungen. Das war logisch. Wenn ein Mönch allerdings Chi benutzte, wurden die Karten neu gemischt.

Das war *Iron Skin*, eine besondere Kraft, die Haut bei Kontakt hart wie Stahl werden ließ, indem sie den Körper mit Chi umgab. Ein geübter Anwender konnte sie wie *Natural Steel Weapon* zur Verteidigung nutzen.

Zenberu wehrte das magische Schwert ab. Ein Beleg für seine Ausbildung als Mönch. Doch Zaryusu war sich seines Sieges gewiss.

Was ihre kämpferischen Fähigkeiten anging, war der Unterschied zwischen ihnen nicht besonders groß – Zenberu war nur *von Anfang an* im Nachteil gewesen.

Die Anzahl der verschiedenen Angriffe war überwältigend: Tritte, Schwanzhiebe, Schläge, mit den Krallen ... Jeder davon war schnell und kraftvoll.

Es machte den Eindruck, dass Zaryusu nicht länger angriff und sich voll und ganz auf seine Verteidigung konzentrierte.

Eine Trefferserie nach der anderen.

Hätte Zaryusu nicht jeden der zerstörerischen Angriffe abgewehrt, wäre bereits alles vorbei. Die umstehenden Echsenmenschen jubelten, zuversichtlich, ihr Häuptling würde dank seiner anhaltenden Angriffe den Sieg davontragen.

Gelegentlich streiften Zenberus Krallen den Körper seines Gegners und die Haut, eigentlich durch harte Schuppen geschützt, platzte auf. Blut floss. Das waren keinesfalls unerhebliche Verletzungen – und es waren unzählige. Zaryusus Leben hing am seidenen Faden. Es wäre kaum verwunderlich, würde er plötzlich aufgeben oder zusammenbrechen. Die Echsenmenschen lachten und freuten sich über den Sieg ihres Kämpfers.

Der Häuptling sah das allerdings anders. Jedes Mal, wenn seine Angriffe abgewehrt wurden, spürte er, wie ihm der Sieg immer mehr entglitt. Und das machte ihn ein wenig nervös.

Die Klinge von Frost Pain war mit einem Zauber belegt, der dem Gegner bei einem Treffer zusätzlich zum Schnitt Kälteschaden zufügte. Als Nebeneffekt hatte das Schwert die Macht, diesen Schaden auch auf den Gegner zu übertragen, wenn ihre Waffen aufeinandertrafen. Anders ausgedrückt, selbst wenn Zenberus Hand das Schwert berührte, schwächte ihn das ein wenig. Seine Hände und Füße waren bereits taub und allmählich wirkte sich das auf seine Bewegungen aus.

Verdammt. Das letzte Mal hab ich so schnell verloren, dass … ich von dieser Kraft nichts mitbekommen hab! Es war nicht nur dieses eine Manöver! Nur angemessen für einen der Vier Großen Schätze!

Eben weil Zaryusu von diesem Effekt wusste, hatte er sich für eine defensive Strategie entschieden – er kämpfte auf eine Art, mit der er dennoch Schaden verursachte. Deshalb wich er Zenberus Angriffen nicht aus.

Er hatte den vorsichtigen Pfad zum Sieg gewählt. Diese Besonnenheit machte ihn zu Zenberus größtem Feind.

Als ihn Zaryusu ansprang, reagierte Zenberu mit einem besonderen Gegenangriff. Der Moment, in dem der Stammesangehörige von Grüne Klaue diesen abfing, sanken Zenberus Aussichten auf einen Sieg.

Es war, als würde er eine uneinnehmbare Festung angreifen. *Ach Scheiße! Ich krieg ihn nicht klein … aber dennoch! Ich hab nur auf diesen Moment gewartet! So lange!* Die Erinnerung an ein Männchen, gegen das Zenberu einst gekämpft hatte, blitzte vor seinem geistigen Auge auf. Damals war er noch nicht so stark gewesen. Er hatte unaufhörlich trainiert, um ihn eines Tages zu schlagen. Und als er gehört hatte, sein Gegner habe den Tod gefunden, hatten Frustration und Bedauern sein Herz übermannt, dennoch hatte er nicht nachgelassen.

Alles für diesen Tag.

Als Häuptling seines Stamms konnte er nicht einfach alles hinter sich lassen und in die Schlacht ziehen. Daher hatte er sich so sehr darüber gefreut, zu hören, dass der Träger von Frost Pain ins Dorf gekommen war.

Es war einfach nicht richtig, einen Kampf, nach dem er sich so sehr gesehnt hatte, einfach so abzubrechen. Er schlug, er trat. Er verlor immer mehr das Gefühl in Händen und Füßen und sein Chi hatte keinen Reichweiteneffekt. Trotzdem gab er nicht auf.

Er ist stark! Stärker noch als der andere!

Er nahm an, dieses Männchen hatte genau wie er unablässig trainiert. Und darum würden sie niemals ebenbürtig sein. Er könnte natürlich sagen, er hätte wegen Frost Pain verloren, aber er wollte keine dermaßen erbärmliche Entschuldigung benutzen. *Genau so sieht es aus. Das ist der Träger von Frost Pain. Das stärkste Männchen unter allen Echsenmenschen!*

Er ließ nicht locker, während der klare Teil seines Verstands Zaryusu dafür bewunderte, wie er seine Tritte mit dem Schwert parierte.

Eine Verletzung, Blut, noch eine Verletzung.

Crusch achtete auf jede Kleinigkeit des erbitterten Hin und Hers und dank ihrer außergewöhnlichen Druidenfähigkeiten hatte sie gesehen, in welche Richtung sich der Kampf neigte. *Unglaublich ... Das muss ihm von Anfang an klar gewesen sein.*

Zaryusus bemerkenswerte Fähigkeiten als Krieger beeindruckten sie zutiefst.

Jubel wurde laut.

Er galt Zenberu, der Zaryusu mit seinen unermüdlichen Angriffen zu überwältigen schien. Die umstehenden Echsenmenschen bemerkten es nicht, doch die Bewegungen seiner Arme und Beine wurden zunehmend langsamer.

Zaryusu war stark. Das konnte Crusch mit Überzeugung sagen.

Die meisten Echsenmenschen neigten dazu, ihren Gegner im Kampf mit ihren robusten körperlichen Fähigkeiten zu bedrängen, während Zaryusu – und Zenberu – taktisch agierten. Zusätzlich verfügte Zaryusu über Frost Pain, das seine Fähigkeiten unterstützte. Deshalb war das Schwert auch das größte Ungleichgewicht in dieser Auseinandersetzung. Dennoch spürte sie ohne jeden Zweifel, dass das nicht alles war.

Würde ein durchschnittlicher Krieger Zenberu ebenso in Bedrängnis bringen, wenn er Frost Pain hätte? Die Antwort lautete *Nein*. Der Häuptling war ein ernst zu nehmender Gegner. Die Waffe war mächtig, aber dass er ihre Fähigkeiten voll und ganz ausnutzte, machte Zaryusu zu einem herausragenden Krieger.

Seine größte Gabe war, wie schnell er seinen Gegner lesen konnte. Das hatte es ihm auch ermöglicht, Zenberus Angriff auszuweichen, als dieser seinen Speer aufgegeben hatte. Er hatte geahnt, dass der andere Echsenmensch noch ein Ass im Ärmel hatte und der Speer nur eine Finte gewesen war.

Das Wissen über Fischzucht, seine Kampftechnik – wie viel hatte er auf der Wanderschaft, wegen der er sein Mal trug, gelernt?

Ohne es zu bemerken, war Zaryusus Sieg für Crusch zu einer unabwendbaren Selbstverständlichkeit geworden. Sie betrachtete sein Profil ohne Sorge, stattdessen kribbelte etwas anderes in ihrer Brust. »Er ist ein atemberaubendes Männchen ...«

Der Zweikampf war dermaßen beeindruckend, dass keiner der Zuschauer bemerkte, wie viel Zeit verging. Das galt jedoch nicht für die Kontrahenten. Die angestrengten Atemzüge waren ein unmissverständliches Zeichen, dass die körperliche und geistige Anstrengung allmählich überhandnahm.

Es war bemerkenswert, dass Zaryusu trotz seiner zahlreichen Verletzungen den Kampfeswillen nicht verlor. Noch nie hatte jemand so lange gegen ihren Häuptling durchgehalten. Alle der anwesenden Echsenmenschen empfanden so.

Kurz vor seinem Triumph – zumindest dachten das alle – gab Zenberu seine Kampfhaltung wortlos auf. Bestimmt würde er jetzt seinen Sieg erklären. Während alle erwartungsvoll den Atem anhielten, erhob er die Stimme – und tat das genaue Gegenteil. »Ich hab verloren!«

Ihr Häuptling hätte gewinnen sollen. Warum verkündete er dann seine Niederlage?

Als Einzige, die dieses Ergebnis vorhergesehen hatte, drängte Crusch in den Kreis. »Geht es dir gut?«

Zaryusu seufzte schwer, ließ sein Schwert fallen und antwortete mit zutiefst erschöpfter Stimme: »Keine dieser Verletzungen wird mich umbringen ... und beim bevorstehenden Kampf werden sie mich auch nicht behindern.«

»Ich werde dich mit Heilmagie behandeln.« Seufzend und raschelnd richtete Crusch ihre Graskleidung und legte ihr Gesicht frei.

Zaryusu spürte so etwas wie eine fester werdende Umarmung – nicht den beißenden Schmerz der frischen Verletzungen, sondern eine angenehme Wärme. Er gab sich dem Gefühl von Heilung hin und wandte sich dem riesigen Echsenmenschen zu, mit dem er gerade noch auf Leben und Tod gekämpft hatte.

Zenberu war von Mitgliedern seines Stamms umgeben und erklärte, was geschehen war und welche Strategie Zaryusu verfolgt hatte.

Nach dem zweiten Zauber verkündete Crusch, dass sie ihn geheilt hätte. »Ich würde sagen, wir sind fertig.«

Zaryusu blickte an sich hinab. Zwar klebte noch geronnenes Blut an ihm, doch die darunterliegenden Verletzungen waren vollständig geheilt. Wenn er sich bewegte, spürte er ein eigentümliches Ziehen, allerdings machte es nicht den Eindruck, als würden sich die Schnitte wieder öffnen. »Danke.«

»Gern geschehen«, kicherte Crusch und zeigte dabei ihre schönen perlweißen Reißzähne.

»Du bist so hübsch …«

»Was?!« Ihr Schwanz zuckte und schlug aufs Wasser.

Dann schwiegen beide. Crusch, weil sie sich fragte, wie dieses Männchen solche Dinge sagen konnte, ohne dabei eine Miene zu verziehen. Sie war es nicht gewohnt Komplimente zu hören und vieles von dem, was er sagte, war schlecht für ihr Herz.

Zaryusu hingegen verstand nicht, warum Crusch so reagierte. Ihm kam der Gedanke, er hätte möglicherweise etwas Falsches gesagt oder getan. Um ehrlich zu sein, hätte er nie damit gerechnet, jemals in seinem Leben mit Weibchen zu tun zu haben, daher wusste er auch nicht, was er tun sollte. Vielleicht wirkte es nicht so, aber er tat, was seiner Meinung nach am angebrachtesten war.

»Hey, hey, ihr macht mich noch ganz neidisch, verdammt!«

Beide sahen zum Sprecher. Ihre perfekt synchrone Bewegung ließ Zenberu zusammenzucken.

»Ähm … du, Weiße, würdest du mich bitte auch heilen?«

Er verhielt sich trotz ihres weißen Albinogesichts ganz normal. Sie dachte an ihren Eindruck bei seinem Anblick und verstand. *Vermutlich ist das nur verständlich?*

»Ja, natürlich … aber bist du sicher, dass das in Ordnung ist? Dann können sich die Priester deines Stamms nicht mehr darum kümmern.«

»Ja, schon in Ordnung. Wichtiger ist, es tut echt ziemlich weh. Als wär ich gefroren. Könntest du dich also beeilen?«

»Nur weil du darum bittest. Sag das deinen Priestern!«

»Ja, gut, ich hab dich gezwungen. Bitte.«

Crusch seufzte und wirkte mehr Heilmagie.

Obwohl er sich nicht sicher sein konnte, bekam Zaryusu plötzlich das Gefühl, dass die feindseligen Blicke nachließen. Ein paar, wenn auch nur wenige, wurden sogar freundlich.

»In Ordnung, alles erledigt.«

Für Zenberu benötigte sie mehr Magie als für Zaryusu. Seine Verletzungen sahen nicht schlimm aus, reichten jedoch allem Anschein nach tief.

»Hmm! Du bist also begabter als unsere Priester!«

»Danke. Aber ich weiß nicht, ob ich … Nein, danke.«

»Na gut, da wir jetzt beide geheilt sind, nehme ich an, es kommt zwar etwas plötzlich, aber würde es dich stören, wenn wir gleich zur Sache kommen?«, fragte Zaryusu.

»Genau! Lass doch mal hören, was du zu sagen hast – so hätte ich das gesagt, aber …« Zenberu stockte grinsend. »Alkohol.«

Zaryusu und Crusch waren gleichermaßen verwirrt, als würden sie nicht verstehen, was er gerade gesagt hatte.

»Bei schwierigen Gesprächen sollte man sich ein Schlückchen genehmigen. Versteht ihr?«

Verhandlungen verliefen einfacher, sobald die Beteiligten wussten, wer der Stärkere war. Zaryusu verstand, warum man sein Leben riskieren musste, um das festzustellen. Das war die Art der Echsenmenschen. Ein Trinkgelage hingegen entzog sich seinem Verständnis. Bei Grüne Klaue gab es keinen solchen Brauch.

Was war der Zweck eines Kampfs auf Leben und Tod, wenn darauf so etwas folgte?

»Nein, tu ich nicht.« Zaryusus heisere Antwort war von Erschöpfung gefärbt und seine Miene war entmutigt. Augenblicklich überkam ihn Bedauern. *Wir sind noch nicht mal ein Bündnis eingegangen und ich verhalte mich gegenüber dem Häuptling dieses Stamms wie ein kleines Kind.* Auch Crusch sah ihn eigenartig an.

Zaryusu hatte nicht die geringste Erfahrung in Beziehungen, daher verstand er auch nicht, dass Cruschs Blick Neugierde und Sanftmut widerspiegelte, als sie eine weitere Seite an dem Objekt ihrer Zuneigung entdeckte.

»Wenn wir trinken, beeinflusst das unser Denken. Das ist nicht gut«, erklärte Zaryusu hastig,

Zenberu schien dadurch nicht gekränkt. »Hey, hey, hey! Du bist doch ein Reisender, oder? Jeder hier geht auf der Suche nach Wissen zuerst zu den Zwergen, oder etwa nicht?«

»Nein, das hab ich nicht gemacht. Ich war bei den Völkern des Waldes.«

»Oh. Dann merk dir Folgendes: Wenn sie zusammen trinken, werden aus Freunden die besten Freunde. Das hab ich bei den Zwergen gelernt. Uns bleibt nicht viel Zeit, also sollten wir uns so deutlich wie möglich ausdrücken, richtig, Zaryusu Shasha?«

»Ich verstehe … Nun gut, Zenberu Gugu.«

»Also dann! Heute Nacht werden wir trinken. Tischt auf und beginnen wir die Feierlichkeiten!«

Man hatte auf trockenem Boden ein fast zwei Meter großes Lagerfeuer aufgeschichtet, dessen orangerote Flammen bis in den Nachthimmel zu reichen schienen. Die Feuersbrunst drängte selbst die Dunkelheit zurück.

Direkt neben dem Feuer stand ein etwa ein Meter hoher Kessel mit einer fast genauso großen Öffnung. Die Brise trug den daraus aufsteigenden Fermentierungsgestank mit sich. Dutzende Echsenmenschen schöpften Flüssigkeit heraus, doch egal wie oft sie das taten, der Alkohol schien nicht weniger zu werden. Das Gefäß war genau wie Zaryusus Frost Pain einer der Vier Großen Schätze der Echsenmenschen, der Große Weinkessel. Er produzierte unerschöpfliche Mengen Alkohol, der allerdings nicht besonders gut schmeckte. Ein Mensch, der zumindest ein wenig über Alkohol wusste, würde das Gesicht verziehen, die Echsenmenschen hingegen fanden ihn hervorragend. Und darum kamen sie auch immer wieder.

Etwas abseits des Gefäßes war es unheimlich still und man musste nur kurz hinsehen, um zu verstehen, warum. Mehrere betrunkene Echsenmenschen lagen auf dem Boden. Dort waren sie zusammengebrochen und würden auch so schnell nicht wieder aufstehen.

Crusch hatte sich inzwischen ihrer Grasbedeckung entledigt und bewegte sich durch diesen Bereich, die Augen stets auf den Boden gerichtet, um nicht auf die Schwänze der Herumliegenden zu treten. Sie ging selbstsicher, wirkte nicht betrunken, allerdings war unmöglich zu sagen, ob sie nicht zumindest angeheitert war – einzig ihr Schwanz tänzelte mit spielerischer Zufriedenheit, als hätte er seinen eigenen Willen. Er rollte sich ein, streckte sich, richtete sich auf und sank herab. Er war so ruhelos wie ein kleines Kind.

Tatsächlich war es, als würde eine frische Brise durch Cruschs Herz wehen. Das lag vielleicht zum Teil am Alkohol, das war jedoch nicht alles. Die Freiheit war ebenso ein Grund.

Zum ersten Mal bewegte sie sich unter einer großen Menge, ohne ihren Albino-Körper zu verbergen. Zenberu sah ebenfalls eigentümlich aus, daher waren manche anfangs zwar etwas überrascht gewesen, inzwischen war es allerdings, als würde sie dazugehören.

Zum Gesang ihres Herzens ging sie mit Essen in beiden Händen zu dem Platz, wo Zaryusu und Zenberu mit unterschlagenen Beinen auf dem Boden saßen und gemeinsam tranken.

Als Becher benutzten sie an Kokosnüsse erinnernde Früchte. Die Flüssigkeit darin war klar, doch der fermentierte Geruch hing schwer in der Luft. Zwischen ihnen befand sich ein Teller mit rohem Fisch.

Zenberu grinste Crusch an. »Hallo, Pflanzenmonster!«

»Wirst du irgendwann aufhören, mich so zu nennen?« Sie trug ihre Kleidung schon eine ganze Weile nicht mehr. Doch egal wie oft sie sich beschwerte, er würde es wohl nie bleiben lassen. Crusch beschloss, keinen aussichtslosen Kampf zu führen. »Seid ihr fertig?«

Zaryusu und Zenberu nickten einander zu.

»So ziemlich.«

Sie hatten unter vier Augen sprechen wollen und Crusch deswegen gebeten, zu gehen. Die Direktheit hatte ihr keine andere Wahl gelassen, also hatte sie etwas zu essen besorgt, obwohl sie Teil des Gesprächs hatte sein wollen. Wenn es um den bevorstehenden Krieg ging, betraf das auch sie.

Sie wollte eine Zusammenfassung, selbst wenn sie dabei nichts Heikles erfuhr, doch stattdessen ...

»Nur Männerzeug«, zerstörte Zenberu diese Möglichkeit gleichgültig.

Die Empörung war ihr deutlich anzusehen, da ihr jedoch keine andere Wahl blieb, wechselte sie das Thema. »Was werdet ihr also tun? Geht ihr das Bündnis ein und kämpft mit uns?«

»Hä? Klar, natürlich werden wir kämpfen. Das hätten wir auch gemacht, wenn ihr nicht gekommen wärt!« Er gab ein Geräusch wie aufeinanderklopfendes, trockenes Holz von sich.

»Himmel. Du bist ganz schön wild auf Kriege, was?«

»Mach mir keine Komplimente – sonst werd ich noch rot.« Ohne auf Cruschs Entrüstung zu achten, bat er sie ungezwungen um einen Gefallen. »Oh, stimmt ja, Pflanzenmonster. Du musst Zaryusu überzeugen. Ich hab ihm schon tausendmal gesagt, er sollte Häuptling werden, aber er hört nicht auf mich.«

Zaryusu verzog das Gesicht zu einer müden Grimasse. An seiner Erschöpfung erkannte sie, während ihrer Abwesenheit hatten die beiden immer wieder darüber gesprochen.

»Das geht nicht! Er ist von einem anderen Stamm und ein Rei…« Sie wollte »Reisender« sagen, als ihr einfiel, dass für Zenberu dasselbe galt, und sie das Thema lieber fallen ließ. »Was war dein Grund, auf Wanderschaft zu gehen?«

»Hm? Es war so ein Schock gegen den Kerl zu verlieren, dem Frost Pain gehörte! Ich wollte stärker werden. Und ich wollte wissen, was es da draußen sonst noch gibt. Also wurde ich ein Reisender.«

Plötzlich ließ Zaryusu neben ihm die Schultern hängen. Crusch dachte an die Geschichten, die er ihr auf dem Weg hierher erzählt hatte.

Zaryusus Triebfeder während seiner Wanderschaft waren seine Entschlossenheit und das Gefühl gewesen, etwas für seinen Stamm tun zu müssen. Vermutlich hatte er gedacht, das Männchen, das wie er ein Reisender war, hätte ähnlich empfunden … und nun musste er feststellen, Zenberu teilte seine Gefühle ganz und gar nicht.

Crusch legte ihm zum Trost sanft eine Hand auf die Schulter. *Er ist er und du bist du*, dachte sie.

Dann wurde ihr klar, jeder, der sie so sah, würde denken, sie wären ein Paar, und ihr Schwanz begann, wild zu zucken. Dasselbe galt für Zaryusus.

Ohne darüber nachzudenken, grinsten sie sich an, und erröteten.

Zenberu reagierte nicht im Geringsten darauf, stattdessen sprach er einfach gut gelaunt weiter. »Ich dachte, auf dem Berg gäbe es ein paar starke Typen. Weil er so groß ist! Und die Zwerge, denen ich begegnet bin, haben mir alles Mögliche beigebracht, versteht ihr? Von denen hab ich auch den Speer. Ich dachte, ich brauch ihn nicht, aber nachdem sie mir sagten, ich soll ihn als Symbol unseres Treffens annehmen, konnte ich nicht wirklich ablehnen.«

»Hmm, schön für dich.« Cruschs Antwort war ein wenig teilnahmslos, vielleicht sogar kalt.

»Danke.«

Nicht mal Sarkasmus bemerkte er.

Da ihre Laune nun am Boden war, stürzte Crusch ihr Getränk hinunter. Erst brannte ihre Kehle und sobald die Flüssigkeit ihren Magen erreichte, breitete sich die Hitze in ihrem ganzen Körper aus. Zaryusu trank auf dieselbe Weise.

Dann erklang eine unheimlich leise Stimme. Sie war ein solcher Gegensatz zu der Leichtfertigkeit des bisherigen Gesprächs, dass sie sich einen Moment lang nicht sicher waren, wer da sprach. »Also. Denkst du, wir können gewinnen?«

Zaryusu antwortet ähnlich leise: »Ich weiß es nicht.«

»Na ja, woher auch? Es gibt keine garantierten Siege. Um ehrlich zu sein, würde irgendwer rumposaunen, wir würden gewinnen, obwohl wir nicht mal die Stärke des Feindes kennen, ich würde ihn niederschlagen. Um ihm klarzumachen: Erzähl keinen Blödsinn, Kumpel!«

Crusch sagte nichts, während Zenberu leise lachte.

»Aber unser Gegner ist unvorsichtig. Vermutlich hängen unsere Aussichten davon ab, was sich daraus ergibt.«

Sie konnten praktisch zusehen, wie die Frage in Zenberus Kopf Gestalt annahm. Crusch kam Zaryusu zuvor und erklärte: »Erinnerst du dich, was das Monster gesagt hat?«

»Tut mir leid. Da hab ich geschlafen.«

»Aber irgendwer muss es dir gesagt haben.«

»Nng, es war kompliziert, ich hab's vergessen. Ist doch egal, wenn sie uns angreifen, müssen wir sie nur in ihrem eigenen Spiel schlagen. Das ist doch das Wichtigste, oder?«

Cruschs Miene machte deutlich, für wie nutzlos sie das Männchen gerade hielt, und gab weitere Erklärungen auf.

Zaryusu übernahm mit einem verärgerten Lächeln. »Es hat gesagt, wir sollen ›verzweifelten, zwecklosen Widerstand leisten‹.«

Zenberu verzog das Gesicht zu einer grässlichen Fratze undeutbarer Gefühle. »Das geht mir ziemlich gegen den Strich – dass sie so tun, als wären wir ihnen hoffnungslos unterlegen.« Es folgte ein drohendes Grollen. Seine Wut und Abscheu waren förmlich spürbar.

»Ja, sie nehmen uns nicht ernst. Dermaßen selbstsicher sind sie ... Sie denken, sie haben die Macht, jeden Widerstand unsererseits mühelos zu brechen ... Also zerschmettern wir diese Überheblichkeit. Wir versammeln die fünf Stämme und zeigen ihnen, was für eine Streitmacht wir zusammen aufbieten können. Als Erstes verpassen wir ihnen einen Schlag, damit sie kapieren, wir machen keine halben Sachen.«

»Ha, klingt gut. Endlich sprichst du meine Sprache.«

Während die beiden Männchen sich auf den bevorstehenden Kampf freuten, waren Cruschs Worte wie ein Eimer kaltes Wasser. »Ich sehe keinen Nutzen darin, ihren Stolz zu verletzen. Reicht es nicht, gerade genug zu tun, dass es unseren Wert beweist? Wenn sie verstehen, dass wir einen Wert haben, vielleicht beschließen sie dann, uns nicht alle umzubringen.«

»Moment, Moment, du würdest vor diesen hasserfüllten Bastarden auf die Knie fallen?«

»Zaryusu ... ich verstehe, welche Gefahr die Flucht birgt, aber ich lebe lieber in Ketten, als tot zu sein«, murmelte Crusch.

Keiner der beiden konnte ihr widersprechen oder verspottete sie für ihre unterwürfige Natur. Keiner von ihnen wollte unterjocht werden. Allerdings bot diese Herangehensweise mehr Hoffnung als ein Tod im Kampf. Wenn sie eine Zukunft hatten, hatten sie auch eine Chance. Wenn sie beispielsweise das Wissen über Fischzucht teilten, könnten sie diesen Ort verlassen und flüchten. Jeder, der anderen befahl, diese Möglichkeit zu verwerfen und stattdessen zu sterben, wäre ein ungeeigneter Anführer.

»Hört mal ...«

Auf Zaryusus Bitte hin lauschten sie dem fröhlichen Lachen, das die Brise vom Bankett zu ihnen herüberwehte.

»Wenn sie uns unterwerfen, könnte es sein, dass wir nie wieder solche Feiern erleben.«

»Aber vielleicht doch! Oder?«

»Gute Frage. Ich bezweifle es. Ich habe den Eindruck, diese Typen wollen es genießen, uns sterben zu sehen. Ich glaube kaum, dass wir Gnade erwarten können. Wären sie dazu in der Lage, würden sie nicht einfach kommen, um uns aus Spaß umzubringen.«

Er hat recht. Crusch nickte. *Trotzdem ...* »Was ich zu sagen versuche, ist ... stirb nicht.«

»Oh, ich sterbe nicht! Nicht, bevor ich weiß, dass du in Sicherheit bist!«

Crusch und Zaryusu sahen sich unter dem Nachthimmel ernst an. Und sie gaben sich ein Versprechen ...

Während der verdutzte Zenberu wie das fünfte Rad am Wagen danebensaß.

Zwischenspiel

Im Konferenzsaal hinter ihm wandte man sich vermutlich bereits der nächsten Angelegenheit zu. Doch seine Aufgabe dort war erfüllt und er war gegangen.

Selbstverständlich bekleidete er noch andere Aufgaben, als nur Berichte vorzutragen. Nun musste er sich um die diversen Notwendigkeiten kümmern, um seine Kameraden auferstehen zu lassen und den vorübergehenden Mitgliedsmangel auszugleichen, indem er jemand Neues aufnahm. Anders ausgedrückt, seine Aufgaben als erster Sitz – gleichbedeutend mit Hauptmann – der Schwarzen Schrift warteten auf ihn. Zusätzlich musste er noch trainieren und sich mit Experimenten befassen. Da die Sechs Schriften Geheimorganisationen waren, führte er zudem innerhalb des Gottesstaats ein Leben, das einzig und allein der Tarnung diente.

In seinem Privatleben musste er sich um Hochzeitsvorbereitungen kümmern – mit mehreren Frauen. Zurzeit gab es im Gottesstaat Slane lediglich drei erwachte God Kins, daher verlangten seine Vorgesetzten von ihm, viele Nachkommen zu zeugen.

Mit so vielen Aufgaben blieb ihm nur sehr wenig Freizeit. »Trotzdem hoffe ich, man gönnt mir heute ein wenig Entspannung.«

Er fühlte sich befreit, da das Treffen der Hohepriester, die wichtigste Besprechung, an der man im Gottesstaat Slane teilnehmen konnte, hinter ihm lag, und ließ die Schultern kreisen – da erregte ein Klicken seine Aufmerksamkeit.

Noch bevor er sie sah, wusste er, wer das Geräusch machte. Nur wenige Bürger des Gottesstaats hatten Erlaubnis, hier zu sein, und da er wusste, wer nicht bei der Besprechung gewesen war, lag die Antwort auf der Hand.

Wie erwartet lehnte ein Mädchen an der Wand. Ihr Haar wirkte dank der Farbe eigenartig, eine Seite silbern, die andere war so tiefschwarz, dass man den Eindruck bekam, es würde alles in sich aufsaugen. Selbst ihre Augen hatten unterschiedliche Farben. Neben ihr an der Wand lehnte eine an ein Yari erinnernde Kriegssense. Sie sah jung aus – kaum älter als zehn –, ihr wahres Alter lag allerdings weit darüber. Seit er den ersten Sitz der Schwarzen Schrift übernommen hatte, hatte sie sich nicht im Geringsten verändert.

Sein Blick wanderte zu ihren von ihrem Haar verborgenen Ohren – doch er wandte sich schnell ab. Er wusste, sie hasste ihre Ohren.

Sie verzog die schimmernden Lippen, als hätte sie seine Gedanken gelesen.

Sie war das Mischlingskind einer beinahe unmöglich scheinenden Verbindung, das stärkste Mitglied der Schwarzen Schrift und hatte den Extrasitz inne. Ihr Titel war »Ende des Lebens – Ende des Todes«. Sie war die Wächterin des geheiligten Bodens, an dem man das Göttliche Equipment der Sechs Großen Götter zur Ruhe gebettet hatte.

Das leise Klicken stammte von einem Spielzeug in ihren Händen, das sich dank der Sechs Großen Götter großer Beliebtheit erfreute und im Gottesstaat Slane Rubik's Cube genannt wurde.

Als sie sprach, war ihre Stimme kaum lauter als das Klicken. »Eine Seite zu schaffen ist einfach, aber eine zweite wird schon schwierig.«

Für ihn war es das nicht, doch er zögerte, das auszusprechen, stattdessen grinste er sie nur an.

Es machte ohnehin nicht den Anschein, dass sie eine Antwort erwartete, und sie fuhr fort, ohne sich an seinem Schweigen zu stören: »Was zur Hölle ist passiert, dass sich die Hohepriester treffen?«

»Ich glaube, du hast den Bericht bereits erhalten …«

»Ich habe ihn nicht gelesen«, erwiderte sie tonlos. »Abgesehen davon ist es einfacher, alles von jemandem zu hören, der dabei war. Lag die Astrologin der Tausend Meilen mit ihrer Prophezeiung falsch? Ihr seid losgezogen, um den *Catastrophe Dragonlord* zu unterwerfen und dann … was?«

Während dieses Gesprächs sah sie ihm nicht einmal in die Augen. Sie konzentrierte sich die ganze Zeit auf ihr Spielzeug.

»Es gab zwei Tote und einen Schwerverletzten beim Kampf mit einer unbekannten Art von Untoter, die Ähnlichkeit mit einem Vampir hatte. Wir mussten uns zurückziehen.«

»Wer ist gestorben?«

Trotz der Tode innerhalb ihrer Einheit spürte er in ihrer Frage keine Spur von Bedauern. Als wäre es nur eine Geschichte von irgendwo weit weg. Aber er dachte sich nichts dabei. So war sie nun mal.

»Cedran, der Lady Kaire beschützte, und Beaumarchais, der versuchte, die Vampirin festzusetzen, als sich diese nicht mehr bewegte.«

»›Dickes Schild – Gewaltige Festung‹ und ›Heilige Kette‹, hm? Die Miko-Prinzessin der Erde kommt bei einer geheimnisvollen Explosion ums Leben und die Schwarze Schrift verliert zwei Mitglieder ... Wir haben ziemliches Pech. Wer wurde verletzt?«

»Lady Kaire. Es scheint eine Art Fluch zu sein. Ihre Verletzung ließ sich nicht magisch heilen, deshalb zogen wir uns zurück.«

»Und was ist mit der Vampirin?«

»Die ist noch dort. Als wir uns ihr auch nur näherten, um sie in Gewahrsam zu nehmen, machte sie sich schon bereit anzugreifen. Also entschieden wir, es wäre das Beste, sie dort zu lassen.«

»Das Problem ist also nicht aus der Welt.«

»Bei der Zusammenkunft eben haben wir beschlossen, nichts weiter zu unternehmen.«

Das war die Entscheidung, die sie gemeinsam getroffen hatten. Anstatt weitere Verluste zu riskieren, wollten sie es aussitzen, bis sie für einen Kampf bereit waren. Vermutlich gab es in den umliegenden Nationen ohnehin niemanden, der diese Untote besiegen konnte, und falls doch, mussten sie sich vor so jemandem in Acht nehmen und die Landesverteidigung entsprechend vorbereiten. Lediglich das vertretbare Minimum an Agenten war zurückgeblieben, den Rest hatte man abgezogen.

Er war damit einverstanden, zumindest teilweise.

Vermutlich waren Halbgötter und *Dragonlords* die Einzigen, die bei einer Konfrontation mit dieser Vampirin den Sieg davontragen konnten. Daher war es schlauer, sie als eine Art Warnsystem dort zu lassen. Sollte es jemandem gelingen, sie zu töten, musste man denjenigen genau im Auge behalten.

»Hmm. Das kann keine Vampirin sein …«

Dem stimmte er zu. Deshalb hatte er sie auch als »unbekannte Art von Untoter« bezeichnet.

»Sie ist sicher kein *Dragonlord*? Der *Vampiric Dragonlord* oder der *Elder Coffin Dragonlord*?«

Sie zog die Mundwinkel zu einem Lächeln hoch – sofern man eine derart grausame Miene als Lächeln bezeichnen konnte.

»Du weißt doch, beide sind bereits tot«, erinnerte er sie, wobei ihn ein Schaudern überkam.

»Beide sind untot«, antwortete sie umgehend. »Wir können nicht mit Sicherheit sagen, ob sie wirklich beseitigt sind.« Zum ersten Mal hob sie den Kopf und sah ihn direkt an. Im Blick ihrer verschiedenfarbigen Augen lagen Neugier, Freude und Kampflust. »Wer, denkst du, ist stärker, ich oder diese Vampirin?«

Er hatte diese Frage erwartet und gab die Antwort, die er sich zurechtgelegt hatte. »Du.«

»Oh …« Sie schien das Interesse zu verlieren und befasste sich wieder mit ihrem Spielzeug.

In Gedanken atmete er erleichtert auf.

»Zu schade. Ich dachte, ich könnte erfahren, wie es ist, zu verlieren …«

Während er ihrem Gemurmel zuhörte, fragte er sich, wer bei einem Aufeinandertreffen wirklich die Stärkere wäre. Er war beiden bereits im Kampf begegnet und aus dieser Erfahrung schloss er, die Vampirin wäre die Schlagkräftigere. Allerdings konnte sie niemals gegen »Ende des Lebens – Ende des Todes« gewinnen.

Der Grund dafür war ihre Ausrüstung. Die Vampirin schien nichts bei sich zu haben. Das war die Schwäche mächtiger Monster – sie vertrauten so sehr auf ihre Fähigkeiten, dass sie es für unnötig hielten, mächtige Ausrüstung mit sich zu führen.

Im Gegensatz dazu bestand die Ausrüstung von »Ende des Lebens – Ende des Todes« aus Dingen, die die Sechs Götter zurückgelassen hatten. Deshalb konnte er sagen, dass sie stärker war. Wenn dieser Vorteil jedoch fehlte …? *Das würde nie eintreten.* Er verwarf den Gedanken sofort wieder. Es wäre unmöglich, etwas zu finden, das sich mit ihrer Ausrüstung – der der Götter – messen ließ.

Und *wenn* es möglich wäre? Das könnte der Tag sein, an dem der stärkste, der Extrasitz des Gottesstaats Slane verlieren würde. Es wäre der Tag, an dem sie sich der Verzweiflung stellen müssten, dass die Beschützerin der Menschheit geschlagen war.

Moment, warum gehe ich davon aus, dass sie allein kämpfen müsste? Vielleicht bin ich nicht so stark wie sie, aber ich bin ein erwachter Halbgott und verfüge über ein paar Items, die wir nutzen können. Wenn wir das alles aufbieten, können wir eine einzelne Untote schlagen, selbst wenn sie unvorstellbar mächtig ist. Wenn sie so stark ist, kann es unmöglich mehrere davon geben. Gedankenverloren hörte er ein Kichern. Er verzog das Gesicht zu einem fragenden Stirnrunzeln.

»Mal ein ganz anderes Thema: Wann wirst du heiraten?«

Diese Frage hatte bei der Besprechung nicht geklärt werden können. Wann würde er eine passende Frau – nett ausgedrückt eine Verlobte, weniger nett ausgedrückt ein Werkzeug, um Nachkommen zu zeugen – finden?

»Es gibt niemanden.«

»Na, du bist noch jung, da kann man nichts machen.«

Während sie Angelegenheiten der Schwarzen Schrift erledigten, trugen die Mitglieder magische Masken, die ihnen künstliche Gesichter verliehen. Im Gottesstaat Slane galt man nach dem Gesetz der Götter mit zwanzig als erwachsen, doch wenn er seine abnahm, war er deutlich jünger.

»Wenn du heiratest, wird sie auch auf die dunkle Seite des Gottesstaats gezogen ... aber darum musst du dir keine Sorgen machen. Letztendlich darf sie ja deine Kinder großziehen.«

»Das weiß ich. Einige innerhalb der Schriften halten es bereits so.«

»Verstehe. Oh, du solltest ihr allerdings auch sagen, dass du noch eine andere Frau außer ihr heiraten wirst. Polygamie ist gesetzlich kein Tabu, trotzdem haben manche ein Problem damit.«

Polygamie war erlaubt, sofern man den Segen des Staates hatte. Das war ein Überbleibsel eines alten Brauchs, der auf der Notwendigkeit beruhte, die Blutlinien der paar wenigen mächtigen Bürger rein zu halten. Der Großteil der Ehen war monogam, pro Jahr wurden nur eine Handvoll polygame Verbindungen gestattet und selbst mit Erlaubnis lag die Grenze bei zwei Frauen.

»Danke für den gut gemeinten Rat. Und was ist mit dir? Wirst du nicht heiraten?«

Sie sah jung aus, doch er wusste, eigentlich war sie deutlich älter.

»Hmm. Wenn es jemanden gäbe, der mich besiegen kann, würde ich ihn heiraten. Egal wie hässlich er wäre, egal was er für charakterliche Mängel hätte ... sogar, wenn er nicht mal menschlich wäre. Ich meine, stell dir das vor – jemand, der mich besiegen könnte! Ich frage mich, wie stark sein Kind wäre ...« Mit einer Hand auf dem Bauch bedachte sie ihn mit ihrem ersten breiten Grinsen des Tages und er war überzeugt, sie wollte nicht heiraten.

Was aber, wenn jemand auftauchte, der die Vampirin besiegen konnte?

Einen kurzen Moment lang machte er sich ein wenig Sorgen.

Kapitel 3: Die Armee des Todes

Kapitel 3: Die Armee des Todes

1

»Oh, hey. Jetzt können wir es sehen!« Zenberu, der hinter den anderen beiden auf Rororo saß, grinste über das, was vor ihnen lag.

Ein paar Hundert Meter vor ihnen kam langsam das erste Dorf, das von ihrem Feind als Ziel auserkoren worden war – das Zuhause des Stamms der Schlagenden Schwänze –, in Sicht. Es war etwa genauso groß wie das Dorf von Grüne Klaue, wirkte allerdings größer – vermutlich, weil sich dort Mitglieder der anderen Echsenmenschenstämme herumtrieben. Da sie vollauf mit ihren Kriegsvorbereitungen beschäftigt waren, hetzten alle durch die Gegend.

»Ich kann von dieser Atmosphäre nicht genug bekommen!« Zenberu atmete hörbar durch die Nase ein und schnüffelte. Der Geruch versetzte sein Blut in Wallung und steigerte seine Aufregung.

Crusch hingegen, die so etwas vermutlich noch nie gerochen hatte, bekam einen ganz anderen Eindruck von den Männchen. »Ist es nicht gefährlich, einfach so auf Rororo zu ihnen zu reiten?« Sie trug wieder ihre Pflanzenkleidung und die Anspannung, die sie aus dem Dorf spürte, machte sie nervös. Sie befürchtete, dass die gereizten Echsenmenschen angreifen könnten, sobald sie die Hydra sahen.

Vielleicht kannten sie Zaryusu, für Crusch oder Zenberu galt das jedoch nicht. Und selbst wenn ein paar Mitglieder des Stamms Zaryusu kannten, waren es ganz bestimmt nicht alle.

»Nein, ganz im Gegenteil. Eben weil wir auf Rororo sitzen, haben wir nichts zu befürchten.«

Crusch sah verwirrt aus – er konnte zwar ihr Gesicht nicht sehen, aber zumindest wirkte sie verwirrt –, deshalb erklärte er sich: »Mein Bruder sollte schon hier sein und er hat ihnen auf jeden Fall gesagt, dass wir auf Rororo kommen. Vermutlich hat man ihn schon informiert, dass man uns gesichtet hat. Wir müssen uns nur Zeit lassen.«

Während die Hydra durch den Sumpf stapfte, tauchte tatsächlich ein einzelner, schwarzer Echsenmensch auf. Zaryusu winkte der vertrauten Gestalt.

»Das ist mein Bruder.«

»Oh?«

»Hmm!«

Sie reagierten gleichzeitig – Crusch mit ungetrübter Neugier, Zenberu wie eine Bestie, die ein anderes starkes Tier entdeckt hatte.

Mit jedem Schritt Rororos verringerte sich die Distanz zwischen ihnen. Schließlich waren sie nahe genug, um das Gesicht des anderen zu erkennen. Es war nur drei Tage her, aber bei ihrem Abschied hatten beide gewusst, es bestand die Möglichkeit, dass sie sich nie wieder sehen würden. Es war ein emotionaler Moment.

»Hey, du hast es geschafft, kleiner Bruder!«

»Ja, und ich bringe gute Neuigkeiten, Bruder!«

Shasuryu sah an seinem Bruder vorbei zu den beiden anderen. Zaryusu spürte, wie Crusch sich ein wenig näher schmiegte.

Rororo blieb direkt vor Shasuryu stehen, erkannte ihn und reckte ihm die vier Köpfe für ein wenig Zuwendung entgegen.

»Tut mir leid, aber ich hab nichts zu essen dabei.« Rororo zog schmollend die Köpfe zurück. Natürlich verstand die Hydra die Sprache der Echsenmenschen nicht. Vermutlich hatte er es dank etwas, das man als familiäres Verständnis bezeichnen könnte, begriffen. Oder vielleicht hatte er nichts zu essen gewittert.

»Nun denn, steigen wir ab«, sagte Zaryusu über die Schulter zu den anderen beiden, bevor er sich geschickt auf den Boden gleiten ließ. Dann nahm er Cruschs Hand.

Während sie abstieg, betrachtete Shasuryu sie und runzelte misstrauisch die Stirn. »Was ist das für ein Pflanzenmonster?«

Dass sie schon wieder diese Reaktion erfuhr, sorgte dafür, dass Crusch die Schultern ein wenig hängen ließ, allerdings beklagte sie sich nicht. Vermutlich war Zenberu der Grund für ihre Gleichgültigkeit. Doch nicht mal sie war auf die Bombe vorbereitet, die Zaryusu platzen ließ.

»Sie ist das Weibchen, das ich liebe.«

»Aah!« Shasuryu gab einen erstaunten Laut von sich und betrachtete Crusch, die erstarrt noch immer Zaryusus Hand hielt, schamlos. »Hmpf … Tja, dann hab ich nur eine Frage. Ist sie da drunter hübsch?«

»Ja, ich denke darüber nach, sie zu heira… Ngh!« Der plötzliche Schmerz in Zaryusus Hand ließ ihn verstummen. Crusch grub ihre Krallen hinein – *tief.*

Shasuryu betrachtete das Paar schmunzelnd. »Verstehe … Du magst also die Hübschen. Was war das dann von wegen ›Ach, ich kann nicht heiraten‹? Du hast so getan, als würdest du über so was stehen. Dabei fehlte dir nur die richtige Partnerin! … Wie dem auch sei, ich bin der Häuptling von Grüne Klaue, Shasuryu Shasha. Ich danke euch, dass ihr euch uns anschließt.«

Sein Tonfall ließ keinen Zweifel bezüglich des Grundes, warum sie alle hier waren, aber Crusch und Zenberu benötigten auch keine Erinnerung.

»Ich bin der amtierende Häuptling der Rotaugen, Crusch Lulu.«

Jeder erwartete, dass sich Zenberu ebenfalls vorstellen würde, stattdessen schwieg er und musterte Shasuryu unverhohlen. Offenbar zufriedengestellt nickte er und sprach mit düsterer Stimme: »Hmm, du bist das also, ja? Der Krieger, der mit den Kräften eines Priesters kämpfen kann? Ich habe Gerüchte gehört.«

»Es überrascht mich, dass sie sich bis zu den Drachenzähnen verbreitet haben.« Shasuryu erwiderte Zenberus Blick. Sie waren wie zwei Tiere, die einander abschätzten.

»Ich bin der Häuptling der Drachenzähne, bis dein kleiner Bruder bereit ist, den Posten zu übernehmen. Zenberu Gugu.«

»Ich freue mich, dass du hier bist. Ich heiße dich als würdigen Häuptling eines Stamms, der Stärke über alles stellt, willkommen.«

»Was das angeht, sollen wir kurz kämpfen? Denkst du nicht, es macht das Gerede einfacher, wenn wir wissen, wer der Stärkste ist?«

»Ich habe nichts dagegen ...«

Zaryusu würde ihn nicht davon abhalten. Vermutlich könnte es hilfreich sein, diese Frage von vornherein zu klären.

Doch bevor sie beginnen konnten, hob Shasuryu eine Hand, um Zenberu zurückzuhalten. »Aber gerade ist nicht die beste Zeit dafür.«

»Ach, komm schon!«

Shasuryu grinste. »Die Patrouillen sind bald zurück. Dann sollten wir mehr über unseren Feind erfahren. So lange kannst du doch wohl warten, oder?«

Eine Hütte diente als Treffpunkt für die Häuptlinge. Im Inneren versammelten sich die Anführer jedes Stamms und mit Zaryusu waren sie zu sechst.

Zaryusu war unter den Stämmen als derjenige bekannt, der den vorherigen Träger von Frost Pain, den Häuptling der Scharfen Klingen, getötet hatte. Und er war der Held, der für dieses Bündnis verantwortlich war. Keiner der Häuptlinge erhob Einspruch gegen seine Anwesenheit bei dieser Zusammenkunft.

Die Hütte war nicht besonders groß, reichte aber, damit sie im Kreis sitzen konnten. Beim Anblick von Cruschs weißer Haut hatten drei der Häuptlinge ihre Überraschung nicht verbergen können, inzwischen hatten sie sich allerdings wieder gefasst.

Nach den Formalitäten ergriff der Häuptling der Kleinen Reißzähne das Wort. Er war klein für einen Echsenmenschen, doch seine Gliedmaßen waren glatt und kräftig. Als Jäger konnte er von allen Echsenmenschen am See am besten mit Projektilwaffen umgehen. Tatsächlich hatte er seinen Kampf um den Posten als Häuptling mit dem Schleudern eines einzelnen Steins entschieden.

»Es waren etwas weniger als fünftausend Feinde.« Er hatte alle Jagdgruppen ausgesandt, um nach der feindlichen Armee zu suchen.

Das waren um einiges mehr als alles, was die Echsenmenschen aufbieten konnten, lag allerdings innerhalb ihrer Erwartungen. Es gab sogar erleichtertes Seufzen, dass es nicht noch mehr Widersacher waren.

»Und ihr Anführer?«

»Das konnten wir nicht feststellen. Es gab ein Monster, das wie ein großer, roter Fleischklumpen aussah, aber wie du dir sicher denken kannst, war es schwer, nah genug heranzukommen, um überhaupt etwas zu erfahren.«

»Wie setzen sich ihre Truppen zusammen?«

»Es ist ein Haufen Untoter, Skelette und Zombies.«

»Benutzen sie Leichen von Echsenmenschen?«

»Nein. Ich weiß nicht viel über Landwesen, bin mir also nicht sicher, aber ... ich denke, es könnten menschliche Leichen gewesen sein. Sie hatten zumindest keine Schwänze«, erklärte der Häuptling.

Als er das hörte, war sich Zaryusu sicher, es handelte sich um die im Flachland lebende Rasse der Menschen.

»Können wir ihnen nicht zuvorkommen und zuerst angreifen?«

»Das wäre schwierig. Sie befinden sich in einem Teil des Waldes, den sie vollständig gerodet haben. Ich frag mich, wie lange das wohl gedauert hat. Und es würde mich interessieren, was sie mit dem ganzen Holz angestellt haben, ich habe jedenfalls keins gesehen. Ah, entschuldigt! Das hat nichts mit der Sache zu tun. Trotzdem, sie sind im Wald. *Wir* konnten bis dorthin vordringen, aber ich denke, mit den Kriegern wäre das nicht machbar.«

»Und wenn die Jäger alleine angreifen?«

»Auf gar keinen Fall, Crusch. Wie sollen fünfundzwanzig Jäger fünftausend Untote überwältigen? Man würde uns erwischen, zermalmen und dann wäre alles vorbei«, widersprach der Häuptling der Kleinen Reißzähne.

»Hmm ... Wie wäre es, wenn wir die Priester mobilisieren?«

Ein paar nickten bei Shasuryus Vorschlag und sahen dann zu Crusch – doch Zaryusu antwortete hastig: »Das sollten wir lieber vergessen.«

»Hä? Warum?!«

»Bis jetzt halten sie sich an ihr Wort, ich bin mir aber nicht sicher, ob das so bleibt, wenn wir angreifen.«

»Damit könntest du recht haben. Wir sollten mit unserem Angriff wenigstens warten, bis alle hier sind.«

»Es läuft also auf eine Belagerung hinaus?«

»Schwer zu halten.« Die kaum verständlichen Worte stammten vom Häuptling von Schlagender Schwanz. Er war von Kopf bis Fuß in eine matt schimmernde weiße Rüstung gekleidet.

Die Rüstung war verzaubert – wenn auch nicht besonders mächtig – und einer der Vier Großen Schätze der Echsenmenschen, genannt Bleiche Drachenknochen. Sie war aus den Knochen eines Frostdrachen geschnitzt. Diese Wesen verfügten über die natürliche Fähigkeit, Dinge einzufrieren, und lebten angeblich im Azerlisia-Gebirge.

Etwas aus Knochen zu fertigten, selbst aus denen eines unvorstellbar mächtigen Drachens, bedeutete nicht automatisch, dass es über magische Fähigkeiten verfügte, doch irgendwann hatte diese Rüstung magische Kräfte entwickelt.

Das Problem war, diese Macht stammte vermutlich von einem Fluch.

Die Macht, die Bleiche Drachenknochen ihrem Träger gewährte, war abhängig davon, wie viel Intelligenz dieser aufgab. Am Körper von jemand Weisem überstieg ihre Härte nicht nur Stahl, sondern auch Mithril und sogar das legendäre Adamant.

Allerdings kehrte die Intelligenz nicht zurück, wenn der Träger die Rüstung ablegte – daher betrachtete man es als Fluch.

Nachdem der für seine Weisheit bekannte Häuptling von Schlagender Schwanz die Rüstung angelegt hatte, konnte er sämtliche Waffen der Echsenmenschen abwehren. Das galt sogar für den anderen Schatz Frost Pain. In seinen Händen verfügte die Rüstung vermutlich über die Härte von Adamant.

Während die meisten, die versucht hatten, Bleiche Drachenknochen zu tragen, fast ihre gesamte Intelligenz eingebüßt hatten, war es dem Häuptling von Schlagender Schwanz als Einzigem gelungen, sich einen viel schwächeren, aber dennoch funktionierenden Verstand zu bewahren. Das war Beleg dafür, wie intelligent er gewesen war. Und darum hatte es, seit er an der Macht war, keine Kämpfe mehr gegeben, um einen neuen Häuptling zu bestimmen.

»H… Hier Sumpfland. Schlecht gehen. Wälle … leicht kaputtgehen.«

»Ich verstehe. Wir sollten also aggressiver vorgehen?«, fragte Crusch.

»Ha. Klingt gut, finde ich! Angriff ist mir eh lieber als Verteidigung. Jeder müsste nur drei oder vier übernehmen. Wir müssen sie nur besiegen. Das wird ein Kinderspiel!«

Die anderen Anwesenden sahen einander nur an. Schließlich ignorierte Crusch Zenberus Bemerkung und sprach weiter: »Schwierig wird es, wenn sie Verstärkung haben … Es kann auch sein, dass sie noch dabei sind, ihre Kräfte zusammenzuziehen.«

»Hmm, gute Frage. Es sieht nicht so aus, als könnten sie auf der Lichtung, wie sie im Moment ist, noch mehr Untote unterbringen … Aber sie könnten sie auch im ganzen Wald verteilt haben.«

Untote mussten nicht essen, trinken oder sich ausruhen, entsprechend benötigten sie auch kein großes Lager. Das machte es schwierig, von der Größe ihres Standorts auf ihre Zahl zu schließen.

»Wir sollten für alle Fälle eine Belagerung nicht ausschließen.«

»Dann werden die Rotaugen die Wälle festigen, damit sie einem solchen Kampf standhalten. Ich möchte euch jetzt schon für eure Zusammenarbeit danken.«

Die anderen Häuptlinge nickten, sogar der niedergeschlagen wirkende Zenberu.

»Wir sollten damit anfangen, uns auf eine Belagerung vorzubereiten. Und wir müssen ein Kommandosystem festlegen.«

»Ich würde sagen, Crusch übernimmt den Befehl über die Priester. Sie sollte das auch während des Krieges tun.«

Noch während alle dem Vorschlag des Häuptlings der Kleinen Reißzähne zustimmten, gab es einen einsamen Widerspruch. »Die Häuptlinge sollten eine eigene Gruppe bilden.« Alle sahen Zaryusu an.

»Aha. Ich verstehe, was du meinst, Zaryusu«, stellte Shasuryu fest.

»Plan für e… eine Eliteeinheit?«

»Ganz genau. Wir sehen uns vielen Feinden gegenüber. Wenn wir ihren Befehlshaber nicht ausschalten, könnten wir unterliegen. Und wenn sie Monster wie die, die sie als Boten zu den Dörfern schickten, haben, wird zahlenmäßige Überlegenheit nicht ausreichen – wir benötigen eine kleine, ausgewählte Gruppe.«

»Aber brauchen wir keine Befehlshaber?«

»Können a… aus … den besten … Kriegern wählen.«

»Wir kommen auch ohne Befehlshaber aus. Wir müssen nichts weiter tun, als jeden Feind vor unserer Nase umzuhauen!«

»Wie wäre es, wenn wir eine Gruppe auswählen, die aus den hinteren Reihen Befehle gibt und nur selbst eingreift, wenn wir ihr Hauptquartier finden oder sich der Kampf gegen uns wendet?«

»Für mich klingt das nach einem Plan! Wie wäre es mit unserer Gruppe hier, die Häuptlinge mit Zaryusu?«, fragte Zenberu.

»Nein, wir sollten uns in Dreiergruppen aufteilen«, schlug Crusch vor. Damit könnten sie an zwei Fronten kämpfen, auch wenn sie dadurch an Schlagkraft verloren. »Eine Gruppe, die den feindlichen Befehlshaber ausschaltet, und eine, die zurückbleibt und bei der Verteidigung hilft.«

»Dann sollten wir drei Häuptlinge eine Gruppe bilden und Zaryusu zusammen mit den beiden, die er mitgebracht hat. Wer welche Aufgabe übernimmt, können wir dann kurzfristig entscheiden«, schlug der Häuptling von Kleiner Fangzahn vor.

»Mh-hm, ich bin damit einverstanden. Zaryusu?«, stimmte Shasuryu zu.

»Ja, das wird funktionieren. Keine Einwände, Crusch, Zenberu?«

»Ich bin einverstanden.«

»Ich auch, obwohl ich schade find, dass ich nicht einfach um mich schlagen kann. Aber du hast mich besiegt, also folge ich deiner Führung.«

»Damit bleiben uns noch vier Tage, bis sie angreifen, richtig?«

»Genau.«

»Und was müssen wir bis dahin erledigen?«

»Steine als Munition sammeln, die Wälle verstärken … und eine gesicherte Kommunikation unter den Stämmen einrichten. Wir brauchen ein System, um sicherzustellen, dass alles erledigt wird.«

»Der Stamm Kleiner Fangzahn ist dafür, die Zuweisung dieser Aufgaben wie bisher Shasuryu zu überlassen.«

»Wir auch … einverstanden. Ihr beide … Meinung?«

Crusch und Zenberu nickten.

»Dann werde ich den Befehl übernehmen. Legen wir detailliert fest, was wir in den nächsten drei Tagen zu erledigen haben.«

Da er für den Tag mit seiner Arbeit fertig war, ging Zaryusu schweigend durch das beschäftigte Dorf. Mehrere Echsenmenschen sahen sein Mal und Frost Pain an seiner Hüfte und grüßten ihn respektvoll. Es war ein wenig lästig, aber um die Moral zu stärken, musste er antworten. Er setzte eine zuversichtliche Miene auf und reagierte, wie man es von einem Helden erwartete.

Mit dieser Ausstrahlung begab er sich zu einem der äußeren Wälle des Dorfs. Dort war man dabei, ihn hastig zu verstärken, und mehrere Echsenmenschen arbeiteten, ohne sich ablenken zu lassen.

Als Erstes errichteten sie einen Rahmen, indem sie den Raum zwischen zwei Holzpfählen mit Pflanzen füllten. Danach wurde das Ganze mit dickem Schlamm bedeckt. Die Priester wirkten einen Zauber, der die Flüssigkeit augenblicklich verdunsten ließ, und es blieb eine rissige Wand zurück. Dasselbe machten sie auf der anderen Seite.

»Oh, Zaryusu. Was gibt's?«

»Nichts. Ich hab mich nur gefragt, was du machst.« Mit platschenden Schritten ging er durch den Sumpf, bis er neben dem Aufseher, Pflanzenmonster Crusch, stand. Er deutete auf die voranschreitende Arbeit. »Was um alles in der Welt ist das?«

»Eine Lehmmauer. Wir wissen nicht, was für Monster auftauchen werden, deshalb dachten wir, es wäre besser, eine Mauer zu errichten, damit sie nicht einfach so ins Dorf einfallen können, aber … uns bleibt nicht viel Zeit und wir sind noch nicht mal zur Hälfte fertig.«

»Verstehe … aber kann man Lehm nicht recht einfach durchbrechen?«

»Mach dir darum keine Sorgen. Eine dünne Lehmschicht ist kein großes Hindernis, eine dicke Mauer hingegen schon. Wir müssen uns zwar beeilen und es fehlt Material, weshalb der Regen sie etwas schwächen wird, aber diese Mauer wird nicht so leicht nachgeben.«

Wenn man darüber nachdenkt, alles Dicke ist schwer zu zerstören. Zaryusu war überzeugt, aber ungeachtet der Dutzenden oder so Echsenmenschen, die hier hektisch bei der Arbeit waren, kamen sie nur besorgniserregend langsam voran. Wie Schildkröten. Selbst wenn sie die nächsten drei Tage ihr Bestes gaben, würde die Mauer nicht sehr viel länger werden. Dennoch, jedes bisschen half.

»Wir sind dabei, die Teile, die wir nicht verstärken können, zu einem stabilen Zaun umzubauen.«

Die Arbeiter hatten auf dreieckigen Fundamenten Pfähle aufgestellt. Zwischen ihnen waren lockere Seile aus verwobenen Pflanzenfasern gespannt. Zaryusu erinnerte sich, genauso waren die Zäune der Rotaugen aufgebaut.

»Was ist das?«

»Man macht das Fundament möglichst schwer, damit man die Pfähle nicht rausziehen oder umstoßen kann. Die Seile verhindern, dass sich jemand dazwischen durchdrückt. Wenn man sie strammzieht, sind sie nur leichter mit einem Schwert zu durchtrennen, also bleiben sie locker«, erklärte Crusch begeistert.

Während ihrer Zeit unterwegs hatte sie viel von ihm gelernt, und sie freute sich, das nun erwidern zu können. Und sie empfand noch etwas anderes.

»Verstehe … Ja, da braucht man schon viel Kraft, um das einzureißen.«

Als sie Zaryusus Bewunderung hörte, holte Crusch stolz Luft.

Er nickte nachdrücklich.

Die eilig aufgebauten Befestigungen gingen gut voran. Sie waren kein Vergleich zu den Bauten der Menschen oder Zwerge, wenn man allerdings bedachte, dass sie sich auf unebenem Sumpfland befanden, war es vermutlich das Beste, was sich bewerkstelligen ließ.

»Übrigens, Zaryusu, hast du den Kriegern gesagt ...?« In dem Moment hörten sie die Rufe von Kriegern. Irgendwas versetzte sie in Aufregung.

»Was ist da los? So einen Jubel hab ich schon mal gehört ... Oh! So klang es bei eurem Kampf. Könnten es dein Bruder und Zenberu sein?«

Zaryusu nickte und bemerkte die Sorge in Cruschs Blick.

»Wäre es nicht schlecht, wenn dein Bruder verliert? Er soll doch der Oberbefehlshaber sein.«

»Wer weiß? Aber er ist stark. Besonders wenn er Zeit hat, seine Priesterkräfte zu benutzen, wird er immer stärker. Wenn ich nicht aufpasse, kann mich mein Bruder besiegen.«

Sobald er mehrere Schutzzauber wirkte, war mit Shasuryu nicht zu spaßen. Und obwohl er seine Angriffszauber kaum bei einem solchen Übungskampf einsetzen würde, sobald er damit anfing, war er so stark, dass Zaryusu ohne Frost Pain hoffnungslos unterlegen wäre. Als Zaryusu damals den vorherigen Träger des Schwerts besiegt hatte, war es Shasuryu gewesen, der ihn dazu gezwungen hatte, die Macht der Waffe zu erschöpfen.

»Dann nehme ich an, es ist in Ordnung ...«

Crusch schien ihre Furcht nicht zu verbergen zu können. Während Zaryusu überlegte, ob er sie zum Kampf seines Bruders bringen sollte, dachte er an eine Sorge, die er bislang nicht zur Sprache gebracht hatte. Er fragte sich, ob er es erwähnen sollte, und entschied sich dafür.

Es war nicht fair, jetzt, nachdem alles beschlossen war, etwas zu erwähnen, das er bisher für sich behalten hatte. Doch genauso wenig wollte er vor dem Weibchen, das er liebte, Geheimnisse haben.

»Ich mach mir da wegen einer Sache Sorgen …«

Furcht kroch in seine Stimme und Crusch lächelte – sie hatte geahnt, dass etwas im Busch war. Diese Selbstgefälligkeit passte nicht zu ihr, sie war so fremdartig, dass er kein weiteres Wort herausbrachte.

Stattdessen ergriff Crusch das Wort: »Das, was du bei der Besprechung nicht erwähnt hast? Das Szenario, in dem der Feind das alles hier erwartet? Das, in dem sie nur darauf warten, dass wir ein Bündnis eingehen?«

Zaryusu antwortete nicht. Sie hatte recht.

Es bestand die Möglichkeit, dass ihr Feind den Stämmen der Echsenmenschen Zeit gegeben hatte, ihnen die Reihenfolge genannt hatte, in der man sie angreifen würde, und ihnen ermöglichte, Vorbereitungen zu treffen, weil man sie alle mit einem einzigen, groß angelegten Angriff auslöschen wollte.

»Es gibt viel, worum man sich Sorgen machen kann, besonders für jemanden wie dich, der so viel nachdenkt. Aber ich finde, wir sollten erst versuchen zu kämpfen … und dann überlegen, wie es weitergeht.«

»Selbst wenn wir gewinnen, ist das keine Garantie, dass sie einfach aufgeben werden. Nein, ich will ehrlich sein, die Aussicht, dass sie nach nur einem Kampf aufgeben, ist verschwindend gering.«

»Das mag sein. Aber was du in dieser Nacht gesagt hast, stimmte und sieh …« Sie hob die Hand. Crusch deutete auf nichts Bestimmtes, doch Zaryusu begriff, sie meinte das ganze Dorf. »Wir arbeiten zusammen für ein gemeinsames Ziel.«

Das stimmte. Diese verschiedenen Echsenmenschen hatten ein gemeinsames Ziel.

Er dachte an das Festmahl von letzter Nacht, um das Bündnis der fünf Stämme zu feiern. Sie waren wie ein Volk gewesen. Natürlich wäre es falsch, zu behaupten, die Überlebenden der ausgelöschten Stämme hätten keine Vorbehalte, doch auch sie waren bereit, sie für dieses Bündnis beiseitezuschieben.

Das ist so ironisch, dachte Zaryusu, ohne sich etwas anmerken zu lassen. Er hatte angenommen, die Stämme würden bis in alle Ewigkeit isoliert von den anderen weiterleben, doch nun hatten sie sich zum ersten Mal gegen einen gemeinsamen Feind verbündet.

»Was wir bewahren müssen, sind die Möglichkeiten, Zaryusu. Dieses Bündnis aller Stämme sollte uns erlauben, uns als Rasse weiterzuentwickeln.«

Die Lehmmauern waren eine Technologie, die Zaryusu noch nie gesehen hatte, aber ein anderer Stamm war darin versiert. Bald schon würde sie sich unter allen Stämmen verbreiten. Mit einem derartigen Schutz würden keine Monster mehr in die Dörfer einfallen. Dadurch sank die Gefahr, dass schwächere Echsenmenschen oder Kinder ums Leben kamen, und die Bevölkerungszahl würde steigen. Es könnte sogar in absehbarer Zukunft dazu kommen, dass sie sich zu einem einzigen großen Echsenmenschenstamm zusammenschlossen.

»Hey, lass uns das gewinnen, Zaryusu. Keiner kann sagen, was als Nächstes geschieht. Es könnte sein, dass alles vorbei ist, sobald wir diesen einen Kampf für uns entscheiden. Dann können wir uns weiterentwickeln. Vielleicht wird die Welt ein angenehmer Ort, an dem wir uns nicht gegenseitig wegen Nahrung töten müssen.« Crusch lächelte.

Zaryusu zügelte die in ihm aufwallenden Gefühle. Er konnte nicht riskieren, sich gehen zu lassen, und etwas Lächerliches zu tun. *Außer dieser einen Sache ...*

»Du bist wirklich ein beeindruckendes Weibchen. Wenn dieser Kampf vorbei ist, musst du mir auf meine Frage von unserer ersten Begegnung antworten.«

Crusch lächelte noch strahlender. »In Ordnung, Zaryusu. Sobald es vorbei ist, antworte ich dir.«

Demiurge summte bei der Arbeit eine fröhliche Melodie.

Er hielt einen sauberen Knochen hoch und überlegte, wo er ihn am besten platzieren sollte. Als er die perfekte Position hatte, feilte er an einem Ende etwas ab und setzte ihn in seine Konstruktion ein. Der Knochen passte, als wäre er dafür geschaffen.

Da Demiurge traditionelle Methoden der Holzverbindung nutzte, mit denen man auch Möbel ohne Metallnägel zusammensetzte, hätte man seine Arbeit als »traditionelle Knochenverbindung« bezeichnen können.

»Sehr gut.« Strahlend streichelte er den Knochen. Er hatte das Gefühl, wenn alles so weiterging, würde sein Projekt wunderbar gelingen. »Aber ich könnte den Oberschenkelknochen eines eins achtundsechzig großen Mannes gebrauchen ...« Er könnte das Projekt auch ohne beenden – es wäre nur nicht ganz so ästhetisch ansprechend.

Normalerweise würde er derartige Kleinigkeiten ignorieren, doch das hier war ein Geschenk für seinen Gebieter, den er liebte und verehrte. Er musste sein Bestes geben.

»Wenn es hier nur so jemanden gäbe ...«

Gut gelaunt nahm er seine Arbeit wieder auf.

Tatsächlich genoss Demiurge diese Art von Arbeit. Nicht unbedingt mit Knochen, vielmehr alles, was sich mit Tischlern vergleichen ließ. Sein Hobby deckte eine Vielzahl von Projekten ab, von kleinen Bastelarbeiten bis hin zu Möbeln, und inzwischen war er, was sein Geschick anging, längst kein Amateur mehr. Die Qualität seines aktuellen Projekts würde jeden in Staunen versetzen, sofern man das Baumaterial ignorieren konnte.

Wirklich, der Anblick von allem, was Demiurge in seinem Zelt hatte, würde jeden in Ehrfurcht versetzen: die Bronzestatue seines Gebieters, die so gearbeitet war, dass man Lava in sie hineingießen konnte, verschiedene Arten von Stühlen, ein Schraubstock – das alles stammte aus Demiurges Hand. Sie waren für den praktischen Gebrauch gebaut, daher mangelte es an schmückenden Details, trotzdem war jedes einzelne ein Meisterwerk.

Als er sich aus einer Ecke des Zelts ein weiteres Materialstück holte, um über seine Verwendung nachzudenken, spürte er am Eingang eine Bewegung.

Leise legte er den Knochen weg, nahm stattdessen das unersetzliche Item zur Hand, das er von seinem Gebieter erhalten hatte, und konzentrierte sich auf den Neuankömmling. Unter normalen Umständen würde er davon ausgehen, es handele sich um einen seiner Lakaien oder Kameraden – niemand konnte durch sein dreifaches Verteidigungssystem eindringen, ohne dass er davon erfuhr –, da es jedoch Gegner gab, die es geschafft hatten, Shalltear mit Gedankenkontrolle zu belegen, konnte er sich keine Nachlässigkeit erlauben.

Die Klappe wurde hochgeschlagen und es trat ein weiß gekleidetes Wesen ein. Es trug eine Maske mit einer langen Nase, die an einen rabenschwarzen Schnabel erinnerte – Pulcinella. Er war ein von den Höchsten Geschöpfen erschaffener Clown und dazu eingeteilt, Demiurge bei seiner derzeitigen Aufgabe zu unterstützen.

Nachdem er überzeugt war, dass der Untergebene nicht unter Gedankenkontrolle stand, entspannte sich Demiurge und lockerte seinen Griff um das Item.

»Meister Demiurge, ich bin mit dem Enthäuten fertig.«

Diese Worte weckten in ihm einen Hauch von Enttäuschung. Normalerweise hätte er diese Aufgabe liebend gern selbst erledigt, aber sie mussten vor einem unbekannten Feind auf der Hut sein und er konnte seinen Posten nicht verlassen. Und deswegen fiel eine derart vergnügliche Aufgabe Pulcinella zu. Ohne sich seine Gefühle anmerken zu lassen, erteilte er einen neuen Befehl. »Gute Arbeit. Dann weiter zum nächsten Schritt. Es wäre ungebührlich, sie Lord Ainz in ihrem derzeitigen Zustand zu überreichen.« Der Clown verneigte sich elegant und Demiurge fragte: »Also, wie viele sind gestorben?«

»Bei der Folterung keiner. Sie verloren nur das Bewusstsein. Es sieht so aus, als könnten wir sie fast sofort erneut häuten. Ein paar wollen keine Heilmagie, aber ... die Zahl liegt im erwarteten Rahmen, das ist also kein Problem.«

»Das ist wundervoll.«

Es war ziemlich aufwendig, Materialien aufzutreiben. Wenn sie nicht jedem mehr als einmal die Haut abziehen konnten, wäre es die Arbeit niemals wert. Allerdings bedeutete das nicht, dass sie vorhatten, etwas gegen den Schmerz zu tun oder sie zu betäuben.

»Ich möchte jeden glücklich machen.«

Bei dieser plötzlichen Erklärung fiel Demiurge wieder ein, was für eine Persönlichkeit Pulcinella hatte. Der Clown war in ganz Nazarick als besonders sanftmütig und mitfühlend bekannt. Da man ihn dazu geschaffen hatte, jedem Freude zu bereiten, spiegelte sich das auch stets in seinem Verhalten wider.

»Die Wesen in der Großen Gruft von Nazarick sind alle glücklich, weil wir Lord Ainz dienen können.«

Demiurge nickte und stimmte aus vollem Herzen zu. »In der Tat. Dann lass mich dir eine Frage stellen, Pulcinella. Sind Außenstehende ebenfalls glücklich, wenn sie Nazarick dienen können?«

»Nein, sind sie überhaupt nicht. Natürlich ist es ein Segen, wenn man die Möglichkeit bekommt, Lord Ainz zu dienen. Man könnte an seinen Freudentränen ertrinken. Aber wenn man zum Dienen gezwungen wird, liegt darin keine Freude.«

»Oho! Was sollen wir also deswegen unternehmen?«

»Das ist einfach. Wir wählen einen aus und schneiden seinen Arm ab. Dann vergleichen sich die anderen mit ihm und verstehen, wie glücklich sie doch sind. Welch wundervolle Begebenheit. Um dann den mit dem fehlenden Arm glücklich zu machen, schneiden wir einfach jemand anderem ein Bein ab. Oooh, ich mache so viele glücklich!«

Demiurge nickte zufrieden, während Pulcinella gackernd den Kopf in den Nacken legte. »In der Tat. Du hast absolut recht.«

2

Wenn man wartete, ohne etwas zu tun zu haben, zog sich die Zeit für gewöhnlich ewig dahin. Doch wenn man bis zu einem festgelegten Zeitpunkt mit etwas fertig sein musste, verging sie überraschend schnell.

Die Zeit war gekommen.

An diesem Tag stieg die Sonne nur quälend langsam im strahlend blauen Himmel empor. Der Wind brachte nicht das leiseste Geräusch mit sich und die Welt war in so absolute Stille gehüllt, dass es schmerzte.

Die Atmosphäre war zum Zerreißen angespannt. Jemand schluckte schwer, jemand anders atmete angestrengt. Wie viel Zeit war vergangen, seit die versammelten Echsenmenschen schwiegen?

Plötzlich erschien eine schwarze Wolke, wie ein Loch im Himmel. Wie beim letzten Mal breitete sie sich aus, bis sie sämtliches Blau verdeckte und das Licht der Sonne komplett verschluckte, sodass das gesamte Areal in Dunkelheit lag …

Die Echsenmenschen sahen zu, wie an der Grenze zwischen Wald und Sumpfland zahllose Untote aufmarschierten. Die Bäume machten es unmöglich, zu sagen, wie viele es waren. Doch so wie sie einer nach dem anderen erschienen, wirkte es, als fände dieser Strom kein Ende.

Die Angreifer setzten sich aus 2.200 Zombies, 2.200 Skeletten, 300 untoten Bestien, 150 *Skeleton Archer* und 100 *Skeleton Rider* zusammen – insgesamt also 4.950, zuzüglich des Befehlshabers und seiner Leibgarde.

Ihnen gegenüber stand das Bündnis der fünf Stämme der Echsenmenschen.

Von Grüne Klaue: 103 Krieger, 5 Priester, 7 Jäger, 124 Männchen und 105 Weibchen.

Von Kleiner Fangzahn: 65 Krieger, 1 Priester, 16 Jäger, 111 Männchen und 95 Weibchen.

Von Schlagender Schwanz: 89 gepanzerte Krieger, 3 Priester, 6 Jäger, 99 Männchen und 81 Weibchen.

Von den Drachenzahn: 125 Krieger, 2 Priester, 10 Jäger, 98 Männchen und 32 Weibchen.

Von den Rotaugen: 47 Krieger, 15 Priester, 6 Jäger, 59 Männchen und 77 Weibchen.

In absoluten Zahlen: 429 Krieger, 26 Priester, 45 Jäger, 491 Männchen und 389 Weibchen – insgesamt 1.380, zuzüglich der Häuptlinge und Zaryusu.

In diesem Krieg würde die eine Seite der anderen drei zu eins überlegen sein.

Es war ein Holzgebäude mit nur einem Raum. Es gab keinerlei Verzierungen. Es war schlicht gebaut, wie eine Blockhütte mit sichtbaren Holzstämmen. Jede der Wände war etwa neunzehn Meter lang und die Decke befand sich in fünf Metern Höhe. Es gab auch kaum Möbel – nur ein riesiger Spiegel an einer der Wände, ein riesiger, massiver Tisch und die Stühle um diesen Tisch.

Mehrere Personen setzten sich und auf dem Tisch lagen diverse Pergamentrollen – magische Schriftrollen.

»Und das ist die letzte. Eine Teleportationsschriftrolle.« Zeitgleich zu der hohen Stimme – hoch genug, um sagen zu können, sie gehörte einem jungen Mädchen – wurde eine weitere Schriftrolle auf den Tisch gelegt.

Es war eine menschliche Frau in einer Maid-Uniform. Man konnte sie als zierliches, kleines Ding beschreiben, das ihr Haar in je einem Knoten auf beiden Seiten des Kopfs trug. Doch etwas an ihr war seltsam, vor allem an ihren Augen. Sie waren niedlich, trotzdem fehlte ihnen der Glanz, als bestünden sie aus billigem Glas. Zudem blinzelte sie nicht ein einziges Mal. Der Kragen ihrer gewagten Kleidung war hoch und verbarg vollständig ihren Hals. Tatsächlich war die einzige sichtbare Haut die ihres Gesichts. Sie war Entoma Vasilissa Zeta von den Plejaden.

»Nun denn, es gibt noch eine *Message*-Schriftrolle, man kann also sagen, es gibt eine ganze Menge. Könnte ich die hier vorläufig vom Tisch räumen lassen?« Entoma sprach mit demjenigen am Kopfende des Tischs.

Die Gestalt nickte. »MACHEN WIR DAS.«

»Okay. Dann los! Bitte räumt sie weg!«

Mit Cocytus' Zustimmung und auf Entomas Befehl setzten sich die anderen am Tisch in Bewegung. Alle waren Heteromorphe. Einer sah wie eine Gottesanbeterin aus, ein anderer wie eine Spinne, wieder ein anderer wie ein riesiges Gehirn. Jeder unterschied sich deutlich von den anderen, doch zwei Dinge hatten sie gemein: Alle waren Cocytus' Lakaien und sie dienten Nazarick. Entsprechend nahmen sie von Entoma Befehle entgegen, obwohl sie stärker waren.

Die Befehlsstruktur der Großen Gruft von Nazarick basierte nicht darauf, wer der Stärkste war, sondern ob man eine Schöpfung der Höchsten Geschöpfe war. Was das anging, stand Entoma über ihnen.

Nachdem der Tisch wieder frei war, nuschelte sie, ohne dabei den Mund zu öffnen: »Nun denn, ich gebe Euch diese hier, Meister Cocytus«, und hob die Tasche zu ihren Füßen auf. Aus dieser holte sie weitere aufgerollte Pergamentstücke. »*Message*-Schriftrollen. Lord Ainz sagte mir, sie wurden aus Haut hergestellt, die Meister Demiurge beschafft hat. Er sagte, wir sollen uns melden, wenn Ihr Probleme bei ihrem Gebrauch habt.«

»IN ORDNUNG ... ZU BEFEHL. ICH WERDE JA SEHEN, OB ES PROBLEME GIBT.« Mit einer seiner vier Hände nahm er sich mehrere der angebotenen Schriftrollen. »DEMIURGE IST MIR WIEDER MAL VORAUS«, stellte er mit einem ironischen Lächeln zu den Lakaien im Raum fest. Einer reagierte mit einem leisen, kriecherischen Lachen.

Mit den Pergamenten in der Hand verfiel Cocytus in nachdenkliches Schweigen. Er hatte auch gehört, dass Nazaricks Vorrat an Pergament, um sie mit niederstufigen Zaubern zu versehen, zur Neige ging.

Materialquellen für die Herstellung diverser Items aufzutun war ein äußerst wichtiges Projekt. Natürlich hatten sie noch etwas Spielraum, doch wenn sie weiter Items nutzten, ohne Nachschub zu beschaffen, wären die Reserven irgendwann erschöpft. Aus diesem Grund befassten sich diverse Personen, darunter auch ihr Gebieter, mit dieser Angelegenheit. Die Apfelbäume auf der sechsten Ebene, von denen er gehört hatte, waren Teil dieser Bemühungen.

Allerdings war das Ressourcenproblem etwas, wogegen Cocytus nichts tun konnte. Sein Auftrag war es, Nazarick zu bewachen. Ihm waren die Hände gebunden. Er konnte schlecht hinausgehen, wenn er Befehl hatte, den Stützpunkt zu bewachen. Es war nur natürlich, dass sich Demiurge um dieses Problem kümmerte, da er ausgezogen war, um eine befestigte Stellung einzurichten.

Beide bekleideten einen ähnlichen Rang und Demiurge hatte bei seiner Mission Erfolg gehabt.

Er sollte sich darüber freuen. Und das tat er auch. Doch er konnte den Neid, der tief in seinem Herzen brodelte, nicht ganz unterdrücken. Er war dermaßen eifersüchtig, dass sein Kamerad dem Höchsten Geschöpf – einem Erhabenen, der ihre Anbetung verdiente – von Nutzen gewesen war, dass er es kaum aushielt.

Er hatte den Auftrag, Nazarick zu schützen. Diese Aufgabe war möglicherweise wichtiger als die jedes anderen Wächters. Jeder Lakai, den er deswegen fragte, würde ihm sagen, wie unerlässlich sie war. Sie konnten nicht zulassen, dass vulgäres Gesindel den geheiligten, von den Höchsten Geschöpfen erschaffenen Boden besudelte.

Aber wenn es keine Angreifer gab, konnte Cocytus seine Ergebenheit nicht unter Beweis stellen. Er wollte etwas tun, dessen Ergebnis für sich sprach. Für einen Wächter war es die größte Freude, seinem Gebieter von Nutzen zu sein. Nach dieser Freude sehnte er sich. Und hier bot sich ihm die ideale Gelegenheit.

Cocytus blickte auf die Szenerie, die sich im Spiegel an der Wand abzeichnete. Er zeigte keine Reflexion des Raums, sondern irgendein Sumpfland. Ja, was er im Spiegel der Weitsicht sah, war der Grund, warum er sich seit zwei Tagen in dieser von Aura errichteten Hütte aufhielt.

Dieser Krieg – nein, vom Standpunkt der übermächtigen Großen Gruft von Nazarick war es vielmehr ein Gemetzel – war nichts weiter als eine Methode, um Leichen zu sammeln. Als Cocytus diese Mission erhalten hatte, die man durchaus als *Erntefest* bezeichnen konnte, hatte er von ganz oben ein paar Befehle erhalten.

Erstens, er würde sich dem Feind nicht persönlich stellen. Dasselbe galt natürlich auch für seine Untergebenen. Er sollte die ihm zur Verfügung gestellten Truppen nutzen.

Zweitens, er sollte seinen *Elder Lich*-Kommandanten nur einsetzen, wenn es absolut notwendig war.

Drittens, er sollte, so weit möglich, seine eigenen Entscheidungen treffen.

Es gab noch ein paar weitere Kleinigkeiten, das waren jedoch die Hauptpunkte.

Irgendwie musste er allein mit den um den See stationierten Truppen einen Sieg erringen. Sollte es ihm gelingen, würde das seine Ergebenheit gegenüber seinem Gebieter belegen.

»GUTE ARBEIT. BITTE RICHTE LORD AINZ MEINEN DANK AUS.«

Entoma verneigte sich träge.

»ALSO ... KEHRST DU ZURÜCK?«

»Nein, man hat mir gesagt, ich soll den Kampf von hier aus beobachten.«

SIE BEAUFSICHTIGT ALSO ALLES. Diese Erkenntnis sorgte dafür, dass er der Mission noch mehr entgegenfieberte. *DANN SOLLTEN WIR ANFANGEN.*

Cocytus wirkte *Message* und erteilte dem untoten Befehlshaber seinen Befehl – Ausrücken.

Lagerfeuer auf beiden Seiten einer erhöhten Plattform tauchten die Umgebung in flackerndes Licht. Auf der Bühne selbst befanden sich ein paar Echsenmenschen von jedem Stamm – wichtige Persönlichkeiten wie die Häuptlinge und andere von hohem Stand.

Auf dem Platz davor hatten sich alle Echsenmenschen versammelt, die hier waren, um zu kämpfen. Leise Unruhe schwappte wie Gischt über die Anwesenden. Sie konnten ihre Aufregung nicht gänzlich im Zaum halten, auch wenn sie versuchten, sich ihre Sorge, Panik und Furcht nicht anmerken zu lassen.

Dieser Krieg stand kurz davor, auszubrechen. Die treuen Freunde neben ihnen könnten schon bald Leichen sein. Oder sie selbst könnten fallen. Diese Zukunft war unvermeidbar.

Shasuryu Shasha löste sich aus der Reihe der Häuptlinge und trat vor, um die Versammelten zum Schweigen zu bringen. »Hört mir zu, Echsenmenschen!« Seine beeindruckende Stimme erfüllte die Luft. Mit einem Mal war es so leise, man hätte eine Nadel fallen hören können, und seine Stimme wurde noch lauter. »Ich gebe zu, es sind viele!«

Ihm schlug ohrenbetäubende Stille entgegen, aber es war deutlich, diese Tatsache war äußerst beunruhigend.

Shasuryu wartete einen Moment, bevor er weitersprach: »Aber es gibt nichts, vor dem wir uns fürchten müssten. Die fünf Stämme haben ein Bündnis geschlossen, das erste dieser Art. Und durch dieses Bündnis, während dieser Zeit, sind wir ein vereinter Stamm. Das bedeutet, die Geister der Ahnen aller Stämme – selbst die, die nicht die unseren sind – werden uns beschützen! Hohepriester!«

Crusch Lulu führte die fünf Hohepriester nach vorn. Sie entledigte sich ihrer Kleidung und offenbarte ihre weißen Schuppen.

»Anführerin der Hohepriester, Crusch Lulu!«

Bei seinen Worten trat sie einen weiteren Schritt nach vorn.

»Ruf die Geister an!«

»Bitte erhört mich, Kinder dieses geeinigten Stamms!«

Crusch Lulu sprach über diesen neu entstandenen Stamm mit fester Stimme, drückte sich wortgewandt aus und ihr Tonfall stieg an und ebbte ab, als würde sie singen.

Anfangs hatte die Albino bei fast jedem Widerwillen ausgelöst. Doch ihr mutiges, selbstsicheres Auftreten ließ diese Gedanken immer weiter in den Hintergrund treten.

Während Crusch sprach, drehte sie sich immer wieder wiegend in unterschiedliche Richtungen. Das Feuer ließ ihre weißen Schuppen schimmern, als wären die Geister ihrer Ahnen in ihren Körper herabgestiegen.

Ohne dass sie es bemerkten, schlich sich Ehrerbietung in die Mienen der Versammelten.

»Fünf Stämme sind nun einer. Die Geister der Ahnen jedes Stamms werden euch alle beschützen! Seht, Echsenmenschen! Werdet Zeuge, wie die unzähligen Geister aller Stämme über euch kommen!« Crusch breitete die Arme aus und deutete zum Himmel.

Viele Blicke folgten ihrer Geste, doch natürlich war da nichts weiter als bewölkter Himmel. Es sah nicht danach aus, als würden irgendwelche Geister erscheinen. Doch irgendwer murmelte: »Das kleine Licht!«

Erst war es nur ein leises Raunen, dann wurde es immer lauter. Viele Echsenmenschen verkündeten, sie würden etwas sehen. Manche entdeckten kleine Lichter, andere waren überrascht, Kinder zu sehen, wieder andere erklärten, es handle sich um Eier. Die Echsenmenschen konnten ihren Augen nicht trauen. Sie waren überzeugt, es wären wirklich die Geister ihrer Ahnen. Was sollte es sonst sein?

»Unsere Ahnen sind hier, um uns zu beschützen!«

Es war nur natürlich, dass man anfing, Derartiges zu rufen.

»Spürt sie! Spürt ihre Macht, die euch durchdringt!«

Sie hörten, wie Cruschs Stimme entweder von sehr nah oder weit entfernt in ihre Herzen drang. Von dieser Stimme geleitet spürten viele Echsenmenschen, wie sich in ihnen etwas mit Macht Vergleichbares ausbreitete.

»Spürt sie! Spürt die Stärke unserer Ahnen, die durch eure Adern fließt!«

Die versammelten Echsenmenschen waren überzeugt, etwas zu spüren – eine Kraft, die sie erfüllte, eine Erregung, die die vorherigen Befürchtungen hinwegspülte, einen Quell, der ihre Bäuche wie starker Alkohol wärmte.

Das war der Beweis, dass die Geister mit ihnen waren.

Crusch wandte sich vom Meer entrückter Mienen ab und nickte Shasuryu zu.

»Jetzt, Echsenmenschen. Die Geister unserer Ahnen sind gekommen, um unter uns zu weilen. Unsere Feinde mögen uns zahlenmäßig überlegen sein, aber wird man uns bezwingen?«

»Niemals!« Noch immer wie gebannt antwortete die Schar Echsenmenschen Shasuryu wie aus einem Mund.

»Ganz genau! Die Geister unserer Ahnen sind mit uns! Wir werden nicht untergehen! Vernichtet unsere Feinde und widmet den Sieg unseren Ahnen!«

»Ja!« Ihr Kampfeswille loderte hell. Es gab keine nervösen Echsenmenschen mehr, sie alle stellten sich dem bevorstehenden Kampf als Krieger.

Es war keine Magie, die die Armee erfüllte. Selbst mit der Macht so vieler Druiden wäre es unmöglich gewesen, vor dem großen Kampf so viele Echsenmenschen zu verzaubern. Die Visionen waren das Ergebnis eines besonderen Getränks, das man ihnen vor dem Ritual serviert hatte.

Angeblich weckte das Getränk Mut. Es war eine altehrwürdige Tradition der Echsenmenschen, tatsächlich handelte es sich jedoch um einen Rausch in Verbindung mit Euphorie und Halluzinationen – dank eines Elixiers, das mit besonderen gerösteten Kräutern hergestellt wurde.

Das Getränk veränderte das Bewusstsein. Cruschs Ansprache hatte die Zeit überbrückt, bis die Wirkung eingesetzt hatte.

Sobald man es verstand, war es nicht besonders interessant. Aber bei denjenigen, die den Effekt am eigenen Leib erlebten – die Echsenmenschen, die die Geister ihrer Ahnen herabsteigen sahen –, weckte das Ritual tatsächlich Mut.

»Nun verteilen wir die Farben. Normalerweise hätte jeder Stamm seine eigene, aber ihr alle seid von den Geistern unserer Ahnen beseelt. Schmückt euch mit allen Farben!«

Priester bewegten sich mit Tontöpfen durch die Menge. Die Echsenmenschen holten sich Farbe aus den Behältern, um ihre Körper mit zufälligen Mustern zu bemalen. Angeblich waren es die Geister der Ahnen in ihnen, die das Auftragen übernahmen, also zogen sie die Muster, ohne darüber nachzudenken.

Da sie dieses Mal von den Ahnen aller fünf Stämme beseelt waren, bedeckten viele Echsenmenschen fast ihren ganzen Körper, allerdings waren die von Grüne Klaue unter ihnen die Sparsamsten. Das lag daran, dass ihre beiden Anführer, Shasuryu und Zaryusu, sich nicht ausgiebig schmückten. Ihre Stammesangehörigen imitierten ihre Vorbilder.

Als Shasuryu den Blick schweifen ließ, sah er, dass die meisten bereit waren, zog er sein riesiges Schwert und deutete damit auf das Tor. »In die Schlacht!«

»Raaaaaaagrh!« Ihr Brüllen dröhnte durch die Luft.

3

Die im Sumpfland stationierte Armee der Großen Gruft von Nazarick war in zwei breit aufgestellte Truppen unterteilt. Auf der linken Seite standen den Echsenmenschen die Zombies gegenüber und rechts die Skelette. Die *Skeleton Archer* und *Rider* befanden sich hinter der Frontlinie der rechten Seite. Die untoten Bestien, möglicherweise als letzter Ansturm vorgesehen, hielten sich hinter allen anderen auf.

Die Echsenmenschen waren trotz ihrer geringen Zahl ebenfalls in zwei Bataillone aufgeteilt. Auf der Seite der Zombies befanden sich die Weibchen und die Jäger. Auf der der Skelette standen die Krieger und die Männchen. Die Priester hielten sich hinter den Wällen.

Die Echsenmenschen hatten das Dorf verlassen, da sie genau wussten, ein Belagerungskampf bot ihnen keinerlei Vorteile. Sie hatten keine Verstärkung und ihre Befestigungen waren alles andere als stabil. Zudem sahen sie sich einer Armee aus Untoten gegenüber, die weder Nahrung noch Schlaf benötigte. Bei einem solchen Nachteil wäre es sehr dumm, sich auf eine Belagerung einzulassen.

Aber während die Echsenmenschen in Stellung gingen, mussten sie einsehen, wie groß die Kluft zwischen den beiden Streitkräften war. Jedem von ihnen standen mehr als drei Untote gegenüber. Über dreißig kamen auf zehn. Das Verhältnis verändert sich zwar nicht, trotzdem wirkten dreitausend gegen eintausend schier überwältigend. Der Anblick von dreitausend Untoten, die gegen einen ins Feld zogen, war seltsam niederschmetternd.

Und doch empfanden die Echsenmenschen selbst unter diesen Umständen keine Furcht. Beseelt von den Geistern ihrer Ahnen waren Zahlen nicht länger von Bedeutung.

Schließlich setzten sich die Feinde in Bewegung. Als Erstes marschierten die Zombies und die Skelette los. Möglicherweise rückten die *Skeleton Archer* und die *Rider* nicht vor, da sie als Verstärkung dienen sollten.

Die Echsenmenschen bewegten sich ihnen entgegen. »Yaaaaaaargh!«, donnerte ein Kriegsschrei über das Sumpfland. Zahlloses Platschen begleitete das Gebrüll. Wasser und Schlamm spritzten in die Höhe.

Beide Armeen befanden sich im Vormarsch, das Aufeinandertreffen stand kurz bevor – als mit der Armee von Nazarick etwas Eigenartiges geschah. Obwohl sich Zombies und Skelette gleichzeitig in Bewegung gesetzt hatten, öffnete sich langsam ein Spalt zwischen ihnen. Die Zombies bewegten sich träge, während die Skelette schnell waren. Zusätzlich wurden sie vom Sumpf gebremst. Langsame Monster wie Zombies sanken im Schlamm ein, was sie noch langsamer machte, während die leichten Skelette davon weniger beeinträchtigt wurden.

Aus diesem Grund trafen zuerst die Skelette und die Kriegerkaste aufeinander.

Unter den Echsenmenschen gab es keine Schlachtformation. Sie stürmten rücksichtlos auf ihre Gegner zu und griffen wie von Sinnen an. An der Spitze dieses Rudels befanden sich die fünf stärksten Krieger. Diese Helden stürmten allen voran. In manchen Fällen war es taktisch unklug, einen Angriff auf diese Weise zu leiten, allerdings waren sie die Krieger mit dem höchsten Rang unter den Echsenmenschen – würden sie sich im Hintergrund halten, würde das der Moral schaden. So jedoch motivierten sie alle Echsenmenschen, die ihre Kampfeslust auf ihre Gegner niederregnen ließen.

Ihnen folgten die neunundachtzig schweren Krieger von Schlagender Schwanz. Sie waren mit Lederrüstungen und -schilden ausgestattet, wodurch sie von allen Kriegern die beste Verteidigung hatten. Mit gehobenen Schilden begegneten sie den Skeletten wie eine Mauer.

Knochen flogen umher, als die Echsenmenschen die Kampfformation der Skelette durchbrachen. Wütendes Brüllen donnerte über das ununterbrochene Knacken von brechenden Knochen. Gelegentlich ertönte auch ein Ächzen, wenn einer der lebendigen Krieger fiel, trotzdem überwog das Knochengeklapper bei Weitem.

Die Echsenmenschen hatten bei diesem Kampf einen überwältigenden Vorteil. Wären sie Menschen, sähe es möglicherweise ganz anders aus. Dank ihrer Knochenkörper waren Skelette praktisch immun gegen Stichwaffen und Schnittwaffen waren gegen sie fast wirkungslos. Da Menschen bevorzugt Schwerter benutzten, würde es ihnen schwerfallen, effektiv Schaden zu verursachen. Der Vorteil der Echsenmenschen waren ihre grobschlächtigen, geradezu primitiven Waffen wie Steinkeulen, da Skelette durch Trümmer- und Knüppelwaffen verwundbar waren.

Jedes Mal, wenn ein Echsenmensch seine Waffe schwang, brachen die spröden Knochen der Skelette. Selbst wenn sie einen Schlag überstanden, der nächste war ihr Ende. Gleichzeitig glitten die rostigen Schwerter der Untoten häufig von den dicken Schuppen der Echsenmenschen ab. Gelegentlich wurde zwar einer der Krieger verletzt, aber nicht lebensgefährlich.

Allein bei diesem ersten Scharmützel versanken fast fünfhundert Skelette in ihrer letzten Ruhestätte im Sumpf.

Was er im Spiegel sah, verblüffte Cocytus.

Das war zwar nur die erste Angriffswelle, doch die Fähigkeiten der Echsenmenschen überstiegen seine Erwartungen. Cocytus war ein brillanter Krieger und hatte ihre Wiederstandkraft bis zu einem gewissen Grad erwartet. Der Unterschied der Kampffähigkeiten von Skeletten und Echsenmenschen lag auf der Hand – im Zweikampf war ein Skelett einem Echsenmenschen hoffnungslos unterlegen –, trotzdem hatte er angenommen, eine solche zahlenmäßige Überlegenheit würde das ausgleichen.

Was war dann geschehen? Es sah fast danach aus, als wären die Echsenmenschen irgendwie stärker geworden. In diesem Zustand waren ihnen vermutlich nur die *Skeleton Archer* und *Rider* gewachsen.

Während er zusah, zerfielen immer mehr Skelette. *DANN SCHAFFEN DIE SKELETTE UND DIE ZOMBIES NICHTS WEITER, ALS SIE ETWAS ZU ERMÜDEN?* In dem Fall waren die dreihundert untoten Bestien, die einhundertfünfzig *Skeleton Archer* und die hundert *Skeleton Rider* seine einzigen effektiven Einheiten – gerade einmal fünfhundertfünfzig. Damit war das Kräfteverhältnis umgekehrt.

Cocytus stellte ein paar Berechnungen an. Untote waren stark. Besonders in einem langwierigen Kampf gab es nicht viele, die sie besiegen konnten. Untote kannten keine Furcht, spürten keinen Schmerz oder sonst was. Erschöpfung war genauso wenig ein Problem und sie benötigten keinen Schlaf. Es stand außer Frage, wie vorteilhaft das in einem Krieg war.

Angenommen, eine Steinkeule würde jemanden am Kopf treffen. Wenn es Pech hatte, wäre ein Lebewesen sofort tot, doch selbst mit Glück wäre es sehr schmerzvoll und würde heftig bluten. Selbstverständlich würde das Opfer schnell den Willen zum Weiterkämpfen verlieren. Natürlich gab es Soldaten, die trainierten, um Schmerz besser verkraften zu können, und die daher nicht so schnell aufgeben würden, doch für die meisten galt das nicht. Für ein lebendiges Wesen war das absolut normal.

Und Untote? Selbst wenn man ihnen den Schädel spaltete, würden sie angreifen, auch während ihnen das Gehirn aus dem Schädel fiel. Brach man ihnen die Arme, würden sie mit gebrochenen Armen angreifen. Und ohne Beine würden sie kriechen.

Tatsächlich würde ein Untoter so lange weitermachen, bis auch der letzte Rest seines Scheinlebens dahinschwand. Solange es kein Angriff war, der zum sofortigen Tod führte – bei niederen Untoten genügte dafür häufig eine Enthauptung –, würden sie anders als Menschen nicht wegen Schmerzen aufgeben. Was das anging, waren Untote die perfekten Soldaten.

EINS GEGEN EINS SIND IHNEN DIE ECHSENMENSCHEN ÜBERLEGEN – DAS RÄUME ICH EIN. ABER WIE LANGE KANN DAS ANHALTEN? Cocytus' Meinung von den Echsenmenschen stieg ein wenig und er schlussfolgerte, es war unmöglich, sie alle schnell zu zermalmen. Er musste den Kampf in die Länge ziehen.

»SOLLTEN WIR UNS ZURÜCKZIEHEN UND UNSERE STRATEGIE ÜBERDENKEN?«

»Das klingt nach einer guten Idee.«

»Ich denke, wir sollten die *Archer* und *Rider* in den Kampf schicken.«

»Ne, ne, einfach so weitermachen und abwarten, bis sie erschöpft sind.«

»Und dann was? Wenn wir den feindlichen Stützpunkt nicht einnehmen können, ziehen sie sich einfach dorthin zurück, erholen sich und das war's dann.«

»Das stimmt. Es sieht so aus, als hätten sie ihre Verteidigung ausgebaut, aber diese Wälle sind schwach. Warum machen wir das Dorf nicht nieder, kreisen ihre Truppen ein und löschen sie aus?«

Da er nun die Ansichten mehrerer Lakaien kannte, nahm sich Cocytus eine *Message*-Schriftrolle. Er warf einen Blick zu Entoma.

Während sie desinteressiert in den Spiegel sah, hielt sie etwas, das an einen grünen Keks erinnerte, unter ihr Kinn, dann ertönte leises Kauen. Ihr Verhalten legte nahe, dass sie dachte, nichts hiervon war für sie von Belang. Das erklärte möglicherweise auch ihre ausdruckslose Miene.

NEIN, DAS SIEHT NUR SO AUS. Er dachte an ihre wahre Form und begriff, wie dumm es war, etwas an ihrem Gesicht ablesen zu wollen. Cocytus' Freund und eines der fünf bösartigsten Wesen in Nazarick, der Prinz des Schreckens, bezeichnete sie als »schrecklichsten« Jäger seiner Verwandten. Das war ihr wahres Wesen.

Er gab den Versuch auf, in ihrem Gesicht die Gefühle ihres Gebieters (der der Grund für ihre Anwesenheit sein musste) erkennen zu wollen, und benutzte die Schriftrolle, um mit dem Befehlshaber zu sprechen.

»Unterschätzen die uns?«, brummte Zenberu. Er sprach leise, aber von seinem Standort oben auf der Lehmmauer aus war er laut genug, damit ihn jeder hörte. »Die *Archer* und *Rider* haben sich nicht geregt!«, beschwerte sich Zenberu. »Ich denke, die machen sich über uns lustig.«

»Ja, ich hatte damit gerechnet, die würden alle auf einmal über uns herfallen …«, stimmte der Häuptling der Kleinen Reißzähne zu.

»Zombiekampf … geht gut.«

Lediglich fünfundvierzig Echsenmenschen stellten sich den Zombies, hauptsächlich die wenigen Jäger. Sie schleuderten immer wieder Steine, um sich dann zurückzuziehen. So lockten sie sie langsam, aber sicher von den Skeletten weg. Die Weibchen waren unterdessen über die Flanke der Skelette hergefallen.

»Sie verhalten sich irgendwie seltsam.«

»Aber wirklich.«

Die Zombies agierten weniger, als würden sie Befehle befolgen, sondern mehr, als wären sie völlig abgelenkt. Hatten sie es mit einem Befehlshaber zu tun, der ein solches Verhalten seiner Truppen guthieß? Nein, das war unmöglich. Doch so standen die Dinge. War das demnach Teil des Plans ihres Feindes? Alle zermarterten sich deswegen das Gehirn.

»Ich versteh's einfach nicht.«

»Geht mir genauso … Shasuryu.«

Egal wie angestrengt sie darüber nachdachten, sie kamen auf keine Erklärung für das Verhalten der Zombies.

Nachdem sich Zaryusu das eine Weile mit angesehen hatte, sagte er, was er davon hielt. »Könnte es sein, dass sie keinen Befehlshaber haben?«

»Keinen Befehlshaber …? Ach, du meinst, man hat ihnen anfangs ein paar Anweisungen gegeben und die werden jetzt stur befolgt?«

»So in etwa.«

Niedere Untote wie Zombies und Skelette verfügten über keinerlei Intelligenz. Am sinnvollsten war es, sie ständig mit Befehlen zu versorgen. Und es machte den Anschein, als hätte man diese Zombies nur damit beauftragt, Echsenmenschen in ihrer Nähe zu töten.

»Die reden sich also ein, solange sie uns zahlenmäßig überlegen sind, können sie auch gewinnen? Oder könnte dieser Kampf nur ein Test gewesen sein, um festzustellen, wie lange sie ohne Befehlsstruktur durchhalten?«, fragte Zenberu.

»Kann sein.«

»Willst du mich verarschen? Diese Drecksäcke!« Diesmal war es nicht Zenberu, der laut wurde, sondern Shasuryu. Nicht mal er konnte das gelassen hinnehmen. Immerhin riskierten sie hier alle ihr Leben.

»Würdest du dich bitte beruhigen, Shasuryu? Es ist nicht so, als wüssten wir es mit Gewissheit«, bat der Häuptling der Kleinen Reißzähne.

»Ja, entschuldigt ... Ich bin froh, dass es bisher gut läuft.«

»Richtig, Bruder. Bis auf Weiteres müssen wir ihre Zahl nur so gut wir können reduzieren.«

Erschöpfung war im Kampf nicht zu unterschätzen. Es war kaum vorstellbar, wie geistig ermüdend ein Nahkampf war. Auf einem Schlachtfeld, wo der Angriff aus jeder Richtung erfolgen konnte, verdoppelte sich die Belastung allein durch das Schwingen der Waffe.

Für die Untoten galt das nicht. Sie griffen einfach ohne Unterlass an.

Je mehr Zeit verging, umso deutlicher würde die Kluft zwischen den Lebenden und den Toten werden.

Anders ausgedrückt, die Zeit spielte gegen die Echsenmenschen.

»Tse, ich sollte da draußen sein.«

»Beherrsch dich ... Zenberu.«

Würde Zenberu mit seinem mächtigen Arm unter ihnen wüten, wären die Skelette in Windeseile beseitigt. Allerdings würden sie damit ihre Karten offenlegen. Zaryusu und die anderen fünf mussten die Trumpfkarten bleiben. Wenn ihnen nichts anders übrig blieb, würden sie selbstverständlich an die Front gehen, doch bis ein wirklich mächtiger Feind auftauchte, war es wichtig, ihre wahre Stärke geheim zu halten.

»Aber dass sie nicht herkommen, spielt uns in die Hände«, stellte Zaryusu fest und die anderen stimmten ihm zu. Dann fragte er Crusch: »Bei dir verläuft alles wie geplant?«

»Ja, das Ritual kommt gut voran«, antwortete sie mit Blick ins Dorf. Die Priester waren gerade bei einem Ritual, das den Echsenmenschen einen weiteren Vorteil verschaffen könnte. Normalerweise würde es sehr viel Zeit beanspruchen, aber da die Priester aller Stämme zusammenarbeiteten, würden sie bereit sein, um es während des Kampfes einzusetzen.

»Erstaunlich, was wir gemeinsam erreichen können.«

»Hmm ... ja. Nach dem Krieg gab es nur wenig Kontakt, aber ... dieses Mal, ich möchte so vieles tun, sobald alles vorbei ist.«

Die anderen Häuptlinge bestätigten Shasuryus Bemerkung mit einem nachdrücklichen Nicken. Das war das erste Mal, dass sie Wissen austauschten und gemeinsam nutzten, und jeder begriff, wie sehr das allen Stämmen helfen würde. Diese Erkenntnis traf die drei am schwersten, die früher bereits ein Bündnis eingegangen waren, ohne daraus weiteren Nutzen zu ziehen.

Zaryusu sah die fünf Häuptlinge an und lachte.

»Was ist so lustig?«, fragte Crusch.

»Nein, ich meine, ich weiß, das Timing ist schlecht, trotzdem bin ich einfach nur glücklich.«

Crusch begriff sofort, was er empfand. »Ich weiß, was du meinst, Zaryusu.«

Er kniff die Augen zusammen, als würde ihr Lächeln wie die Sonne selbst strahlen. In ihren Blicken lagen Sehnsucht und Zuneigung.

Körperlich waren sie getrennt. Selbstverständlich. In diesem Moment marschierten Echsenmenschen in den Tod. Solange das nicht vorbei war, konnten sie den Gefühlen ihrer Herzen nicht nachgeben. Dennoch bewegten sich ihre Schwänze wie von selbst, zuckten und vibrierten.

»Hmpf …«

»Was hältst du davon, großer Krieger?«

»Sie sind in ihrer eigenen Welt.«

»Heiß.«

»Meine Schlussfolgerung: Es ist toll, jung zu sein. Euch gehört die Zukunft.«

Die vier älteren Echsenmenschen nickten, während sie das süße Pärchen beobachteten.

Natürlich hörten Zaryusu und Crusch, was sie sagten. Während ihre Schwänze noch zuckten, bekamen sie zumindest ihre Mienen wieder unter Kontrolle.

»Bruder, sie haben sich in Bewegung gesetzt.«

Der Themenwechsel erfolgte so abrupt, dass Shasuryu und die andern noch immer verlegen grinsten, als sie sich der feindlichen Armee zuwandten. Die *Skeleton Rider* preschten in einem weiten Bogen ins Sumpfland.

»Hey, hey, kommen die etwa her?«

»Mit ihren berittenen Einheiten? Versuchen sie, uns aufzuschrecken, indem sie diese Stellung angreifen?«

»Nein, planen sie, den Kriegern und den Männchen in den Rücken zu fallen und sie so niederzumähen?«

Das ist übel.

Ohne es auszusprechen, kamen alle zum selben Schluss. Die *Skeleton Rider* stellten ein Problem dar.

Hätten sie gleich in der ersten Welle angegriffen, wären sie von den Echsenmenschen zermalmt worden. Jetzt aber befanden sich die Krieger und Männchen im Nahkampf, die Jäger lockten die Zombies weg und die Weibchen schleuderten Steine in die Flanke der Skelette. Die Echsenmenschen verfügten über keine zusätzlichen Truppen, die die *Skeleton Rider* abfangen konnten.

»Vielleicht ist jetzt die Zeit zum Eingreifen gekommen.«

Shasuryu nickte, um den Gedanken des Häuptlings der Kleinen Reißzähne zu bestätigen. »Fragt sich, wer soll gehen? Aber ja, es ist Zeit, dass wir handeln.«

Skeleton Rider – oder auch mit Lanzen ausgerüstete Skelette auf ähnlich knochigen Pferden. Abgesehen davon, wie einfach sie einzusetzen waren, verfügten sie über keine besonderen Kräfte, allerdings war ihre Beweglichkeit im Sumpfland beeindruckend. Da ihre Knochenkörper nicht besonders tief in den Schlamm einsanken, konnten sie sich so schnell wie Pferde auf festem Untergrund fortbewegen. Die hundert Einheiten schlugen einen weiten Bogen, um den Echsenmenschen in den Rücken zu fallen.

Sie entdeckten die drei Echsenmenschen, die sich von links vorne näherten, ignorierten sie jedoch. Diese Neuankömmlinge waren nicht Teil ihrer Befehle, was bedeutete, solange sie nicht angriffen, würden sich die Skelette nicht mit ihnen befassen. Derart simpel war die Denkweise der Untoten.

Sie hatten ihr Ziel im Rücken der Echsenmenschenarmee fast erreicht, als sich die Welt des vordersten *Rider* plötzlich wie wild drehte. Aus irgendeinem Grund flog das Skelett durch die Luft, um anschließend im Sumpf zu landen.

Ein Mensch wäre verwirrt und erst einmal handlungsunfähig gewesen, der nur rudimentär intelligente Untote hingegen machte sich augenblicklich daran, seine Befehle zu befolgen. Er stand auf, doch wegen des schweren Schadens taumelte er.

Ein zweiter *Rider* prallte gegen den ersten, was beiden die Knochen brach und sie weit verstreut im Matsch verteilte. Dasselbe wiederholte sich an verschiedenen Stellen im Sumpfland, doch warum?

Die Antwort war äußerst simpel: Fallen. Die Echsenmenschen hatten Kisten vergraben. Sobald die Pferde hineintraten, stolperten sie.

Immer mehr *Skeleton Rider* stolperten. Menschen wären langsamer geworden oder hätten sonst etwas dagegen unternommen, doch nicht diese Untoten. Möglicherweise waren sie in der Lage, ein im Boden klaffendes Loch zu umgehen, gegen versteckte Fallen waren sie jedoch hilflos – so viel Überlegung überstieg ihre Befehle. Und es mangelte ihnen an der Intelligenz, auf veränderte Situationen zu reagieren.

Mit unveränderter Geschwindigkeit direkt in die Fallen zu stürmen glich einem Massenselbstmord. Doch obwohl die Fallen ihren Zweck erfüllten, sie bremsten die Untoten nur aus. Sie verursachten etwas Schaden, allerdings nicht genug, um sie zu vernichten. Die verstreut herumliegenden *Rider* erhoben sich aus dem Schlamm.

Da ertönte ein schrilles Pfeifen, bevor der Kopf eines *Skeleton Riders* platzte.

Sie begriffen, dass sie angegriffen wurden, und das sorgte dafür, dass sich die Untoten umsahen. Sie entdeckten die etwa achtzig Meter entfernt postierten Echsenmenschen – und dass ihnen ihre Gegner mit tödlicher Genauigkeit Steine entgegenschleuderten. Die *Skeleton Rider* rückten vor.

Gleichzeitig erreichte der Kampf gegen die Hauptstreitmacht der Skelette einen Wendepunkt. Erst war das Schnalzen mehrere Bogensehnen zu hören, dann regnete es Pfeile. Einhundertfünfzig *Skeleton Archer* feuerten ihre Geschosse auf Echsenmenschen und Skelette ab. Auf die erste Salve folgte eine zweite, eine dritte ...

Dieser Angriff erwischte die Echsenmenschen unvorbereitet. Mehrere brachen getroffen zusammen. Sie konnten sich nicht vor dem Dauerfeuer schützen und gleichzeitig gegen die Skelette kämpfen.

Natürlich wurden die Skelette ebenfalls getroffen, nahmen jedoch keinen Schaden dadurch. Während die gegen Stichschaden resistenten Untoten Boden gutmachten, ließen die *Skeleton Archer* aus den hinteren Reihen ihre Pfeile fliegen. Das Manöver war brillant.

Wenn man bedachte, wie lange es dauern würde, eine 2.200 Angreifer starke Sturmspitze zu überwinden, um die *Archer* zu erreichen, wäre das das sichere Ende für die Echsenmenschen gewesen.

Das Problem war, der Angriff kam zu spät. Es wäre für die Echsenmenschen fatal gewesen, hätten sie das bereits zu Beginn der Schlacht getan. Die zahlenmäßig überlegene Horde hätte sie überrannt und der Kampf wäre ganz anders verlaufen. Nun jedoch war der Ausgang bereits entschieden.

Die Echsenmenschen ließen die ausgedünnten Skelette stehen, um stattdessen direkt auf die *Archer* zuzustürmen. Einhundertfünfzig Pfeile regneten auf sie herab, mehrere Echsenmenschen brachen zusammen – trotzdem blieben mehr als genug übrig.

Echsenmenschen verfügten über dicke Haut und harte Schuppen. Sogar ungeschützt waren sie Menschen in Lederrüstung ebenbürtig. Selbst wenn ein Pfeil in ihre Haut drang, retteten ihnen ihre dicken Muskeln das Leben.

Ein anderer Grund war auch, dass die *Skeleton Archer* nicht besonders kräftig waren und somit ihre Bögen nicht stark spannen konnten. Die Kraft hinter ihren Angriffen reichte nicht aus, um einen Echsenmenschen zu töten.

Mit Kriegsgeschrei stürmten die Echsenmenschen furchtlos weiter. Als das tödliche Feuer erneut niederging, hoben sie schützend die Arme über ihre Köpfe. Sie rannten um ihr Leben, während der Geschosshagel in ihre Haut drang und ihre Körper durchbohrte.

Eine dritte Salve ...

Das war alles, wozu die *Skeleton Archer* fähig waren. Hätten sie auch nur ein wenig Intelligenz besessen, hätten sie sich vermutlich zurückgezogen. Mit etwas Abstand hätten sie mit den Resten der untoten Armee als zusammenhängende Einheit kämpfen und in diesem Scharmützel noch einen Unterschied machen können.

Doch zu derart komplexen Überlegungen waren sie nicht fähig und es gab keine entsprechenden Befehle. Sie befolgten stur ihre simplen Anweisungen – und schossen auf die Echsenmenschen, obwohl die sie fast schon erreicht hatten.

Kriegsgeschrei wurde laut, dann verschlang die Welle aus Echsenmenschen die *Skeleton Archer* auf dieselbe Weise wie zuvor schon die Skelette. Die Fernkämpfer hatten keinen Platz, ihre Bögen zu benutzen. Unter dem Angriff der Echsenmenschen versanken sie im weichen Boden. Zwar gab es noch die Zombies, von den Skeletten war jedoch kaum noch etwas übrig.

Nun wurde ein neuer Feind entfesselt – die untoten Bestien. Dabei handelte es sich um Untote aus den Leichen verschiedenster Tiere wie Wölfe, Schlangen, Wildschweine – Monster, die in sich die Ausdauer von Zombies und die Gewandtheit von Tieren vereinten.

Die untoten Bestien hielten direkt auf die Echsenmenschen zu. Manche waren schnell, andere langsam – es war ein wildes Durcheinander ohne jeden Zusammenhalt.

Es war erstaunlich schwierig, Angriffen von unten auszuweichen. Die Bestien nutzten die Tieren eigene Methode, die Knöchel ihrer Feinde anzugreifen, um sie zu Fall zu bringen und dann zu töten.

Für die bereits erschöpften Echsenmenschen stellte das tatsächlich ein Problem dar. Denen, die zu langsam reagierten, wurde die Kehle herausgerissen. Wenn neben einem Krieger ein Kamerad fiel, war es unerheblich, ob er darauf gefasst war oder glaubte, die Geister ihrer Ahnen wären mit ihnen – die Moral litt.

Die Krieger, die die Führung innehatten, kämpften an der Spitze der Formation, aber der Druck durch die Bestien nahm allmählich zu. Es war nur eine Frage der Zeit, bis die Reihen der Echsenmenschen zusammenbrachen. In diesem Moment ging ein Zittern durch das Sumpfland.

Aus dem trüben Wasser erhoben sich zwei arm-, bein- und kopflose Schlammkegel von etwa eineinhalb Metern Größe …

… und setzten sich in Bewegung.

Auch ohne Beine bewegten sie sich gewandt über das Wasser und glitten auf die untoten Bestien zu. Sobald sie in Reichweite waren, bildeten sie auf Armhöhe einer Person dieser Größe peitschenähnliche Tentakel aus, die länger waren als die Schlammkreaturen hoch.

Sie waren eines der Asse der Echsenmenschen, die die Priester mit vereinten Kräften beschworen hatten: *Swamp Elementals*.

Die *Swamp Elementals* krachten in die Meute untoter Bestien, schlugen mit ihren Tentakeln um sich und zerrten ein paar von ihnen zu Boden. Natürlich wehrten sich die Bestien, kratzten und bissen.

Beide Seiten kannten keine Furcht, doch mit der Zeit wurde der Vorteil der *Swamp Elementals* immer deutlicher. Es war schlichtweg ein Ungleichgewicht, was das jeweilige Potenzial anging.

Die Macht der Priester überwältigte die Untoten. Das zu sehen beflügelte den Mut der Echsenmenschenkrieger und sie gingen erneut zum Angriff über.

Ein grausames Gemetzel entbrannte und anders als gegen die Skelette verloren nun mehrere Echsenmenschen ihr Leben. Allerdings waren sie zahlenmäßig überlegen und der Kampf entwickelte sich zu ihrem Vorteil.

WIR WERDEN VERLIEREN.

Dessen war sich Cocytus bewusst. Keiner der Untoten innerhalb der ihm zur Verfügung gestellten Truppen besaß Intelligenz. Darum unterlagen sie und das war von Anfang an seine Befürchtung gewesen. Er hatte jedoch nicht erwartet, dass sie so schwach sein würden.

Es beunruhigte ihn, wie wenig Gedanken er sich darüber gemacht hatte. Es gab eine Möglichkeit, das Ruder herumzureißen, allerdings war es keine gute. Vielmehr war sie ein Eingeständnis der Niederlage.

Aber konnte er seinem Gebieter wirklich sagen, dass sie verloren hatten? Cocytus packte eine *Message*-Schriftrolle. Es gab nur einen, mit dem er in einer solchen Situation sprechen konnte …

»HÖRST DU MICH, DEMIURGE?«

»Ja, mein Freund. Was um alles in der Welt ist passiert, dass du dich auf diese Weise bei mir meldest?«

Demiurges tiefe, gefasste Stimme ertönte in Cocytus' Verstand. Als einer der intelligentesten Bewohner Nazaricks hatte er bestimmt einen guten Rat.

Es war frustrierend, sich an jemanden wenden zu müssen, der gewissermaßen ein Rivale war, doch er musste diese Niederlage um jeden Preis abwenden. Die Armee der Großen Gruft von Nazarick sollte unterliegen?! Er würde sich so weit wie nötig erniedrigen, um diesem Schicksal entgegenzuwirken.

»UM EHRLICH ZU SEIN …«

Schweigend hörte Demiurge Cocytus' Schilderung der aktuellen Umstände zu und seufzte gereizt. »Und was soll ich deiner Meinung nach deswegen unternehmen?«

»ICH MÖCHTE DICH UM DEINE WEISHEIT BITTEN. WENN DAS SO WEITERGEHT, WERDEN WIR UNTERLIEGEN. GINGE ES DABEI NUR UM MICH, WÜRDE ICH ES HINNEHMEN. ABER ICH KANN NICHT SCHANDE ÜBER DIE GROSSE GRUFT VON NAZARICK UND DIE HÖCHSTEN GESCHÖPFE BRINGEN.«

»Will Lord Ainz überhaupt, dass du gewinnst?«

»HM? WAS SOLL DAS HEISSEN?«

»Warum hat er eine Armee aus so niederen Lakaien zusammengestellt?«

Das hatte sich Cocytus auch gefragt. Er sah keinen Grund, eine Armee aus den schwächsten Wesen aufzustellen, die in der Großen Gruft von Nazarick zu finden waren.

»ER MUSS EINEN PLAN GEHABT HABEN, ABER WAS UM ALLES IN DER WELT WOLLTE ER DAMIT ERREICHEN?«

»Ich hätte da ein paar Ideen.«

DAS HATTE ICH ERWARTET. Cocytus sprach es nicht aus, aber er hegte großen Respekt für den Dämon.

»Also … Cocytus. Du bist schon seit ein paar Tagen dort. Du hast vor deinem Angriff doch Informationen über die Echsenmenschen beschafft, oder?«

Das wäre die normale Vorgehensweise. Allerdings …

»LORD AINZ BEFAHL MIR, SIE MIT DER VON IHM ZUR VERFÜGUNG GESTELLTEN ARMEE IN EINEM FRONTALANGRIFF AUSZULÖSCHEN.«

»Ja, schon, aber ich möchte, dass du einen Moment lang nachdenkst, Cocytus. Sind die von dir erreichten Ergebnisse nicht das Wichtigste für Lord Ainz? Wenn deine Hauptaufgabe wäre, das Dorf dem Erdboden gleichzumachen, hätte er dir dann nicht befohlen, du sollst nach der besten Methode suchen, um das zu bewerkstelligen?«

Darauf hatte Cocytus keine Antwort. Jedes Wort von Demiurge war richtig.

»Als er dir diese Lakaien gab, muss er von vornherein mit diesem Ergebnis gerechnet haben.«

»ER HAT MIR ABSICHTLICH EINE STREITMACHT GEGEBEN, DIE NIEMALS GEWINNEN KÖNNTE?«

»Es ist zumindest sehr gut möglich. Hättest du das Dorf ausgekundschaftet, hättest du vielleicht gemerkt, dass du nicht über die notwendige Schlagkraft verfügst, um deine Mission zu erfüllen. Dann hättest du dich bei ihm melden und sagen können: ›Lord Ainz, es wird schwierig sein, sie mit diesen Truppen zu vernichten. Ich benötige stärkere Einheiten.‹ Vielleicht war das sein Ziel?«

Mit anderen Worten, er hätte sich die wahren Absichten seines Gebieters bestätigen lassen sollen – nicht einfach Befehle befolgen. Stattdessen hätte er nach eigenem Ermessen Veränderungen vornehmen und dann erst handeln sollen. Das wollte ihm Demiurge begreiflich machen.

»Damit wollte er dich vermutlich dazu bringen, besser auf solche Dinge zu achten. Bestimmt hatte er noch andere Ziele, aber ...«

»ANDERE ZIELE?« Das machte Cocytus nervös. Ein Fehler war ihm bereits unterlaufen. Er wollte keine weiteren machen.

»Er schickte einen Boten in die Dörfer, ohne dabei Nazarick mit Namen zu nennen. Und er hat dir befohlen, dich nicht zu zeigen. Das bedeutet ...«

Cocytus schluckte schwer und lauschte auf jedes Wort von Demiurge. Der Satz wurde jedoch nicht beendet.

»Ngh! Tut mir leid, Cocytus. Es ist etwas Dringendes vorgefallen. Entschuldige, aber mehr kann ich dir nicht sagen. Ich hoffe, du gewinnst!« Demiurge brach das Gespräch ab und der *Message*-Zauber endete.

Cocytus konnte sich einigermaßen vorstellen, was den ansonsten gelassenen Demiurge derart in Panik versetzen könnte, und sah zu der anderen Person im Raum. Entoma entfernte gedankenverloren einen schäbigen Talisman von ihrer Stirn.

Wenn ein Talisman-Anwender jetzt einen benutzte, bedeutete das ... es war zu spät.

Es war Zeit, das Monster zu entfesseln, von dem man ihm befohlen hatte, es erst einzusetzen, wenn es keine andere Möglichkeit mehr gab. Aber war das wirklich, was sein Gebieter von ihm wollte?

Zum vielleicht ersten Mal dachte Cocytus gründlich über den Zweck nach, der hinter seinen Befehlen stecken könnte. Letztendlich kam er jedoch nur zu einem Ergebnis.

Er wirkte *Message*. »ICH HABE EINEN BEFEHL FÜR DICH, *ELDER LICH*-KOMMANDANT. AUSRÜCKEN. ZEIGE DEN ECHSENMENSCHEN DEINE MACHT.«

Sein Körper aus Haut und Knochen war in eine edle, wenn auch alte Robe gehüllt und in einer Hand hielt er einen knotigen Stab. Sein verrottendes Gesicht mit nur wenig Haut über den ansonsten freiliegenden Knochen verriet eine unheilvolle Weisheit. Sein Körper verströmte negative Energie, die ihn wie Nebelschwaden umgab. Dieser untote Caster war ein *Elder Lich*.

Er erhielt Cocytus' Befehl und wandte den Blick in Richtung Sumpfland. Dann erteilte er den Untoten mit der herabhängenden roten Haut direkt hinter sich Anweisungen – diese *Bloodmeat Hulks* hatte man auf dieselbe Weise wie ihn erschaffen. **»Tötet diese drei Echsenmenschen.«**

Dem Befehl entsprechend wankten die beiden *Hulks* in Richtung der Echsenmenschen, die für das Ende der *Rider* verantwortlich waren. Sie waren schwache Untote, die ihre Muskelkraft allein zum Zuschlagen benutzen konnten, allerdings verfügten sie über Regenerationsfähigkeiten. Das bedeutete, wenn ein Gegner ähnlich stark war und nur über körperliche Angriffe verfügte, würde er eine ganze Weile brauchen, um sie zu besiegen.

Der *Elder Lich* war überzeugt, sie konnten ihm genug Zeit verschaffen.

Selbstverständlich war der Plan nicht der Beste, ganz im Gegenteil. Als Caster war der *Elder Lich* im Nahkampf nicht besonders stark. Besser wäre es, er würde die *Bloodmeat Hulks* zurückhalten, damit sie ihn schützten.

Doch das konnte er nicht tun.

Sein Befehl lautete, seine Macht zu demonstrieren. Das bedeutete, er musste seine überwältigenden Kräfte dazu nutzen, den Stützpunkt der Echsenmenschen im Alleingang dem Erdboden gleichzumachen.

Während er sich in Stellung begab, verzog ein Kichern seine grässliche Fratze. Es war so einfach.

Als vom Höchsten Geschöpf Ainz Ooal Gown erschaffener *Elder Lich* war er weitaus stärker als Nazaricks automatisch spawnende *Elder Lichs*. Er musste nichts weiter tun, als diese Macht zur Schau zu stellen.

Bei dem Namen, den er von seinem Gebieter erhalten hatte, gelobte er, er würde nicht versagen. **»Ich, Iguva, werde dem Erhabenen den Sieg zu Füßen legen.«**

4

Nachdem sie mit den untoten Bestien fertig waren, seufzten die bereits erschöpften Echsenmenschen erleichtert auf. Ungeachtet des Leids in ihren Herzen lächelten sie schwach.

Zwar waren einige von ihnen verletzt oder sogar gefallen, trotzdem hatten sie Glück gehabt. Hätten die *Swamp Elementals* nicht in den Kampf eingegriffen – nein, allein schon später zu erscheinen hätte gereicht –, wären ihre Reihen gefallen und dann wäre vermutlich alles vorbei gewesen.

»Machen wir weiter.« Das war einer der befehlshabenden Krieger, der die nächste Runde einläutete.

Jeder spürte, wie die Erschöpfung an seinen Gliedern zerrte. Sie konnten ihre Waffen kaum halten, sie gar zu schwingen war eine Gewaltanstrengung, doch der Kampf noch nicht vorbei.

Die Zombies waren weit entfernt, das änderte allerdings nichts daran, dass die Krieger sie noch beseitigen und danach weiterhin aufmerksam bleiben mussten.

»In Ordnung, bringt die Schwerverletzten ins Dorf. Alle anderen, folgt …« Eine Feuersbrunst unterbrach seinen Befehl.

Inmitten der sengenden Hitze wanden sich die *Elementals*. Als die Flammen verschwanden, als wären sie nie da gewesen, waren die beiden magischen Geschöpfe schwer mitgenommen. Ein einziger Angriff hatte sie fast vernichtet. Bevor die Echsenmenschen Gelegenheit bekamen, erschrocken aufzuschreien, loderte eine zweite Flammenwand auf. Die Körper der *Elementals* brachen zusammen und schmolzen im Feuer.

Die Echsenmenschen begriffen nicht, was die *Elementals*, die gegen die untoten Bestien so effektiv gewesen waren, so schnell zerstört hatte.

Was ist passiert?

Obwohl sie es mit eigenen Augen gesehen hatten, wollten sie es nicht wahrhaben, da das bedeuten würde, etwas noch Mächtigeres hatte das Schlachtfeld betreten.

Ängstlich und verwirrt sahen sich die Echsenmenschen um. Als sie in einiger Entfernung den einsamen Untoten entdeckten, entfesselte dieser gerade einen weiteren magischen Angriff.

Die Feuerkugel, etwa so groß wie ein menschlicher Kopf, raste durch die Luft und schlug unter den Echsenmenschen an der Frontlinie ein.

Normalerweise wurde Feuer von Wasser gelöscht. Sobald jedoch Magie im Spiel war, verhielt sich nicht einmal Feuer so, wie man es kannte. Als das Geschoss im Wasser aufschlug, spritzten Flammen in die Höhe, als wäre es auf hartem Untergrund gelandet.

Der Feuersturm hüllte mehrere Echsenmenschen ein, dann verschwand er.

Eine Illusion – die Flammen lösten sich schnell genug auf, dass sie ihren Augen nicht trauten. Doch der Geruch nach verbranntem Fleisch und die am Boden liegenden Echsenmenschen waren keine Einbildung.

Der Untote näherte sich langsam. Seine Bewegungen waren so elegant, dass er äußerst arrogant wirkte. Es war der Gang von jemandem, der sich seiner Macht bewusst war.

Sollen wir stürmen, wie gegen die Skeleton Archer? Noch während sie darüber nachdachten, flog eine weitere Feuerkugel heran.

Sie explodierte und jeder Echsenmensch im Umkreis hauchte sein Leben aus.

Das war eine wirklich überwältigende Machtdemonstration, als wäre bis zu diesem Moment alles nur ein Spiel gewesen.

»Yaaaagh!« Ein Kriegsschrei erklang, ein Versuch, ihre Furcht abzuschütteln. In dem Moment, als sich mehrere von ihnen darauf vorbereiteten, den Untoten anzugreifen, hörten sie unmöglich nah eine eisige Stimme.

»Narren!«

Nur ein einzelnes Wort. Die Feuerkugel verschlang ihre Opfer, bevor sie einen Ton hervorbrachten.

Der Untote schwankte und verunsichert vom offensichtlichen Unterschied zwischen ihnen und jemand wahrlich Mächtigem wichen mehrere Hundert Echsenmenschen einen Schritt zurück.

»Machen wir, dass wir hier wegkommen!«, rief einer der befehlshabenden Krieger mit zitternder Stimme. »Dieser Feind ist anders als die anderen! Wir haben keine Chance!«

Das lag auf der Hand. Er rückte allein gegen die Echsenmenschen vor und sie spürten den Druck wie Sturmböen auf ihrer Haut.

»Ihr kehrt zurück und erstattet den Häuptlingen und Zaryusu Bericht!«

»Wir verschaffen euch Zeit!«

Die Feuerkugel explodierte und fällte ein paar Echsenmenschen.

»Lauft! Und berichtet ihnen!«

Die fünf befehlshabenden Krieger ließen die anderen ins Dorf zurückkehren und schätzten ihre Distanz zum Feind ein und den Wirkungsradius der explodierenden Feuergeschosse. Sie wollten, dass zumindest einer von ihnen ihn erreichte. Sie waren bereit, dafür zu sterben.

Sie hatten sich verteilt und tauschten noch einmal Blicke aus, bevor sie losstürmten.

Es waren ungefähr neunzig Meter. Neunzig Verzweiflung schürende Meter, doch sie rannten weiter. Selbst wenn sie auf ihrem Weg alle den Tod fanden, lieferten sie Zaryusu und den Häuptlingen, die das alles bestimmt beobachteten, zumindest Informationen.

Die Echsenmenschen, die bis eben noch die feindlichen Einheiten bedrängt hatten, flüchteten sich in einem chaotischen Haufen nach Hause.

Zaryusu beobachtet das Ganze gelassen. Seit dieser unvorstellbar mächtige Feind erschienen war und feurigen Tod säte, hatte er genau zugesehen. Sein Handeln unterschied sich von dem der bisherigen, geistlosen Feinde. Das war vermutlich ihr Befehlshaber.

Als er noch etwa hundert Meter von den Echsenmenschen entfernt war, fing er sie mit flächenwirksamen Feuerzaubern ab. Die fünf Krieger, die versuchten, aus fünf Richtungen auf ihn zuzustürmen, wurden alle verbrannt.

»Sieht so aus, als wären wir jetzt dran.«

Zaryusu nickte Zenberu und Crusch zu, die ihn wissen ließen, dass sie ihm zustimmten. Sie könnten sterben, aber sie mussten handeln.

»Ja, auf alle Fälle, das ist eine Aufgabe für uns. Diese Macht … Gut möglich, dass der Kerl die rechte Hand des Erhabenen und damit der Befehlshaber dieser Armee ist. Und selbst wenn nicht, er ist vermutlich der Stärkste, den sie haben.«

»Ja. Auf keinen Fall könnte man mehrere Untote mit dieser Macht unter Kontrolle halten. Aber wie sollen wir das anstellen? Er ist zu weit weg.«

Zaryusu dachte angestrengt über eine Antwort auf Cruschs Frage nach. Sie kämpften nicht, um zu sterben, also benötigten sie einen Plan. Zaryusu und Zenberu waren keine Fernkämpfer. Sie mussten ihn also in einen Nahkampf verwickeln. Das Problem dabei waren die neunzig Meter.

Bestimmt könnten sie eine oder zwei Feuerkugeln überstehen, doch auf dem Weg zu dem Untoten würden mehr auf sie niederregnen und sobald sie ihn erreichten, würde der Kampf erst wirklich beginnen. Es war deutlich, sollten sie kopflos durch dieses Inferno sprinten und bis zu ihrem Feind vorstoßen, würde er sie letztendlich doch überwältigen.

»Die Entfernung ist ein echtes Problem.«

»Ja ... auf jeden Fall. Ich hätte nicht gedacht, dass neunzig Meter jemals so unüberwindbar scheinen könnten.«

Sie berieten sich, wie sie den Untoten erreichen könnten, ohne dabei zu schwere Verletzungen davonzutragen.

»Was, wenn wir auf ihn zutauchen?«

»Das wäre selbst mit Priesterkräften ... schwierig. Wenn wir *Invisibility* benutzen könnten ...«

Unsichtbar und mit *Fly* wäre die Strecke schnell überbrückt, allerdings konnten Druiden diese Zauber nicht lernen.

»Wie wäre es dann, wenn wir uns Schilde bauen und die beim Vormarsch als Deckung benutzen?«

»Schilde zu bauen dauert zu lange.«

»Wir könnten einfach ein paar Häuser zerlegen, oder?« Zenberu grinste zerknirscht, da er, noch während er es vorschlug, begriff, wie nutzlos die Idee war. Diese magischen Angriffe führten zu heißen Explosionen. Selbst wenn sie sich in mehrere Richtungen absicherten, vor der Hitze würde sie das nicht schützen. Und sie hatten keine Zeit, Schilde zu bauen, die ihre ganzen Körper bedeckten.

»Oh, hmm ... *Das* ... könnten wir machen ...«

»Was, Zaryusu?«, fragte Crusch ängstlich, wobei sie ein wenig zurückwich.

Er fragte sich, ob sie an seiner Miene ablesen konnte, wie skrupellos seine Idee war, aber daran ließ sich nichts ändern. Sein Plan gefiel ihm ja selbst nicht.

»Nein, ich hab nur ... gerade einen Schild gefunden.«

Die aktuellen Umstände ließen Iguva zufrieden nicken.

Es lief gut. Die beiden *Bloodmeat Hulks* kämpften noch, während er selbst problemlos gegen das Dorf vorrückte.

Die Echsenmenschen hatten den Eindruck gemacht, ihn wiederholt angreifen zu wollen, doch nach der Demonstration seiner Macht schienen sie zu erkennen, wie zwecklos Widerstand war. Die Fünfergruppe war vermutlich noch am nächsten herangekommen, allerdings hatten auch sie nicht näher als fünfundvierzig Meter geschafft.

Iguva bewegte sich schweigend vorwärts, als würde er eine unbewohnte Einöde durchqueren. Auch wenn er für die Schwäche der Echsenmenschen nur ein höhnisches Lächeln übrig hatte, blieb er auf der Hut.

Nicht mehr lange, dann würde er sein Ziel, das Dorf, erreichen. Sobald er dort war, wollte er die Gebäude mit einem Sperrfeuer aus Flammen niederbrennen und alle Echsenmenschen töten.

Bestimmt wäre es dem Feind lieber, er käme erst gar nicht so weit. ***Dann müssen sie bald mit ihren Gegenangriffen beginnen.*** Ein Blick zum Dorf bestätigte seinen Gedanken.

»**Oh? Ich verstehe.**« Er entdeckte eine einzelne Hydra, die auf ihn zukam.

Wenn das ihr Trumpf war, würde es vermutlich den letzten Widerstand der Echsenmenschen brechen, wenn er die Bestie mit seinen überwältigenden Fähigkeiten vernichtete. Damit wäre es sehr viel einfacher, das Dorf zu zerstören.

Er überprüfte seine Umgebung, um sicherzugehen, dass niemand versuchte, ihn zu überraschen, dann blieb er stehen und wartete auf die Hydra.

Kurz bevor sie in Reichweite kam, begann die Bestie zu rennen – auf Iguva zu.

»Narr. Denkst du, du schaffst es mit deinem behäbigen Körper bis zu mir? Du bist nichts weiter als ein Tier.« Feixend formte er eine Feuerkugel und ließ sie auf die Hydra los.

Sie raste direkt auf ihr Ziel zu – Volltreffer. Orangerotes Höllenfeuer leckte über den gesamten Körper seines Opfers.

Doch obwohl die Hydra schwankte, kam sie in Feuer gehüllt weiter auf ihn zu. Nein, die Flammen erloschen einen Moment später, das musste also eine Illusion gewesen sein. Ihre erstaunliche Willenskraft gaukelte Iguva lediglich vor, was er zu sehen glaubte.

Missmutig runzelte er die Stirn. Dass diese Kreatur seinen Angriff überstanden hatte, verletzte seinen Stolz.

Es sah danach aus, als hätte jemand die Hydra mit einem Zauber belegt, der Energieschaden senkte, aber nicht hoch genug, um seinen Angriff völlig wirkungslos zu machen. ***Hydren verfügen über schnelle Selbstheilungskräfte, aber gegen Feuer sollte das nicht viel nutzen …***, überlegte er. ***Wie dem auch sei, wenn das eine magische Bestie ist, muss sie vor Lebenskraft geradezu strotzen, also nehme ich an, einen Angriff kann sie wohl überstehen.*** Iguva beschloss, sich nicht beunruhigen zu lassen. Lediglich seine Wut konnte er nicht gänzlich zügeln. Er war eine Schöpfung des Höchsten Geschöpfs Ainz Ooal Gown. Dass die Hydra den Angriff überlebt hatte, kam einer Beleidigung seines Gebieters gleich.

Obwohl er innerlich vor Wut kochte, bedachte er die Bestie mit einem eiskalten Blick. »**Wie lästig. Stirb.**« Er schleuderte eine weitere Feuerkugel nach ihr.

Das Höllenfeuer hüllte ihren ganzen Körper ein und selbst auf diese Entfernung glaubte Iguva, brennendes Fleisch zu riechen. Sie hätte schwer genug verletzt sein sollen, um den Angriff abzubrechen, auch wenn sie nicht starb, doch ...

»**Warum bleibst du nicht stehen? Warum kommst du weiter auf mich zu?**«

5

Rororo rannte. Er war riesig und der Untergrund sumpfig, trotzdem war er fast so schnell wie die Echsenmenschen. Lautes Platschen begleitete seine Schritte.

Seine bernsteinfarbenen Augen waren von der Hitze blind und zwei seiner vier Köpfe hingen schlaff herab. Er rannte dennoch weiter.

Eine weitere Feuerkugel kam angeflogen. Sie explodierte und Flammen bedeckten Rororos Körper. Er hatte Schmerzen, als würde man ohne Unterlass auf ihn einprügeln, seine Augen vertrockneten, die heiße Luft versengte seine Lunge.

Die Verbrennungen am ganzen Körper und der noch nachklingende Schmerz der vorherigen Angriffe sprachen eine deutliche Warnung: Noch ein Treffer und er würde sterben.

Er rannte trotzdem.

Und rannte.

Und rannte.

Die Hitze sorgte dafür, dass sich seine Schuppen lösten. Blut spritzte hervor, als sich die Haut darunter spannte und Blasen warf. Nicht einmal das ließ ihn stehen bleiben.

Wäre er nichts weiter als ein dummes Tier gewesen, hätte er kehrt gemacht und wäre geflüchtet. Aber nicht Rororo.

Ja, er war eine magische Bestie, eine Hydra. So manches magische Geschöpf war intelligenter als Menschen, während andere mit Tieren vergleichbar waren. Auf Rororo traf Letzteres zu.

Es war rätselhaft – geradezu ein Wunder –, dass die Hydra mit ihrem tierischen Gehirn an der Schwelle des Todes weiter auf Iguva zustürmte, obwohl er ihr Schmerzen zufügte.

Tatsächlich verstand sein Feind den Grund nicht. Iguva vermutete sogar, dass man die Bestie irgendwie magisch beeinflusste. Das war allerdings nicht der Fall. Nein, der Grund war etwas ganz anderes. Etwas, das der *Elder Lich* nicht begreifen konnte.

Obwohl Rororo nur über die Intelligenz eines Tiers verfügte, rannte er für seine Familie.

Rororo kannte die Gesichter seiner Eltern nicht. Hydren verließen ihre Jungen nicht. Babys lebten bis zu einem gewissen Alter mit einem Elternteil zusammen, um alles zu lernen, was man zum Überleben benötigte. Warum war das dann bei Rororo nicht so gewesen?

Weil er missgestaltet war. Für gewöhnlich wurden Hydren mit acht Köpfen geboren und während sie älter wurden, wuchsen ihnen zusätzliche, manchmal bis zu zwölf. Doch Rororo hatte von Geburt nur vier, deshalb hatten ihn seine Eltern verlassen, um sich nur um seine Geschwister zu kümmern.

Als neugeborene Hydra ohne Eltern, die sich um ihn kümmerten – egal welche Größe er ausgewachsen erreichen konnte –, wäre es in der gnadenlosen Wildnis nur eine Frage der Zeit gewesen, bis er ums

Leben kam, doch zufällig war ein Echsenmenschenmännchen vorbeigekommen, das ihn mitgenommen hatte.

An jenem Tag hatte Rororo Mutter, Vater und Kindheitsfreund bekommen, alles in einer Person.

Durch den Schmerz erinnerte sich Rororo dunkel an etwas, das für ihn seit jeher ein Rätsel darstellte. *Warum bin ich so groß? Warum hab ich so viele Köpfe?* Darüber dachte er manchmal nach, wenn er seinen Vater – seine Familie – ansah. Und ihm kam ein Gedanke: *Vielleicht fallen die zusätzlichen Köpfe einfach ab, dann wachsen mir Arme und Beine, die so lang wie Gras sind, und dann sehe ich wie Vater aus.*

Und was würden sie dann tun?

Oh. Dann könnten wir seit Langem zum ersten Mal wieder zusammen schlafen. Er war so groß geworden, dass sie an unterschiedlichen Orten schliefen. Dadurch fühlte er sich ein wenig einsam.

Flammen erfüllten sein Sichtfeld und verzehrten die Gedanken, seine Welt bestand nur noch aus sengendem Schmerz. Er gab ein erbärmliches Brüllen von sich. Jede Stelle seines Körpers schmerzte schrecklich. Hinter sich spürte er eine beruhigende Freundlichkeit, doch gegen seinen verbrannten Körper kam das angenehme Gefühl kaum an.

Er erduldete den unbarmherzigen Schmerz. Es tat so weh, zu sehr. Er konnte nicht mal mehr denken. Seine Beine zitterten, Krämpfe zwangen ihn, stehen zu bleiben. Aber ...

Aber! Hörte Rororo auf, einen Fuß vor den anderen zu setzen? Nein! Er bewegte sich weiter. Ja, es glich mittlerweile mehr einem Kriechen. Die Flammen verbrannten seine Haut und zerrten an seinen Muskeln. Es war unmöglich zu rennen. Jeder Schritt war unerträglich. Atmen schmerzte. Es war fast unmöglich, auch nur noch einmal nach Luft zu schnappen. Seine Lungen waren möglicherweise verbrannt. Und trotzdem blieb er nicht stehen.

Inzwischen bewegte sich nur noch einer seiner Köpfe. Die anderen waren nichts weiter als störender Ballast. Mit trübem Blick sah er, wie der Untote eine weitere Feuerkugel erschuf.

Rororos Instinkte brüllten ihn an: *Wenn dieser Angriff trifft, werde ich sterben.* Doch er hatte keine Angst. Weiter, immer weiter, er bewegte sich unbeirrt weiter ...

Sein Mutter-Vater-Freund hatte ihn darum gebeten, somit war aufgeben keine Option.

Verzweifelt – langsam taumelnd, mit kaum noch Kraft in den Gliedern – machte er noch ein paar Schritte, als der Untote ihm die blutroten Flammen entgegenschickte.

Sie würden den Rest von Rororos Lebenskraft verzehren. Das stand außer Frage. Anders ausgedrückt, er würde sterben. Das Ende von allem ...

Allerdings ...

Allerdings war das Männchen bei ihm ...

Würde er das zulassen? Diese Sinnlosigkeit?

Nicht in einer Million Jahre.

»*Icy Burst!*« Zaryusu kam aus seiner Deckung hinter Rororo hervor, rannte an ihm vorbei und schwang, während er das rief, Frost Pain. Vor der Hydra entstand eine Wand aus weißem Frost, als würde die Luft ausgehend von der Spitze von Zaryusus Schwert gefrieren. Die magische Waffe erzeugte einen eiskalten Wintersturm.

Das war eine der Fähigkeiten des Schwerts, ein besonderer Angriff, der nur dreimal täglich benutzt werden konnte, *Icy Burst*. Damit konnte man alles um sich herum einfrieren und massiven Schaden verursachen.

Zaryusus erschaffene Wand blockierte die Feuerkugel, als wäre sie massiv. Ein Juwel aus Flammen traf auf eine Mauer kalter Luft – magische Logik gebot, dass sie aufeinander reagierten.

Der unbarmherzige Kampf zwischen Flamme und Frost begann. Wie zwei kannibalische Schlangen, eine rote und eine weiße, verschlangen die beiden einander. Nach kurzer Ausgeglichenheit vergingen beide.

Der Untote war entsetzt und geriet sichtlich in Panik. Das war eine äußerst angebrachte Reaktion.

Noch lag ein wenig Distanz zwischen Zaryusu und Iguva, doch nun konnten sie die Miene und das Handeln des anderen ausmachen. Rororos verzweifelter Marsch hatte es den drei Echsenmenschen ermöglicht, die augenscheinlich unüberwindbare Entfernung unbeschadet zu meistern.

»Rororo …« Einen Augenblick lang war Zaryusu den Tränen nahe. Von den zahllosen Dingen, die ihm durch den Kopf gingen, sagte er das knappste und reinste: »Vielen Dank!«

Mit diesem Ruf auf den Lippen stürmte Zaryusu weiter, ohne einen Blick zurückzuwerfen. Zenberu und Crusch folgten ihm. Und hinter ihnen antwortete eine äußerst leise Stimme – mit einem Jubel für seine Familie.

Iguva riss die Augen auf. Seine Feuerkugel war verpufft. Er machte seinem Unglauben Luft: »**Das kann nicht sein!**«

Er wirkte einen weiteren Zauber. Natürlich *Fireball.* Er wollte sich nicht eingestehen, dass der Echsenmensch, der seine Magie gestoppt hatte, derselbe war, der in diesem Moment auf ihn zustürmte.

Die Feuerkugel raste auf die drei Echsenmenschen zu.

Der Vorderste schwang sein Schwert und erzeugte eine eisige Wand, um sie abzufangen, und beide Zauber lösten sich auf. Ja, genau dasselbe war auch zuvor geschehen.

»Mach ruhig weiter! Ich werde sie alle abfangen!«, hörte er den Echsenmenschen brüllen.

Iguva schnalzte ungehalten mit der Zunge. ***Ich wurde vom Höchsten Geschöpf Ainz Ooal Gown erschaffen! Wie kann dieses Reptiliengewürm meine Magie blockieren?!*** Er suchte hektisch nach seiner Fassung, obwohl er rasend vor Wut war.

Es sah sehr danach aus, dass *Fireball* nicht mehr funktionieren würde, doch die Tatsache, dass sie sich hinter der Hydra versteckt hatten, ließ vermuten, es gab eine Grenze, wie oft sie diesen Zauber nutzen konnten. Vielleicht zehnmal, möglicherweise verbrauchte er mit jedem Mal ein wenig seiner HP, was bedeutete, sofern er sich heilte, konnte er ihn unendlich oft einsetzen.

Was soll ich dagegen unternehmen? Wenn möglich, sollte ich rausfinden, ob er die Wahrheit sagt …

Iguva konnte noch einige Feuerkugeln entfesseln, allerdings nicht feststellen, ob der Echsenmensch versuchte, ihn zu täuschen.

Zwischen ihnen lagen lediglich fünfunddreißig Meter. Und soweit er das beurteilen konnte, handelte es sich bei diesen Echsenmenschen um Krieger. Als Caster wollte er einen Nahkampf vermeiden.

Daher konnte er *Fireball* nicht einsetzen. Die Umstände waren alles andere als ideal, um sich die Dummheit zu erlauben, herauszufinden, wie viele Attacken der Echsenmensch noch abfangen konnte. Hätten sie sich nicht hinter der Hydra versteckt und wären sie jetzt nicht so nah, wäre er möglicherweise experimentierfreudiger. Doch die lästige Hydra hatte das zunichtegemacht.

»**Du … verdammte … Hydra**«, keifte Iguva und entschied, was er als Nächstes tun wollte. »**Wie wäre es dann hiermit?**«

Zu seinem Glück befanden sich alle in einer geraden Linie. Er zeigte auf die rasch näher kommenden Echsenmenschen. Um seinen Finger zuckte Elektrizität. »**Nehmt das – und schmeckt meinen donnernden Zorn! *Lightning*!**« Weiße Blitze zuckten durch die Luft. Und dann …

Selbst auf diese Entfernung konnte er ihn sehen – den weißen Blitz, der von Iguvas Hand aus losraste, *Lightning.* Frost Pains *Icy Burst* konnte Kälte- und Feuerangriffe abfangen, aber Zaryusu hatte noch nie versucht, den Zauber gegen *Lightning* zu benutzen, daher war er sich nicht sicher, ob es überhaupt möglich war. Sollten sie das Risiko eingehen? Oder wäre es besser, sich zu verteilten, kein einzelnes Ziel zu bieten und so das Verletzungsrisiko insgesamt zu reduzieren?

Zaryusu packte Frost Pain fester. Die Luft schien elektrisch geladen – der Beweis, dass der Blitz kurz davor stand, sich zu entladen.

»Überlasst das miiir!«

Bevor Zaryusu eine Entscheidung treffen konnte, stürmte Zenberu brüllend vor ihn. Fast zeitgleich war der Zauber vollendet.

»***Lightning***!«

»Yaaaargh! *Massive Resistence*!«

In dem Moment, als der Blitz in Zenberus Körper fuhr, spannte er seine Muskeln an. Die Energie, die normalerweise auf die anderen überspringen würde, verteilte sich stattdessen.

Massive Resistence – dabei handelte es sich um eine Mönchsfähigkeit. Indem der Anwender einen Augenblick lang mit seinem gesamten Körper Chi abstrahlte, konnte er magischen Schaden mindern.

Das hatte Zenberu nach seiner Niederlage gegen Frost Pains Spezialangriff *Icy Burst* auf seiner Wanderschaft gelernt. Es war unerheblich, ob der Zauber einen Wirkungsradius hatte oder zielgerichtet war. So lange er dazu gedacht war, Schaden zu verursachen, ließ sich diese Fähigkeit dagegen benutzen.

Auf beiden Seiten erfolgte ein überraschter Aufschrei, doch Crusch und Zaryusu, die Vertrauen in ihren Freund hatten, waren nur ein wenig verdutzt. Sie nutzten das Entsetzen des Untoten, um näher an ihn heranzukommen.

Ich verstehe, dachte Zaryusu rennend. Hätte er *Icy Burst* während ihres Zweikampfs eingesetzt, hätte ihn Zenberu vermutlich auf diese Weise abgefangen und die entstandene Öffnung genutzt, um den Sieg zu erringen. Deshalb hatte er versucht, ihn dazu zu verleiten, den Zauber zu entfesseln.

»Ha ha! Kinderspiel!«

Als er Zenberus Zuversicht hörte, entspannte sich Zaryusus Miene ein wenig, das hielt allerdings nur einen Augenblick – er bemerkte den Hauch von Schmerz in der Stimme seines Freundes.

Wenn ein Männchen mit Zenberus Kraft den Schmerz nicht ganz ignorieren konnte, musste der Schaden gewaltig sein. Und Zenberu gehörte zu denen, die Rororo niemals vorgeschickt hätten, wenn ihm diese Fähigkeit vollkommenen Schutz bieten würde.

Zaryusu starrte geradeaus. Nur noch achtzehn Meter. Es war so ein langer Weg gewesen, nun blieb nur dieses kurze Stück.

Während die Gruppe immer näher kam, schlussfolgerte Iguva, dass es mächtige Gegner waren. Das galt für jeden, der über Fähigkeiten verfügte, mit denen man seine Magie blockieren konnte. Natürlich verfügte er noch über andere Angriffsmöglichkeiten, trotzdem durfte er seine Verteidigung nicht außer Acht lassen.

»Eine nette Opfergabe, bestens geeignet, um ihnen meine Macht zu demonstrieren.« Iguva grinste und wirkte einen Zauber. ***»Summon Undead-Fourth.«***

Der Sumpf blubberte, bevor sich vier Skelette mit Rundschilden und Krummsäbeln erhoben, um ihn zu beschützen. Das waren *Skeleton Warrior* – so starke Untote, dass sie sich nicht mit herkömmlichen Skeletten vergleichen ließen.

Er hätte auch andere Untote rufen können, doch die Entscheidung war auf die *Skeleton Warrior* gefallen, da seine Gegner Frostangriffe benutzten. Iguva und alle knochigen Untoten waren absolut unempfindlich gegen Kälteschaden.

Unter dem Schutz seiner Leibwächter blickte er den Echsenmenschen voller Verachtung entgegen. Es war die Haltung eines Kämpfers, der auf seine Herausforderer wartete. Schließlich trafen sie aufeinander.

Keine zehn Meter mehr. Das war alles, was blieb. Sonst nichts. Zaryusu versicherte sich, dass der Untote keinen magischen Angriff begann, und wagte einen Blick über die Schulter zurück auf die von ihnen zurückgelegten Strecke. Neunzig Meter zu rennen war kein Problem, allerdings war das hier eine Einöde ohne Deckungsmöglichkeiten. Rororo, Frost Pain, Zenberu, Crusch. Wenn auch nur eines davon gefehlt hätte, wäre es unmöglich gewesen. Eine vollkommen unüberwindbare Strecke. Jetzt lag sie hinter ihnen. Der Gegner war zum Greifen nah. Sie hatten es geschafft.

Er empfand ein wenig Erleichterung, zu sehen, dass man Rororo ins Dorf zurücktrug, dann rief er sich zur Räson und funkelte den Untoten an.

Er war ein grässliches Wesen, das musste Zaryusu zugeben. In einer anderen Situation – würde er ihn in einiger Entfernung entdecken – hätte er vermutlich entschieden, so schnell er konnte wegzulaufen. Schon der Gedanke, sich diesem Ding zu stellen, schickte einen Schauer durch seinen Schwanz und sein Instinkt riet ihm zu flüchten.

Aus dem Augenwinkel sah er, dass es Crusch und Zenberu genauso ging. Ja, sie alle zügelten ihren Wunsch zu flüchten und stellten sich stattdessen dem Untoten.

Mit dem Schwanz schlug Zaryusu beiden gegen den Rücken.

Sie sahen ihn erschrocken an.

»Wir können das schaffen«, flüsterte Zaryusu.

»Du hast recht, wir können das schaffen«, stimmte Crusch zu, während sie sich die getroffene Stelle rieb.

»Hmpf. Das wird spaßig!«, lachte Zenberu mit übermütiger Miene.

Dann standen sie fast unmittelbar vor ihrem Gegner.

Bei einer Entfernung von sieben Metern …

Während Zaryusu und seine Freunde noch vom Sprint keuchten, standen sie dem Untoten gegenüber, der überhaupt nicht atmete. Ihr Gegner ergriff als Erster das Wort.

»Ich bin Iguva, ein *Elder Lich* im Dienste des Erhabenen. Wenn ihr euch beugt, gewähre ich euch einen schmerzlosen Tod.«

Zaryusu musste lachen – ihm wurde klar, dass dieser Untote, Iguva, überhaupt nichts verstand. Es gab nur eine mögliche Erwiderung.

Iguva wartete auf ihre Antwort, ohne sich von Zaryusus Lächeln aus der Fassung bringen zu lassen. Er zeigte die Arroganz von jemandem, der genau wusste, wie stark er war, und dass er sie töten konnte.

Aber genau diese Arroganz hatte es ihnen ermöglicht, so nah an ihn heranzukommen, Zaryusu war also gewissermaßen dankbar dafür.

»Lasst eure Antwort hören.«

»He he. Du willst eine Antwort?« Zaryusu packte Frost Pain mit festem Griff. Zenberu hob die Fäuste und nahm eine eigenartige Kampfhaltung ein. Crusch bewegte sich nicht nennenswert, stattdessen griff sie nach der Magie tief in sich, um augenblicklich Zauber entfesseln zu können. »Hier ist deine Antwort: Wir weigern uns!«

Offenbar fassten die *Skeleton Warrior* diese Reaktion als feindselig auf, da sie ihre Schilde und Krummsäbel hoben.

»Dann also der schmerzhafte Tod. Wisset, ihr habt mein letztes Angebot, Gnade zu zeigen, ausgeschlagen.«

»Die Toten sollten in ihre Welt zurückkehren, Iguva!«

Der Entscheidungskampf begann.

»Los, Zaryusu!« Zenberu bewegte sich schneller als alle anderen und stieß einem *Skeleton Warrior* seinen massigen Arm entgegen. Obwohl das Gerippe seinen Schild hob, trieb er seine Faust weiter vor. Das Holz wurde sichtbar eingedrückt, dann taumelte der *Skeleton Warrior* zurück gegen einen anderen und verlor sein Gleichgewicht. Als Nächstes griff Zenberu einen anderen mit seinem Schwanz an, schlug jedoch daneben.

In der Reihe der *Skeleton Warrior* tat sich eine Öffnung auf und Zaryusu schlüpfte hindurch.

»Haltet ihn auf!«

Auf Iguvas Befehl hin schwangen zwei seiner Leibwächter ihre Krummsäbel nach Zaryusu.

Hätte er gewollt, hätte er ausweichen können. Genauso hätte er mit Frost Pain parieren können. Aber er tat nichts davon. Auszuweichen würde gewissermaßen nur sein eigenes Handeln hinauszögern. Und mit seinem Hauptziel direkt vor sich konnte er sich das nicht erlauben.

Ganz davon abgesehen ...

»*Earth Bind*!«

Schlamm peitschte auf und legte sich um die beiden *Skeleton Warrior*. Die Schlammtentakel hielten sie wie Ketten, was es Zaryusu ermöglichte, vorzurücken.

Crusch war bei ihm. Zaryusu kämpfte nicht allein, er musste nur auf seine Freunde vertrauen.

Sie war eine begabte Casterin, doch ihre Magie konnte die Untoten nicht völlig aufhalten. Die Krummsäbel streiften Zaryusu. Doch was nützte das? Er war so voller Energie, dass er den Schmerz gar nicht wahrnahm.

Er rannte. Und er deutete auf sein Ziel – Iguva. Selbst wenn es dem Untoten gelingen sollte, einen Angriffszauber zu wirken, der Echsenmensch würde einfach weiterstürmen und ihn erreichen. So gefestigt war sein Wille.

»Ihr Narren sollt erfahren, was Furcht ist! *Scare*!«

Zaryusus Sicht verschwamm und unfähig zu begreifen, was geschah, überkam ihn eine nicht näher definierbare Nervosität. Als würde ihn gleich etwas aus dem Hinterhalt angreifen.

Er wurde langsamer. Der mentale Zauber *Scare* hatte ihn dermaßen erschüttert, dass er keinen weiteren Schritt machen konnte. Sein Gehirn schrie seine Füße an, sich zu bewegen, doch sein Herz ließ es nicht zu.

»Zaryusu! *Lion's Heart*!« Cruschs Stimme vertrieb seine Furcht und sein Kampfeswille loderte doppelt so heiß wie zuvor auf. Der Mutzauber hatte ganze Arbeit geleistet.

Iguva funkelte Crusch ungehalten an, bevor er einen Finger in ihre Richtung stieß. **»Wie lästig! *Lightning*!«**

Ein weißer Blitz zuckte und Crusch schrie. »Gyaahgh!«

Als Zaryusu wieder losrannte, gelang es seinem Hass fast, sich seines Herzens zu bemächtigen, doch er zügelte ihn. Hass war durchaus eine nützliche Waffe, gegen jemand Starken konnte er jedoch auch eine Last sein. Gegen einen starken Gegner benötigte man Gefühle wie Feuer und einen Verstand aus Eis.

Er sah nicht zurück.

Iguva hatte Crusch angegriffen, ihre zweite Reihe. Das bedeutete, Zaryusu konnte in der Zwischenzeit die restliche Strecke bewältigen. Die Miene des Untoten zeigte deutlich, er verstand, dass er einen Fehler gemacht hatte. Das ließ Zaryusu höhnisch grinsen, auch wenn das Weibchen, das er liebte, gerade verletzt worden war.

»Tse! *Ligh…*«

»Zu langsam!« Zaryusu schwang Frost Pain mit aller Kraft und traf die ausgestreckte Hand des *Elder Lich*.

»Gah!«

»Du hast einen Krieger an dich herangelassen, Caster! Ich zeig dir, dass du keine Zauber mehr nutzen kannst!«

Vielleicht traf das auf die Magier der Legenden nicht zu, aber in der Regel konnte man davon ausgehen, sobald ein Feind einem Caster im Nahkampf begegnete, bestand die Möglichkeit, zu verhindern, dass er weiter mit Zaubern angriff. Das galt auch für derart mächtige Monster wie Iguva.

Als Zaryusu spürte, wie sich ein Gefühl in seinem Arm ausbreitete, verengte er die Augen ein wenig. Ein seltsames, anhaltendes Kribbeln, das er erst seit seinem Treffer spürte. Das bedeutete, Iguva verfügte über irgendeine Art von Waffenresistenz.

Allerdings hatte er Schaden genommen. *Genau.* Wenn er eine entsprechende Resistenz hatte, musste Zaryusu nichts weiter tun, als mehr Schaden zu verursachen. Er musste nur immer wieder wie besessen zuschlagen, kein Problem.

Natürlich war das leichter gesagt als getan. Als Krieger konnte Zaryusu nur tun, wozu er auch fähig war.

»Unterschätze mich nicht, Echsenmensch!«

Direkt vor Iguvas Gesicht entstanden drei Blitze und schossen vorwärts. Das Fehlen jeglicher einleitenden Gesten erschreckte Zaryusu, der sein Schwert abwehrend hochriss, doch die Magie raste daran vorbei und ein heftiger, dumpfer Schmerz durchfuhr seinen Körper.

Das war *Silent Magic: Magic Arrow. Silent Magic* benötigte keinerlei Vorbereitungen, die man unterbrechen konnte, und es war praktisch unmöglich, *Magic Arrow* auszuweichen. Nicht einmal Zaryusu war dazu in der Lage.

Zähneknirschend schlug er mit Frost Pain zu.

»Ugh! Verdammt seist du, Echsenmensch!«

Es war vielleicht nicht möglich, *Magic Arrow* auszuweichen, allerdings versursachte der Zauber auch nicht viel Schaden. Auf keinen Fall reichte es, um jemanden wie Zaryusu, der seinen Körper bis an seine Grenzen getrieben hatte, kampfunfähig zu machen.

Eine weitere Salve traf. Der Schmerz drang ihm durch Mark und Bein. Zaryusu biss die Zähne zusammen und schwang sein Schwert.

Dieses Hin und Her wiederholte sich noch ein paarmal. Allmählich wurde Zaryusu langsamer. Der Schmerz raubte ihm seine Beweglichkeit. Ein offensichtlicher Nachteil gegenüber dem Untoten, der keinen Schmerz kannte.

Beide Gegner erkannten diese Tatsache und reagierten darauf mit gegensätzlichen Mienen.

Der Starke würde siegen, der Schwache unterliegen. Das war der Lauf der Dinge. Wäre das ein Kampf nur zwischen Iguva und Zaryusu, stünde das Ergebnis bereits fest. Allerdings war es genauso wahr, dass die Schwachen stark waren, wenn sie ihre Kräfte vereinten.

»*Middle Cure Wounds*!« Kaum waren die Worte verklungen, verschwanden Zaryusus Schmerzen und er spürte neue Kraft in seinen Gliedern.

Iguva war voller Zuversicht gewesen, doch der Zauber aus den hinteren Reihen ärgerte ihn und er rief: **»Ihr verdammten Echsenmenschen!«**

Zaryusu bestritt diesen Kampf mit Kameraden, denen er vertraute. Crusch, Zenberu und …

»Rororo … Ich werde nicht verlieren!«

»Unsinn! Ich wurde vom Erhabenen erschaffen. Ich kann nicht unterliegen, ihr Narren!« In Iguvas Augen loderte die Abscheu, die er für die drei empfand.

Der Grund, warum er keine weitere Beschwörungsmagie benutzte, war, dass die *Skeleton Warrior* noch da waren. Bis zu ihrer Vernichtung konnte er nichts anderes herbeirufen. Und das erklärte auch, warum ihr Kampf im Moment so eintönig verlief – Iguva nutzte *Silent Magic: Magic Arrow* und Zaryusu reagierte mit Schwerthieben.

Sie konnten nur darauf warten, dass die anderen etwas an der Situation änderten. Wessen Verstärkung zuerst eintraf, würde den Kampf entscheiden. Dessen waren sich beide bewusst.

Crusch verdrängte den Schmerz, den ihr der Blitz zugefügt hatte, und wirkte *Summon Third-Tier Beast*. Begleitet von einem lauten Platschen erschien eine riesige, fast eineinhalb Meter große Krabbe mit einer gigantischen rechten Schere. Wäre nicht der Zauber gewesen, hätte man meinen können, sie hätte bis eben unter der Oberfläche des Sumpfs geschlafen.

Sie bezog neben Zenberu Stellung und schlug mit ihrer riesigen Schere auf einen *Skeleton Warrior* ein.

Diese unerwartete Unterstützung ließ Zenberu grinsen. Da er Crusch beschützte und aus jeder Richtung angegriffen wurde, kam ihm die Hilfe gerade recht.

»Na schön! Seltsames Ding, du übernimmst die beiden!«

Die Krabbe – schnell von Begriff – winkte mit ihrer kleineren Schere, als wollte sie *Verstanden!* sagen, und wandte sich den *Skeleton Warrior* zu.

Hmm ... Trotz unserer schrecklichen Situation muss ich zugeben, die beiden sind sich ziemlich ähnlich. Obwohl es sich unpassend anfühlte, lächelte Crusch, doch das Lächeln erstarb sofort wieder. Es fiel ihr schwer, gleichmäßig zu atmen.

Bei ihrem Ansturm hinter Rororo hatte sie die Hydra mit Abwehr- und Heilmagie unterstützt, danach Zenberu. Jetzt benutzte sie auch noch Beschwörungsmagie. Sie war völlig erschöpft, konnte sich kaum noch auf den Beinen halten.

Sie verfügte kaum über genug Kraft, ihre eigenen Verletzungen zu heilen. Sie konnte nicht weiterkämpfen, also traf sie die vernunftgetriebene Entscheidung, keine weitere Energie auf ihre eigene Heilung zu verschwenden.

Doch wenn sie jetzt zusammenbrach, fürchtete sie um Zenberu und Zaryusu. Aus ihrem Mund tropfte Blut, trotz ihrer Verletzungen kämpfte sie darum, bei Bewusstsein zu bleiben.

»*Middle Cure Wounds!*« Sie wirkte einen Heilzauber auf Zaryusu, der sich im Nahkampf mit Iguva befand.

Ihre Beine gaben nach, ihre Sicht verschwamm. Sie spürte am ganzen Körper Wasser. Warum, begriff sie nicht gleich. Sie hatte es nicht bemerkt, doch irgendwann war sie gestürzt und lag nun im Schlamm.

Sobald sie das verstand, bemerkte sie auch, es gab keine neuen Verletzungen, was bedeutete, sie hatte einen Augenblick lang das Bewusstsein verloren.

Sie war erleichtert – nicht darüber, noch am Leben zu sein, sondern, dass sie noch kämpfen konnte. Sie versuchte erst gar nicht aufzustehen. Nein, das wäre sinnlos – ihr fehlte die Kraft zu stehen.

Verschwommen sah sie die Rücken von Zaryusu und Zenberu. Obwohl sie sich noch nicht lange kannten, war sie mit diesen Kameraden gereist und nun kämpfte sie mit ihnen. Beide – Zenberu, der sich mit etwas Unterstützung tapfer gegen die *Skeleton Warrior* hielt, und Zaryusu, der Iguvas magischen Angriffen widerstand – waren mit Wunden übersät.

Verzweifelt beruhigte Crusch ihre Atmung und wirkte mehrere Zauber. »*Middle Cure Wounds!*« Damit heilte sie Zenberu. »*Middle Cure Wounds!*« Ebenso Zaryusu. »Gah hack ...« Sie rang nach Luft.

Irgendwas stimmte nicht. Sie schnappte hektisch nach Luft, doch es fühlte sich an, als würde nichts davon ihre Lunge erreichen. Vermutlich hatte sie zu viel magische Energie benutzt. Ihr Schädel dröhnte, dennoch zwang sie sich, die Augen offen zu halten.

Wie viel hatten sie bisher geopfert? Sie konnten sich jetzt nicht einfach zurückziehen. Cruschs Lider waren so schwer, trotzdem weigerte sie sich, sie zu schließen. Und sie zauberte. »*Middle Cure Wounds!*«

Zenberu trieb seine Faust in den Schädel eines *Skeleton Warriors.* Erst gab der Knochen ein wenig nach, dann zersplitterte er, was das Ende des Untoten besiegelte.

»Zwei. Gah haaaagh.« Er holte Luft, als würde er damit seine gesamte Erschöpfung ausatmen, dann sah er den letzten *Skeleton Warrior* finster an. Die von Crusch beschworene Krabbe war bereits Geschichte, doch da sie zwei der *Skeleton Warrior* beschäftigt hatte, war es Zenberu möglich gewesen, die anderen beiden zu vernichten. Cruschs Unterstützung war sehr hilfreich gewesen.

Damit blieben noch zwei, diejenigen, die die Krabbe in Schach gehalten hatte. Sobald er mit denen fertig war, konnte er sich mit Iguva befassen.

Er beugte seinen massigen Arm. Den konnte er noch bewegen. Sein linker jedoch war voller Wunden und er war kaum in der Lage, die Muskeln anzuspannen. Immer wieder hatte Zenberu damit Schwerthiebe abgefangen. Gedankenverloren betrachtete er ihn, wie er schlaff an seinem Körper hing. »Na, das macht es mir nicht gerade einfacher.« Er bedachte die *Skeleton Warrior* mit einem feindseligen Blick und bewegte den Arm ein wenig. Er hätte nie mit einem derart durchdringenden Schmerz gerechnet, nur weil er die Finger bewegte.

Aber war das wichtig? Sein Freund war mit nutzlos herunterhängenden Köpfen weitergerannt. Konnte Zenberu Gugu dann jetzt etwas absolut Lachhaftes tun und aufgeben?

Wie stark war ein *Skeleton Warrior*? Nach seinem Kampf mit ihnen wusste er es. Zwei von ihnen waren ihm ebenbürtig. So stark waren sie. Gegen vier auf einmal wäre er vermutlich unterlegen gewesen. *Ich bin dieser Krabbe was schuldig. Vielleicht sollte ich eine Weile auf Schlammkrabben verzichten.* Nach seinem knappen Dank an seine Leibspeise wandte er sich wieder den beiden näher kommenden Gegnern zu.

Er ballte die Faust. Noch konnte er kämpfen. Noch stand er aufrecht. Er fragte sich ernsthaft, wie das möglich war. »Hah! Jetzt ist nicht die Zeit, um sich um solchen Mist Gedanken zu machen!«

Es gab nur einen Grund. Er konnte über seine Zweifel eben nur schnauben.

Jenseits der *Skeleton Warrior* sah er Zaryusus Rücken. Sein Kamerad wich im Angesicht von Iguvas überwältigender Präsenz nicht einen Schritt zurück.

»Das ist der wichtigste Grund ...«

Ja ... Zaryusu und Crusch. Rororo. Sie alle hatten gemeinsam gekämpft. Und aus diesem Grund konnte er noch immer weitermachen.

»Whoa. Zaryusu! Du siehst ganz schön mitgenommen aus! Das ist schlimmer als dein Kampf gegen mich, oder?«

Er schwang seinen muskulösen Arm und schickte einen der angreifenden *Skeleton Warrior* zu Boden. Der andere schlug zur Antwort mit seinem Krummsäbel zu. Es gelang Zenberu nicht ganz, den Angriff mit seinem linken Arm abzufangen. Er wurde an der Seite getroffen, wo ihn Crusch bereits geheilt hatte.

»Crusch hält sich gut, obwohl ihre Situation auch alles andere als toll ist.«

Sie wirkte einen weiteren Heilzauber auf ihn. Er drehte sich nicht zu ihr um, hörte allerdings, dass ihre Stimme aus Bodennähe kam. Er konnte sich vorstellen, in welcher Haltung sie ihre Zauber wirkte. Woher nahm sie die Kraft, weiter Magie zu benutzen?

»Ein wirklich beeindruckendes Weibchen.« Sollte er jemals heiraten, wollte er ein Weibchen wie sie. Zenberu war nur ein bisschen neidisch auf Zaryusu. »Ich will nicht, dass sie sieht, wie ich als Erster umkippe! Das wär erbärmlich!«

Er täuschte einen Angriff mit dem linken Arm an, dann folgte ein Schlag mit dem Schwanz. Er grinste. *Abgesehen davon bin ich älter als die zwei!*

Die beiden *Skeleton Warrior* verbargen sich hinter ihren Schilden und kamen unaufhaltsam näher. Allerdings behinderten sie damit Zenberus Sicht auf Zaryusu, was ihm überhaupt nicht gefiel. »Verdammt, ihr seid mir im Weg! Ich kann das starke Männchen nicht sehen!« Brüllend griff er an.

Das Hin und Her zwischen Iguva und Zaryusu ging weiter. Sie starrten sich unablässig in die Augen und so bemerkte der Echsenmensch sofort, als Iguva den Blick einen Augenblick lang abwandte. Das untote Gesicht verzog sich zu einer grässlichen Fratze. Was als Nächstes geschah, verwandelte Zaryusus Körper und Seele zu Eis.

Er hörte ein Platschen hinter sich – jemand fiel ins Wasser.

»Sieh nur! Deine Freundin ist zusammengebrochen!«

Er konnte sich nicht umdrehen. Vielleicht sagte Iguva die Wahrheit, vielleicht auch nicht. Er fühlte sich, als würde ihm jemand die Schuppen vom Körper reißen. Aber er sah sich einem äußerst mächtigen Feind gegenüber. Er hatte keine Zeit, sich umzudrehen. Wenn er das tat, wäre der Kampf entschieden. Zaryusu war nicht so weit gekommen, um durch einen so dummen Fehler zu unterliegen. Er war hier, um den Sieg zu erringen.

Doch sollte Iguva die Wahrheit sagen, würde es problematisch werden, sollte er keinen Weg finden, sich um die von hinten anrückende feindliche Verstärkung zu kümmern.

Vermutlich bleibt mir nichts anderes übrig, als einen magischen Treffer einzustecken. Während sich Zaryusu wappnete, hörte er lautes Platschen, als würde jemand versuchen aufzustehen, gefolgt vom Geräusch brechender Knochen.

»Zaryusu! Ich kann nicht mehr! Der Rest liegt … bei dir!«

»*Middle Cure Wounds.*«

Zenberus Worte wurden von einem erneuten, lauten Platschen begleitet.

Cruschs Stimme war kaum mehr als ein Flüstern und seine Wunden heilten.

»Nrrgh!« Iguvas wütende Fratze machte es unnötig, sich umzudrehen – Zaryusu wusste, die beiden hatten alles getan, was nötig war. *Nun heißt es …*

»Ich bin dran!«

Er schwang Frost Pain, doch Iguva wehrte es mit seinem Stab ab. **»He he he. Ich bin Iguva, ein *Elder Lich*. Nur weil Nahkampf keine meiner Stärken ist, solltest du mich nicht unterschätzen!«**

Trotz seiner prahlerischen Worte musste sich Iguva schaudernd eingestehen, seine Aussichten auf einen Sieg standen schlecht. Wegen des Kräfteunterschieds hätte er einer gegen einen vermutlich gewinnen können. Doch da das weiße Echsenmenschenweibchen seinen Gegner immer wieder geheilt hatte, war nun er derjenige mit den geringeren HP.

Es folgten drei Angriffe, von denen Iguva nur einen abfangen konnte. Die anderen beiden schnitten in seinen Körper. Er besaß gegen Schnittwaffen dieselbe Resistenz wie Skelette und der zusätzliche Kälteschaden war bei ihm wirkungslos. Dennoch befand er sich in einer äußerst prekären Situation.

Sein Blut kochte.

Der Erhabene, sein Gebieter Ainz Ooal Gown, hatte ihn als Befehlshaber dieser Armee erschaffen. Eine Niederlage war inakzeptabel.

Er wollte zumindest ein paar untote Soldaten beschwören, die ihn schützen sollten, allerdings benötigte Beschwörungsmagie Zeit.

Mit einem Feind direkt vor sich würde das ziemlich schwierig werden. Es bestand also die realistische Gefahr, überwältigt zu werden.

Daher entschied er sich, seine letzte Option zu nutzen. Es war kein besonders gutes Manöver – abhängig von der Situation könnte man es sogar als schlecht bezeichnen –, ihm blieb jedoch keine andere Wahl.

Zaryusu zögerte, als sich Iguva plötzlich umdrehte und weglief. Der Untote wurde im Rücken getroffen, taumelte, stürzte aber nicht. Die scheinbar unerschöpflichen HP seines Gegners ließen Zaryusu mit der Zunge schnalzen, bevor er ihm nachsetzte, um ihn nicht entkommen zu lassen.

Iguva wandte sich ihm zu. Sein Gesicht zeigte eine Wut, die überhaupt nicht zu einem Untoten passte, doch da war auch ein Hauch Schadenfreude. In seiner Hand glomm ein rotes Leuchten. *Fireball.*

Zaryusu, der ihn fast eingeholt hatte, zögerte. *Ein flächenwirksamer Zauber auf diese knappe Entfernung? Will er sich selbst vernichten? Nein!*

Nacktes Entsetzen machte sich in Zaryusus Brust breit, als er begriff, Iguva sah nicht ihn an. Sein Ziel lag hinter dem Echsenmenschen – Crusch und Zenberu, die vermutlich am Boden lagen.

Was soll ich machen? Zaryusu zwang sich, nachzudenken.

Es war eine günstige Gelegenheit. Wenn er sie opferte, konnte er Iguva bezwingen. Doch wenn er dazwischenging, ließ sich nicht mit Sicherheit sagen, wie der Kampf weitergehen würde. Sie hatten beide nicht mehr viele HP übrig. Es war sehr gut möglich, dass ihn die falsche Entscheidung das Leben kosten würde.

Iguva zu besiegen – waren sie nicht genau deswegen hier? Und sie hatten so viele Kameraden in den Tod geschickt. Er musste Crusch und Zenberu opfern. Sie würden ihm bestimmt lächelnd vergeben. Wären ihre Rollen vertauscht, er würde es tun.

Allerdings ...

Er beschloss, seine Freunde nicht im Stich zu lassen. Er würde sie retten *und* Iguva besiegen.

Sobald diese Entscheidung gefallen war, wusste er, was er zu tun hatte. »*Icy Burst!*« Zaryusu erschuf zu seinen Füßen eine Wand aus Frost.

»Gwahhhh!« Die aufwallende Kälte ließ seinen Körper gefrieren. Das Wort ultraschmerzhaft hätte nicht annähernd ausgereicht, um seine Qualen zu beschreiben. Zaryusu kämpfte verzweifelt darum, nicht das Bewusstsein zu verlieren. Er starrte Iguva durchdringend an und erduldete den Schmerz.

Als ein Schrei durch seine zusammengebissenen Zähne brach, hüllte der eiskalte Nebel die beiden Kontrahenten ein und tauchte die Umgebung in ein kaum zu durchdringendes Weiß.

Vom weißen Frost umgeben grinste Iguva, genau wie Zaryusu es erwartet hatte. Es war, als wollte er sagen: *Hätte er seine Kameraden geopfert, hätte er gewinnen können.*

Iguva war gegen Kälte- und elektrische Angriffe unempfindlich. Deshalb konnte er ungerührt in der Kälte stehen. Er schloss die Hand um die Feuerkugel und löschte sie auf diese Weise. Sollte er sie benutzen, würde sie nur den ihn umgebenden wabernden, weißen Nebel treffen, womit er sich praktisch selbst in die Luft jagen würde.

Um die beiden anderen Echsenmenschen konnte er sich kümmern, sobald sich der Nebel verflüchtigt hatte. Sein wichtigstes Ziel stand noch. Stirnrunzelnd sah er sich um. Eines hatte er nicht bedacht.

»Wo ... ist er hin?«

Der weiße Dunst behinderte seine Sicht. Iguva konnte im Dunkeln sehen, allerdings verfügte er über keine Fähigkeiten, mit denen er auch bei schlechten Verhältnissen etwas erkennen konnte. Daher hatte er seinen Gegner aus den Augen verloren.

Er machte sich jedoch keine allzu großen Sorgen. Der Stimme des Echsenmenschen nach zu urteilen, hatte er recht ernste Verletzungen erlitten. Das war immerhin genug Frost, um *Fireball* entgegenzuwirken. Der Schaden sollte dem des Feuerzaubers gleichkommen.

So schwer verletzt konnte jede falsche Bewegung tödlich enden, also konnte sich Iguva Zeit lassen.

Vermutlich sollte ich erst diesen Nebel verlassen?, dachte Iguva, verwarf den Gedanken jedoch sofort wieder. ***Wenn ich mich jetzt bewege, verrate ich nur meine Position.*** Als Erstes musste er mehr Untote beschwören. Mit ein paar Wachen war ihm der Sieg gewiss, selbst wenn der Echsenmensch noch lebte.

Er wollte gerade beginnen, als er ein Platschen hörte.

Es war einer der Vier Großen Schätze, die sich seit Generationen im Besitz der Echsenmenschen befanden – Frost Pain. Der Legende nach war die Klinge aus dem Eis geschaffen worden, das den »niemals gefrierenden See« überzogen hatte, als er das einzige Mal zugefroren war. Die Waffe verfügte über drei Fähigkeiten.

Die Klinge war verzaubert, wodurch der Gegner bei jedem Treffer Kälteschaden erlitt. Dann war da der Zauber *Icy Burst*, der täglich dreimal verfügbar war. Und die dritte ...

Es klang, als würde die Luft selbst zerreißen.

Zu schnell, um überhaupt zu begreifen, was es war, tauchte in Iguvas Sichtfeld die Spitze einer Klinge auf. Etwas traf ihn am Kopf.

Die Klinge drang durch sein linkes Auge bis zum Gehirn vor. Als er endlich begriff, was vor sich ging, kreischte er entsetzt. **»Gaaaaaah! Warum bist du nicht tot?!«**

Frost Pain steckte tief in seiner linken Augenhöhle und er spürte, wie er einen beträchtlichen Teil seiner Lebenskraft einbüßte ...

Während der Untote noch versuchte, die Waffe aus seinem Schädel zu entfernen, schälte sich vor Iguva Zaryusus undeutliche, frostbedeckte Gestalt aus dem Nebel.

Das war ihm unbegreiflich. Wie konnte der Echsenmensch nach einer solchen Menge Kälteschaden noch stehen?

Frost Pains dritte Fähigkeit schützte seinen Träger praktisch vor jeder Art von Kälteschaden. Doch obwohl der Schutz vor Kälte stark war, reichte er nicht, um die Wirkung von *Icy Burst* vollständig aufzuheben. Zaryusu war durch den Kälteschaden geschwächt und es kostete ihn alle Kraft, aufrecht zu bleiben. Er keuchte und bewegte sich langsam. Er zog sogar seinen Schwanz durchs Wasser. Jeder Atemzug war eine mühsame Qual. Den Kampf fortzusetzen war beinahe unvorstellbar. Der Angriff war völlig ungezielt gewesen. Er hatte nur die letzten Reste seiner Kraft mobilisiert und sich ansonsten auf seinen Instinkt verlassen. Es war reines Glück gewesen, den Untoten überhaupt zu treffen.

Zaryusu wollten die Augen zufallen, aber er zwang sich, sie offen zu halten. Der mit letzter Kraft geführte Schlag war tödlich gewesen. Er beobachtete den Untoten mit einem schwachen Gefühl von Erwartung.

Taumelnd griff Iguva immer wieder nach der Klinge. Als könnte er seinen Körper nicht länger zusammenhalten, schälte sich erst die Haut von seinem Gesicht, dann bekam der Knochen Risse. Selbst seine Kleidung zerfiel zu Lumpen. Seine Vernichtung war nur noch eine Frage der Zeit. Als sich Zaryusu seines kaum vorstellbaren Siegs sicher war …

… griff eine Hand aus Haut und Knochen nach ihm und packte seinen Hals. »**M… Mein Gebieter hat mich als seinen Diener erschaffen! Denkst du wirklich, du könntest mich so … einfach vernichten?!**«

Der Griff war nicht besonders fest, wenn er gewollt hätte, hätte er sich leicht befreien können, dann allerdings kam Zaryusu ein Schrei über die Lippen, als unermessliche Schmerzen seinen gesamten Körper erfassten. »Gwaaaaagh!«

Negative Energie durchflutete ihn und beraubte Zaryusu seiner Lebenskraft. Selbst er, der trainiert war, Schmerzen zu widerstehen, konnte nichts gegen die Qualen tun, die wie Eis seine Adern entlangrasten.

»Stiiiiiirb, Echsenmensch!« Ein Teil von Iguvas Gesicht platzte ab und taumelte von der Luft getragen in die Höhe, bevor es zerfiel. Er verfügte über so gut wie keine Lebenskraft mehr, doch die Hingabe an seinen Gebieter ließ ihn sich eisern daran klammern.

Zaryusu wehrte sich verzweifelt, befürchtete jedoch, er könnte eine falsche Bewegung machen. Ihm blieb auch nicht mehr viel Lebenskraft und die negative Energie, die durch die Berührung des Untoten in ihn floss, laugte ihn immer mehr aus. Seine Sicht trübte sich, seine Welt wurde allmählich dunkler. Weißer Nebel schien auf ihn zuzukriechen.

Iguva sammelte die letzten Reste seines schwindenden Bewusstseins und lächelte beim Anblick von Zaryusus nachlassendem Widerstand siegessicher.

Er würde diesen Echsenmenschen töten und dann die anderen beiden. *Das sind vermutlich die stärksten Echsenmenschen.* Sie zu töten wäre eine angemessene Opfergabe für den Erhabenen, seinen Schöpfer.

Seine Miene sagte mehr als Worte. Das ermöglichte es Zaryusu zu erahnen, was der Untote dachte.

»Stiiirb!«

Zaryusu konnte sich kaum rühren. Er spürte, wie seine Körpertemperatur rapide sank, als würde Gift durch seine Adern fließen. Er bekam kaum Luft. Nur sein Verstand arbeitete ungehindert.

Er konnte jetzt nicht sterben. Rororo hatte sich so sehr bemüht. Zenberu war sein Schild gewesen. Crusch hatte all ihre Magie genutzt.

Und das war nicht einmal alles. Auf seinen Schultern lastete das Gewicht der Echsenmenschen, die in diesem Kampf bereits gefallen waren.

Auf der verzweifelten Suche nach einer Möglichkeit, diesen Angriff zu überstehen, hörte er etwas, ganz leise.

... Cruschs freundliche Stimme.

... Zenberus gut gelaunte Stimme.

... Rororos Ruf nach Aufmerksamkeit.

Er sollte sie nicht hören. Crusch war bewusstlos, Zenberu lag im Koma und Rororo war weit weg. Gaukelte ihm sein Verstand in seiner Verwirrung nur etwas vor? Worte von Freunden, die er erst seit einer Woche kannte, den Ruf seiner Familie?

Nein.

Nein, das war keine Einbildung. Sie waren alle bei ihm.

»Yaa, yaaaaaaaargh!«

»Du hast noch so viel Kraft?!«

Halb benommen stieß Zaryusu einen Kriegsschrei aus, während Iguva verblüfft brüllte. Der Echsenmensch verdrehte die Augen und starrte den Untoten an.

Iguvas Gesicht zuckte wütend, als dieser die Kraft in Zaryusus Blick erkannte, obwohl der Echsenmensch ihm bis eben nicht einmal in die Augen hatte sehen können.

»Crusch! Zenberu! Rororo!«

»Was hast du vor?! Stiiiiirb!«

Woher kam diese Lebenskraft überhaupt? Mit jedem Augenblick verschlang die negative Energie mehr und mehr davon. Zaryusus Glieder waren schwer, sein Körper kalt wie Eis.

Doch mit jedem gebrüllten Namen spürte er Wärme. Die Kraft, die in ihm aufloderte, war keine Lebenskraft – sie stammte tief aus in seiner Brust, es waren Freundschaft und Liebe.

Etwas knackte. Es war Zaryusus rechte Hand, die er zur Faust ballte. Darin sammelte er die letzten Reste seiner Energie.

»Von allen lächerlichen …! Warum kannst du dich bewegen?! Du Ungeheuer!« Der Untote traute seinen Augen nicht, dass sich der Echsenmensch noch regen konnte. Eiskaltes Entsetzen überkam ihn, doch er verdrängte es gleich wieder.

Er war Iguva, von der Großen Gruft von Nazarick entsandt, um diese Armee zu befehligen. Und wichtiger noch, der Erhabene, Ainz Ooal Gown, war sein Schöpfer. Er konnte nicht zulassen, dass man ihn bezwang.«

»Sti…!«

»Das ist dein Ende, Monster!«

Nur einen Augenblick schneller. Ja, der mit voller Kraft geführte Faustschlag erfolgte, lediglich einen Augenblick bevor Iguva seinen Gegner mit noch mehr negativer Energie überfluten konnte.

Zaryusu hämmerte seine Faust auf Frost Pains Griff.

Der Schlag, kräftig genug, um die Faust bluten zu lassen, trieb die Spitze der Waffe vollends durch den Schädel.

»Arrrrrgh!« Als Untoter empfand Iguva keinen Schmerz, doch er begriff, nun verließ das Scheinleben seinen Körper noch schneller als bisher. **»Ahhh … argh … wie … du…mm … Lord … A…nz …«**

Iguvas Blick zeigte, er wusste, er war geschlagen.

Zaryusu brach wie eine Marionette mit durchtrennten Fäden zusammen und schlug im Sumpfland auf.

»… verge…bt … mir …« Iguva zerfiel mit einer Entschuldigung an seinen Gebieter zu Staub.

Schweigen senkte sich über den Raum. Niemand konnte glauben, was sie gerade im Spiegel mit angesehen hatten, und keiner sagte ein Wort … abgesehen von der Maid, Entoma.

»Meister Cocytus, es sieht so aus, als würde Lord Ainz nach Euch verlangen.«

»ZU BEFEHL.« Mit hängendem Kopf wandte er sich langsam Entoma zu. Er spürte die ängstlichen Blicke seiner Lakaien, ließ sich die Demütigung aber nicht anmerken.

Trotzdem bewunderte er die Echsenmenschen. Es war ein atemberaubender Kampf gewesen. Sie hatten den Sieg gegen eine unüberwindbar scheinende Übermacht davongetragen. Der *Elder Lich* war selbstverständlich nicht perfekt gewesen, dennoch hätte er gewinnen sollen.

»ATEMBERAUBEND. EINFACH NUR ATEMBERAUBEND.« Diese Worte verrieten, was Cocytus wirklich dachte. Sie hatten einen unmöglichen Sieg errungen. »ZU SCHADE …«, murmelte er beim Blick zum Spiegel, wo die Echsenmenschen ihren Sieg bejubelten.

Die Krieger im Spiegel sahen so klein und schwach aus, trotzdem hatten sie sein Herz entfacht. »ACH, WAS FÜR EINE VERSCHWENDUNG …« Cocytus war sich nicht sicher, was er tun sollte. Von seinen unzähligen Gedanken ergriff er einen – den schrecklichsten von allen. Er dachte gründlich darüber nach und verkündete seinen Entschluss. »SIEHT SO AUS, ALS MÜSSTE ICH MICH PERSÖNLICH DARUM KÜMMERN.«

6

Zaryusu spürte, wie sein Körper aus einer pechschwarzen Welt gehoben wurde. Das Gefühl war angenehm. Er öffnete die Augen. Alles war verschwommen.

Wo bin ich? Warum schlafe ich an einem solchen Ort? Mehrere Fragen gingen ihm durch den Kopf, gleichzeitig spürte er ein Gewicht auf seinem Körper lasten.

Weiß ... Das war der erste Gedanke, der sich in seinem umnebelten Verstand festsetzte, als er nachsah. Während er allmählich wacher wurde, begriff er, um was es sich handelte.

Crusch. Sie schlief auf ihm.

»Ähm ...«

Sie war am Leben. Er war so erleichtert, fast hätte er etwas Entsprechendes gesagt, hielt sich jedoch im letzten Moment zurück. Er wollte sie nicht wecken. Ebenso unterdrückte er den Wunsch, sie zu berühren. Nur weil ein Weibchen hübsche Schuppen hatte, war es nicht in Ordnung, sie zu streicheln, während es schlief.

Zaryusu beschloss, sie aus seinem Verstand zu verdrängen, und versuchte, an etwas anderes zu denken. Er musste sich über so einiges Gedanken machen. Erstens, der Grund, warum er hier war. Er versuchte, sich an die Ereignisse zu erinnern. Er hatte Iguva vernichtet, danach wurde alles abrupt schwarz, doch da er hier lag und kein Gefangener war, bedeutete das wohl, dass die Stämme gewonnen hatten.

Vorsichtig, um Crusch nicht zu stören, atmete er erleichtert auf. Die Last der letzten Tage wurde ein wenig erträglicher. Wenn man jedoch ernsthaft darüber nachdachte, waren die Probleme noch immer vorhanden. Sie wussten nach wie vor nicht, wer ihr Feind war oder welche Ziele er verfolgte. Es war sehr gut möglich, dass man sie erneut angreifen würde. Nein, wenn er recht hatte, würden sie *definitiv* wiederkommen.

Aber jetzt gerade wollte er nur die Gelegenheit nutzen und sich ein wenig erholen. Cruschs Körperwärme entlockte ihm ein leises Seufzen.

Dann spannte er vorsichtig von Kopf bis Schwanz die Muskeln an. Keinerlei Beeinträchtigungen. Er überlegte, ob er irgendwas eingebüßt hatte, doch alles schien noch an Ort und Stelle zu sein.

Ihm fielen die anderen ein, die an dem Kampf beteiligt gewesen waren. Außer Crusch waren keine weiteren Echsenmenschen im Raum. *Wo ist dann Zenberu?* Sorge flackerte auf, gleichzeitig allerdings auch die Überzeugung: *Ein Männchen so stark wie Zenberu kann keinesfalls …*

Vielleicht reagierte sie auf Zaryusus Bewegungen, jedenfalls streckte sich Crusch ein wenig. Es fühlte sich an, als würde das Leben in ihren weichen Körper zurückkehren. *Vermutlich wacht sie gleich auf.*

»Nngh …« Sie gab einen niedlichen Laut von sich. Dann sah sie sich schlaftrunken um. Als Crusch Zaryusu unter sich bemerkte, trat ein Lächeln auf ihre Züge. »Mmmh …« Noch immer nicht ganz wach schlang sie die Arme um ihn und rieb ihren Körper an seinem, wie ein Tier, das seinen Geruch hinterließ.

Zaryusu erstarrte, ließ sie aber gewähren. Ihm kamen dabei jedoch auch ein paar weniger anständige Gedanken, wie: *Wenn sie schon damit anfängt …*

Ihre glänzenden weißen Schuppen waren kühl, die Berührung angenehm. In der Luft hing ein schwacher, berauschender Kräuterduft.

Vielleicht kann ich auch die Arme um sie legen?

Während er noch über diese Frage nachdachte, schüttelte Crusch den letzten Rest Schläfrigkeit ab. Sie sah Zaryusu unter sich an und erstarrte. Die Arme noch immer um ihn geschlungen verharrte sie regungslos.

Zaryusu überlegte, was er sagen sollte, und entschied sich für das Harmloseste, das ihm in den Sinn kam: »Darf ich dich auch umarmen?«

Harmlos? In seinem leicht erregten Zustand war er der Meinung, seine Worte waren genau das.

Crusch stieß einen drohenden Laut aus und schlug mit dem Schwanz um sich, dann rollte sie sich von Zaryusu weg und weiter, bis sie gegen die Wand prallte.

Sie ächzte leise und starrte auf den Boden. Er hörte auch, wie sie sagte: »Dumm, dumm, ich bin so dumm.«

»Ich bin jedenfalls froh, dass es dir gut geht.«

Diese Worte halfen ihr wohl, die Fassung wiederzufinden. Ihr Schwanz zuckte zwar nach wie vor hektisch, aber sie sah ihn lächelnd an. »Ich freue mich auch, dass es dir gut geht.«

Beim Anblick ihres freundlichen Gesichts kamen ihm ganz andere Gedanken, die drängte er jedoch beiseite, stattdessen stellte er eine ernste Frage: »Hast du eine Ahnung, was passiert ist?«

»Ja, im Groben. Sieht so aus, als hätten sich unsere Feinde nach deinem Sieg über Iguva zurückgezogen. Und dein Bruder hat sich um die Monster gekümmert. Danach wurden wir drei gerettet ... Das ist alles gestern passiert.«

»Also ist Zenberu nicht hier, aber er ist ...?«

»Ja, es geht ihm gut. Sieht so aus, als würde er sich schneller erholen als du. Ich hab gehört, dass er gleich nach den Heilzaubern zu sich kam und vermutlich ist er gerade damit beschäftigt, das Schlachtfeld aufzuräumen. Ich war so unglaublich müde, vermutlich bin ich dann einfach umgekippt …« Crusch stand auf und ging zu Zaryusu zurück.

Als sie sich neben ihn setzte, versuchte er, sich ebenfalls aufzusetzen, sie hielt ihn jedoch sanft zurück. »Übertreib es nicht. Du warst von uns allen noch am schwersten verletzt.« Möglicherweise erinnerte sie sich daran, wie er nach dem Kampf ausgesehen hatte, jedenfalls versagte ihre Stimme fast. »Ich bin froh, dass es dir gut geht. Ich bin so froh …« Sie senkte den Blick.

Zaryusu streichelte ihr beruhigend über den Rücken. »Ich werde nicht sterben, bevor ich deine Antwort habe. Ich hatte befürchtet, du wärst tot.«

Antwort. Das Wort ließ beide innehalten.

Beide schwiegen, es wurde so still im Raum, dass sie praktisch den Herzschlag des anderen hören konnten.

Cruschs Schwanz legte sich um Zaryusus. Bei den ineinander verflochtenen schwarz-weißen Extremitäten musste man unweigerlich an sich paarende Schlangen denken.

Er sah sie schweigend an. Sie erwiderte seinen Blick. Sie sahen ihr Spiegelbild in den Augen des anderen.

Zaryusu sagte leise etwas. Nein, das waren keine Worte. Es war ein Ruf, derselbe, den er bei ihrer ersten Begegnung von sich gegeben hatte – ein Paarungsruf.

Als er fertig war, tat er nichts. Er war nicht in der Lage, etwas zu tun. Nur sein Herz schlug heftig.

Schließlich kam derselbe Ruf über Cruschs Lippen. Dieselbe hohe Tonlage mit einem identischen Vibrieren zum Schluss. Sie akzeptierte seinen Paarungsruf.

Sie sah ihn unbeschreiblich verführerisch an. Zaryusu konnte nicht länger den Blick von ihr nehmen. Crusch schob sich auf ihn, in etwa dieselbe Position, in der sie auf ihm geschlafen hatte.

Ihre Gesichter berührten sich fast. Ihr heißer Atem vermischte sich, ihr Herzschlag glich sich aneinander an. Dann wurden zwei zu einem ...

»Hey, seid ihr zwei gerade dabei?!« Die Tür schwang auf und Zenberu stürmte herein.

Crusch und Zaryusu erstarrten, als wären sie zu Eisskulpturen geworden.

Verdutzt betrachtete Zenberu die beiden – Crusch, die noch immer auf Zaryusu lag –, um dann den Kopf zur Seite zu neigen. »Was? Ihr fangt erst an?«

Das Paar verstand seine Anspielung und trennte sich wortlos. Sie standen langsam auf und gingen auf Zenberu zu.

Er hatte sie neugierig gemustert, doch nun brach er nach vorn zusammen. »Guh hngh!« Die beiden Fäuste in seinem Bauch raubten ihm den Atem und er sackte zu Boden. »Urrgh ... Das hätte ich jetzt wirklich nicht erwartet ... besonders nicht von Crusch ... Agh ... Das tut richtig weh ...«

Von Zaryusu ganz abgesehen genügte anscheinend schon der Schlag eines wütenden Weibchens, um Zenberu zu Boden zu schicken. Einer reichte natürlich nicht aus, um ihre Frustration zu befriedigen, doch selbst wenn sie weiter auf ihn eingeprügelt hätten, die ruinierte Stimmung hätten sie damit nicht wiederherstellen können.

Auch wenn es nicht mit dem vergleichbar war, was sie vorgehabt hatten, nahmen sie sich an den Händen und fragten Zenberu aus, um ihre nagenden Sorgen zu beruhigen. »Wichtiger ist, wir haben eine Menge Fragen. Ich hab Crusch schon gefragt, aber sei so gut und bring mich auf den aktuellen Stand.«

Zenberu achtete nicht mal darauf, dass sich die beiden an den Händen hielten. »Hm? Der ganze Stamm feiert unseren Sieg!«

»Mein Bruder leitet das Ganze also?«

»Im Grunde schon. Wir haben die Jäger losgeschickt, um nach den Feinden zu suchen, aber nichts. Keine Spur einer im Hinterhalt lauernden zweiten Angriffswelle. Eine solche Streitmacht kann sich nicht unauffällig bewegen. Also hat dein Bruder, obwohl wir nach wie vor auf der Hut sind, zumindest vorläufig unseren Sieg erklärt. Eigentlich bin ich hier wegen etwas, das dein Bruder zu mir gesagt hat.«

»Mein Bruder?«

»Ja, er sagte ›Ga ha ha ha ha! Wir sollten den beiden ihre Ruhe lassen. Vielleicht tun sie es gerade, ga ha ha ha! Ich will sie ja nicht stören, neugierig bin ich trotzdem. Ga ha ha ha ha!‹«

»Lüg mich nicht an! Was soll das mit dem ›Ga ha ha ha‹?«

»N… Na gut. ›Ga ha ha ha‹ hat er vielleicht nicht gemacht.«

»Mein Bruder würde nie so lachen. Meine Güte …«

»Stimmt schon, aber er hat es irgendwie angedeutet …«

»Du bist schrecklich.« Cruschs Stimme war so eisig wie *Icy Burst*. Sogar Zaryusu lief es dabei kalt den Rücken runter. Zenberu, für den dieser Ton gedacht war, schauderte und erstarrte einen Moment lang.

»Also, warum bist du gekommen?«

»Stimmt, ich wollte …«

»Wenn du sagst, du bist nur hier, um uns zu belästigen, kriegst du jeden Zauber ab, der mir einfällt.« Crusch war es todernst damit. Das war Zenberu ebenso klar wie Zaryusu.

»Och. Komm schon, ernsthaft? Ich wollte euch dazurufen. Immerhin sind wir wichtige Persönlichkeiten. Wir dürfen nicht fehlen. Und wenn man darüber nachdenkt, was in Zukunft passieren könnte …«

»Verstehe …« Zaryusu begriff, was Zenberu so vage auszudrücken versuchte, und lächelte traurig. *Es ist eine gute Gelegenheit, uns noch mal gegenseitig Mut zu machen, falls es zu einem weiteren Kampf kommt.* »In Ordnung. Du bist auch einverstanden, oder, Crusch?«

Ein wenig unzufrieden blies sie die Backen auf, wodurch sie wie die Dermesfrösche im Sumpfland aussah. *Natürlich ist sie um einiges niedlicher*, dachte Zaryusu.

»Also, gehen wir?«, fragte Zenberu die beiden sorglos, während Zaryusu und Crusch einander ansahen.

»J… Ja. Ich denke schon. Gehen wir.«

Nachdem beide zugestimmt hatten, folgten sie Zenberu hinaus. Als sie von der Treppe des Hauses auf den Sumpf traten, verloren Crusch und Zenberu Zaryusu aus den Augen. Etwas Großes hatte ihn angesprungen und umgeworfen.

Bamm, flupp flupp flupp flupp, platsch!

So klang, was dann geschah.

An Zaryusus Stelle stand Rororo. Seine vier Köpfe wanden sich gesund und munter, glücklich drängte er seine Nasen an seinen im Wasser sitzenden Freund.

»Rororo! Du bist auch in Ordnung!« Zaryusu stand schlammbedeckt auf. Streichelnd untersuchte er die Hydra eingehend. Man hatte sie offenbar mit Magie geheilt. Nicht die kleinste Brandblase war zu sehen.

Rororo brüllte leise, bevor er seine Hälse fest um Zaryusu schlang, damit er seine ganze Aufmerksamkeit für sich allein beanspruchen konnte.

»Komm schon, Rororo, hör auf!« Doch die Hydra ließ sich nicht bremsen, während sie glücklich gurrte.

Plötzlich hörte Zaryusu rhythmisches Platschen und als er nach dem Ursprung suchte, war er verwirrt.

Es war Crusch. Der Anblick von Zaryusu und Rororo ließ sie vor Freude förmlich strahlen. Nur ihr Schwanz schlug rhythmisch aufs Wasser.

Zenberu hatte neben ihr gestanden, nun aber entfernte er sich langsam mit undeutbarer Miene.

Rororo hielt plötzlich still. Auch er musste etwas Seltsames gespürt haben.

»Was ist los?«

»N... Nichts ...«

Zaryusu war verwirrt, da *sie ihn* fragte. Sie lächelte strahlend. Der Grund konnte nur sein, dass Rororo und Zaryusu wieder zusammen waren. Warum also lief es ihm ununterbrochen kalt den Rücken runter?

»Idiot.« Sie lächelte noch breiter.

Rororo löste seine Köpfe von Zaryusu und ließ ihn frei. Zenberu zuckte. Vielleicht sagte er nur etwas, weil er die peinliche Situation nicht länger ertrug: »Na schön, Rororo. Dann gehen wir zwei eben vor.«

Natürlich verstand Rororo die Sprache der Echsenmenschen nicht. Doch möglicherweise bemerkte er die Stimmung, denn kaum dass Zenberu auf ihm saß, platschten sie recht zügig davon.

Während sie ihnen nachsahen, überkam Zaryusu und Crusch ein eigenartiges Schweigen.

Crusch hob die Hände an den Kopf und schüttelte ihn. »Argh, meine Güte. Was mach ich nur? Es ist, als hätte ich keine Kontrolle mehr über mein Herz. Warum kann ich nicht aufhören, obwohl ich weiß, es wär klüger? Das ist praktisch wie ein Fluch!«

Zaryusu wusste, wie sie sich fühlte – ihm war es bei ihrer ersten Begegnung genauso gegangen.

»Crusch. Um ehrlich zu sein, ich bin glücklich.«

»Was?!« Ein Platschen ertönte, lauter als alle bisherigen.

Dann stand er neben ihr. »Hörst du das?«

»Hm?«

»Das haben wir beschützt. Und wir müssen es auch in Zukunft beschützen.«

Der Wind trug die ausgelassenen Stimmen der Feiernden zu ihnen. Vermutlich tranken alle. Während dieser Feier schickten sie die Geister ihrer Ahnen zurück, bejubelten ihren Sieg und trauerten um die Toten.

Für gewöhnlich war Alkohol wertvoll. Nun aber konnten sie so viel trinken, weil Zenberu den Großen Schatz mitgebracht hatte und ihnen damit unbegrenzte Mengen zur Verfügung standen. Da alle Stämme versammelt waren, war der Lärm schier unvorstellbar.

Während sie dem Tumult lauschten, sah Zaryusu Crusch lächelnd an. »Vielleicht ist es noch nicht vorbei. Vielleicht wird uns der Erhabene oder sonst wer noch mal angreifen. Aber wie wäre es, wenn wir uns zumindest heute ein wenig ausruhen und entspannen?« Er legte ihr die Hände auf die Hüfte.

Crusch ließ sich heranziehen und lehnte den Kopf an seine Schulter.

»Sollen wir hingehen?«

»Ja ...« Sie zögerte einen Moment, bevor sie sagte: »... mein Liebster.«

Seite an Seite mischten sich die beiden Echsenmenschen unter die Feiernden.

Kapitel 4: Die verzweifelte Eröffnung

Kapitel 4: Die verzweifelte Eröffnung

1

Mit schweren Schritten begab sich Cocytus zum Thronsaal. Auch die Schritte seiner Lakaien waren schwerfällig, ganz als hätte er sie mit seiner Stimmung angesteckt.

Nach der Niederlage gegen die Echsenmenschen war das auch angemessen. Cocytus hatte den Befehl über die glorreiche Armee Nazaricks gehabt und nichts als Verluste und Schande errungen.

Allerdings genossen die Echsenmenschen Cocytus' Bewunderung. Da man ihn als Samurai – nein, als Krieger – erschaffen hatte, neigte er dazu, fähige Kämpfer zu respektieren. Nur waren diese beiden Dinge in diesem Fall nicht miteinander vereinbar.

Nazaricks Niederlage durfte nicht ungesühnt bleiben. Und es war keine zufällige Auseinandersetzung – es war ihr erster militärischer Feldzug gewesen. Jeder wäre unzufrieden, wenn die erste Schlacht in einer absoluten Niederlage geendet hätte.

Natürlich stimmte es, dass man ihm nur Schwächlinge zur Verfügung gestellt hatte, und er erinnerte sich an Demiurges Worte. Doch das war nur eine billige Ausrede. Selbst wenn sein Gebieter die Möglichkeit einer Niederlage in Betracht gezogen hatte, war ein Sieg dennoch das bevorzugte Ergebnis.

Es dauerte nicht lange, bis der Thronsaal vor ihm lag und damit der Vorraum, Lemegeton, *der Kleine Schlüssel Salomons.* Jeder weitere Schritt war schwerer als der vorherige, bis er glauben wollte, es handle sich um irgendeine magische Falle.

Er hoffte, sein Gebieter würde ihn zurechtweisen. Nur zu gern würde er für seine Schande büßen, egal ob man sein Leben nahm oder ihm befahl, Selbstmord zu begehen.

Was Cocytus am meisten fürchtete, war, dass sein Gebieter jegliches Vertrauen verlor. Sollte sich das letzte der Höchsten Geschöpfe seiner einfach entledigen, was bliebe ihm dann noch? Er betrachtet sich als Schwert, eine Waffe in der Hand seines Herrn, das auf seinen Befehl hin alles niedermähte. Als unnötig und nutzlos betrachtet zu werden wäre das grausamste Schicksal.

Nicht nur das, was, wenn er die anderen Wächter mit seinen Taten enttäuscht hatte? Wie könnte er das wiedergutmachen? *WENN ES DAZU KÄME, WÜRDE KEINE ENTSCHULDIGUNG AUSREICHEN. NICHT MAL MEIN TOD WÄRE GENUG.*

Wichtiger noch ...

WENN UNSER GEBIETER AUS ENTTÄUSCHUNG DIESES LAND VERLÄSST UND UNS WIE DIE ANDEREN HÖCHSTEN WESEN ZURÜCKLÄSST, WAS SOLLEN WIR DANN TUN ...? Cocytus schauderte. Er war gegen Kälte unempfindlich, das war also nicht der Grund für das Zittern. Ihn plagten Zweifel, die jeden Menschen dazu gebracht hätten, sich zu übergeben. *D... DAS WÜRDE NIE GESCHEHEN. LORD AINZ WÜRDE UNS NICHT ... ER WÜRDE UNS NIE IM STICH LASSEN.*

Als letztes der Höchsten Geschöpfe, nachdem alle anderen die Gruft verlassen hatten, war er ihr oberster Herrscher und absoluter Befehlshaber. Ihr Lord, der so mitfühlend war, würde sie nie verlassen. Doch so nachdrücklich sich das Cocytus immer wieder sagte, es blieb ein nagender Zweifel, da er keinen Beweis dafür hatte.

Er betrat Lemegeton. Normalerweise hielt sich hier niemand außer den Golems und den Kristallmonstern auf, heute wurde er allerdings erwartet: vier Wächter – Demiurge, Aura, Mare, Shalltear – und mehrere

Elite-Lakaien, die sie als Begleitung ausgewählt hatten. Alle Blicke lagen auf Cocytus und da er sich schuldig fühlte, wirkte seine Miene einen Moment lang gequält.

Er hatte das Gefühl, sie gaben ihm allein die Schuld für die Niederlage. *NEIN*, dachte er, *VIELLEICHT HABEN SIE JA RECHT.* Er dachte wieder an das, was ihm zuvor durch den Kopf gegangen war. *KÖNNTE SEIN, DASS SIE ALLE SO DENKEN.*

Als er den Blick über sie schweifen ließ, spürte er ihren unausgesprochenen Tadel. »TUT MIR LEID, DASS ICH JETZT ERST KOMME. SOGAR DEMIURGE WAR PÜNKTLICH, UND ER WAR DRAUSSEN ...«

»Nein, nein, mach dir deswegen keine Gedanken«, antwortete Demiurge als Sprecher für die ganze Gruppe. Er klang ganz normal und Cocytus spürte nichts Negatives darin. Allerdings war Demiurge ein scharfsinniger Wächter mit hervorragender Kontrolle über seine Gefühle und begabt darin, seine wahren Gedanken für sich zu behalten. Cocytus konnte nicht sagen, ob er verärgert war oder nicht.

Man konnte durchaus sagen, Demiurges Verhalten, als sie gemeinsam den Kampf zwischen Ainz und Shalltear beobachtet hatten, war absolut ungewohnt gewesen. Aber selbstverständlich war seine Besorgnis auch ein Zeichen seiner Loyalität.

»Wie dem auch sei, ich sagte den anderen bereits, ich vertrete heute Albedo als Sprecher der Wächter. Irgendwelche Einwände?«

»NEIN. ICH HABE KEIN PROBLEM DAMIT, DASS DU UNS REPRÄSENTIERST.«

Albedo vertrat Sebas Tian in seiner Aufgabe als Assistent ihres Gebieters, das war der Grund für ihre Abwesenheit.

»Gut. Wir warten noch auf jemanden, dann gehen wir in den Thronsaal. Aber da Albedo fehlt, müssen wir uns erst absprechen, wie wir uns für unsere Audienz aufstellen. Eigentlich sollten wir das wirklich proben, doch dazu fehlt uns die Zeit. Wir lassen das also und machen einfach nur mit verbalen Anweisungen weiter. Hört gut zu.«

Jeder Wächter und Lakai stimmte Demiurge zu, auch Cocytus. Allerdings fragte er sich, auf wen sie warteten, da eigentlich alle anwesend waren.

Seine Unsicherheit verflüchtigte sich, als er eine einzelne Präsenz spürte, die sich auf sie zubewegte. Als er sich umdrehte, sah er einen Heteromorph, der in Richtung Lemegeton schwebte. Er sah wie ein Fötus aus. Nein, Embryo war vermutlich zutreffender. Er hatte einen kleinen, wedelnden Schwanz und der ganze Körper war grässlich pink. Über seinem Kopf schwebte ein Heiligenschein, während aus seinem Rücken kümmerliche, federlose Flügel ragten. Insgesamt war er vielleicht einen Meter lang.

»Was ist das?«

Demiurge beantwortete Auras Frage. »Der Wächter der achten Ebene, Victim.«

»Ach wirklich?«, meldete sich Shalltear zu Wort.

Victim erreichte Lemegeton und drehte sich im Kreis. Cocytus begriff, er sah sich seine Umgebung an. Da Victim keinen Hals hatte, musste er sich um seine eigene Achse drehen, wenn er sich umsehen wollte.

»Aster-Limette-Lehm-Asche Petrol-Orange-Violett-Weintraube-Orange-Eierschale. Grau-Narzisse-Orange Elfenbein. Zinnober-Scharlach-Fleisch-Eierschale-Scharlach-Lila-Eierschale-Purpur. <Wie geht es euch allen? Ich bin Victim.>«

Von der seltsamen Sprache unbeeindruckt antwortete Demiurge als Sprecher der Gruppe. »Schön, dass du gekommen bist, Victim. Ich bin Demiurge und vertrete heute Albedo als Repräsentant.«

»Fuchsia-Scharlach-Asche-Purpur-Lehm-Weintraube-Ebenholz Kastanie-Seide-Seide Orange-Eierschale Kastanie-Creme-Weintraube-Purpur. <Lord Ainz hat mich bereits darüber informiert.>«

Dann drehte er sich und sah jeden Einzelnen an. »Aster-Limette-Lehm-Weintraube Immergrün Kastanie-Limette-Weintraube-Krapp Distel Kastanie-Seide-Seide Orange-Eierschale Kastanie-Creme-Weintraube-Purpur Immergrün Eierschale, Orange-Ebenholz-Zinnober-Elfenbein-Scharlach Petrol Krapp-Asche-Creme-Ebenholz Lehm-Braun-Eierschale Scharlach-Narzisse-Narzisse-Seide-Weintraube-Purpur. <Ich kenne auch alle eure Namen, Vorstellungen sind also nicht nötig.>«

»Verstehe. Da wir nun vollzählig sind, erkläre ich euch zuerst, in welcher Reihenfolge wir hineingehen.«

Jeder hörte Demiurges Erklärung aufmerksam zu. Gleich würden sie eine Audienz beim Herrscher der Höchsten Geschöpfe im Herzen der Großen Gruft von Nazarick haben. Im Falle eines Fehlers war die einzige akzeptable Entschuldigung vermutlich, das eigene Leben zu beenden.

Nachdem Demiurge alles Notwendige gesagt hatte, wartete er gerade lange genug, damit es sich alle einprägen konnten, dann führte er die Wächter und Lakaien in den Thronsaal.

Cocytus hatte diesen Raum nur selten betreten und wie immer erfüllte es ihn mit Freude.

Der prächtige Aufbau, die Wappen, die für jedes der Höchsten Geschöpfe standen, das *World Item* an der hinteren Wand – dieser Raum war zu Recht das Herz Nazaricks. Er war so begeistert, dass er sogar einen Augenblick lang die Qualen vergaß, die sein Herz verzehrten.

Die Wächter ließen die Lakaien auf halbem Weg zurück und stellten sich am Fuß der Treppe zum Thron auf. Danach salutierten sie vor dem Gildenwappen von Ainz Ooal Gown, um ihre Verehrung und Loyalität zu bekunden. Anschließend gingen sie auf ein Knie, neigten den Kopf und warteten auf die Ankunft ihres Herrschers.

Es dauerte nicht lange, bis sie eine sich öffnende Tür und einsame Schritte hörten. Ohne hinzusehen, wussten sie, das war definitiv nicht ihr Gebieter. Es war unvorstellbar, dass der Herr der Großen Gruft von Nazarick ohne Begleitung erscheinen würde.

»Der oberste Herrscher der Großen Gruft von Nazarick, Lord Ainz Ooal Gown und die Befehlshaberin der Ebenenwächter, Meisterin Albedo.« Das war die Stimme einer der Plejaden, Yuri Alpha.

Die Tür wurde erneut geöffnet, dieses Mal folgte das kalte Klacken von Stiefeln auf dem Boden und das dumpfe Aufsetzen eines Zepters, ein wenig später das hellere Klacken hoher Absätze.

Es war üblich, Respekt zu zeigen, wenn ein Herrscher den Raum betrat, doch keiner der Versammelten tat etwas. Warum? Weil sie bereits den höchsten Respekt demonstrierten.

Nur Cocytus tat etwas anderes. Ein Gedanke führte zu einer Bewegung. Sie war winzig, trotzdem störte sie die herrschende Atmosphäre gewaltig.

Dank eines Skills spürte er, wie sich die anderen Wächter auf ihn konzentrierten. Albedo, die ihrem Gebieter folgte, strahlte eine Wut aus, die sie entgegen aller Bemühungen nicht zügeln konnte. Aber wie man in einer solchen Situation erwarten konnte, sagte niemand ein Wort.

Die Schritte bewegten sich langsam an der Reihe der Wächter vorbei und die Treppe hinauf. Es folgte das Rascheln, als jemand auf dem Thron Platz nahm. Dann sprach Albedo: »Hebt den Blick und sonnt euch in der Macht von Lord Ainz Ooal Gown.«

Alle bewegten sich, um ihren Gebieter anzusehen. Auch Cocytus hob sofort den Blick.

In der Hand hielt er das Zepter, das ihn als Herrscher dieses Landes auswies, er war umgeben von einer Aura des Schreckens und hinter seinem Kopf schimmerte ein schwarzer Schein – das war der oberste Herrscher der Großen Gruft von Nazarick, Ainz Ooal Gown.

Vor ihm stand Albedo und betrachtete jeden der Wächter, auch Cocytus. Dann nickte sie zufrieden und drehte sich zu Ainz um. »Die Ebenenwächter der Großen Gruft von Nazarick verneigen sich vor Euch, oh Erhabener. Euer Wunsch ist uns Befehl.«

Er murmelte ein würdevolles »Mh-hm«, bevor er sein Zepter hart auf den Boden stieß. Als ihn alle ansahen, öffnete er den Mund. »Wie schön, dass ihr euch hier vor mir versammelt habt, Ebenenwächter. Als Erstes möchte ich mich bedanken. Demiurge!«

»Mein Lord!«

»Gestatte mir, dir für deinen unermüdlichen Einsatz und deine Loyalität zu danken.«

»Oh, was sagt Ihr da, Lord Ainz? Ich bin Euer Diener. Es ist nur selbstverständlich, dass ich Eurem Ruf folge. Euer Dank ist zu wertvoll, um ihn an mich zu verschwenden.« Demiurge verneigte sich tief und sein Gesicht zuckte vor Freude.

»Verstehe. Und hast du irgendwelche Hinweise, dass sich hier verdächtiger Abschaum rumtreibt?«

»Keine, mein Lord. Wir haben viele Vorsichtsmaßnahmen getroffen und sollten sie mit Leichtigkeit aufspüren, noch während sie sich nähern.«

»Mehr können wir vermutlich nicht tun. Wir dürfen nur nicht unachtsam werden. Vielleicht benutzen sie Methoden, an die wir nicht gedacht haben. Und was die von dir beschafften Häute angeht … der leitende Bibliothekar sagt, man kann aus ihnen niedere Schriftrollen machen. Ist es möglich, zuverlässig Nachschub zu beschaffen?«

»Ja. Das wird kein Problem darstellen. Wir haben genug von ihnen eingefangen.«

»Gut. Und wie heißen die von dir benutzten Tiere gleich noch mal?«

»Tiere? Oh, es sind die, die Ihr selbst erwähntet, Lord Ainz …« Demiurge blieb einen Moment lang vage, dann antwortete er: »Die zweibeinigen Schafe des Heiligen Königreichs. Warum nennen wir sie nicht Abellion-Schafe?«

Cocytus fand Demiurges Tonfall eigenartig – er schien unheimlichen Spaß zu haben. Für gewöhnlich war er zu jedem freundlich. Allerdings beschränkte sich das auf diejenigen, die die Höchsten Geschöpfe erschaffen hatten. Zu anderen war er äußerst grausam.

Hinter seiner guten Laune schimmerte ein wenig von seiner Brutalität durch. Die düstere Boshaftigkeit richtete sich bestimmt gegen die Tiere, von denen er sprach, doch konnte er sich gegenüber Wesen mit geringer Intelligenz wirklich derartig verhalten? In Anbetracht seiner Persönlichkeit kam es Cocytus ein wenig seltsam vor, nur war jetzt weder die Zeit noch der Ort, um es anzusprechen.

»Ich verstehe … Schafe.«

Ihr Gebieter lächelte schwach und von seinen Worten verleitet taten es ihm Albedo und Demiurge gleich.

»Ziegen könnten besser sein, aber … schon in Ordnung. Dann häute bitte diese Schafe … Besteht die Gefahr, dass Überjagung zu Problemen im Ökosystem führt?«

»Ich denke nicht. Da wir Heilmagie benutzen, können wir sie sofort häuten und solange wir keine Massenproduktion anstreben, brauchen wir keine große Anzahl. Das verdanken wir diesen brillanten Monstern, die das Foltern übernehmen.«

»Hm? Verschwinden die abgetrennten Teile nicht, sobald du Heilmagie wirkst?«

»Was das angeht … Bei unseren Heilexperimenten haben wir etwas Interessantes festgestellt. Wenn der abgetrennte Teil vor dem Wirken der Heilmagie maßgeblich verändert wird – etwa, indem man ihn in kleine Stücke hackt –, hat die Magie keine Auswirkung darauf. Anders gesagt, wenn wir die Haut entfernen und mit der Weiterverarbeitung beginnen, scheint sie als etwas Eigenständiges zu gelten und verschwindet nicht, sobald wir die Heilmagie wirken. Das ist allem Anschein nach auch der Grund, warum die Schafe nicht sterben, wenn wir ihnen ihr eigenes Fleisch zu essen geben. Aber man sollte anmerken, wenn der Heiler oder der zu Heilende sich gegen die Heilung wehren, funktioniert der Zauber nicht so gut und die Verletzung bleibt. Zusätzlich hängt es von der Stufe des benutzten Zaubers ab und von der Zeit, die bis zum Wirken vergeht.«

»Verstehe ... Dann werden wir wohl sehen, wie mächtig Magie wirklich ist ... Gut. Dann mach so weiter.«

»Ja, Sir. In Zukunft werden wir die Häute nach Geschlecht und Alter trennen, bevor wir sie herschicken. Lasst uns also bitte wissen, welches Alter die beste Qualität ergibt.«

»Hmm, ich denke, das überlasse ich dem Bibliothekar. Als Nächstes, Victim.«

»Petrol-Scharlach, Fuchsia-Scharlach-Asche-Purpur-Lehm-Weintraube. <Ja, Lord Ainz.>«

»Ich habe dich aus genau dem Grund gerufen, den du vermutest. Etwas Unvorstellbares ist geschehen und wir brauchen deinen Skill, um die Wächter und mich zu schützen ... Tut mir leid. Ich werde dich gleich wiederbeleben, ich hoffe also, du kannst mir vergeben.«

»Eierschale-Aster-Zinnober-Porzellan-Pfirsich-Purpur Distel Scharlach-Ocker-Eierschale Kastanie-Creme-Weintraube-Orange-Narzisse Elfenbein, Kastanie-Seide Gras Lehm-Opal-Purpur Gras, Fuchsia-Scharlach-Asche-Purpur-Lehm-Weintraube. Grau-Narzisse-Orange Distel Fuchsia-Scharlach-Asche-Purpur-Lehm-Weintraube Immergrün Orange-Distel-Indigo. Umbra-Opal Gras Orange-Tang Narzisse-Violett Gras Zinnober-Aster-Narzisse-Lehm-Opal-Narzisse Immergrün Eierschale-Purpur. Umbra-Immergrün Gelb-Elfenbein-Weiß Eierschale Orange-Pfirsich-Zinnober Immergrün Kastanie-Asche-Elfenbein-Narzisse Immergrün Kastanie-Schwarz-Haut Gras Narzisse-Eierschale-

Porzellan Immergrün Eierschale Fuchsia-Opal-Petrol Pfirsich-Opal Scharlach-Orange-Ebenholz-Zinnober Immergrün Ebenholz-Schnee-Pfirsich-Grün Petrol Fuchsia-Creme-Braun-Asche. <Das erwähnte Demiurge bereits. Bitte macht Euch deswegen keine Gedanken, Lord Ainz. Ich bin ebenfalls Euer ergebener Diener. Zudem wurde ich geboren, um zu sterben. Es gibt keine größere Freude, als meine Macht im Auftrag eines Höchsten Geschöpfs zu nutzen.>«

»Ich verstehe … verzeih mir.«

Als sich ihr Gebieter entschuldigend verneigte, keuchte Victim überrascht auf und wackelte unsicher durch die Luft. »Distel-Ocker-Narzisse-Scharlach-Limette-Scharlach! <Ich bin dem nicht würdig!>«

»Es könnte sein, dass wir dich irgendwann töten müssen, um unsere Feinde an der Flucht zu hindern. Bitte nimm es hin. Wir tun das nicht, weil wir dich hassen. Ich will dich nicht verletzen, so wenig wie jedes andere unserer wertvollen Kinder, aber wenn wir diese unbekannten Feinde zu lange ignorieren, könnte das Ergebnis weitaus schlimmer ausfallen. Daher …«

»Limette-Gras Distel Kastanie-Ocker-Orange-Schwarz-Weiß-Limette-Scharlach Eierschale Haut-Narzisse-Lehm-Scharlach, Fuchsia-Scharlach-Asche-Purpur-Lehm-Weintraube Kastanie-Seide-Distel-Gelb Petrol Orange-Lakritze-Zinnober-Blau-Asche Gras Creme-Elfenbein-Scharlach Orange-Eierschale Kastanie-Creme-Weintraube-Purpur. <Bitte, Ihr müsst Euch nicht erklären, Lord Ainz. Ich verstehe, wie Ihr empfindet.>«

»Eines der Rätsel in Nazarick beinhaltet diese Passage des Johannesevangeliums: ›Es gibt keine größere Liebe, als wenn einer sein Leben für seine Freunde hingibt.‹ Diese Worte beschreiben dich hervorragend. Ich danke dir für deine Liebe.« Ainz wandte sich von Victim, der seinen Gebieter voller Ehrerbietung ansah, zu einem anderen Wächter. »Als Nächstes, Shalltear.«

Sie hatte offenbar nicht damit gerechnet, aufgerufen zu werden. Sie zuckte zusammen und klang entsetzlich schrill, als sie antwortete. »Mein Lord! Sir!«

»Komm zu mir.«

Zu den anderen Wächtern hatte er nichts dergleichen gesagt. Erschrocken stand sie hastig auf. Ihre Anspannung verriet, wie ängstlich sie war – wie ein Verurteilter, der zum Schafott ging –, doch sie hielt sich gerade, was ihren Stolz widerspiegelte.

Auf der obersten Stufe fiel sie kurz vor dem Thron sofort auf ein Knie.

»Shalltear, was den Dorn angeht, der dein Herz quält …«

Sie begriff sofort, wovon er sprach, und zeigte augenblicklich Reue. »Aah, Lord Ainz! Ich bitte Euch, bestraft mich für diese schändliche Angelegenheit! Wählt eine Strafe, die für jemanden angemessen ist, der trotz seines Rangs als Wächter etwas so Verabscheuungswürdiges getan hat!« Shalltears gequälte Stimme hallte im ganzen Thronsaal wider.

Cocytus verstand, wie sie sich fühlte … Nein, jeder Wächter, jeder, den die Höchsten Geschöpfe erschaffen hatten, verstand es.

Obwohl man sie manipuliert hatte, konnte sie sich ihr Handeln gegen ein Höchstes Geschöpf nicht verzeihen.

»Verstehe … Dann komm her, Shalltear.«

Sie gehorchte seiner Geste und näherte sich dem Thron Zentimeter um Zentimeter. Eine knochige Hand griff nach ihrem gesenkten Kopf und streichelte ihn sanft. Ängstlich hob sie den Blick und jeder hörte ihre leise, erstaunte Stimme. »L…Lord Ainz …«

»Es war mein Fehler. Da unsere Gegner ein *World Item* hatten, waren wir gewaltig im Nachteil. Shalltear, ich liebe alle, die Nazarick dienen, alle, die wir aus nichts erschaffen haben. Dazu gehörst natürlich auch du. Willst du … geschätzte, schuldlose Shalltear … mich zwingen, dich zu bestrafen?«

Sein Blick sagte deutlich, er wusste nicht, was er tun sollte. Allerdings begriff Cocytus nicht, was er sah. Sein Mund bewegte sich kaum merklich. Das Gesicht seines Gebieters bestand aus Knochen, ohne Lippen, daher konnte Cocytus nur raten, was er sagte, vermutlich einen Namen.

»Aah, Lord Ainz! Ihr sprecht von Liebe?« Shalltear klang, als würde sie gleich in Ohnmacht fallen.

Da er sich hinter ihr befand, konnte Cocytus ihr Gesicht nicht sehen, ihr Verhalten jedoch sagte ihm alles, was er wissen musste. Sie klang, als würde sie nun weinen, und ihre Schultern bebten.

Er sah, wie ihr Gebieter mit der anderen Hand ihr Gesicht streichelte. Zwischen den knochigen Fingern hielt er ein Taschentuch.

»Ist schon gut, Shalltear. Nicht weinen. Weißt du, das schadet deiner Schönheit.«

Ohne ein Wort griff sie nach der anderen Hand und drückte sich den Handrücken ans Gesicht – vermutlich an ihre Lippen.

Mare schluchzte. Dann auch Aura. Selbst Demiurge tupfte sich die Augen ab.

Neidisch auf jene, die zumindest ein paar Tränen vergießen konnten, sah Cocytus zu, wie seine Kameraden erneut ihre Loyalität bekräftigten.

Shalltears größte Angst war es gewesen, keinen Nutzen mehr zu haben, dass das gütige letzte der Höchsten Geschöpfe sie verstoßen würde, weil sie Probleme bereitet und ihren Eid gebrochen hatte.

Er hatte diese Befürchtungen jedoch weggewischt …

… mit dem Wort *Liebe*.

Wie groß waren ihre Freude und Erleichterung? Cocytus, der sich in derselben Lage befand wie sie – nein, seine war schlimmer –, stand schweigend hinter ihr und beneidete Shalltear.

»Na schön, Shalltear. Du kannst ge…«

»Lord Ainz!« Eine kalte Stimme fiel ihrem Gebieter ins Wort.

Cocytus starrte Albedo an. Er nahm Anstoß an ihrem ungebührlichen Verhalten. Irgendetwas stimmte nicht. Ihn überkam eine nicht näher definierbare Unsicherheit.

»Klare Belohnungen und Strafen sind das Gerüst von Ordnung. Vielleicht wäre es das Beste, wenn Ihr sie bestrafen würdet.«

»Albedo. Hast du ein Problem mit …« Er schloss den Mund.

Etwas, das Cocytus nicht verstand, musste der Grund für Ainz' Zögern sein. Doch Shalltear klärte die Angelegenheit.

»Lord Ainz. Ich stimme Albedo zu. Ich flehe Euch an, bitte bestraft mich. Es wird mir eine Freude sein, Euch meine Ergebenheit zu beweisen.«

»Na schön. Ich werde später entscheiden, wie ich dich bestrafen soll. Du kannst gehen.«

»Ja, Lord Ainz.« Ihre Augen waren immer rot, doch jetzt waren sie zudem blutunterlaufen. Sie ging die Stufen hinab und kehrte an ihren vorherigen Platz zurück, wo sie die demütigste Haltung einnahm, die man sich nur vorstellen konnte.

Und dann …

»Cocytus, Lord Ainz hat dir etwas zu sagen. Hör bitte aufmerksam zu.«

Anspannung lag in der Luft. Jetzt war es so weit.

Cocytus verneigte sich tief. Seine Haltung, in der er nur den Boden sah, war für eine Audienz angemessen. Er behielt sie jedoch bei, weil ihm der Mut fehlte, seinem Gebieter in die Augen zu blicken.

»Ich habe den Kampf mit den Echsenmenschen verfolgt, Cocytus!«

»MEIN LORD!«

»Er endete mit einer Niederlage, richtig?«

»SIR! ICH BITTE FÜR DIESEN FEHLER UNTERTÄNIGST UM VERZEIHUNG. ICH …«

Der scharfe Knall, den das Zepter auf dem Boden erzeugte, ließ Cocytus verstummen.

In seinen Ohren hallte Albedos kalte Stimme. »Ist das nicht unhöflich, Cocytus? Wenn du dich schon entschuldigen willst, dann sieh deinen Gebieter an!«

»VERGEBT MIR!« Er hob den Kopf und blickte den Herrscher von Nazarick auf seinem Thron an.

»Cocytus. Ich möchte die Worte des Generals der besiegten Armee hören. Wie hat es sich angefühlt, den Befehl zu haben, anstatt an vorderster Front zu kämpfen?«

»MEIN LORD! ICH BITTE UNTERTÄNIGST UM VERZEIHUNG, DASS ICH DIE VON EUCH ZUR VERFÜGUNG GESTELLTEN SOLDATEN WIE AUCH DEN VON EUCH ERSCHAFFENEN *ELDER LICH* VERLOREN HABE!«

»Hm? Ach, von denen kann ich jede Menge herstellen, ist also keine große Sache. Mach dir deswegen keinen Kopf. Ich wollte wissen, wie es war, eine Armee zu befehligen. Ich will dir nur sagen, ich habe nicht vor, dir die Schuld für diese Niederlage in die Schuhe zu schieben.«

Die Wächter und die Lakaien hinter ihnen waren verblüfft, mit Ausnahme von Demiurge und Albedo.

WAS DEMIURGE SAGTE, IST ALSO ... HRM! Er spürte, dass sein Gebieter noch nicht fertig war, und schenkte ihm wieder seine volle Aufmerksamkeit.

»Jeder versagt mal. Auch ich.«

Allgemeiner Unglaube machte sich breit. Auf keinen Fall konnte das Höchste Geschöpf Ainz Ooal Gown versagen, das war noch nie vorgekommen. Diese Behauptung sollte nur ein Trost für Cocytus sein.

»Wichtig ist nur, was du aus dieser Erfahrung gelernt hast, Cocytus. Lass mich die Frage umformulieren. Wie hättest du siegen können?«

Cocytus dachte schweigend nach. *Jetzt* wusste er, was er hätte tun können, um den Sieg zu erringen. Er sprach einen seiner Fehler an. »ICH HABE DIE ECHSENMENSCHEN UNTERSCHÄTZT. ICH HÄTTE UMSICHTIGER VORGEHEN SOLLEN.«

»Hm. Damit hast du recht. Egal wie schwach ein Gegner auch scheint, man sollte sich seiner Sache nie zu sicher sein … Ich hätte Narberal schicken sollen, um den Kampf zu beobachten. Was noch?«

»ICH DENKE, UNS HAT ES MÖGLICHERWEISE AN INFORMATIONEN GEFEHLT. WIR KANNTEN WEDER IHRE STÄRKE NOCH DIE BESCHAFFENHEIT IHRES TERRITORIUMS. ICH HABE GELERNT, WENN SOLCHE DINGE UNKLAR SIND, SINKEN ZWANGSLÄUFIG AUCH DIE AUSSICHTEN AUF EINEN SIEG.«

»Mh-hm. Sonst noch was?«

»ES MANGELTE UNS AUSSERDEM AN BEFEHLSHABERN. WIR BENUTZTEN NIEDERE UNTOTE, DAHER WÄRE ES SINNVOLL GEWESEN, IHNEN EINEN BEFEHLSHABER ZUR SEITE ZU STELLEN, DAMIT DIESER ABHÄNGIG VON DER SITUATION ANWEISUNGEN HÄTTE GEBEN KÖNNEN. UND IN ANBETRACHT DER WAFFEN DER ECHSENMENSCHEN HÄTTEN WIR HAUPTSÄCHLICH ZOMBIES BENUTZEN SOLLEN, UM SIE ZU ERSCHÖPFEN. ODER ZUMINDEST HÄTTEN WIR ALLE UNSERE TRUPPEN GEMEINSAM EINSETZEN SOLLEN, ANSTATT VONEINANDER UNABHÄNGIG.«

»Und abgesehen davon?«

»VERGEBT MIR. DAS IST ALLES, WAS MIR DAZU IM MOMENT EINFÄLLT.«

»Nicht doch, das ist verständlich. Gut gemacht. Natürlich wüsste ich noch ein paar andere Dinge, aber du hast gut gelernt, Cocytus. Eigentlich wollte ich, dass du diese Dinge selbst erkennst, ohne dass ich danach frage, doch … das ist wahrscheinlich akzeptabel. Nun denn, warum bist du dann nicht von Anfang an so vorgegangen?«

»ICH HABE NICHT DARÜBER NACHGEDACHT. ICH DACHTE, WIR KÖNNTEN SIE EINFACH WEITER UNTER DRUCK SETZEN.«

»Verstehe. Und als die Untoten alle vernichtet waren, hast du in dem Moment ein paar Dinge begriffen? Gut! Wenn du dich bemühst, nicht noch mal zu versagen, dann war diese Niederlage nicht umsonst.«

Cocytus hatte das Gefühl, sein Gebieter lächle sanft.

»Es gibt viele Arten zu versagen, aber deine ist nicht tragisch. Abgesehen vom *Elder Lich* waren alle Untoten auto-spawnende Monster. Sie zu verlieren wirkt sich nicht auf Nazarick aus. Und als Bonus haben die Wächter gelernt, diese Fehler nicht zu wiederholen.«

»DANKE SEHR, LORD AINZ.«

»Dennoch stimmt es, dass du besiegt wurdest, daher *wirst* du, genau wie Shalltear, deine Strafe akzeptieren …«

Nun schwieg er auf einmal und Cocytus wartete, um zu erfahren, welche Strafe ihm bevorstand. Er wurde ein wenig nervös, dennoch war er auch erleichtert, da er jetzt wusste, sein Gebieter hatte sein Vertrauen in ihn nicht verloren. Die nächsten Worte jedoch sorgten dafür, dass sich Cocytus anspannte.

»Um ehrlich zu sein, habe ich darüber nachgedacht, dich von dieser Operation abzuziehen, aber diese Idee gefällt mir besser. Cocytus! Tilge den Schandfleck dieser Niederlage mit deinen eigenen Händen … Rotte die Echsenmenschen aus – dieses Mal ohne jegliche Hilfe.« Wenn sie alle Echsenmenschen töteten, sodass niemand von dem Kampf erfahren konnte, war es, als wäre Nazarick nie besiegt worden.

Jemand, der alle, die außerhalb Nazaricks lebten, als unwürdige Lebensformen verachtete, würde sich freuen, diese Gräueltat zu verüben.

Bis zu diesem Tag hätte Cocytus einen solchen Befehl, ohne zu zögern, ausgeführt, doch …

Er zitterte, da er wusste, welche Bedeutung seine nächste Handlung haben würde. Er atmete ein paarmal durch.

Während sich alle fragten, warum er den Befehl nicht annahm, sprach er: »LORD AINZ, DA WÄRE ETWAS, WORUM ICH EUCH BITTEN WÜRDE!«

Die Welt hielt den Atem an. Er spürte, wie sich die Blicke von jedem Einzelnen in seinen Körper bohrten. Cocytus – ein Wächter auf dem Gipfel von Macht und Stärke innerhalb Nazaricks, der an einer Hand diejenigen abzählen konnte, die ihm ebenbürtig oder stärker als er waren – wurde so kalt, dass er zitterte.

Wie eine Lawine schlug Reue über ihm zusammen, doch es war zu spät. Er konnte seine Worte nicht mehr zurücknehmen.

Mit seinen Facettenaugen verfügte er über ein sehr breites Sichtfeld. Dass er zu Boden blickte, war alles, was ihn fortfahren ließ, da er das Gesicht seines Gebieters nicht sah. Wüsste er, ob er wütend oder ungehalten war, bekäme Cocytus kein weiteres Wort heraus.

»ICH BITTE EUCH, LORD AINZ …«

Nicht ihr Gebieter, sondern jemand anders fiel ihm ins Wort. »Du Narr!« Albedo wies ihn mit einem ohrenbetäubenden Schrei zurecht. Ihre Stimme war der Befehlshaberin der Ebenenwächter würdig. Cocytus war wie versteinert und zitterte wie ein Kind, das von seiner Mutter ausgeschimpft wurde.

»Du wagst es, Lord Ainz um etwas zu bitten, obwohl du derjenige bist, der Nazarick eine Niederlage beschert hat? Was maßt du dir an?«

Cocytus sagte nichts, hielt nur den Kopf geneigt und hoffte auf die Zustimmung seines Gebieters, während Albedo ihn mit ihrer Wut bombardierte.

»Tu, was man d…« Albedos Geschrei wurde mittendrin von der gelassenen Stimme eines einzelnen Mannes unterbrochen.

»Das reicht, Albedo.«

Sie keuchte und als ihr Gebieter seine Worte wiederholte, beruhigte sie sich etwas.

»Sieh mich an, Cocytus. Warum sagst du mir nicht, worum du mich bitten möchtest?« Die leise Stimme vermittelte keine Spur von Wut. Und genau das machte sie so Furcht einflößend.

Diese Furcht ähnelte dem Gefühl, lebendig verschlungen zu werden, während man in einen unvorstellbar klaren See blickte.

Cocytus verfügte über Ausrüstung, die ihn vor den psychischen Auswirkungen mentaler Angriffe oder Ähnlichem schützte. Doch die Gefühle, die gerade auf ihn einstürmten, hatten ihren Ursprung in ihm selbst. Er schluckte schwer – nicht Speichel, sondern Gift –, hob den Kopf und sah seinem Gebieter ins Gesicht.

Die Flammen in seinen leeren Augenhöhlen flackerten in einem kaum erkennbaren Rot. »Ich wiederhole. Worum möchtest du mich bitten?«

Cocytus brachte keinen Ton heraus. Er versuchte es immer wieder, doch seine Kehle war wie zugeschnürt.

»Was ist los, Cocytus?«

Das Schweigen drohte, ihn unter sich zu begraben.

»Ich bin nicht wütend oder so, nur damit du es weißt. Ich möchte lediglich wissen, was du denkst, was du sagen willst.« Er sprach wie mit einem Kind, das sich schüchtern hinter einem Baum versteckte.

Als Reaktion darauf sagte Cocytus: »ICH BIN DAGEGEN, ALLE ECHSENMENSCHEN ZU TÖTEN. ICH FLEHE EUCH AN, ZEIGT BITTE GNADE.«

Nach diesen Worten bekam er das Gefühl, die Atmosphäre im Raum würde sich verändern. Nein, das hatte sie bereits getan.

Die deutlichste Reaktion sah er direkt vor sich – Albedo starrte ihn mordlüstern an. Die anderen Wächter waren erschüttert, Demiurge und ihr Gebieter hingegen gaben sich gelassen – von ihnen spürte Cocytus nichts.

»Cocytus, ist dir klar, was du da verlangst?« Albedos kalte Stimme, die durch ihren Wunsch, ihn niederzustrecken, noch härter wurde, genügte, um den kälteresistenten Ebenenwächter zittern zu lassen. »Lord Ainz hat dir befohlen, die Echsenmenschen als Strafe für dein Versagen zu vernichten. Dass du dagegen Einwände erhebst ... Wächter der fünften Ebene, Cocytus, kann es sein, dass du diese Echsenmenschen fürchtest?«

Sie verspottete ihn, aber Cocytus hatte keine Antwort. Ihr Verhalten war verständlich. Wären ihre Rollen vertauscht, wäre er vermutlich ähnlich verärgert.

»Möchtest du dazu nichts sa...?« Es war keine Stimme, die ihr das Wort abschnitt, sondern ein Geräusch – das scharfe Krachen eines Zepters auf den Boden.

»Ruhe, Albedo. Ich stelle Cocytus die Fragen. Misch dich nicht ein.«

»Entschuldigt, mein Lord! B... Bitte vergebt mir!« Mit einer Verneigung kehrte sie an ihren vorherigen Platz zurück.

Der Blick ihres Gebieters lag wieder auf Cocytus, bohrte sich praktisch durch ihn hindurch. Es war unmöglich zu erkennen, was er dachte. Er könnte vor Wut kochen oder einfach nur neugierig sein.

»Nun denn, Cocytus. Es muss einen Grund für deine Worte geben. Irgendeinen Nutzen, den die Große Gruft von Nazarick daraus ziehen könnte? Verrate es mir.«

»MEIN LORD! ES BESTEHT DAS POTENZIAL, DASS DIE ECHSENMENSCHEN WIDERSTANDSFÄHIGE KRIEGER ZEUGEN KÖNNTEN. ICH DENKE, ES WÄRE VERSCHWENDUNG, SIE ALLE ZU TÖTEN. WENN MÄCHTIGE ECHSENMENSCHEN

GEBOREN WERDEN, WÄRE ES VON VORTEIL, DAFÜR ZU SORGEN, DASS SIE NAZARICK GEGENÜBER LOYAL SIND UND SIE ZU GEFOLGSLEUTEN ZU MACHEN.«

»Dein Vorschlag ergibt Sinn. Letztendlich waren aus Echsenmenschen erschaffene Untote auch nicht stärker als die, für die wir menschliche Leichen benutzten. Wenn wir es einrichten können, uns Leichen vom Friedhof in E-Rantel zu beschaffen, gibt es keinen, Grund darauf zu beharren, Echsenmenschen zu benutzen.«

Cocytus wollte gerade »Also ...« sagen, als er begriff, sein Gebieter war noch nicht fertig. Er hatte eine böse Vorahnung und dann wurde seine Befürchtung bestätigt.

»Wie dem auch sei! Von mir erschaffene Untote sind kosteneffektiver als lebende Echsenmenschen. Loyalität verlangt Vertrauen. Untote verursachen keine Verpflegungskosten. Der einzige Vorteil, den ich seitens der Echsenmenschen sehe, ist, dass sie mit der Zeit mehr werden. Und selbst dann müssen wir langfristig denken ... Sag mir, ob ich irgendwas übersehe, etwas, das ich deiner Meinung nach berücksichtigen sollte.«

Ihr gnädiger Gebieter würde seinen Wunsch gewähren, sofern er ihn überzeugen konnte, doch Cocytus fiel nichts ein.

Er hatte sich immer als Waffe seines Gebieters betrachtet. Entsprechend hatte er nie eigene Entscheidungen treffen müssen, was es ihm schwer machte, seine Gedanken in Worte zu fassen. Er hatte nicht darüber nachgedacht, welchen Vorteil sie als Organisation daraus ziehen könnten.

Was man von ihm wissen wollte, ließ sich recht einfach ausdrücken: Was hätte die Große Gruft von Nazarick davon? Cocytus wollte die Echsenmenschen nur nicht töten, weil ein Einzelner sein Interesse geweckt hatte. Als Krieger spürte er eine Verbindung mit der Gruppe, die dieser Echsenmensch zu beschützen versucht hatte – es war eine emotionale Entscheidung, keine Überlegung, weil er darin einen langfristigen Nutzen sah.

Er geriet in Panik.

Sein Gebieter betrachtete ihn schweigend, doch sollte er die Geduld verlieren oder es als lästig betrachten, würde seine Frage jegliche Bedeutung verlieren. Dann bliebe nichts außer dem Befehl, die Echsenmenschen auszurotten.

Er dachte verzweifelt nach. Auf eine Antwort kam er jedoch nicht.

»Was ist los, Cocytus? Fällt dir nichts ein? Dann solltest du kein Problem mit ihrer Ausrottung haben, oder?«, wurde die Frage wiederholt.

Nach wie vor hatte Cocytus keine Argumente, seine Gedanken drehten sich ergebnislos im Kreis.

Ein Murmeln hallte laut durch den stillen Raum. »Verstehe. Zu schade.«

Gerade, als diese Worte drohten, Cocytus unter sich zu begraben, warf ihm eine leise Stimme einen Rettungsanker zu. »Lord Ainz, bitte vergebt mir meine Einmischung …«

»Was gibt es, Demiurge? Hast du was zu sagen?«

»Ja. Bezug nehmend auf Eure vorherige Entscheidung frage ich mich, ob Ihr einen bescheidenen Plan meinerseits in Erwägung ziehen würdet.«

»Und was für einen Plan?«

»Mein Lord, Ihr wisst, wir müssen Experimente durchführen. Was, wenn wir dafür die Echsenmenschen benutzen?«

»Oho, interessanter Einfall.« Ihr Gebieter lehnte sich auf seinem Thron vor und einen Sekundenbruchteil lang spürte Cocytus seinen blutroten Blick auf sich.

»In der Tat. Wir wissen nicht, was die Zukunft für Nazarick bereithält, aber es könnte die Zeit kommen, da wir unsere Kräfte mit anderen vereinen und diese Armee führen müssen. Könnte sein, dass wir eines Tages gezwungen sind, ein anderes Land zu erobern. Es könnte sich maßgeblich auf unseren Erfolg auswirken, ob wir bis dahin andere Regierungsformen ausprobiert haben oder nicht.« Demiurge nahm eine noch geradere Haltung an, sah ihren Gebieter auf seinem Thron direkt an und verkündete seine Schlussfolgerung. »Ich möchte demütigst vorschlagen, die Dörfer der Echsenmenschen zu erobern und ein Experiment ansetzen, wie wir herrschen können, ohne dabei auf Furcht zurückzugreifen.«

Das Zepter wurde auf den Boden gestoßen, der scharfe Knall hallte durch den Raum. »Eine hervorragende Idee, Demiurge.«

»Danke sehr.«

»Nun gut, ich akzeptiere Demiurges Rat und ändere das Schicksal der Echsenmenschen von Ausrottung zu Besatzung. Wenn jemand Einwände hat, soll er die Hand heben und sprechen.« Er ließ seinen flackernden, roten Blick über die Wächter schweifen. »Sieht so aus, als gäbe es keine Einwände. Damit ist es beschlossen.«

Alle verneigten sich zur Bestätigung.

»Aber ich muss zugeben, Demiurge, ein hervorragender Einfall. Ich bin beeindruckt.«

Demiurge lächelte. »Was sagt Ihr da, Lord Ainz? Ihr habt bestimmt selbst daran gedacht, Ihr habt nur darauf gewartet, dass Cocytus darauf kommt, nicht wahr?«

Er reagierte mit einem seltsamen Lächeln, anstatt mit Worten. Aber das sagte alles.

Cocytus spürte, wie alle Kraft aus seinem Körper wich. Er hatte die glorreiche Armee Nazaricks befehligt, verloren und dann seinem Gebieter, ohne einen Gegenvorschlag zu haben, widersprochen. Was bedeutet das für ihn? Es bedeutete ... *INKOMPETENZ. ICH BIN VOLLKOMMEN INKOMPETENT.*

»Nein, das stimmt nicht, Demiurge. Du hast eine zu hohe Meinung von mir. Ich wollte eine eigene Idee, egal wie sie lautet.«

Er ließ den Blick erneut schweifen, aber am längsten ruhte er auf Cocytus. Als der Wächter verstand, was er ihm damit sagen wollte, schämte er sich zutiefst, doch er konnte den Blick nicht abwenden und zu Boden sehen.

»Ihr müsst den Zweck an erste Stelle setzen. Findet heraus, was der Zweck ist und handelt dann entsprechend. Hört mir zu, Wächter. Wir können nicht erfolgreich sein, wenn ihr nur blind Befehle befolgt. Ihr müsst erst ein wenig nachdenken. Darüber, was Nazarick am meisten nutzen wird. Wenn ihr denkt, ein Befehl ist ein Fehler oder es gäbe einen besseren Weg, um ein Ziel zu erreichen, dann wendet euch damit an mich oder denjenigen, der den ursprünglichen Vorschlag gemacht hat. Nun denn, Cocytus, zurück zum vorherigen Thema. Ich sagte, ich würde dich bestrafen, richtig?«

»JA. IHR SAGTET, ICH SOLL ALLE ECHSENMENSCHEN TÖTEN.«

»Das habe ich, aber jetzt werden wir sie nicht töten, sondern über sie herrschen. Aus diesem Grund hat sich auch deine Strafe geändert. Herrsche über die Echsenmenschen und nähre in ihnen Loyalität gegenüber Nazarick. Herrschaft durch Furcht ist ausdrücklich verboten. Wir wollen das zu einer Fallstudie machen.«

Das war eine wichtige Aufgabe, die Cocytus ... Nein, vermutlich hatte mit Ausnahme von Demiurge noch kein Wächter jemals etwas Vergleichbares getan.

Für einen Sekundenbruchteil gingen Cocytus die Worte *Das ist zu schwer für mich* durch den Kopf, allerdings könnte er niemals etwas dermaßen Erbärmliches aussprechen – weder vor ihrem großzügigen Herrscher, der seine uneingeschränkte Loyalität genoss, noch vor seinem Kameraden, der ihm aus einer schwierigen Situation geholfen hatte. »ZU BEFEHL. ICH MACHE MIR DABEI UM VIELES SORGEN, DARUM BITTE ICH UM EURE UNTERSTÜTZUNG.«

»Selbstverständlich. Materialien, Nahrung, Personal … du wirst bestimmt so einiges brauchen. Nazarick wird dir alles zur Verfügung stellen.«

»ICH DANKE EUCH. ICH VERSPRECHE, MICH EURER GNADE WÜRDIG ZU ERWEISEN!«, schrie Cocytus aus vollem Herzen.

»Gut. Dann befehle ich hiermit allen Wächtern, einen Einsatz vorzubereiten. Wir brauchen eine Finte, um ihnen zu zeigen, dass sie es bisher nur mit einem winzigen Bruchteil der wahren Macht Nazaricks zu tun hatten. Aber Cocytus, wenn du meinst, dass es dadurch nur schwieriger sein wird, die Echsenmenschen zu regieren, müssen wir das nicht machen.«

Cocytus dachte darüber nach, dann antwortete er: »ICH DENKE NICHT, DASS DAS EIN PROBLEM SEIN WIRD.«

»Verstehe. Wächter, bereitet alles zum Ausrücken vor.«

Die anwesenden Wächter verkündeten einstimmig ihre Bestätigung.

»Albedo, ich werde auch gehen. Bereite die Soldaten vor.«

»Zu Befehl. Sollte ich davon ausgehen, dass unsere Feinde versuchen werden, uns auszuspionieren, und Personal wählen, das für Missverständnisse sorgen wird?«

»Ganz genau. Aber vergiss nicht, wir müssen die Echsenmenschen so sehr beeindrucken, dass sie von sich aus aufgeben.«

»Dann wäre es vielleicht das Beste, hauptsächlich Nazaricks *Old Guarder* für die Armee zu wählen.«

Cocytus stimmte ihr wortlos zu.

Es gab eine Art von Untoten, die man *Old Guarder* nannte. Diese Elite unter den Untoten fand man einzig und allein in Nazarick. Sie waren hervorragende Kämpfer, führten verzauberte Waffen mit allen möglichen Effekten und trugen magische Rüstungen und Schilde.

»Das klingt gut. An wie viele hast du dabei gedacht?«

»Dreitausend.«

»Nicht gerade viele. Könnte sein, dass sie das nicht ausreichend beeindruckt. Sie haben uns schon einmal besiegt und unterschätzen uns jetzt vermutlich – wie müssen sie zu Tode erschrecken! Wo bleibt der Spaß, wenn wir weniger schicken als das letzte Mal? Ich will doppelt so viele. Brauchst du sonst noch was?«

»In dem Fall, wie wäre es, wenn wir Nazaricks *Elder Guarder* und *Master Guarder* mobilisieren? Das wären sechstausend.«

Ainz' Reaktion auf Albedos geschmeidige Antwort, die einmal mehr belegte, warum sie die Position als Befehlshaberin der Wächter innehatte, fiel deutlich und knapp aus. »Hervorragend! Und gibt es Probleme mit Gargantuas Aktivierung?«

»Nein, Lord Ainz. Er ist voll einsatzfähig.«

»Dann, Shalltear, benutze *Gate*, um unsere Truppen alle auf einmal zu verlegen.«

»Es kann sein, dass ich alleine nicht über genug magische Energie verfüge.«

»Bitte Pestonia um Unterstützung. Sie soll dir etwas Energie übertragen. Sollte das immer noch nicht reichen, wende dich an Lupusregina.«

»Zu Befehl.«

»Nächster Punkt, Nigredo und Pandora's Actor sollen ihr Sicherheitsnetz auf uns konzentrieren. Dadurch vernachlässigen wir zwar Sebas Tian und seinen Trupp, aber … wir müssen die Überwachung einfach verstärken. Gut. Dann los! Morgen zeigen wir den Echsenmenschen die Macht der Großen Gruft von Nazarick.«

2

»DANKE, DEMIURGE.« Kaum dass ihr Gebieter den Thronsaal verlassen hatte, verneigte sich Cocytus vor seinem Kameraden und bedankte sich.

Demiurge hingegen zeigte sein typisches Lächeln. »Das ist nicht nötig.«

»ICH BESTEHE DARAUF. OHNE DICH MÜSSTEN WIR ALLE ECHSENMENSCHEN TÖTEN.«

»Ich sagte dir doch, du musst dir deswegen keine Gedanken machen, Cocytus. Ich denke, das war von Anfang an, was Lord Ainz wollte.«

Er hob einen Finger und jemand antwortete darauf mit einem »Hä?«. Cocytus war sich nicht sicher, ob er es selbst gewesen war oder einer der anderen Wächter.

»Anders gesagt, er hat dir deswegen den Befehl über den Angriff auf das Echsenmenschendorf gegeben, weil er deine getroffenen Äußerungen erwartete. Er wirkte äußerst zufrieden, als du dich gegen die Zerstörung der Dörfer ausgesprochen hast, und enttäuscht, da du keinen anderen Vorschlag zur Hand hattest.«

»Du meinst, er war enttäuscht, weil nicht alles nach seinem Plan verlief?«

»Ganz genau, Shalltear. Anders ausgedrückt, es ist sehr wahrscheinlich, dass jedes gesprochene Wort seinem Plan entsprach.«

»Er hat alles vorhergesehen? Ich würde von Lord Ainz nichts anderes erwarten!«

»A… Aber, weißt du, äh, er …«

»Jetzt rück schon raus damit!«, forderte Aura ihren zappeligen Bruder barsch auf.

»I… Ich mach ja schon! Äh, ich hab mich schon gefragt, warum wir so schwache Untote benutzen. Ähm, äh, weil, nun, nur vielleicht, aber, äh … vielleicht ist er davon ausgegangen, dass wir verlieren werden?«

»Oder anstatt zu verlieren, dachte er vielleicht, Cocytus würde feststellen, wie stark sie sind und ihm seine Einschätzung geben, ob ein Sieg mit dieser Armee überhaupt möglich ist.«

Cocytus dachte an sein Gespräch mit Demiurge und erneut überkam ihn Scham. Er hatte also alles falsch gemacht.

»Dieser Plan wäre praktisch unmöglich, sofern man Cocytus' Persönlichkeit nicht in und auswendig kennt. Großartig, Lord Ainz …«

»Während Lord Ainz' Duell mit Shalltear habe ich festgestellt, er ist nicht nur ein äußerst fähiger Kämpfer, sondern auch ein brillanter Stratege. Ich bewundere ihn von ganzem Herzen. Er sagt diese ganzen netten Dinge, aber eigentlich sind wir nichts weiter als seine Schachfiguren.« Als intelligentester der Wächter Nazaricks genossen Demiurges Schlussfolgerungen hohes Ansehen.

»Er ist einfach zu gut, um wahr zu sein. Vielleicht ist er nur aus einer Laune heraus gekommen, um der Anführer der Höchsten Geschöpfe zu werden?« Shalltear sprach vor Freude schaudernd über ihren Gebieter und die anderen Wächter nickten zustimmend.

Ainz kehrte in sein Zimmer zurück und warf sich aufs Bett. Nach einer ungewöhnlich langen Schwebephase sank sein Körper unbeholfen auf die Matratze. Dann rollte er sich ein wenig herum. Nach rechts, nach links.

Das war nur möglich, weil das Bett so riesig war. Ainz rollte sich hin und her, kicherte leise und achtete nicht im Geringsten darauf, dass seine luxuriöse Robe Falten bekam. Natürlich verhielt er sich nur deshalb wie ein kleines Kind, weil außer ihm sonst niemand da war.

Schließlich, nachdem er diesen Moment kindlicher Unschuld und die Weichheit seines Bettes ausgiebig genossen hatte, lag er da und starrte an die Decke. »Meine Fresse, ich bin total im Eimer. Am liebsten würde ich mir ordentlich einen hinter die Binde kippen, bis ich strunzbesoffen bin … aber ich kann weder das eine noch das andere«, grummelte er, gefolgt von einem schweren Seufzen – auch wenn es nur ein nachgeahmtes war, da er nicht atmete.

Als Untoter hatten weder körperliche noch geistige Erschöpfung eine Wirkung auf ihn, doch jeder Tag des vergangenen Monats hatte von seinem menschlichen Verstand seinen Tribut gefordert. Wäre er nicht untot, hätte er garantiert ein Magengeschwür. Dank seiner Stellung stand Ainz unter enormem Druck.

Der Krieger Momon hatte eine silberhaarige Vampirin besiegt – Shalltear. Für jemanden, der es nicht besser wusste, war es schlichtweg erstaunlich, aber für diejenigen, die das *World Item* gegen Shalltear benutzt hatten, bedeutete es etwas ganz anderes. Sehr gut möglich, dass sie es jetzt auf ihn abgesehen hatten oder versuchen würden, Verbindung zu ihm aufzunehmen.

Aus diesem Grund war Ainz immer auf der Hut und hatte Kaufitems dabei, um notfalls schnell flüchten zu können. Auch während seiner Freizeit blieb er auf der Hut und spielte im Kopf durch (übte sozusagen), wie er flüchten und trotzdem Informationen sammeln könnte, sollten sie sich wirklich bei ihm melden.

Diese angespannten Tage wirkten sich auf Ainz Ooal Gown nicht im Geringsten aus, die Reste des Menschen Satoru Suzuki hingegen waren ein Wrack. Sobald er allein war, nicht gezwungen, sich wie der Herrscher von Nazarick zu verhalten, ließ er die Zügel schleifen und verhielt sich wie ein Kind. Nicht weil Ainz das wollte, sondern weil Satoru Suzuki ein wenig Dampf ablassen musste.

»Ich glaub, ich hab noch nie so lange ohne einen freien Tag gearbeitet … Wie viele Überstunden ich diesen Monat wohl abrechnen kann?« Dieses gemurmelte Gejammer war vermutlich ebenfalls Satoru Suzuki, der sich an die Oberfläche kämpfte. »Die Große Gruft von Nazarick … nein, Ainz Ooal Gown … Das ist nicht wirklich ein Konzern. Wir sind eine faire Firma, die ihren Mitarbeitern bezahlte Überstunden garantiert …« Nach etwas mehr Gejammer runzelte er die nicht vorhandene Stirn. »Hmm … Für die Geschäftsführung gibt es Boni, also bekomme ich keine Überstunden bezahlt? Aaaaah!« Er rollte sich wieder hin und her. Nach fünfmal stoppte er abrupt. »Nun denn … genug mit dem Blödsinn … Aber wow, ich kann nicht glauben, dass Cocytus das alles gesagt hat.«

Er hätte nicht damit gerechnet, dass so etwas möglich war. Cocytus wollte den Echsenmenschen Gnade gewähren? Das war für Ainz ein echtes Problem.

Satoru Suzuki ging zu jeder Präsentation mit einer Menge vorbereiteter Unterlagen. Er war nicht gut darin, auf unerwartete Fragen zu reagieren, wenn er die Antwort jedoch in seinen Unterlagen hatte, konnte er sie ablesen. Anders gesagt, für Satoru Suzuki war der Schlüssel zu jeder guten Präsentation, vorher genug Nachforschungen anzustellen, um jede aufkommende Frage beantworten zu können. Man konnte also sagen, er war nicht besonders gut im Improvisieren – nein, das reichte schon nicht mehr. Er hasste Improvisation.

Selbstverständlich konnte er nicht mit einem Haufen Unterlagen in den Händen in den Thronsaal kommen und sagen: *Also, bitte seht auf die nächste Seite.* Daher hatte er alle möglichen Szenarien über zehnmal im Kopf durchgespielt und gehofft, niemand würde etwas Unerwartetes tun.

Cocytus hatte diese winzige Hoffnung allerdings zerstört.

Er hatte sich wirklich große Sorgen gemacht, was Cocytus sagen würde, freute sich jedoch, dass er es getan hatte. Er spürte eine Art väterlicher Freude, wie wenn ein ansonsten ruhiges Kind zum ersten Mal etwas Selbstsüchtiges sagte. Mehr noch, Cocytus hatte eine größere Entwicklung als erwartet durchgemacht.

Nach einem seiner Ausflüge hatte Ainz einer der Maids befohlen, ihm etwas zu kochen, ein simples Steak. Wenn man die Einzelheiten berücksichtigte, wie gut es durchgebraten sein sollte, hätte es ein wenig Übung verlangt, war aber nichts übermäßig Kompliziertes. Und er wollte keine Status-Boni, wie man sie in *Yggdrasil* von gekochter Nahrung bekam. Solange er es essen konnte, wäre alles in Ordnung gewesen.

Doch das Ergebnis des Kochversuchs war nur ein schwarzer Klumpen gewesen. Egal wie oft die Maid es versucht hatte, das Endergebnis war stets verkohltes Fleisch.

Während er sich ihre aufrichtigen Entschuldigungen angehört hatte, war Ainz mit dem erwarteten Ergebnis zufrieden gewesen. Dasselbe Ergebnis hatte sein Versuch, sich in seiner Kleiderkammer mit einen Zweihänder auszurüsten, ergeben.

In *Yggdrasil* benötigte man zum Kochen einen bestimmten Skill. Vielleicht war das nur allzu natürlich, immerhin wurden durch Essen und Trinken vorübergehend die Fähigkeiten gesteigert. Der Maid fehlte einfach der notwendige Skill. Simpel ausgedrückt, wenn man den Skill nicht hatte, konnte man noch so oft versuchen zu kochen, es würde immer fehlschlagen.

Die Übung mit Cocytus war zum Teil ein Experiment gewesen, um festzustellen, ob bereits erschaffene Wesen wie Ainz und die anderen noch weitere Skills erlernen konnten. Wenn Cocytus taktisches und strategisches Wissen erlangen konnte, wäre das ein Beweis für die Möglichkeit, dass sich Ainz und die anderen noch weiterentwickeln konnten. Der Grund, warum er Cocytus so schwache Untote zur Verfügung gestellt hatte, war, dass man seiner Meinung nach aus einer Niederlage mehr lernen konnte.

Und er war mit dem Ergebnis zufrieden. Cocytus hatte belegt, eine Weiterentwicklung war möglich.

Natürlich waren das Meistern von Techniken und neues Wissen zu erlernen zwei sehr unterschiedliche Dinge.

Ainz' Ziel, wenn er denn eins hatte, war, das einzigartige Magiesystem dieser Welt zu meistern. Waren das magische Techniken oder Wissen? Da war er sich noch nicht ganz sicher. Aber zumindest wusste er nun, dass Wissenserweiterung im Rahmen des Machbaren lag. Das hatte ihm Cocytus eindrucksvoll bewiesen.

Ohne Entwicklung tritt man nur auf der Stelle, so einfach ist das. Und selbst wenn ich derzeit zu den Mächtigen zähle, irgendwann taucht jemand Stärkeres auf, dachte Ainz.

Selbst wenn er über Militärtechnologie verfügte, die noch ein paar Jahrhunderte in der Zukunft lag, würde er den Fortschritt ab dem Punkt vernachlässigen, würde er irgendwann seine Position als Stärkster einbüßen. Im Moment galt er im Umkreis der umgebenden Länder als mächtig, allerdings wäre er ein Trottel, zu glauben, daran könnte sich nie etwas ändern.

»Aber so sehr mich der Fortschritt unseres Kindes auch freut, mache ich mir Gedanken, ob sein Verhalten für jemanden angemessen ist, der mir gegenüber absolut loyal sein sollte ...«, murmelte Ainz mit Blick zur Decke. »Ach, das kann einem richtig Angst machen ...«

Seine nächste Sorge ließ die Reste des Menschen Satoru Suzuki aufkreischen.

Fortschritt bedeutete Veränderung. Wer konnte also sagen, ob sich an der derzeitigen absoluten Loyalität der Wächter nichts ändern würde? Und selbst wenn alles so blieb, er hatte trotzdem eine Heidenangst davor, für unwürdig befunden zu werden, über das glorreiche Nazarick zu herrschen. Abgestempelt, nicht zum Gildenmeister zu taugen.

»Ich muss ein Anführer sein, der ihrer Loyalität würdig ist ... Ob ich irgendwo einen Schnellkurs zum Imperator buchen kann?« Niemand hatte innerhalb der Mauern Nazaricks eine derart praktische Schule eingerichtet, da war er sich sicher.

Ainz dachte angestrengt über die Problematik nach und ihm fielen dabei zwei Gestalten ein. Sie gehörten zu den Fünf Schlimmsten – der Prinz des Schreckens und der König des Hungrigen Prolyferums, beide von königlichem Geblüt. Er zog ernsthaft in Erwägung, sich von ihnen unterrichten zu lassen, verwarf den Gedanken dann jedoch mit einem einfachen Wort: *Nö*. Er wollte von keinem der beiden etwas lernen, es sei denn, es war absolut notwendig. »Na ja, wird schon schiefgehen ... Solange ich nicht zu sehr abstinke, denke ich nicht, dass mir irgendwer sagen wird, ich soll abdanken. Abgesehen davon ... Oh. Zweibeinige Schafe ...?«

Ainz hatte sich bereits zusammengereimt, um was es sich dabei wirklich handelte, daher hatte er Demiurge auch nicht gebeten, ihr Aussehen zu beschreiben. Er hatte in *Yggdrasil* ähnliche Monster gesehen. »Ein Ziegen- und ein Löwenkopf, Schwanz einer Schlange. Dazu noch die Arme eines Löwen und Ziegenbeine. Es gibt keinen Zweifel. Das müssen *Chimären* sein.«

Die Chimäre in *Yggdrasil* ging aufrecht auf Ziegenbeinen und griff mit Löwenpranken an. Sie hatte zwei Köpfe, den eines Löwen und den einer Ziege. Sie war praktisch eine Kopie von Baphomet, da die Entwickler einfach dieselben Grafikdaten benutzt hatten.

Das beantwortete jedoch nicht die Frage, warum Demiurge – wenn es denn *Chimären* waren – das nicht einfach gesagt hatte, doch Ainz kannte die Antwort bereits. »Könnte sein, dass es eine Unterart der *Chimäre* ist. Stimmt doch, oder, Demiurge?« Er kicherte. Er befand, dass Demiurge *überraschend wenig Talent beim Finden von Namen für etwas hatte.* »In *Yggdrasil* waren diese *Chimärenlords* und andere Arten irgendwie ... Na ja, aber diese fischartigen waren so abstoßend, dass einem schlecht werden konnte. Eine neue Art von *Chimäre ... Abellion Chimären* ... Vielleicht sollte er eine davon herbringen. Dann war da noch ... Victim.«

Er sah genauso aus wie in seiner Erinnerung, etwas störte Ainz jedoch. »Ist das wirklich Enochisch, die Sprache, die Engel angeblich sprechen? Klang nach was ganz anderem ...« Da Victim übersetzt wurde, wusste er nicht, welche Sprache dieser benutzte, er hatte allerdings so einen Verdacht. Natürlich half es nicht, keine Ahnung zu haben, wie Enochisch klang. »Na ja, auch egal ... Okay, vermutlich sollte ich mich langsam auf den Weg an die Front machen.«

Er rollte sich noch ein letztes Mal herum. Eigentlich wollte er nicht aufstehen. Und während er auf dem Bauch lag, überprüfte er etwas, das ihm zuvor schon aufgefallen war. Er vergrub das Gesicht in der Bettwäsche und atmete ein. Zugegeben, da er keine Lunge hatte, war es nur Einbildung, trotzdem konnte er aus irgendeinem Grund nach wie vor riechen.

»Riecht blumig ... wird mein Bett parfümiert? Machen das reiche Leute mit ihren Betten? Wenn, dann ist das ziemlich klasse ... Ich frage mich, ob ich wegen so was rumstänkern soll, wenn ich schon so tue, als wär ich reich ... Hmm ...«

3

Die Fähigkeit, Gefahr zu spüren. Für Diebe und andere mit Wahrnehmungsfähigkeiten gehörte das mit zu den wichtigsten Skills und sie tat genau das, wonach es klang.

Es gab zwei Möglichkeiten, wie sie sich bemerkbar machte. Die eine war, ohne Schlussfolgerung oder Beobachtung zu erkennen, dass es eine Bedrohung gab, und die andere nutzte Schlussfolgerungen basierend auf Erfahrung und Beobachtung. Wenn ein »schlechtes Gefühl« ein Beispiel von Ersterem war, dann war das Bemerken von kleinen Veränderungen in der Umgebung – ein schwacher Geruch oder ein leises Geräusch – ein Beleg für Letzteres.

Um die zweite Methode zu verbessern, musste man nicht in die Schlacht ziehen oder allein unterwegs sein. Sie basierte auf Erfahrung, die man sammelte, indem man Gefahren begegnete. Und in den meisten Fällen waren Echsenmenschen besser darin als Menschen. Es handelte sich um eine biologische Erfahrung, die sie ihren scharfen Sinnen und ihrem erbarmungslosen Lebensraum verdankten. Menschen schliefen an sicheren Orten, weit weg von Monstern, während Echsenmenschen praktisch mit den Monstern zusammenlebten.

Als Reisendem fiel es Zaryusu besonders leicht, seine Umgebung zu lesen. Eine in der Luft liegende Anspannung ließ ihn die Augen aufschlagen. Er sah die vertraute Umgebung seines Zimmers (obwohl er erst seit einer Handvoll Nächte hier schlief). Ein Mensch hätte ohne

Licht gar nichts erkannt, auf einen Echsenmenschen traf das allerdings nicht zu. *Sieht eigentlich alles ganz normal aus.*

Diese Bestätigung erlaubte ihm, erleichtert aufzuatmen, bevor er sich umdrehte.

Da er ein hervorragender Krieger war, war er sofort hellwach. Keine Spur von Schläfrigkeit, er war bereit, sich innerhalb von Sekunden auf einen Gegner zu stürzen. Ein Grund dafür war der generell leichte Schlaf von Echsenmenschen. Crusch hingegen, die neben ihm lag, schlief sorglos weiter. Sie murrte nur leise, weil ihr Zaryusus Wärme fehlte. Normalerweise hätte sie die Veränderung auch wahrgenommen und wäre aufgewacht, es machte allerdings den Anschein, dass sie zu erschöpft war.

Zaryusu machte sich Vorwürfe, dass er sie eventuell zu weit getrieben hatte. Er erinnerte sich an die vergangene Nacht und schlussfolgerte, dass es für sie vermutlich anstrengender gewesen war als für ihn. Als Weibchen hatte sie der Kampf gegen den *Elder Lich* und alles danach mehr in Mitleidenschaft gezogen.

Am liebsten wollte er sie weiterschlafen lassen. Als er jedoch lauschte, hörte er draußen rennende Echsenmenschen. Crusch während eines Notfalls nicht zu wecken könnte letztendlich gefährlich sein.

»Crusch, Crusch.« Er schüttelte sie recht unsanft.

»Nn, ngh …« Sie reckte den Schwanz in die Höhe, dann öffnete sie ihre roten Augen einen Spalt. »Nng, hmm?«

»Irgendwas ist passiert.«

Nun schlug sie die Augen vollends auf, obwohl sie weiterschlafen wollte. Zaryusu nahm sich Frost Pain und stand auf. Crusch folgte einen Moment später.

Draußen sahen sie sofort den Grund für den Aufruhr: Über dem Dorf erstreckte sich eine dicke schwarze Wolke. Ein Blick Richtung Horizont machte unmissverständlich deutlich, das war keine normale Wolke, denn der restliche Himmel strahlte wolkenlos blau.

Das bedeutete …

»Sie sind schon wieder hier?«

… ihr Feind war zurück.

»Sieht ganz danach aus«, stimmte Crusch zu.

Die Echsenmenschen der fünf Stämme hatten die Wolke zwar bemerkt, aber nirgends gab es Anzeichen von Furcht. Der gestrige Sieg entgegen jeglicher Wahrscheinlichkeit hatte ihnen Mut gegeben.

Platschend sprinteten Zaryusu und Crusch in Richtung Haupttor. Unterwegs kamen sie an einigen Echsenmenschen vorbei, die sich auf einen Kampf vorbereiteten. Die bereits am Tor versammelten Krieger beobachteten, was da draußen vor sich ging. Zenberu war auch da, neben ihm stand der Häuptling der Kleinen Reißzähne.

Zenberu hob die Hand zum Gruß, dann deutete er energisch mit dem Kinn auf das Tor und das, was dahinter lag. Zaryusu und Crusch folgten seinem Blick.

Am Ufer auf der anderen Seeseite, an der Grenze zwischen Sumpfland und Wald, standen Unmengen Skelette.

»Sie sind zurück.«

»Ja …«, bestätigte Zaryusu, gefolgt von einem Zungenschnalzen.

Damit hatte er gerechnet, allerdings nicht so bald. Das widersprach jeder Einschätzung, wie lange sie brauchen würden, um sich von einer so schweren Niederlage zu erholen. Es überraschte ihn, dass sie über die Stärke verfügten, so schnell eine dermaßen große Armee zu mobilisieren.

»Wenigstens sind sie vermutlich schwächer als die Skelette, die der *Elder Lich* beschworen hat.« Zwischen den Zeilen gelesen vertrat Zenberu offenbar die Ansicht, diese Skelette waren stärker als die der gestrigen Armee.

Zaryusu warf einen genaueren Blick auf die Skelette – um festzustellen, wie stark sie waren und wie viel Vorsicht die Echsenmenschen bei ihnen walten lassen sollten. Soweit er das erkennen konnte, waren es auf alle Fälle alles Skelette, allerdings unterschieden sie sich eindeutig von den letzten.

Das Offensichtlichste war ihre Ausrüstung. Die letzten hatten nur rostige Schwerter geführt. Diese hingegen waren sehr gut ausgestattet. Vielleicht bildete er sich das nur ein, doch sie wirkten auch körperlich irgendwie fitter. Es sah so aus, als bestünde die Armee aus drei Arten von Skeletten, jede mit deutlich erkennbaren Unterschieden, was sie am knochigen Leib trugen.

Die meisten von ihnen trugen prächtige Brustpanzer, lang gezogene, dreieckige Schilde – Normannenschilde – in der einen Hand und unterschiedliche Waffen in der anderen. Auf dem Rücken hatten sie Köcher und Kompositbögen. Jeder Einzelne war für Fern- und Nahkampf ausgestattet.

Die nächste Art trug zerlumpte blutrote Umhänge über derselben Art von Brustpanzer, hielt Rundschilde und Bastardschwerter in den Händen und sie hatten Helme.

Die zahlenmäßig geringste Art verfügte über die beste Ausstattung von allen. Sie trugen prächtig schimmernde Plattenrüstungen und in den Händen hielten sie glänzende Lanzen. Ihre kräftig roten Umhänge wirkten makellos.

Nach diesem ersten Blick wurde Zaryusu schlagartig etwas klar. Unfähig, seinen Augen zu trauen, rieb er sie sich ein paarmal. Doch es änderte nichts an den Tatsachen.

»Was …? Das kann nicht sein …«

»Da… Das ist doch lächerlich …« Zaryusu murmelte gequält, während Crusch überrascht keuchte – sie hatten dasselbe erkannt.

»Ihr habt es also auch gesehen, hm?« Zenberu klang genauso fassungslos wie die anderen.

»Ja …« Zaryusu schloss den Mund. Er wollte es nicht aussprechen – das würde es nur schlimmer machen. Aber er musste es sagen. »Das sieht nach magischen Waffen aus, oder?«

Crusch neben ihm nickte.

Alle Waffen der Skelette waren verzaubert. Sie sahen ein in Flammen gehülltes Schwert, einen von blauen Blitzen umgebenen Hammer, einen Speer mit grün glühender Spitze und sogar eine Sichel, die allem Anschein nach mit lila Schleim überzogen war.

»Das ist noch nicht alles. Seht euch mal ihre Rüstungen und Schilde an … Auch alles magisch.«

Zaryusu kniff die Augen zusammen. Er konnte sein Ächzen nicht zurückhalten. Das Schimmern war kein reflektiertes Licht, sondern ein Leuchten, das von den Objekten selbst stammte.

Wie viel Macht braucht es, um so viele Skelette magisch auszurüsten? Wenn die Magie nur dazu da war, die Klingen schärfer zu machen, dazu wären die größeren Länder, von denen Zaryusu gehört hatte, mit etwas Vorbereitungszeit durchaus in der Lage. Doch jede Waffe mit eigenen Attributen zu versehen – mit allen möglichen Effekten –, das war etwas ganz anderes.

Er dachte an Zenberus Erzählungen über die Zwerge.

Zwerge waren eine in den Bergen hausende Rasse mit außergewöhnlichen Fähigkeiten in der Metallverarbeitung. Wenn sie zum Trinken zusammensaßen, erzählten sie Sagen vom König, der das Große Zwergenimperium gegründet hatte. Ein Held in Adamantrüstung, der nach einem Zweikampf einen Drachen getötet hatte. Einer der Dreizehn Helden, Magic Craftsman. Nicht mal in diesen Geschichten kamen Armeen vor – schon gar nicht fünftausend Mann stark –, die dermaßen viel magische Ausrüstung mit sich führten.

Was also sah Zaryusu da vor sich?

»Eine mythische Armee …« Wenn sie kein Bestandteil der Legenden der Sterblichen war, musste sie denen der Götter entstammen.

Ein heftiges Schaudern durchfuhr Zaryusu. Das lag weit jenseits seiner Erwartungen. Sie hatten sich jemanden zum Feind gemacht, gegen den sie niemals bestehen konnten.

Aber er war es, der alle hier in dem Wissen versammelt hatte, dass es sie das Leben kosten könnte. Konnte derjenige, der sich diesen grausamen Plan zurechtgelegt hatte, jetzt Angst zeigen? Ihr Feind war unvorstellbar stark. So viel war ihm klar. Stellte sich die Frage, was sie deswegen unternehmen sollten.

»Das kann nicht echt sein. Es muss sich um eine Illusion handeln.«

Einen Sekundenbruchteil lang stellte sich jeder dieselbe, unausgesprochene Frage: *Was sagst du da?* Die Skelette standen zwar absolut regungslos da, wirkten jedoch voll und ganz körperlich und ihre Präsenz reichte, um einen schaudern zu lassen. Keinesfalls konnten sie etwas so Vergängliches wie eine Illusion sein.

Das Verwirrende war, die Aussage stammte vom Häuptling der Kleinen Reißzähne. Und der hatte definitiv nicht plötzlich den Verstand verloren.

»Und was bringt dich zu dieser Annahme?«

Seine Antwort auf Zaryusus Frage kam mit absoluter Selbstsicherheit. »Wir haben immer wieder Kundschafter rausgeschickt. Keiner hat solche Untoten gesehen und so viele davon kann man wohl kaum übersehen. Und sie alle sind wohlbehalten zurückgekommen.«

»Verstehe ... Nur, auf mich macht es nicht den Anschein einer Illusion.«

»Na ja ... vielleicht nicht. Aber wenn die echt sind, wie sind sie hergekommen? Haben sie sich bis hierher durchgegraben? Das würde zumindest erklären, warum wir sie nicht entdeckt haben.«

»Mir egal, ob sie unter der Erde oder durch die Luft gekommen sind – was machen wir? Sieht nicht so aus, als wollten sie gleich einen Kampf vom Zaun brechen, allerdings sehen die auch nicht aus, als wären sie zum Verhandeln hier.«

»Ja ... Wenn es wie das letzte Mal ist, setzen sie sich irgendwann in Bewegung.«

Zaryusu starrte die Skelette an. Er versuchte gerade festzustellen, wer der Befehlshaber war, als ihn eine eiskalte Brise erfasste. Nein, es war nicht eine einzelne Brise – sondern ein anhaltender Wind.

Er war überzeugt, die seltsame, plötzliche Kälte war nicht natürlich, sondern magisch.

»Der Wind ist …? Hm? … Unmöglich! Es ist ein anderer Zauber …? Aber das kann nicht sein …« Crusch schauderte und schlang die Arme um sich.

Sie reagierte nicht nur auf die Kälte, deshalb hakte Zaryusu nach: »Crusch, was ist das für ein kalter Wind?«

»Du glaubst mir vielleicht nicht, aber hör mir trotzdem zu, Zaryusu. Bis jetzt dachte ich, der Grund für den Wetterumschwung wäre der Zauber der Stufe vier *Control Cloud*. Das war ein Irrtum. Mit *Control Cloud* kann man Wolken manipulieren, aber keinen so kalten Wind erzeugen. Das bedeutet … der Zauber beeinflusst nicht die Wolken, sondern Wetter und Klima. Jemand hat den Zauber der Stufe sechs *Control Weather* gewirkt … zumindest glaube ich das.« So leise, dass sie niemand hörte, gestand sie: »Sicher bin ich mir jedoch nicht, da ich zu dieser Magie nicht fähig bin.«

Zaryusu wusste, wie mächtig Magie der sechsten Stufe war. Selbst Iguva, der stärkste Gegner, gegen den er jemals gekämpft hatte, hatte sie nicht nutzen können. Angeblich war es die oberste Stufe, die es überhaupt gab.

»Ist das … die Macht des Erhabenen oder wessen auch immer? Das … ergibt jedenfalls Sinn …« Jemanden, der über Magie der sechsten Stufe verfügte, erhaben zu nennen, war keine Übertreibung.

»Pah, plötzlich ziehen alle den Schwanz ein.« Zenberus Beschwerde beschrieb die Stimmung ziemlich treffend.

Es war ungewöhnlich kalt für die Jahreszeit – was bedeutete, ihre Umgebung hatte sich auf eine eigentlich unmögliche Weise verändert. Die Moral unter den Echsenmenschen sank rapide.

Das letzte Mal war es nur eine Wolke gewesen. Der Kälte konnte man mit einem Lagerfeuer und einem Ritual der Priester entgegenwirken. Dieser Herbstwind jedoch zeigte den Echsenmenschen, ihr Gegner verfügte über die Macht, der unbeugsamen Natur seinen Willen aufzuzwingen.

Sie mussten Cruschs Erklärung nicht hören, um zu verstehen, wie mächtig ihr Feind war – der an ihnen zerrende Wind sagte alles.

»Tse! Diese Bastarde – sie bereiten ihren Angriff vor.« Zaryusu knirschte mit den Zähnen. Sein Schwanz wollte umherschlagen, doch er zwang ihn zur Ruhe. *Willst du das wirklich ausgerechnet jetzt machen?*

Als die schnurgeraden Reihen der Skelette mit genau bemessenen Schritten losmarschierten, wurden ein paar der Krieger nervös und grollten warnend. Doch Zaryusu, der ihre Bewegungen genau beobachtete, kam zu einem anderen Schluss: *So zieht man nicht in die Schlacht.*

Gerade als Zaryusu und Zenberu die Stimme erheben wollten, um die erschütterten Echsenmenschen zur Räson zu rufen, zerriss ein herrischer Ruf die Luft. »Beruhigt euch!«

Alle drehten sich zu Shasuryu um.

»Ich sag es noch mal. Beruhigt euch.« Es herrschte Stille, nur seine selbstsichere, würdevolle Stimme war zu hören. »Und habt keine Angst, Krieger. Tut nichts, was die Geister unserer Ahnen enttäuschen würde.« Er schlängelte sich durch die schweigenden Echsenmenschen, bis er Zaryusu erreichte. »Was haben sie vor?«

»Bruder, sie bewegen sich, es sieht aber nicht wie ein Angriff aus.«

»Hmpf.«

Die marschierenden Skelette näherten sich in einer Formation aus zehn Reihen zu je fünfhundert und blieben stehen.

»Was haben sie vor?«

Als hätten sie nur auf diese Frage gewartet, setzten sich die Skelette erneut in Bewegung. Die Reihen bildeten im perfekten Einklang eine Schneise, bis zwischen ihnen eine Lücke von etwa zwanzig Skeletten klaffte. Und dort stand eine einzelne Gestalt.

Sie war nicht besonders groß. Selbst auf eine Entfernung von zweihundertfünfzig Metern konnte Zaryusu sehen, sie war kleiner als er. Sie trug eine rabenschwarze Robe und verströmte eine unheilvolle, böse Aura. Sie ähnelte dem *Elder Lich*, gegen den sie am Vortag gekämpft hatten, was nahelegte, es war ein Caster. Einen maßgeblichen Unterschied gab es jedoch – die Stärke.

Als er sie sah, lief es Zaryusu eiskalt den Rücken runter. Er wusste instinktiv, der Unterschied zwischen dem *Elder Lich* und diesem Ding war wie der zwischen einem Kleinkind und einem Krieger.

Das ganze Wesen verströmte eiskalte Boshaftigkeit. Er spürte es sogar auf diese Entfernung. Und das war noch nicht alles. Seine Ausrüstung war absolut unvergleichlich. Ein absoluter Herrscher war in der Gestalt des unausweichlichen Todes erschienen.

»Der ... Herrscher des Todes?« Zaryusu überraschte sich selbst, als er die treffendste Beschreibung des Monsters murmelte. Und damit hatte er den Nagel auf den Kopf getroffen.

»Ooh!«

Was hatte dieses Wesen vor?

Die Echsenmenschen hielten den Atem an, bis ein überraschter Aufschrei durch ihre Reihen ging. Plötzlich entstand um den Caster ein magischer Kreis von etwa zehn Metern Durchmesser und erhob sich zu einer Kuppel. Sie leuchtete hellblau und auf der Oberfläche erschienen durchsichtige, an Buchstaben und Symbole erinnernde Muster. Sie änderten sich schwindelerregend schnell, keines blieb länger als einen Augenblick. Das blasse, die Umgebung erleuchtende Lichtspiel war geradezu fantastisch und wäre es nicht das Werk ihres Feindes, hätten die Echsenmenschen vermutlich fasziniert zugesehen. Nun jedoch warteten sie angespannt, was als Nächstes geschehen würde.

Was ist das? Da er nicht verstand, was er da sah, war Zaryusu verständlicherweise verwirrt. Noch nie hatte er erlebt, dass ein Caster eine solche Kuppel in die Luft projizierte. Was ihr Gegner tat, lag jenseits von allem, was er kannte. Daher wandte er sich an das Weibchen, das von allen Anwesenden vermutlich noch am meisten über Magie wusste. »Was um alles in der Welt ist das?«

»I… Ich weiß es nicht. Ich weiß nicht, was das ist!« Sie klang ängstlich. Offenbar machte es ihr besonders Angst, da sie selbst Magie nutzte und den Zauber trotzdem nicht erkannte.

Gerade als er sie beruhigen wollte – möglicherweise war der Zauber vollendet –, zerbarst die Kuppel und unzählige Lichtfunken wirbelten durch die Luft. Wie von einer Explosion getrieben verteilten sie sich über den Himmel und …

… der See … gefror.

Nicht ein Echsenmensch begriff, was gerade geschehen war – weder der ungewöhnlich kluge Stammeshäuptling Shasuryu noch die geistreiche Priesterin Crusch und genauso wenig der erfahrene Reisende Zaryusu. Selbst diese Echsenmenschen, die mehr gesehen hatten als sonst ein Vertreter ihrer Rasse vor ihnen, verstanden nicht sofort, was gerade Unfassbares passiert war. Es entzog sich ihrem Verständnis, warum ihre Füße von Eis eingeschlossen waren.

Augenblicke später, nachdem sie Zeit gehabt hatten, das Geschehene zu verarbeiten, wurden Schreie laut. Jeder Echsenmensch – ja, jeder einzelne – kreischte.

Selbst Zaryusu, Crusch und Shasuryu und sogar der vermutlich mutigsten von allen, Zenberu. Sie erlebten eine Angst, die in ihren Herzen ihren Anfang nahm, sich ausbreitete, ihre Seelen verschlang und zu einem Schrei wurde.

Diese Realität war zu schrecklich. Der See, der nie zufror, der seit ihrer Geburt stets derselbe gewesen war, hatte sich verändert und war nun mit Eis bedeckt.

Voller Panik zogen die Echsenmenschen die Füße aus dem Eis. Da es nicht dick war, brach es sofort, gefror jedoch augenblicklich wieder. Die Kälte von unten – beißende Kälte – belegte, es war keine Einbildung.

Verwirrt sprang Zaryusu auf eine der Lehmmauern, blickte sich um und was er sah, verschlug ihm die Sprache. So weit sein Blick reichte, alles war gefroren.

Auf keinen Fall konnte der gesamte See zugefroren sein, das änderte jedoch nichts an der Tatsache, dass alles, was er sah, mit Eis bedeckt war.

Ein kleiner Teil seines Verstandes machte sich um seine Fischzucht Sorgen, aber jetzt war nicht die Zeit dafür.

Crusch war zu ihm auf die Mauer gekommen und als sie ihre Umgebung sah, klappte ihr Mund staunend auf. Sie klang, als hätte ihre Seele sie verlassen. »Das kann nicht sein …«

Zaryusu wollte es auch nicht glauben. »Du Monster!«, schrie er in der Hoffnung, es würde gegen seine Angst helfen.

»Steht sofort auf!«, hallte Shasuryus Brüllen wider.

Mehrere Echsenmenschen waren zusammengebrochen. Die Mitglieder der Kriegerkaste, die dazu in der Lage waren, arbeiteten zusammen, um den anderen aus dem gefrorenen Sumpf zu helfen.

Diese Echsenmenschen waren blass und zitterten am ganzen Körper. Vermutlich raubte ihnen die aufsteigende Kälte die Kraft.

»Bruder, ich seh mich ums Dorf herum um!« Dank Frost Pain hatte Zaryusu vor dieser Kälte nichts zu befürchten.

»Nicht … Bleib hier!«

»Warum?«

»Vermutlich greifen sie bald an. Ich lasse nicht zu, dass du uns jetzt verlässt! Behalt den Feind im Auge. Ich verbiete dir, dass dir irgendwas entgeht! Du bist weit gereist und verfügst über verschiedenste Kenntnisse – du bist der richtige Echsenmensch für diese Aufgabe.« Shasuryu nahm den Blick von Zaryusu und ließ ihn stattdessen über die Krieger schweifen. »Ich werde den Kälteabwehrzauber *Ice Energy Protection* wirken. Geht durch das Dorf, sagt allen, sie sollen das Eis meiden!«

»Ich helfe dir!«

»Hervorragend. Dann teilen wir uns die Arbeit. Wenn du jemanden siehst, der Probleme hat, heile ihn magisch.« Shasuryu und Crusch schafften es, die Echsenmenschen mit dem schützenden Zauber zu belegen.

Zaryusu blieb auf der Lehmmauer und ließ die feindliche Angriffslinie nicht aus den Augen. Er musste die Anweisung seines Bruders wortgenau befolgen.

Zenberu sprang zu ihm auf die Mauer und betrachtete die feindlichen Reihen ohne erkennbare Sorge. »Entspann dich ein wenig. Dein Bruder, er ist einfach so, oder? Stellt hohe Erwartungen an deine Erfahrung? Selbst wenn dir was entgeht, wird er deswegen nicht sauer werden. Wichtiger noch, wenn du dich zu sehr konzentrierst, achtest du weniger auf das, was am Rand passiert!« Zenberus unbekümmerter Tonfall war tröstlich.

Es war wie bei dem Kampf gegen den *Elder Lich*. Jeder musste sein Möglichstes tun, sie alle arbeiteten auf dasselbe Ziel hin.

Zaryusu sah sich um und bemerkte die anderen Krieger, die sich ebenfalls auf die Lehmmauer begeben hatten, um den Feind zu beobachten. Nein, er kämpfte nicht allein. Viele Freunde unterstützten ihn.

Offenbar hatte ihn diese Zurschaustellung von magischer Macht zutiefst erschüttert. Zaryusu atmete aus, als würde er etwas aus seinem Körper entlassen, das sich bis jetzt an sein Herz geklammert hatte.

»Tut mir leid.«

»Schon gut.«

»Klar. Du bist auch hier.«

»Hmpf. Erwarte von mir bloß keine schlauen Ideen!«

Sie lachten mit Blick auf die Bewegung des Feindes.

»Aber Himmel noch eins, das ist ein Haufen ernst zu nehmender Monster.«

»Ja. Die sind um einiges stärker …«

Der Herrscher des Todes, arrogant und doch beeindruckend wie ein echter König, beobachtete das Dorf der Echsenmenschen. Er sollte klein sein, wirkte jedoch dutzendfach vergrößert.

»Das muss der Kerl sein, den sie den Erhabenen nennen.«

»Vermutlich. Ich will mir gar nicht vorstellen, sie hätten mehr als ein Monster, mit Magie stark genug, um den ganzen See zufrieren zu lassen.«

»Allerdings. Ah, jetzt kapier ich. Für Monster mit solchen Kräften sind wir Echsenmenschen vermutlich nur kleine Dreckklümpchen. Ach Scheiße! Wir sind nicht mehr als Würmer! Oh, er bewegt sich.«

Der Caster, der für den gefrorenen See verantwortlich war, hob seine freie Hand und winkte in Richtung des Dorfs. *Das muss ein Signal sein.* Zaryusus Ahnung bewahrheitete sich auf schreckliche Weise.

»Aaah!« Im ganzen Dorf wurden Schreie laut.

Nichts konnte ihn noch überraschen. Zumindest hatte Zaryusu das gedacht, doch was er sah, ließ ihn unwillkürlich schreien.

Vor ihnen stand eine riesige Statue, deren Arme und Beine aus Stein zu bestehen schienen. Aus dem Inneren der dicken Steinbrust pulsierte einem Herzschlag gleich rotes Licht. Massive Arme, massive Beine. Möglicherweise hätte man den gedrungenen Körper als niedlich bezeichnen können – wäre das Ding nicht dreißig Meter groß gewesen.

Die riesige Statue war plötzlich aus dem Wald gekommen. Es hätte so viel mehr Sinn ergeben, sie für eine Illusion zu halten.

Sie bewegte sich langsam, hob von irgendwoher einen großen Felsbrocken in die Höhe … und warf ihn.

Instinktiv vergrub Zaryusu sein Gesicht. Bestimmt würden alle im Pfad des Brockens sterben.

In der Finsternis, zu der ihre Welt verkommen war, hörte Zaryusu ein gewaltiges Grollen und etwas, das wie eine Explosion klang. Die Mauer unter ihm schwankte und bekam Risse.

Zusammen mit einem Rauschen wie Platzregen – die aufgewirbelte Erde, die auf den Boden zurückfiel – hörte er aus dem Dorf nicht nur Kinder schreien, sondern auch Erwachsene.

Obwohl sie darauf gefasst gewesen waren, kamen sie nicht gegen die Angst an, die schlimmer als alles war, was sie sich vorstellen konnten. Obwohl sie den letzten Kampf überstanden hatten, reichte das nun, dass sie sich alle fürchteten wie kleine Kinder.

Erleichtert, noch am Leben zu sein, öffnete Zaryusu ängstlich die Augen, nur um zu sehen, wie sich die Armee der Untoten in Bewegung setzte. Die riesige Statue war verschwunden.

Die Untoten näherten sich dem Felsbrocken, der etwa auf halbem Weg zwischen der Armee und dem Dorf im Sumpf lag, hoben ihre Schilde über den Kopf und gingen in die Knie. Andere Skelette stiegen geschickt auf die Schilde ihrer Kameraden, um ihre dann genauso über den Kopf zu heben.

Als Zaryusu begriff, was sie taten, zitterte er wie vom Blitz getroffen. »Bilden die etwa … eine Treppe? Wer würde Truppen, die man nur in Legenden fand, benutzen, um eine Treppe zu bauen?!«

Mit unheimlicher Geschwindigkeit erreichten sie die Spitze des Felsens, die Treppe aus Untoten nahm immer mehr Form an.

Dann setzten sich andere untote Soldaten in Bewegung – etwa einhundert noch beeindruckendere Skelette. In den Händen hielten sie, ähnlich wie Lanzenreiter, mit Bannern verzierte Speere – blutroter Stoff, immer mit demselben Emblem bestickt.

Mit blutroten, im Wind flatternden Umhängen betraten sie in perfekter Formation das Sumpfland. Ohne ein Wort marschierten die beiden Reihen vorwärts. Das Eis unter ihren Füßen knackte. Sie blieben auf gleicher Höhe und hielten an, um sich dann um neunzig Grad einander zuzudrehen und mit dem Krieger gegenüber die Lanzen zu kreuzen. Sie bildeten einen Korridor bis zum Felsbrocken.

»Ein Pfad für den Herrscher …?« Zenberu lag absolut richtig.

Der tödliche Caster ging durch den Korridor aus Untoten. Niemand wusste, woher die ihm folgenden Gestalten gekommen waren.

Allen voran ging der unfassbar mächtige Caster. Seine Robe war derart schwarz, als hätte man sie aus der Finsternis selbst gefertigt. Das Zepter in seiner Hand strahlte eine dunkelrote Aura aus. Darin formten sich gepeinigte menschliche Fratzen und vergingen wieder. Das Gesicht unter der Kapuze war das eines Skeletts, in seinen ansonsten leeren Augenhöhlen flackerten rote Flammen. Er führte eine unfassbare Menge magischer Gegenstände mit sich, auf die sich Zaryusu keinen Reim machen konnte, und bewegte sich mit den majestätischen Schritten eines Königs.

Knapp hinter dem Herrscher des Todes folgte eine Frau in Weiß. Sie sah menschlich aus, wären da nicht ein paar Dinge, die anderes vermuten ließen. Wie die Flügel an ihren Hüften.

»Könnte das … ein Dämon sein?«

Diese Wesen der Unterwelt unterteilten sich in Dämonen, die gewaltigen Schaden anrichten konnten, und Teufel, die mithilfe ihres Verstands Sittenlosigkeit verbreiteten. Sie waren das Boshafteste, das man sich vorstellen konnte. Der einzige Zweck ihrer Existenz war, jede intelligente, gute Person ins Elend zu stürzen. Diese Monster waren gleichbedeutend mit *böse*.

Zaryusu hatte auf seiner Wanderschaft von ihnen gehört: wie schrecklich sie waren, dass vor etwa zweihundert Jahren ein Monster, das es wert war, als *Demon God King* bezeichnet zu werden – ein böser Gott –, mit seinen Untergebenen über die Welt gekommen war und sie fast vernichtet hatte. Letztendlich war er von den Dreizehn Helden besiegt worden, doch an manchen Stellen fand man heute noch die Narben dieses Kampfs.

Wenn die Untoten die Lebenden hassten, existierten Dämonen, um sie zu quälen.

Der Dämonin folgte ein Zwillingspaar Dunkelelfen und ihnen eine Frau mit silbernem Haar. Das Nächste war ein seltsames, in der Luft schwebendes Monster und schließlich ein Mann, der wie ein Mensch aussah, allerdings einen Schwanz hatte.

Das seltsame Monster wirkte als Einziges nicht unvorstellbar mächtig – alle anderen ließen Zaryusus Schwanz zittern. Seine Urinstinkte flehten ihn an: *Lauf weg, so schnell du kannst!*

Schweigend stieg die Gruppe die Treppe unter den Bannern hinauf. Ohne zu zögern, traten sie auf die untoten Soldaten, bis sie wie die Herrscher der Welt die Oberseite des riesigen Felsbrockens erreicht hatten.

Der Herrscher der Untoten bewegte die Hände.

Plötzlich erschien ein großer, tiefschwarz glänzender Thron, auf dem er Platz nahm.

Seine Begleiter, möglicherweise Gehilfen, reihten sich auf und sahen zum Dorf, als würden sie etwas suchen. Sonst taten sie nichts.

Was um alles in der Welt soll das?

Ein paar Echsenmenschen sahen einander nervös an. Sie beschlossen, die Entscheidungsfindung dem Intelligentesten unter ihnen zu überlassen.

»Ähm, äh, was sollen wir machen, Zaryusu? Sollen wir uns bereit machen wegzulaufen?« In der Stimme fand sich nicht ein Hauch von

Kampfeswille. Der Echsenmensch ließ hilflos den Schwanz hängen, was alles über seinen Gemütszustand verriet.

»Nein, das wird nicht nötig sein. Erinnere dich an den *Elder Lich*. Dieser Caster scheint um einiges mächtiger zu sein, oder? Er sollte kein Problem damit haben, trotz der Entfernung einen Angriff zu entfesseln. Vermutlich will er uns ... was sagen.«

Der Echsenmensch schien zu begreifen. Ohne die anderen Mitglieder seiner Gefolgschaft aus den Augen zu lassen, beobachtete Zaryusu weiter das überaus mächtige Monster auf dem Felsbrocken, als wäre er Teil einer Menge Schaulustiger, die zu ihrem König aufblickten. Er wollte nichts verpassen.

Auf diese Entfernung konnte er einige Einzelheiten ausmachen und sogar ihre Blicke begegneten sich. Wurde er vom Herrscher der Toten beobachtet? Es war überraschend, dass die Dunkelelfen keine Feindseligkeit an den Tag legten. Das silberhaarige Mädchen grinste selbstgefällig. Es war erschreckend, wie freundlich die Dämonin wirkte. Das seltsame Monster war ihm nach wie vor ein Rätsel. In den Augen des Mannes mit dem Schwanz konnte er keinerlei Gefühle erkennen.

Nachdem sie sich lange genug beobachtet hatten, hob der Herrscher der Toten erneut die freie Hand, dieses Mal an seine Brust.

Mehrere Echsenmenschen reagierten darauf, indem sie verzweifelt die Schwänze schwangen.

»Habt keine Angst. Präsentiert dem Feind nicht dieses erbärmliche Schauspiel!« Zaryusus Tadel traf sie wie eine Klinge und die Echsenmenschen rissen sich zusammen.

Vor dem Herrscher des Todes erschienen mehrere schwarze Dunstschwaden – zwanzig, um genau zu sein. Die wabernden Schwaden schwollen auf eine Größe von etwa einem Meter fünfzig an. Es dauerte nicht lange, bis sich in ihrem Inneren eine Vielzahl Gesichter geformt hatte.

»Das sind …« Zaryusu dachte an das Monster, das die Dörfer aufgesucht hatte, und den Untoten, den er auf seiner Wanderschaft gesehen hatte.

In Cruschs Dorf hatte er erklärt, dass man dieser Art von körperlosem Monster nur mit verzauberten Waffen, Waffen aus bestimmten Materialien, Magie oder mit bestimmten Kampfkünsten Schaden zufügen konnte.

Selbst alle Stämme der Echsenmenschen vereint verfügten nur über eine Handvoll magischer Waffen. Anders gesagt, es würde schwierig sein, auch nur einen dieser Untoten auszuschalten. Und ihr Gegner konnte zwanzig von ihnen beschwören, als wäre es nicht der Rede wert.

»Das macht einen vermutlich zum Herrscher des Todes …« *Jetzt verstehe ich, warum der* Elder Lich, *der selbst ziemlich mächtig war, diesem Wesen derart absolut ergeben war*, dachte Zaryusu mutlos.

Der Caster murmelte etwas und bewegte die Hand auf eine Art, die man als *Los!* verstehen konnte.

Die Untoten umgaben schwebend das Dorf und sprachen mit einer Stimme: »**Wir überbringen die Worte des Erhabenen. Der Erhabene möchte mit euch sprechen. Derjenige, der euch repräsentieren soll, wird augenblicklich vortreten. Wisset, wenn ihr euch zu viel Zeit lasst, wird das den Erhabenen nur verärgern.**«

Nach dieser Verkündung flogen die körperlosen Monster zu ihrem Schöpfer und Meister zurück.

»Hä? Was zum …? Sonst nichts?« Zaryusu stand dümmlich der Mund offen. *Er hat diese mächtigen Untoten nur benutzt, um uns das zu sagen?*

Was er jedoch wirklich nicht fassen konnte, war, was geschah, als das silberhaarige Mädchen auf ein Signal des Herrschers des Todes die Hände zusammenlegte.

In dem Moment, in dem sich ihre Hände berührten … hörten die nebeligen Untoten auf zu existieren.

»Waaas?!« Zaryusu war dermaßen überrascht, dass er einen Aufschrei nicht unterdrücken konnte.

Sie hatten die beschworenen Monster nicht zurückkehren lassen, sondern sie einfach vernichtet.

Priester konnten Untote auf diese Weise beseitigen. Für gewöhnlich war es schon problematisch genug, sie nur auszutreiben, doch wenn der Machtunterschied groß genug war, war es möglich, sie zu vernichten. Das mit so vielen zu machen war jedoch um einiges schwieriger.

Das bedeutete, obwohl sie eine Untergebene war, war das silberhaarige Mädchen so mächtig wie der Herrscher des Todes. Daher war anzunehmen, für seine anderen Gefolgsleute galt das vermutlich ebenfalls.

»He he he …« Zaryusu konnte nicht aufhören zu lachen. Selbstverständlich nicht. Was sollte er sonst tun? Dieses Ungleichgewicht der Kräfte war einfach …

»Zaryusu!«

»Oh, Bruder!« Als er zu der Stelle sah, von der die Stimme kam, erblickte er Shasuryu und Crusch. Sie kamen zu ihm hoch und betrachteten die Gruppe des Casters.

Crusch schob sich zwischen Zaryusu und Zenberu. Dabei drängte sie Letzteren fast von der Mauer, doch er ließ es ihr durchgehen.

»Das ist also der Anführer der Feinde? Wenn ich ihn nur ansehe, rechne ich damit, ein Messer in den Rücken zu bekommen. Er sieht wie der *Elder Lich* aus, den ihr besiegt habt, aber … er ist vermutlich um einiges stärker, oder?«

»Bist du mit deiner Arbeit fertig?«

»Hmpf, so ziemlich. Crusch und ich haben keine magische Energie mehr. Und nach dem zu urteilen, was diese Boten sagten … sollten wir uns erst darum kümmern. Also … kommst du mit?«

Ein paar Momente lang sah Zaryusu seinen Bruder nur schweigend an. Dann nickte er nachdrücklich.

Für einen Sekundenbruchteil verzog Shasuryu gequält das Gesicht, doch bevor das irgendwem auffiel, trug er wieder seine übliche Miene zur Schau. »Tut mir leid.«

»Kein Problem, Bruder.«

Damit sprang Shasuryu von der Mauer. Das dünne Eis auf dem Sumpf zersplitterte und es platschte vernehmlich. »Okay, gehen wir.«

»Passt auf euch auf.«

Zaryusu umarmte Crusch fest, dann folgte er seinem Bruder.

Die beiden gingen über knirschendes Eis in Richtung des Haupttors. Als sie das Dorf verließen, spürte Zaryusu den Blick des Königs des Todes, als würde er tatsächlich Druck auf ihn ausüben. Und hinter sich spürte er besorgte Blicke – am stärksten vermutlich den von Crusch. Mit aller Kraft unterdrückte er die Sehnsucht, die ihn bereits quälte.

Shasuryu störte abrupt die Stille. »Tut mir leid.«

»Warum, Bruder?«

»Wenn dieses Gespräch schlecht verläuft, wird man uns bestimmt als Exempel töten.«

Das war Zaryusu klar. Deshalb hatte er Crusch auch so fest umarmt.

»Bedenkt man, wie viele das sind, konnte ich dich unmöglich alleine gehen lassen. Abgesehen davon, wenn wir nur einen schicken, denken die vielleicht, wir nehmen sie nicht ernst.«

Zaryusu war unter den Echsenmenschen bekannt und ein angemessener Sekundant für das Gespräch, auch wenn er seiner Kaste nach ein Reisender war. Sein Tod hätte keine besondere Auswirkung auf ihre Gesellschaft.

Selbst wenn ein Held starb, solange die Häuptlinge da waren, um Moral und Kommandostruktur aufrechtzuerhalten, konnten die Echsenmenschen kämpfen. Es wäre eine Schande, sollten sie Frost Pain verlieren, doch er hätte es nicht zurücklassen können – er brauchte die Waffe, um sich vor der Kälte des gefrorenen Sees zu schützen.

Die beiden gingen schweigend weiter – ein Schritt nach dem anderen in den möglichen Tod.

Als sie die untote Treppe zum Thron erreichten, riefen sie hinauf. Stünde der Thron nicht so nah am Rand, hätten sie die Stufen erklimmen können, da für sie da oben jedoch kein Platz war, wollte der Herrscher des Todes vermutlich nicht, dass sie die Treppe hochkamen. Der Herrscher würde also auf einer erhöhten Position stehen.

Anders als viele andere Völker kannten die Echsenmenschen die Sitte nicht, nach der jemand von höherem Rang auch körperlich über einem zu stehen hatte. Da sie wegen einer Unterhaltung hier waren, konnte man diese Behandlung durchaus als unhöflich betrachten. Daraus hätte man schließen können, ihr Feind hatte sie unter dem Vorwand eines Dialogs gerufen, ohne tatsächlich daran interessiert zu sein, mit ihnen zu sprechen.

Doch in Wirklichkeit war es anmaßend von ihnen, gleichberechtigte Behandlung zu erwarten. Natürlich hatten Zaryusu und die anderen den letzten Kampf für sich entschieden, doch ein Blick auf die auf dem Felsbrocken versammelten Feinde reichte und sie mussten zugeben, ob es ihnen gefiel oder nicht, ihr Sieg war bedeutungslos. Das war nichts weiter als eine Spielerei gewesen.

»Hier sind wir, der Repräsentant der Echsenmenschen, Shasuryu Shasha. Und das ist der mächtigste Echsenmensch.«

»Zaryusu Shasha.«

Ihre Stimmen machten deutlich, sie erwarteten keine Almosen. Sie wussten beide, wie dumm das wäre. Allerdings wollten sie sich zumindest ein wenig ihres Stolzes bewahren. Für ihren Feind mochte dieser Kampf eine Spielerei gewesen sein, allerdings konnten sie nicht zulassen, dass die dabei gefallenen Krieger entehrt wurden.

Keine Antwort. Der Herrscher musterte sie nur unverhohlen, sonst regte sich nichts.

Stattdessen antwortete die Dämonin mit den schwarzen Flügeln an den Hüften. »Unser Gebieter glaubt, ihr befindet euch nicht in der angemessenen Haltung, um ihn sprechen zu hören!«

»Was?«

Als Reaktion auf ihre Verwirrung wandte sich die Frau an den Mann mit dem Schwanz, der daraufhin neben sie trat. »Demiurge!«

»Ihr werdet euch verneigen.«

Plötzlich fielen Zaryusu und Shasuryu auf die Knie und drückten ihr Gesicht in den schlammigen Sumpf. Sie waren überzeugt, das sei die richtige Handlungsweise.

Eisiges, trübes Wasser umschloss ihren Körper und das gebrochene Eis gefror wieder.

Sie konnten nicht mehr aufstehen. Egal wie viel Kraft sie aufwandten, sie konnten sich nicht rühren. Ihr Körper war jeglicher Freiheit beraubt, als würde eine riesige, unsichtbare Hand auf ihn niederdrücken.

»Wehrt euch nicht.«

Als sie den zweiten Befehl hörten, war es, als würden Zaryusu und Shasuryu ein zweites Gehirn ausbilden – eines, das den Anweisungen eines anderen gehorchte – und sie spürten, wie sie jedes Wort befolgten.

Der Anblick der beiden geschwächten Echsenmenschen, die erniedrigt im Schlamm knieten, schien die Dämonin zufriedenzustellen und sie sprach zu ihrem Gebieter. »Lord Ainz, es sieht so aus, als hätten sie die angemessene Haltung, um Euch zuzuhören, eingenommen.«

»Danke ... Hebt die Köpfe.«

»Ihr habt Erlaubnis, euren Kopf zu heben.«

Zaryusu und Shasuryu bewegten den einzigen Teil ihres Körpers, der ihnen gehorchte, um ihn ehrfürchtig anzusehen.

»Ich ... bin der Herrscher der Großen Gruft von Nazarick, Ainz Ooal Gown. Ich biete euch meinen Dank für die Hilfe bei einem Experiment an.«

Experiment? Wir haben so viele unserer Freunde verloren und er bezeichnet es als Experiment?! Das Entsetzen über diese Leichtfertigkeit ließ in Zaryusu Wut auflodern, doch er hielt sich zurück. Es war noch zu früh.

»Nun denn, worüber ich mit euch sprechen möchte, ist ... wie ihr in Zukunft von uns regiert werdet.«

Shasuryu wollte etwas sagen, doch der Caster Ainz hielt ihn davon ab, indem er eine Hand ein wenig hob. Ihm war klar, dass es nur zu seinem Nachteil wäre, ihn zu ignorieren und trotzdem zu sprechen, also gehorchte er.

»Allerdings glaube ich nicht, ihr wollt von einer Armee beherrscht werden, die ihr gerade erst im Kampf besiegt habt. Deshalb greifen wir in vier Stunden erneut an. Wenn ihr noch einen Sieg erringen könnt, verspreche ich, wir ziehen uns vollständig zurück. Ich werde sogar angemessene Reparationen leisten.«

»Darf ich eine Frage stellen?«

»Das ist in Ordnung. Nur zu.«

»Wirst du uns angreifen ... Sir Gown?«

Das silberhaarige Mädchen hob leicht die Augenbrauen und die Dämonin lächelte strahlender. Vermutlich fanden sie, die Anrede war für ihren Gebieter unangemessen. Bestimmt hielten sie sich nur zurück, etwas deswegen zu unternehmen, weil er nicht darauf einging.

Ohne auf sie zu achten, fuhr Ainz fort: »Ha, nein. Einer meiner ergebenen Gefolgsleute wird euch angreifen ... nur einer. Sein Name ist Cocytus.«

Diese Erklärung erfüllte Zaryusu mit Verzweiflung, als würde die ganze Welt zerbrechen. Würden ihre Feinde in großer Zahl angreifen, hätten die Echsenmenschen vielleicht eine Chance – sofern es sich um dieselbe unangenehme Art von Armee wie die am Vortag handelte. Dann hätten sie zumindest geringe Erfolgsaussichten.

Aber diese Chance war Vergangenheit. Es würde ein einzelner Angreifer sein.

Eine Armee, die bereits einmal verloren hatte, wollte trotz der hier zusammengezogenen Streitmacht mit nur einem einzelnen Mann angreifen? Sofern es keine Bestrafung für ihn sein sollte, vertrauten sie voll und ganz auf seine Fähigkeiten. Jemand, dem ein Wesen mit unvorstellbarer Macht vertraute … Damit konnte er nur eines sein: noch ein Wesen mit unvorstellbarer Macht – was bedeutete, die Echsenmenschen hatten keinerlei Aussicht auf einen Sieg.

»Wir ergeb…«

»Sei nicht so langweilig und sag, ihr wollt euch ergeben, bevor ihr überhaupt gekämpft habt. Kommt schon, lasst uns ein wenig kämpfen. Wir möchten einen richtigen Sieg kosten.«

Als würde Ainz Shasuryu seiner Worte berauben, zerschmetterte er das Ende seines Satzes.

Einfach gesagt, du willst ein Exempel an uns statuieren? Du Abschaum!, blaffte Zaryusu in Gedanken.

Als die schlagkräftigere Armee würden sie ihre Niederlage mit einem Massaker tilgen. Sie planten eine Art rituelles Opfer, bei dem sie die Echsenmenschen zertrampeln würden, um ihnen jeden Gedanken an Rebellion auszutreiben.

»Das ist alles, worüber ich sprechen wollte. Ich werde in vier Stunden zusehen, also unterhaltet mich.«

»Bitte warte! Wird das Eis schmelzen?«

Ob sie gewannen oder verloren, für die Echsenmenschen wäre ein Leben auf dem gefrorenen See geradezu brutal.

»Ach … stimmt ja.« Das hatte er völlig vergessen, jedenfalls klang er so. »Ich wollte mich beim Überqueren des Sumpfs nur nicht schmutzig machen. Sobald wir wieder auf der anderen Seite sind, werde ich den Zauber aufheben.«

»Wa…?!« Zaryusu und Shasuryu keuchten beide entsetzt, unfähig, zu glauben, was sie da hörten.

Er hat ihn gefroren, weil er sich nicht schmutzig machen wollte?

Die Entgegnung *Das kann nicht wahr sein!* reichte bei Weitem nicht aus. Das Ungleichgewicht der Stärke war zu groß. Dieses Wesen konnte sich die Natur gefügig machen, als wäre es nichts – und aus jedem dummen Grund, der ihm einfiel.

Mit so jemandem haben wir es zu tun? Zaryusu und Shasuryu überkam die Angst von Kindern, die sich verlaufen hatten.

»Na schön, lebt wohl, Echsenmenschen. *Gate.*« Nachdem er alles gesagt hatte, weswegen er gekommen war, bewegte Ainz nachlässig die Hand. Vor dem Thron erschien eine Halbkugel aus Dunkelheit, in der er verschwand.

»Auf Wiedersehen, Echsenmenschen«

»Bis später, Echsenmänner.«

»Gehabt euch wohl, Echsenmenschen.«

Die beiden Frauen und der Junge verabschiedeten sich desinteressiert und folgten ihrem Gebieter in die Dunkelheit.

»Ähm, äh, nun, passt auf euch auf.«

»Eierschale Petrol, Lehm-Ebenholz-Limette-Weiss. <Also dann, macht's gut.>«

Die Dunkelelfe und das seltsame Monster wurden von der Dunkelheit verschluckt.

»**Ihr dürft gehen.** Na dann, unterhaltet uns gut, Echsenmenschen.«

Als Letztes verschwand der Mann mit dem Schwanz und als seine freundliche Stimme verklang, war es, als würde das Gewicht, das die beiden Echsenmenschen am Boden gehalten hatte, einfach dahinschmelzen.

Plötzlich allein und noch immer im Sumpf kniend fehlte Zaryusu und Shasuryu die Kraft aufzustehen.

Nicht mal die eisige Kälte des Wassers störte sie noch. Ihr Entsetzen überschattete alles andere.

»Verdammt …« Shasuryus Murmeln war ungewöhnlich für ihn. Dieses eine Wort beinhaltete verschiedenste Gefühle.

Als Zaryusu und Shasuryu zurückkamen, wurden sie von den Häuptlingen der Stämme empfangen. Um dem Eis zu entgehen, hatten sie sich auf die Mauern begeben. Ansonsten war kein anderer Echsenmensch anwesend.

Vermutlich hatten sie sich gedacht, es wäre besser, sich ohne Zuhörer zu besprechen. Vermutlich schloss Shasuryu daraus, dass er unter diesen Umständen auch nichts verheimlichen musste. Er gab jede noch so kleine Einzelheit dieses sogenannten »Gesprächs« wieder.

Es gab keine nennenswerten Reaktionen darauf. Allen stockte nur kurz der Atem. Vermutlich hatte sich jeder schon gedacht, was für »Verhandlungen« es werden würden.

»Verstanden. Und was ist mit dem Eis? Wenn es nicht schmilzt, können wir nicht kämpfen.«

»Das wird kein Problem sein. Er hat gesagt, er wird den Zauber aufheben.«

»Das hast du bei den Verhandlungen also für uns rausgeschlagen, ja?«

Als Antwort auf die Frage des Häuptlings der Kleinen Reißzähne lächelte Shasuryu nur schwach.

Er begriff die Bedeutung, somit blieb dem Häuptling nur, niedergeschlagen den Kopf zu schütteln. »Während ihr unterwegs wart, haben wir uns etwas umgesehen, und … im See lauern Feinde. Sieht wie Skelette aus. Anscheinend liegen sie um das Dorf verteilt in Position.«

»Nicht … flüchten … lassen.«

»Es ist ihnen also wirklich ernst damit …«

»Macht ganz den Eindruck.«

Die vier, die dem Herrscher nicht begegnet waren, seufzten. Möglicherweise waren sie ebenfalls zu dem Ergebnis gekommen, dass es eine rituelle Opferung werden sollte.

»Also, was machen wir?«

»Alle Krieger mobilisieren. Und dazu noch ... jeden hi...«

»Bruder ... könnten wir das nur zu fünft machen?« Zaryusu behielt die etwas verdutzte Crusch im Auge, als er seinen Vorschlag nicht nur Shasuryu, sondern allen Männchen unterbreitete. »Sie wollen ihre überwältigende Macht demonstrieren, also werden sie uns nicht alle töten. In dem Fall brauchen wir einen Anführer, der sich um die Überlebenden kümmert. Wenn ihr an die Zukunft unserer Rasse denkt, wäre es Verschwendung, wenn wir alle hier sterben.«

Zwei der Häuptlinge sahen zwischen Zaryusu und Crusch hin und her, um dann zuzustimmen.

»Er hat recht, denkst du nicht, Shasuryu?«

»Ja. Zaryusu hat recht.«

Als dann auch Zenberu zustimmte – »Kling gut! Ich bin dafür!« –, hatte Shasuryu keinen Grund mehr, sich gegen den Wunsch seines Bruders zu stellen. »Okay, machen wir das. Jemand muss überleben und den Stamm führen. Darüber habe ich mir auch Gedanken gemacht. Crusch ist die Richtige für diese Aufgabe. Dass sie eine Albino ist, ist vielleicht nicht ideal, aber ihre Fähigkeiten als Priesterin werden unverzichtbar sein.«

»Jetzt wartet mal! Ich werde mit euch kämpfen!«, rief Crusch, während sie sich fragte, warum man sie nach allem ausgerechnet jetzt ausschließen wollte. »Abgesehen davon, wenn jemand überleben soll, wäre Shasuryu nicht die bessere Wahl? Er ist der Häuptling, dem die meisten vertrauen!«

»Genau deswegen ist er ungeeignet. Sie wollen ihre überwältigende Macht demonstrieren. Vermutlich, um uns auf diese Weise zu entmutigen, damit sie uns leichter kontrollieren können. Wenn also ein Echsenmensch überlebt, der allen Hoffnung gegeben hat ...«

»Und ... unter uns Häuptlingen hast du tatsächlich den schlechtesten Ruf.«

Crusch wusste nicht, was sie dazu sagen sollte. Es war eine unumstößliche Tatsache, dass sie, die Albino, am unbeliebtesten war.

Mit Worten kann ich sie nicht überzeugen, dachte sie und wandte sich an Zaryusu: »Ich begleite euch. Habe ich mein Schicksal nicht bereits akzeptiert, als du mich gebeten hast, dich zu begleiten? Und jetzt sagst du mir so was?«

»Da sah es noch danach aus, als könnten alle sterben, abhängig davon, wie es gelaufen wäre. Jetzt aber scheint es, dass zumindest einer von uns überleben kann.«

»Komm mir nicht mit so einem Blödsinn!« Cruschs Wut ließ die Luft förmlich knistern. Irgendwas schlug hart gegen die Lehmmauer. Sie war so aufgebracht, dass ihr Schwanz unkontrolliert herumzuckte.

»Zaryusu, überzeug sie. Wir sehen uns in vier Stunden.« Damit ging Shasuryu.

Es folgte das Brechen von Eis und Platschen. Die anderen drei Häuptlinge waren ihm gefolgt. Zenberu hob nur eine Hand und winkte, ohne sich überhaupt umzudrehen.

Sobald sie außer Sicht waren, sah Zaryusu Crusch wieder an. »Bitte, versteh mich doch.«

»Wie könnte ich?! Davon abgesehen ist nicht garantiert, dass wir verlieren! Mit meinen Priesterfähigkeiten können wir es vielleicht schaffen!«

Wie leer diese Worte doch klangen. Nicht mal Crusch selbst glaubte daran.

»Ich will das Weibchen, das ich liebe, nicht in den Tod schicken. Bitte, erfüll den Wunsch dieses dummen Männchens.«

Crusch umarmte ihn todunglücklich. »Das war ein schmutziger Trick!«

»Tut mir leid …«

»Du wirst vermutlich sterben!«

»Ja …«

Daran war nicht zu rütteln. Seine Überlebensaussichten standen schlecht. Nein, vermutlich waren sie nicht mal vorhanden.

»Während nur einer Woche hast du mein Herz gestohlen und jetzt verlangst du von mir, ich soll dich aufgeben?«

»Ja …«

»Ich bin so glücklich, dir begegnet zu sein, aber gleichzeitig war es ein Unglück.«

Crusch packte Zaryusu noch fester, als wollte sie ihm verdeutlichen, am liebsten würde sie ihn nie wieder loslassen.

Zaryusu fehlten die Worte. *Was soll ich sagen? Was kann ich sagen, damit es nicht so weh tut?* Diese Gedanken quälten ihn.

Einen Moment später sah ihn Crusch wild entschlossen an.

Er machte sich Sorgen, sie würde verkünden, dass sie auf jeden Fall mit ihnen kämpfen würde.

Stattdessen machte sie etwas unmissverständlich klar: »Ich werde schwanger!«

»Was?!«

»Gehen wir!«

Kapitel 5: Der eiskalte Kriegsgott

Kapitel 5: Der eiskalte Kriegsgott

1

Ainz und die anderen nutzten die Festung, mit deren Bau Aura noch beschäftigt war, als Stützpunkt. Hier hatte sich auch Cocytus am Vortag aufgehalten. Wenn man genau hinhörte, war entfernter Baustellenlärm zu hören.

Als Ainz eins der Zimmer betrat, sagte Victim, der ihm bisher schweigend gefolgt war: »Eierschale Petrol Fuchsia-Scharlach-Asche-Zinnober-Lehm-Weintraube, Grau-Narzisse-Orange Petrol Pfirsich-Pfirsich Eierschale Kastanie-Grau-Elfenbein-Opal Khaki Lehm-Braun-Eierschale Scharlach-Narzisse-Narzisse-Seide-Weintraube-Zinnober. <Nun, Lord Ainz, dann möchte ich mich jetzt verabschieden.>«

»Das hast du heute gut gemacht. Bitte pass auf die erste Ebene auf, bis wir zurück sind.«

»Elfenbein-Orange-Pfirsich-Weintraube-Creme-Weintraube-Orange-Narzisse. <Zu Befehl.>«

»*Gate.*«

Victim verschwand durch das von Ainz erschaffene Portal aus Finsternis (das zur ersten Ebene der Großen Gruft von Nazarick führte).

Nach dem Abschied von dem Wächter, dessen Kraft es war, durch seinen eigenen Tod jeden Gegner an der Flucht zu hindern, sah sich Ainz im Raum um. Gleichzeitig bemerkte er Aura, die an einer Wand im Hintergrund stand und den Boden anstarrte.

Vermutlich hatte sie versucht, das Zimmer noch vor Ainz' Ankunft angemessen zu dekorieren. Hier und da waren ihre Bemühungen deutlich zu erkennen, dennoch war es kein Vergleich zu Nazarick. Sie schien sich deswegen zu schämen.

Aber so übel ist es auch wieder nicht ...

Ainz war einst eine ganz normale Person gewesen, deshalb störte es ihn nicht besonders. Seine Unterkunft in Nazarick war nicht zu verachten, für seinen Geschmack nur zu luxuriös. Manchmal wusste er nicht, womit er sich dort beschäftigen sollte. Hier konnte er sich tatsächlich entspannen, das war also ein Bonus.

Ich möchte eine 15-Quadratmeter-Einzimmerwohnung. Vielleicht sollte ich mir einfach irgendwo heimlich eine erschaffen. Oh! Ich darf nicht vergessen, meine Untergebenen für ihre Arbeit zu loben. Ich muss Aura sagen, wie zufrieden ich mit ihrer Leistung hier bin.

»Würdige die Arbeit deiner Angestellten mit Dankbarkeit. Ohne Vertrauen können sie nicht gedeihen.« Ainz dachte an die Worte, die er gerahmt im Büro des Chefs eines Firmenkunden gesehen hatte. Er wusste nicht, von wem das Zitat stammte, trotzdem gefiel es ihm. So sollte sich der ideale Boss verhalten. *Du musst deinen Dank in Worte kleiden. Wenn du deine Angestellten nicht lobst, arbeiten sie nicht ... So in etwa?*

»Entschuldige, dass ich darauf bestanden habe, dass du hierbleibst, Aura. Du musst dir keine Sorgen machen. Ich halte große Stücke auf deine Arbeit und da du dieses Zimmer für mich vorbereitet hast, betrachte ich es als Nazarick ebenbürtig.«

»Ja, Sir.« Sie bekam große Augen.

Fühlt sie sich jetzt besser?, fragte sich Ainz. Ihm fiel allerdings nichts ein, was er sonst noch sagen hätte können, also ließ er den Blick erneut durch den Raum schweifen, um möglicherweise ein anderes Thema zu finden.

Der Holzgeruch hing noch kräftig in der Luft. Eine Rückkehr nach Nazarick wäre auf jeden Fall sicherer, als an einem derart ungeschützten Ort zu bleiben. Hier war nichts mit Verteidigungszaubern belegt –

es glich in gewisser Weise einem Haus aus Papier. Man könnte auch sagen, es war der perfekte Ort, wenn man sich selbst als Köder für einen großen Fisch benutzen wollte.

Da es relativ weit vom See entfernt lag, würden nur andere Spieler aus *Yggdrasil* ihn hier angreifen, wenn es denn welche gab. Oder jemand mit ähnlicher Macht. Er hatte diesen Ort dafür vorgesehen, mächtige Feinde aus ihrer Deckung zu locken.

Selbstverständlich war das gefährlich. Doch Ainz vertrat die Ansicht: Wer nicht wagt, der nicht gewinnt.

Kommt niemand? Oder ... ist diese Operation auch ein Reinfall? Aber was war das? »Aura, ich möchte dich was fragen. Was ist das?« Sein Blick ruhte auf einem weißen Stuhl im hinteren Teil des Zimmers. Die Lehne war hoch und er wirkte insgesamt recht beeindruckend. Er war so prächtig gearbeitet, man hätte ihn ohne Weiteres als Kunstwerk bezeichnen können – solange man eine Kleinigkeit ignorierte.

»Obwohl er schlicht ist, habe ich mir erlaubt, Euch einen Thron vorzubereiten.« Das war Demiurge, der nach Ainz ins Zimmer gekommen war.

Dachte ich mir schon. Damit blieb eine andere Frage noch offen. »Was sind das für Knochen?«

»Sie stammen von diversen Tieren. Ich habe die besten Stücke von Greifen und *Wyvern* gesammelt.«

»V... Verstehe ...«

Ein Thron aus Knochen. So was gab es in ganz Nazarick nicht, also hatte Demiurge ihn während seiner Zeit außerhalb der Mauern angefertigt. Es sah so aus, als gäbe es ein paar Stücke, die eindeutig Schädel waren – menschlich oder vielleicht auch halbmenschlich. Obwohl der Thron aus weiß gebleichten Knochen ohne Blut oder Fleisch daran bestand, war es, als würde er trotz allem einen unangenehm schmutzigen Geruch verbreiten.

Soll ich mich auf das unheimliche Ding setzen? Ainz zögerte einen Moment. Sein Untergebener hatte ihn für ihn vorbereitet, daher wäre es unhöflich, es nicht zu tun. Es wäre allerdings etwas anderes, wenn er einen guten Grund hätte, sich zu weigern …

Nachdem er über einige Möglichkeiten nachgedacht hatte, schlug sich Ainz in die eigene Faust. »Shalltear, ich glaube, ich habe gesagt, ich würde dich bestrafen. Erledigen wir das gleich hier und jetzt. Ja … Ich werde dich erniedrigen.«

»Mein Lord!« Die Plötzlichkeit schien sie ein wenig zu überraschen.

»Auf alle viere mit dir und Kopf runter. Na los.«

»Ja, Sir.« Sie wirkte ein wenig verwirrt, als sie zur angedeuteten Stelle mitten im Raum ging und die verlangte Haltung einnahm.

Ainz stellte sich neben sie und setzte sich auf ihren schlanken Rücken.

»L… Lord Ainz!« Shalltear gab kaum mehr als diesen leisen, überraschten Laut von sich. Obwohl er sie erschreckt hatte, wagte sie es nicht, auch nur einen Muskel zu rühren.

»Du wirst hier mein Stuhl sein. Verstanden?«

»Ja, Sir!«

Ainz sah von der äußerst zufrieden wirkenden Shalltear zu Demiurge. »Tut mir leid. Ein andermal vielleicht.«

»Aha! Brillant! Dass Ihr Euch auf eine Wächterin setzt! So einen Stuhl hat garantiert sonst niemand. Es passt also wunderbar zu einem Höchsten Geschöpf! Ich bin wie immer beeindruckt, Lord Ainz. Mir wäre das im Traum nicht eingefallen!«

»V… Verstehe …« Ainz löste den Blick von Demiurges geradezu strahlendem Gesicht und fragte sich, wie er wohl lächeln würde, wenn ihn eine schöne Frau ansprach.

»Verzeiht, Lord Ainz. Dürfte ich kurz nach draußen gehen? Ich bin auch sofort wieder da.«

»Was ist los, Albedo? Na, von mir aus. Nur zu.«

Sie dankte ihm und verließ den Raum. Gleich darauf hörten sie eine Frau kreischen, danach, wie etwas gegen eine Wand geworfen wurde. Das ganze Gebäude zitterte.

Eine Minute später kam Albedo wie immer freundlich lächelnd zurück. »Ich bin wieder da, Lord Ainz. Ach, Aura, ich bin draußen aus Versehen gegen eine Wand gelaufen. Anscheinend hat sie dadurch etwas gelitten, denkst du, du kannst das später reparieren? Tut mir leid.«

»Oh, äh, okay ... Klar, ich kümmer mich drum.«

Ainz seufzte und verkniff sich alles, was ihm auf der Zunge lag. Er suchte etwas, das er anstarren konnte, und entschied sich für sein Zepter mit seiner unheimlichen Aura.

Auf keinen Fall könnte er das echte an einen so gefährlichen Ort bringen, das hier war nichts weiter als ein Imitat der Gildenwaffe. Ein Prototyp, den er selbst angefertigt hatte. Er hatte dabei sogar ein Item benutzt, das seit ihren Experimenten mit Effekten ungenutzt in der Schatzkammer herumlegen hatte. Optisch war es praktisch perfekt – eine vom Original nicht zu unterscheidende Fälschung.

Sollte die Gildenwaffe zerstört werden, wäre das das Ende der Gilde, daher konnte er sie nicht einfach überallhin mitnehmen. Aus diesem Grund hatte er sie in die Obhut der Flächenwächterin des Kirschblütenheiligtums auf der achten Ebene gegeben.

Ich hab über mögliche Verteidigungsmaßnahmen nachgedacht, falls ein Ring gestohlen wird, aber ich würde wirklich gern ... Na, ist ja nicht so, als könnten wir dafür einen Testlauf arrangieren ... Während Ainz in Gedanken versunken war, fing Shalltear unter ihm an, unruhig zu werden. Sie veränderte ihre Haltung, damit er angenehmer sitzen konnte. Ein eigentümliches Kribbeln brachte ihn dazu, auf ihren Hinterkopf hinabzusehen.

Sie atmete schwer.

Vermutlich war er schwer. Der schlanke Rücken unter ihm entsprach dem eines vierzehnjährigen Mädchens. Ein großer Erwachsener saß auf dem Rücken eines kleinen Mädchens. Ihm ging auf, was für eine perverse und schändlich grausame Sache er da tat. War er vielleicht etwas zu weit gegangen?

Shalltear war die Schöpfung eines alten Freundes. Peroroncino hätte vermutlich nie geahnt, dass man seinen NPC auf diese Weise benutzen würde. Ainz beschlich das Gefühl, seinen alten Gildenkameraden damit zu entehren, also konnte man das gewissermaßen auch als Strafe für ihn selbst betrachten. Doch er wusste, wie dumm dieser Gedanke war. *Ich sollte Shalltear nicht so wehtun … ich bin hoffnungslos verkommen.*

»Shalltear, hast du Schmerzen?«

Er würde aufhören. Er wollte gerade aufstehen, als sie den Kopf drehte und ihn ansah. Ihre Wangen waren gerötet und in ihren Augen schimmerte Verlangen. »Es tut überhaupt nicht weh! Das ist vielmehr eine Belohnung!«

Sie keuchte, atmete mit jedem Mal die abnorme Hitze aus, die sich in ihrem Körper ausbreitete, und Ainz sah in ihren sehnsüchtigen Augen sein Spiegelbild. Sie leckte sich mit ihrer glänzenden hochroten Zunge die Lippen, was ein bezauberndes Glitzern auf ihnen hinterließ. Wie er es auch auslegen wollte, sie brannte vor Begehren.

»Himmel …«

Das war geradezu unheimlich. Instinktiv wollte er aufstehen.

Nein, das kann ich nicht machen.

Das war Shalltears Strafe. Er trug die Schuld an ihrem Versagen. Dem Drang, von ihr wegzukommen, zu widerstehen würde sein Teil dieser Strafe sein.

Ainz ignorierte sein eigenes Unbehagen. Er ertrug seinen bebenden, praktisch stöhnenden Stuhl und fragte sich: *Peroroncino, wie pervers hast du sie eigentlich gemacht?*

»Nun denn ... Wenden wir uns den wichtigen Dingen zu. Sieht so aus, als hätten wir ihnen ziemlich Angst gemacht.«

»Ich glaube, es verlief alles perfekt, Lord Ainz.«

»In der Tat ... Die Mienen dieser Echsenmenschen!«

Die Antwort der Wächter ließ Ainz erleichtert lächeln. Er hatte so gut wie keine Veränderung in den Gesichtern der Echsenmenschen erkannt. Sie ähnelten mehr Menschen als Reptilien, trotzdem waren ihre Gesichter vollkommen anders. »Verstehe. Dann schließe ich daraus, die Demonstration unserer Macht, die Cocytus als Phase eins wollte, war ein voller Erfolg.« Er seufzte entspannt.

Etwas anderes würde er von einem Superstufenzauber, den man nur viermal am Tag benutzen konnte, auch nicht erwarten. Er hatte die schweren Geschütze aufgefahren und *Creation* gewirkt. Hätte sie das nicht beeindruckt, wäre es geradezu deprimierend gewesen.

»Und, Demiurge. Wie lange wird es dauern, die Daten zu sammeln, wie viel vom See gefroren ist?«

»Wir arbeiten noch daran, aber da ein größeres Gebiet als erwartet mit Eis bedeckt ist, geht es nur langsam voran. Wenn Ihr nichts dagegen habt, nehmen wir uns ein wenig mehr Zeit.«

Ainz hob eine Hand, um Demiurge vom Hinknien abzuhalten, dann führte er sie an seinen Mund. *Der Wirkungsbereich war größer als erwartet. Vermutlich können wir das dann als erfolgreiches Experiment verbuchen ...?*

Creation war ein Superstufenzauber, der es einem ermöglichte, Umwelteffekte zu verändern. In *Yggdrasil* nutzten ihn die Spieler, um die Hitze in vulkanischen Gebieten oder die Kälte in eisigen Regionen aufzuheben.

Natürlich hätten sie ihre Macht auch ohne einen Superstufenzauber demonstrieren können. Allerdings hatte Ainz auch ausprobieren wollen, wie weit er sich auswirken würde. In *Yggdrasil* beeinflusste *Creation* ein recht großes Areal. Bei einem Test in Nazarick hatte er die gesamte achte Ebene vereist, über die Wirkung in der Außenwelt hatte das jedoch nichts ausgesagt.

In *Yggdrasil* wirkte der Zauber auf ein Areal, aber er hatte wissen wollen, wie groß ein »Areal« in dieser Welt war. Sollte er ihn auf eine Steppe wirken, wäre es doch ein wenig übertrieben, wenn dann alles mit Eis bedeckt wäre.

Sollte der gesamte See betroffen sein, wäre das ein zu großer Wirkungsbereich. Sah so aus, als müsste er mit Superstufenzaubern vorsichtig umgehen.

»Okay, Aura. Was macht das Sicherheitsnetz?«

»Ich hab die Untoten, die Ihr mir geliehen habt, benutzt, um einen Beobachtungsring mit eineinhalb Kilometern Durchmesser einzurichten, bis jetzt gab es allerdings nichts Nennenswertes. Zusätzlich hab ich ein paar meiner magischen Bestien mit Wahrnehmungsskills in einem Radius von drei Kilometern ausgesandt, aber auch da gab es keine Meldungen über irgendwas Verdächtiges.«

»Verstehe … Es besteht die Möglichkeit, dass jemand beim Näherkommen den Skill *Vollkommene Unkenntlichkeit* nutzt. Was ist in dem Fall?«

»Keine Bange. Ich hab mich mit Shalltear zusammengetan und wir benutzen auch ein paar Untote, die über gute Wahrnehmungsskills verfügen.«

»Hervorragend.«

Ainz' Lob ließ Aura stolz lächeln. Keine Spur mehr vom vorherigen Trübsal.

»Wir bieten ihnen eine kaum zu übersehende Gelegenheit … Warum tut der Feind, der das *World Item* gegen Shalltear benutzt hat, nichts?« Alle sahen ihn an und er wiederholte die Frage, ohne damit jemand Bestimmtes anzusprechen. »Warum gab es keinen Versuch, Nazarick oder diesen Ort auszukundschaften?«

»Besteht die Möglichkeit, dass sie eine Beobachtungsmethode benutzen, die unser derzeitiges Sicherheitsnetz nicht aufspüren kann? Vielleicht mit einem *World Item*?«

Demiurges Frage verleitete Ainz dazu, den Kopf zur Seite zu neigen. »Momon hat schon darüber nachgedacht, aber ... selbst wenn man ein *World Item* benutzen würde, wäre das bei ihm sinnlos, da er selbst eins hat. Man muss ihn entweder mit nacktem Auge beobachten oder auf andere körperliche Art ... vermutlich kann man auch Magie nicht ausschließen, aber ich dachte, sie würden eine andere wählen ...« Die fragenden Blicke der Wächter machten ihm deutlich, dass er sich nicht ausreichend erklärt hatte. »Hmm ... Wie soll ich das am besten verdeutlichen? ... Wir besaßen mal ganz im Geheimen eine Miene für Edelmetall und da wir das Monopol hatten, gingen die Marktpreise durch die Decke. Jemand hat sich dann einen Plan zurechtgelegt, sie uns mit Ouroboros, einem der Zwanzig, abzunehmen.«

Ainz lächelte. Damals hatte er sich darüber geärgert, doch sich jetzt daran zu erinnern war angenehm – obwohl man ihn dabei getötet und er ein paar ziemlich seltene Items gedroppt hatte.

»Was?! Wie können sie es wagen, den Höchsten Geschöpfen ihr Land zu stehlen? Das lasse ich nicht zu! Bitte befehlt uns sofort, es zurückzuerobern!«

Bei Albedos Ruf sah Ainz hastig zu ihr. Alle Wächter zeigten unverhohlene Feindseligkeit und Mordlust. Für gewöhnlich war Demiurge ruhig und beherrscht, doch sogar er blickte finster drein. Selbst in Mares schüchterner Miene erkannte er Entschlossenheit – er schrie geradezu: *Ich werde euch umbringen!* Da Shalltear sein Stuhl war, konnte er ihr Gesicht nicht sehen, allerdings spürte er, wie sich ihr ganzer Körper anspannte.

»Beruhigt euch! Das ist schon ewig her!« Ainz hob die Hand, um seinen Befehl, sich zu entspannen, zu untermauern. Sie gewannen einen Teil ihrer Fassung zurück, doch unter der friedlichen Oberfläche brodelte glühende Lava. Ainz beeilte sich weiterzuerzählen, zum Teil, um schnellstens das Thema zu wechseln. »Mit Ouroboros sorgten sie dafür, dass wir nicht in das Gebiet konnten, wo sich die Miene befand. Währenddessen haben sie vermutlich danach gesucht und sie aufgespürt. Als das Siegel endlich brach und wir zurückkonnten, war die Miene bereits verloren.«

Die meisten Gildenmitglieder waren bei dem tollkühnen Rückeroberungsversuch gestorben, doch Ainz beschloss, das besser nicht zu erwähnen. »Okay, ich wollte damit Folgendes sagen: Man hatte die Welt versiegelt, doch mit einem *World Item* konnte man nach wie vor hinein. Und das bedeutet, selbst wenn uns unser Feind mit einem *World Item* beobachtet, sollte er uns nicht aufspüren können.«

Obwohl ein paar der Wächter sagten, sie verstünden, fragte sich Ainz, ob das wirklich der Fall war.

Die Möglichkeit bestand, mehr aber auch nicht.

Als man ein anderes der Zwanzig, Five Elements Overcoming, benutzt hatte, hatten Spieler mit *World Items* von den Entwicklern Entschuldigungsschreiben und Items bekommen. In dem Schreiben stand: »Die Änderungen, die man an der Welt mithilfe eines *World Items* vornimmt, sollten sich nicht auf die Besitzer eines solchen Items auswirken. Allerdings mussten wir einsehen, es würde das System zu sehr belasten, wenn wir eure Daten unverändert lassen. Daher nehmen wir uns die Freiheit, eine Ausnahme zu machen und sie anzupassen.«

Es gab also keine Garantie, dem Effekt eines *World Items* entgehen zu können, auch wenn es damals eine Ausnahme gewesen *war.*

Das *World Item*, das Nazarick schützte, war speziell darauf ausgelegt, Spionagemagie und Ähnlichem entgegenzuwirken. Wenn es gegen ein *World Item* machtlos war, war es nutzlos.

»Darum dachte ich, sie würden versuchen, mit Momon Kontakt aufzunehmen, aber … die Einzigen, die zu ihm kommen, sind Mütter mit Neugeborenen und Abenteurer.«

Diese Leute sagten Dinge wie: »Bitte berührt mein Baby, damit es groß und stark wird«, »Bitte schlagt mich, damit ich als Abenteurer wachsen kann«, oder »Darf ich bitte Eure Hand schütteln?« Niemand wollte ein Gespräch unter vier Augen.

Also machte sich Ainz an verschiedenen Orten auf unterschiedliche Weise verwundbar, um die Gegner zum Handeln zu bewegen. Aus diesem Grund hatte er Cocytus ein *World Item* gegeben – um ihn zum Köder zu machen. Diese Feinde machten ihm Angst, eben weil er nicht wusste, wer sie waren. Könnte er sie wenigstens einmal dazu bringen, sich zu zeigen, wäre es möglich, entsprechende Gegenmaßnahmen zu treffen.

»Was das angeht … vergebt Ihr mir, wenn ich etwas Dummes sage?«

»Was denn, Albedo?«

»Ihr sagtet, Ihr wollt das Unbekannte enthüllen. Könnte es dann vielleicht sein, dass der Feind fernbleibt, weil Ihr ebenfalls unbekannt seid?«

Argh … »Sch… Schon gut, Albedo. Auch daran hab ich gedacht.«

Nein, hatte er nicht. Er war überzeugt gewesen, weil er auf eine bestimmte Art dachte und handelte, traf dasselbe auf den Feind zu. … *Was für ein dämlicher Fehler. War das alles von Anfang an nichts als ein einziger Reinfall?*

»Dann verzeiht mir bitte. Abgesehen davon …«

Er konnte nicht flehen: *Albedo, bitte hör einfach auf.* Ainz bekam das Gefühl, er hätte an einem wichtigen Test teilgenommen und erst als es Zeit zum Abgeben war, bemerkt, er hatte beim Multiple Choice einen Zeile übersehen und seine Antworten alle um eins versetzt markiert.

»Ihr habt ihnen gesagt, Ihr hättet Shalltear mit einem Item besiegt …«

»Ja, das habe ich der Gilde gesagt. Ich wollte vermeiden, dass Momon so stark wirkt, dass sich niemand mehr traut, ihn anzusprechen. Sieht so aus, als wären magieversiegelnde Kristalle unheimlich selten, deshalb denke ich nicht, dass jemand einen zerbrechen wird, nur um es zu überprüfen. Das bedeutet, die Geschichte, ich hätte einen Kristall benutzt – sie mit einem Item besiegt –, ist plausibel und die Leute werden mir nicht übervorsichtig begegnen.«

»Was ihr sagt, stimmt. Gegen jemanden, der Kristalle für sehr seltene Items hält, ist das bestimmt ein effektiver Plan.«

Dass sie sich so undeutlich ausdrückte, störte ihn wie ein zwischen seinen Backenzähnen feststeckendes Stück Fleisch und er wurde immer nervöser.

»Doch würde es bei jemandem funktionieren, der wie Ihr mehrere Kristalle besitzt, Lord Ainz?«

»Hä? Oh, jetzt verstehe ich, was du meinst.« Er tat zumindest so, obwohl er nach wie vor im Dunkeln tappte.

Selbst wenn noch jemand anders einen Haufen Kristalle hätte, wären sie in dieser Welt trotzdem noch äußerst wertvolle Items. Macht sich Albedo Gedanken, dass jemand doch einen zerbricht, um die Geschichte zu überprüfen? Das bezweifelte er.

Sein Verstand klammerte sich an das ungute Gefühl und weigerte sich loszulassen. Er hasste sich selbst, da er sie um eine genauere Erklärung bitten wollte, aber bereits so getan hatte, als wüsste er alles. *Wichtiger noch, bin ich überhaupt der Richtige, um über Nazaricks Handeln zu entscheiden? Es ist, als hätte ich erst gedacht, es ginge darum, ein Schiff zu lenken, nur um dann zu merken, eigentlich besteigen wir einen Berg …*

Er wollte weglaufen. So schnell er konnte.

Gelegentlich spürte er die Bürde eines Herrschers – besonders schwer wog sie, wenn er versagte – und damit kam er einfach nicht klar. Zumindest in seinen Gedanken gestattete er sich ein Schluchzen.

Natürlich konnte er nicht einfach weglaufen. Da er nun den Namen Ainz Ooal Gown trug, konnte er die große Gruft und die von seinen Gildenkameraden erschaffenen NPCs nicht einfach verlassen – sie alle waren viel zu wertvoll. Abgesehen davon, auf keinen Fall wollte er wie diese Eltern sein, die ihre Kinder einfach im Stich ließen.

Und ich mache mir Sorgen, dass ihr mich hintergeht, im Stich lasst oder schlichtweg aufgebt. Deshalb ist es mir so wichtig, der Ainz Ooal Gown zu sein, in den ihr eure Hoffnung setzt und dem ihr vertraut.

Aus diesem Grund gab er sich so gebieterisch. Er übte vor dem Spiegel alle Posen, von denen er überzeugt war, sie vermittelten »Herrscher«.

»Das ist kein Problem, allerdings verstehe ich deine Sorge nur zu gut.« Er ließ den Blick schweifen. »Albedo … sei so gut und erklär es den anderen Wächtern.«

»Oh, ja, mein Lord. Wenn es jemanden gibt, der wie Lord Ainz mehrere Kristalle hat … der mit der Macht von Kristallen vertraut ist, würde er die Lüge durchschauen. Er wüsste, es wurde kein Kristall benutzt. Ich weiß nicht, wie ernsthaft Shalltear gekämpft hat, aber der Besitzer des *World Items* würde Momon und sie als ähnlich stark einschätzen. Daher sind sie möglicherweise zu dem Schluss gekommen, es könnte gefährlich sein, sich an Momon, den geheimnisvollen Krieger, der plötzlich in E-Rantel aufgetaucht ist, zu wenden. Ich denke, das könnte … etwas damit zu tun haben.«

»Albedo und auch ihr anderen Wächter, sollte das der Fall sein, was denkt ihr, würden sie als Nächstes tun?«

»Wenn ich so anmaßend sein darf … Es kann sein, dass man sich Euch in den Weg stellen will, indem man zum Beispiel Gerüchte verbreitet, Ihr wärt mit der Vampirin im Bunde, selbst wenn es keinerlei

Beweise dafür gibt. Einfach nur, um Euch zu schaden. Vermutlich sind sie nicht gerade davon erbaut, dass sich Momon einen Namen macht und stärker wird.«

Urrgh, ächzte Ainz in Gedanken.

Er war nach E-Rantel gegangen, um Informationen zu beschaffen, aber auch, um seine erfundene Persönlichkeit Momon bekannt zu machen – und ja, es war auch eine Möglichkeit, zumindest für kurze Zeit von Nazarick wegzukommen. Er hatte vor, sobald er als großer Held bekannt war, seine wahre Identität zu enthüllen und das gesamte Lob und die Huldigung im Namen von Ainz Ooal Gown entgegenzunehmen, damit sich das Wissen darüber möglichst weit verbreitete.

Das würde hoffentlich zeigen, dass die früher für PK berüchtigte Gilde ein neues Kapitel aufgeschlagen und sich geändert hatte. Ainz half anderen unter dem Namen Momon. Doch jetzt sah es danach aus, als würde das alles in Rauch aufgehen.

»Hm, aber Demiurge, würde es nicht mehr schaden, wenn man diese Gerüchte erst dann in Umlauf bringt, nachdem Momon berühmt ist?«

»Möglicherweise, aber das kommt darauf an, Aura. Sollte Lord Ainz genug Ansehen genießen, würde man das Gerücht vielleicht nur als Lüge abtun, um ihn schlecht zu machen. Unser Feind muss sich damit befassen, bevor er zu bekannt und damit unangreifbar wird.«

»Ausgezeichnet, Demiurge.« Ainz nickte dem sich verneigenden Wächter großzügig zu und tat so, als hätte er genau dasselbe gedacht.

»Dann lass mich dich noch was anderes fragen. Warum hat der Feind noch nicht damit angefangen?«

Demiurge hob einen Finger. »Erstens, sie haben noch nicht genug Informationen über Momon gesammelt. Sollte er wirklich gegen Shalltear gekämpft und gewonnen haben, wollen sie ihn keinesfalls gegen sich aufbringen. Könnte sogar sein, dass sie ihn gern als Verbündeten hätten. Zweitens …« Er hob einen weiteren Finger. »Was, wenn ihre Begegnung mit Shalltear nichts weiter als Zufall war? Könnte sein, dass sie wegen etwas ganz anderem dort waren … dass das nichts weiter als eine ansonsten unbeteiligte dritte Partei war.«

»Auf keinen Fall sind sie ihr *rein zufällig* über den Weg gelaufen, Demiurge. Das wäre geradezu lächerlich …« Doch noch während er sprach, begriff Ainz, diese Möglichkeit bestand durchaus.

Er war davon ausgegangen, der Vorfall wäre ein feindlicher Angriff auf Shalltear oder sogar Nazarick selbst gewesen. Allerdings hatte es nicht lange nach ihrer Ankunft in dieser Welt stattgefunden. Alles in allem schien es zu präzise, sich unter diesen Umständen ausgerechnet auf sie zu konzentrieren.

Sehe ich Verbindungen, wo gar keine sind? Ainz verengte die Augen – die roten Flammen in seinen leeren Augenhöhlen.

Letztendlich war sein größtes Problem der Informationsmangel. Er benötigte mehr Hilfe. Er wollte mehr Macht. *Das Schwierigste ist, wir haben bisher noch kein Informationsnetzwerk aufgebaut.* Das war der Auftrag, dem Sebas Tian und seine Untergebenen nachgingen, doch ein paar auf sich allein gestellte Agenten konnten nicht auf die Schnelle alles Notwendige in Erfahrung bringen. Anfangs hatte er gedacht, es würde genügen, ein grundlegendes Verständnis dieser neuen Welt zu bekommen. Inzwischen reichte das nicht mehr aus.

Als schlichte Abenteurer und der Diener eines Händlers würden sie die benötigten Informationen nicht bekommen. Dafür bewegten sie sich in den falschen Kreisen. Was ganz normale Bürger wussten, unterschied sich maßgeblich vom Informationsstand von Regierungsangehörigen und anderen einflussreichen Leuten.

Zusätzlich verfügte er über niemanden, der die Informationen durchgehen und entscheiden konnte, was davon wichtig war.

»Himmel. Wie man es auch dreht und wendet, unser größtes Problem sind fehlende Informationen. Wir müssen uns vor Feinden in Acht nehmen, die wir nicht mal kennen, was uns insgesamt ausbremst …«

Ainz' unzufriedenes Murren ließ ein Glitzern in Demiurges Augen treten, was bedeutete, er hatte einen brillanten Plan zur Hand. »Wie wäre es dann, wenn wir Teil einer Nation werden, Lord Ainz?«

Nach kurzem Schweigen sagte Albedo: »Ooh«, als würde sie verstehen, was er damit meinte.

Ainz machte es kurz darauf ähnlich. »Oh, ich verstehe, worauf du hinauswillst, Demiurge.«

Die anderen drei Wächter hingegen neigten verständnislos den Kopf zur Seite. Aura fragte schüchtern: »Lord Ainz, warum wäre das eine gute Idee?«

Ainz war froh, dass man seinem Gesicht keine Gefühle ansehen konnte. »Himmel … Mare, Shalltear, versteht einer von euch, was Demiurge damit sagen will?«

Beide schüttelten den Kopf.

»Verstehe. Dann muss es wohl sein. Demiurge, erklär es ihnen.«

»Mein Lord, zu Befehl. Hört zu, Lord Ainz macht sich Sorgen, dass es da draußen einen mächtigen, uns unbekannten Feind gibt. Sollten wir diesem Feind begegnen, benötigen wir eine Grundlage, um die Angelegenheit durch Verhandlungen beizulegen.«

Herr Lehrer, ich versteh das nicht. Das war den Mienen der drei abzulesen, und da war noch jemand, der es nicht begriff.

Demiurge erkannte, seine Erklärung war zu kompliziert, also versuchte er es noch einmal einfacher. »Was, wenn jemand Lord Ainz mit einem *World Item* kontrollieren würde?«

»Dann würde ich den Drecksack töten!«

»Nein, das meine ich nicht, Aura. Möglichst einfach ausgedrückt, würde man ihn kontrollieren, könnte man das als Entschuldigung vorschieben, richtig? Wir wissen mit absoluter Sicherheit, da draußen gibt es jemanden, der *World Items* benutzt, um andere zu kontrollieren, was den Vorwand recht überzeugend macht.«

»Anderes gesagt«, übernahm Assistenzprofessorin Albedo, »wir tun so, als stünden wir unter der Herrschaft einer Landesregierung, um eine Rechtfertigung für Nazaricks zukünftige Handlungen zu haben. Wenn wir behaupten, wir hätten keine Wahl, da uns etwas befohlen wurde, könnten wir die Schuld zumindest zum Teil auf jemand anders abwälzen. Selbst wenn wir es mit einem Feind zu tun hätten, der uns ebenbürtig ist. Wenn sie einen direkten Kampf vermeiden wollen, werden sie es vermutlich zähneknirschend hinnehmen.«

»Aah ... Selbst wenn unser Feind ein Problem mit etwas hat, das wir gemacht haben, könnten wir bei Bedarf einen Verbündeten mit reinziehen ... Wolltest du das sagen? Von Lord Ainz würde ich auch nichts anderes erwarten ...«

Ainz streichelte den Kopf seines Stuhls, wie das böse Schurken mit der weißen Perserkatze auf ihrem Schoß machten. »Das war nicht mein Plan ... sondern Demiurges. Wenn du jemanden loben willst, dann ihn.«

»Nein, das stimmt nicht. Mir scheint, Ihr wart bereits zum selben Schluss gekommen.«

»Oh, äh, hm. Nun, ich wollte nicht deine Lorbeeren einheimsen. Hmm. Abgesehen davon würde uns ein Bündnis die Informationsbeschaffung erleichtern.« Höchstwahrscheinlich verfügte eine Nation bereits über das Informationsnetzwerk, das Ainz so dringend aufbauen wollte. Jemanden aus Nazarick in ein solches Netzwerk einzuschleusen würde sie einen gewaltigen Schritt weiterbringen. Ainz' Kommentar war als indirekte Bitte gedacht, um zu erfahren, ob seine beiden intelligentesten Berater der Meinung waren, dass dieser Plan die bisher vorherrschenden Sorgen beheben würde.

Demiurge lächelte freundlich. »Es ist, wie Ihr sagt.«

Ainz erkannte, hinter diesen Worten verbarg sich der Gedanke: *Wie erwartet wusstet Ihr das bereits.*

»Ooh, aha. Brillant wie immer, Lord Ainz, dass Ihr so weit vorausplant ... Ich verstehe ... Also können uns die niederen Lebensformen doch noch von Nutzen sein.« Nach Albedos Feststellung verströmten alle Wächter, auch sein Stuhl Shalltear, nichts als reinste Bewunderung für ihn.

Das war Ainz schrecklich unangenehm, doch immerhin stimmten ihm die beiden zu. Er war erleichtert, richtigzuliegen.

»Dann ... starten wir eine Invasion. Welches Land?«

»In der Nähe befinden sich das Königreich, das Kaiserreich und der Gottesstaat, richtig?«

»W...Wie wäre es mit einem weiter entfernten Land? Der Ratsstaat oder das Heilige Königreich?«

»Die weiter entfernten Nationen möchte ich erst mal außen vor lassen. Und solange wir nicht besser informiert sind, würde ich auch den Gottesstaat gern meiden. Damit bleiben das Königreich und das Kaiserreich ... Sebas' Berichte werfen kein besonders gutes Licht auf das Königreich ... vermutlich sollten wir trotzdem darüber nachdenken. Nun denn ...« Er bereitete einen Themenwechsel vor und deutete zum Spiegel. »Wir haben den Echsenmenschen etwas Zeit gegeben. Gestattet mir, sicherzugehen, dass sie keine Überraschungen aushecken.«

Der Spiegel der Weitsicht zeigte das Dorf der Echsenmenschen aus der Vogelperspektive. Im Inneren wuselten kleine Flecken umher.

Ainz bewegte die Hand, woraufhin sich das Bild änderte. Aber zuerst vergrößerte er natürlich. Dadurch wurde deutlich, die Echsenmenschen bereiteten sich hektisch auf den Kampf vor.

»Völlig sinnlos ...«, murmelte Demiurge leise.

Okay, wo bist du? Die sehen alle gleich aus … Ainz betrachtete stirnrunzelnd das Bild und versuchte, die sechs von zuvor ausfindig zu machen. *Oh! Der hier trägt eine Rüstung. Ist das der, der den Stein geworfen hat? Und hier ist der mit dem riesigen Schwert. Die sind wirklich schwer auseinanderzuhalten. Es ist einfacher, wenn sie unterschiedlich gefärbt oder ausgerüstet sind … aber, ah, der mit dem Arm … gefunden.*

Dann bewegte er die Ansicht hin und her, als wüsste er nicht, was er sonst machen sollte. »Die Weiße und der mit der magischen Waffe sind nirgends zu sehen!«

»Ähm, wie hieß er noch? Zaryusu?«

»Oh ja. Stimmt.«

Als sich Aura zu Wort meldete, erinnerte er sich an den Echsenmenschen, der bei den Verhandlungen gewesen war.

»Vermutlich ist er in seinem Haus.«

»Kann sein.«

Der Spiegel der Weitsicht konnte nicht in Häuser sehen – zumindest nicht ohne Weiteres.

»Demiurge, gib mir den Bodenlosen Beutel.«

»Zu Befehl.« Demiurge verneigte sich, bevor er die Umhängetasche vom Tisch holte, den man in eine Ecke des Zimmers geschoben hatte, und überreichte sie Ainz höflich. Dieser holte eine Schriftrolle heraus, mit der er einen Zauber wirkte.

Der Zauber erschuf ein Sinnesorgan, das Unsichtbares und Substanzloses sehen konnte. Gegen magische Barrieren war es machtlos, Wände hingegen, egal wie dick, durchdrang es ohne Schwierigkeiten. Sollten sie damit nichts sehen, würde das belegen, ihre Gegner blieben stets auf der Hut.

Indem Ainz es mit dem Spiegel der Weitsicht verband, konnten die Wächter sehen, was sich im Erfassungsbereich des an ein Auge erinnernden Organs befand.

»Versuchen wir als Erstes dieses Haus.« Er wählte willkürlich eine schäbige Behausung aus und schickte das Sinnesorgan hinein. Obwohl es im Inneren dunkel war, war alles deutlich zu erkennen.

Drinnen lag die Weiße mit hoch erhobenem Schwanz auf dem Bauch, während der Schwarze sie zu Boden drückte.

Die Zuschauer waren verwirrt.

Zuerst wusste er nicht, was sie da taten. Dann verstand er nicht, *warum* sie es taten.

Wortlos lenkte Ainz das Sinnesorgan wieder nach draußen. Gequält legte er die Hände an den Kopf.

Die Wächter sahen einander an und wussten nicht, was sie dazu sagen sollten.

»Was für ein absolut widerwärtiger Haufen. Cocytus greift bald an und die haben nichts Besseres zu tun als das?«

»Da hast du recht, absolut recht.«

»Ähm, äh ...«

»Es ist genauso, wie du sagtest, Demiurge. Wir sollten sie bestrafen!«

»Ich bin neidisch ...«

Ainz hob eine Hand und die Wächter verstummten. »Nun, sie werden sterben. Ich hab mal in einem Film gesehen, dass bei manchen Spezies in einem solchen Fall der Arterhaltungstrieb einsetzt oder so.« Er nickte, als würde er sich selbst zustimmen.

»Es ist, wie Ihr sagt, mein Lord.«

»Das sollte man ihnen gewähren.«

»Ganz genau, ganz genau!«

»Ähm, äh ...«

»Ich wünschte, Ihr würdet das mit mir machen ...«

»Jetzt haltet mal die Klappe.«

Die Wächter schwiegen.

Ainz seufzte. »Oh Mann, jetzt hab ich irgendwie keine Lust mehr. Nun, vermutlich gibt es im ganzen Dorf sonst niemanden, den wir im Auge behalten sollten. Aber werdet nicht unachtsam! Sie könnten sich auf den Weg hierher machen. Aura …« Ainz stockte und sah die beiden Kinder an.

Scheiße! Was hab ich da nur angestellt? Sie sind noch zu jung für Aufklärungsunterricht … Vermutlich fühlte sich ein Vater genauso, wenn die ganze Familie vor dem Fernseher saß und plötzlich kam es zu einer heißen Liebesszene. Was sagten die Väter und Mütter der Welt, wenn ihre Kinder wissen wollten, woher die Babys kamen? *Das ist übel. Wie konnte ich das Bukubuku Chagamas beiden … Puh, na, kein Problem. Albedo ist unbrauchbar. Demiurge könnte … den medizinisch biologischen Teil erklären … Das behalte ich mal im Hinterkopf. Shalltear … könnte auch ganz nützlich sein? Egal, darum mach ich mir ein andermal Gedanken.*

Ainz beschloss, die Angelegenheit erst mal beiseitezuschieben, und räusperte sich. »Ähem. Sollte das Sicherheitsnetz irgendwen aufspüren, begebe ich mich zusammen mit allen Wächtern nach Nazarick.«

Sollte ein *Yggdrasil*-Spieler auftauchen, hatte Ainz nicht vor, sich an sein Versprechen, das Dorf der Echsenmenschen zu verschonen, zu halten. Wenn er die Stämme nicht zu Verbündeten machen konnte, würde er sie mit all seiner Macht zerquetschen, damit sie keine Informationen weitergeben konnten – selbst wenn er dafür die schweren Geschütze der achten Stufe auffahren musste.

Genauso ignorierte er die Schuldgefühle, damit auch sein Versprechen gegenüber Cocytus zu brechen. Wenn es um etwas Wichtiges ging, musste man manchmal schwindeln.

»Okay, wenn es dann endlich so weit ist, sollten wir uns zurücklehnen und Cocytus' Kampf genießen.«

2

Vier Stunden vergingen wie im Flug.

Das Eis auf dem Sumpfland war geschmolzen und die Krieger versammelten sich am Haupttor. Nicht viele hatten den Kampf vom Vortag überlebt, um jetzt an diesem teilzunehmen. Insgesamt waren es 316.

Es waren nur Krieger, weil Shasuryu gesagt hatte: »Es wird nicht viele Gegner geben, wenn wir also selbst zu viele sind, stehen wir uns nur gegenseitig im Weg.«

Wenn man nicht darüber nachdachte, klang die Begründung glaubhaft, aber natürlich sah die Wahrheit anders aus.

Zaryusu stand etwas abseits und betrachtete die versammelten Krieger. Auf ihren Körpern prangten Symbole, die belegten, die Geister ihrer Ahnen waren bei ihnen, und in ihren Gesichtern stand eiserne Entschlossenheit. Es schien, als würde niemand über eine Niederlage nachdenken.

Andere Echsenmenschen in der Nähe jubelten den Kriegern zu. Unter ihnen gab es viele, denen ihre Furcht deutlich anzusehen war.

Es fiel Zaryusu schwer, zuversichtlich zu wirken und sich seinen Widerwillen nicht anmerken zu lassen. Sonst würden die anderen vielleicht begreifen, der Kampf war letztendlich nichts anderes als eine Opfergabe an den Herrscher des Todes. Er diente einzig und allein dazu, den Echsenmenschen seine Macht zu demonstrieren, um ihren Willen zu brechen. Es gab nicht die geringste Aussicht auf einen Sieg und Shasuryus Erklärung sollte nur die Opferzahl so gering wie möglich halten.

Zaryusu nahm den Blick von den Echsenmenschen und starrte durchdringend zu den Feinden hinüber. Die Skelette hatten sich keinen Schritt bewegt. Das Monster Cocytus konnte er jedoch nicht unter ihnen ausmachen. *Er kann ja wohl kaum nur eins dieser Skelette sein, oder? Er ist ein Gefolgsmann des Herrschers des Todes. Also wird er kein gewöhnliches Monster sein.* Er war überzeugt, sobald er ihn sah, würde er es bis in die Schwanzspitze spüren.

Während Zaryusu in seinem Trübsal versank, hörte er hinter sich das typische Platschen, wenn sich jemand Schweres durch den Sumpf bewegte.

»Hey, Zaryusu!« Zenberu klang so unbeschwert wie immer. Man merkte ihm nicht im Geringsten an, dass sie kurz davor waren, in einen tödlichen Kampf zu ziehen.

»Die allgemeine Stimmung ist hervorragend, hm?«

»Ja. Wäre klasse, wenn das so bleibt, sobald sie dieses Cocytus-Monster sehen ...«

»Und ob. Oh! Ist es schon so weit?«

Shasuryu war am Tor. Alle Echsenmenschen sahen zu ihm und den beiden *Swamp Elementals* neben ihm.

Crusch war nicht anwesend – sie war noch dabei, die *Swamp Elementals* mit magischer Energie zu versorgen. Das und die lang anhaltenden Schutzzauber, mit denen sie Zaryusu ausgestattet hatte, würden sie vermutlich absolut erschöpft zurücklassen, sobald sie fertig war. Sie hatte so viel magische Energie verbraucht. Als sie zusammen das Haus verlassen hatten, hatte sie ihm gesagt, dass sie ihn vermutlich nicht wiedersehen würde, da sie durch den Energieverbrauch vermutlich das Bewusstsein verlieren würde.

Ohne jemanden an seiner Seite fühlte er sich einsam und so sah Zaryusu in die Richtung, wo sich Crusch vermutlich aufhielt. Der Blick, mit dem sie ihn bei ihrem Abschied angesehen hatte, zerrte an seinem Herzen.

»Krieger! Wir marschieren los!« Shasuryus Ruf, der den Kampfgeist der Echsenmenschen stärken sollte, ließ die Moral in die Höhe schnellen. Alle waren aufgeregt.

Ich muss mich auf die Krieger konzentrieren. Zaryusu verdrängte alle anderen Gedanken.

Die Echsenmenschen setzten sich langsam mit Shasuryu und den beiden *Swamp Elementals* an der Spitze in Bewegung. Sie verließen das Dorf, damit es nicht durch den Kampf in Mitleidenschaft gezogen wurde. Zaryusu und Zenberu bildeten die Nachhut.

Plötzlich drehte sich Zaryusu um. Diese schäbigen Lehmmauern, die besorgten Echsenmenschen und ...

Er hauchte einen leisen Seufzer, verbannte alle Gedanken und ging weiter – ohne den Namen des Weibchens, der ihm auf der Zunge lag, zu murmeln.

Die Echsenmenschen bewegten sich durch den Sumpf und gingen an einem Punkt zwischen dem Dorf und den feindlichen Skeletten in Stellung. Um Ränge machten sie sich keine Gedanken, sie verteilten sich und warteten auf den Beginn des Kampfes. Bestenfalls hatten sie die Häuptlinge, Zaryusu und die beiden *Elementals* zwischen sich und dem Gegner.

Vermutlich hatte der Feind nur auf Zaryusu und die anderen gewartet. Die Skelette schlugen auf ihre Schilde und stampften auf den Boden. Zu jedem anderen Zeitpunkt wäre das nicht mehr als Lärm gewesen, doch die Untoten verwandelten das Getöse in ein harmonisches Ganzes. Es war derart beeindruckend, wäre es eine andere Situation, wäre Applaus angemessen gewesen.

Während der Lärm die Aufmerksamkeit der Echsenmenschen auf sich zog, stürzten im Wald hinter den Skeletten Bäume um.

Es konnte nur einen Grund geben, warum riesige Bäume mit derart massiven Stämmen umfielen: Jemand mähte sie nieder. Unruhe machte sich unter den Echsenmenschen breit.

Da sie niemanden sehen konnten, war es möglich, sich einzureden, dass da mehrere am Werk waren. Doch die Bäume fielen zu gleichmäßig, als dass das hätte stimmen können. Es war nicht völlig unmöglich, wenn man bedachte, wie präzise und abgestimmt sich die Untoten bisher bewegt hatten, trotzdem glaubte keiner der Echsenmenschen daran.

Ein seltsames Gefühl überkam sie – dass es wirklich das Werk eines Einzelnen war.

Das Seltsamste war, sie hörten kein Hacken, erst kurz bevor ein Baum fiel, war zu hören, wie eine Klinge den Stamm traf. Mit anderen Worten, so unmöglich es auch scheinen mochte, irgendwer unheimlich Starkes fällte die dicken Bäume mit einem einzigen Streich.

Einen großen Baum auf diese Weise zu fällen ... Wie viel Kraft und was für eine Klinge waren nötig, um so etwas zu bewerkstelligen?

Das Geräusch fallender Bäume, untermalt vom Rhythmus der auf ihre Schilde schlagenden Skelette, näherte sich langsam den Echsenmenschen.

Die Verteidiger waren erschüttert. Was sollten sie auch sonst sein? Unter diesen Umständen wäre das jeder gewesen. Sogar Zenberu, Zaryusu und Shasuryu, die zumindest eine Ahnung gehabt hatten – sie waren nur geschickt darin, es sich nicht anmerken zu lassen.

Letztendlich kam die Gestalt in Sicht, die durch den Wald wütete. Gleichzeitig verstummten die Skelette.

Inmitten der unnatürlichen Stille stand eine Masse aus poliertem Hellblau. Sie glänzte dermaßen intensiv, dass man sich wie von selbst fragte, wie viel Licht sie wohl reflektieren würde, wäre da nicht diese dicke Wolke am Himmel. Das Wesen sah wie ein zwei Meter fünfzig großes, zweibeiniges Insekt aus. Würde man die Gesichter einer Ameise und einer Gottesanbeterin vereinen und dann zu einem Dämon verzerren, wäre das vermutlich das Ergebnis. Das harte Exoskelett war mit wie Diamantstaub funkelndem Frost überzogen. Der kräftige, mit zahllosen Stacheln versehene Schwanz war mehr als doppelt so lang, wie das Wesen hoch war. Mit den kräftigen Mandibeln hätte es einen menschlichen Arm ohne Mühe abtrennen können. Die vier Arme endeten in scharfen Krallen, an jedem Unterarm trug das Wesen glänzende Armschienen. An einer dicken Kette um den Hals hing eine goldene Scheibe und es trug Fußringe.

Das Aussehen einer absoluten Macht, die auf derselben Stufe wie der Herrscher des Todes stand.

Das ist also Cocytus? Zaryusus Herz hämmerte und sein Atem ging nur noch stoßweise.

Keiner der Echsenmenschen sagte etwas. Alle sahen zu dem Wesen und keiner konnte den Blick abwenden – nicht mal aus Furcht.

Ohne es zu bemerken, begannen alle, sich zurückzuziehen. Die Echsenmenschen, die sich zuvor noch Mut gemacht hatten, sowie Zaryusu und die anderen, die mit diesem Moment gerechnet hatten – dieser mächtige Gegner machte jedem Einzelnen von ihnen Angst.

Ich weiß, dass der Herrscher des Todes und sein Gefolge nicht gegen uns kämpfen wollten. Aber ich hätte nie gedacht, dass ein mächtiger Gegner, der bereit ist zu kämpfen, so schrecklich sein könnte ...

Dieses Monster weckte selbst in Zaryusu den Wunsch wegzulaufen, obwohl auf ihn ein Zauber wirkte, der keine Angst zuließ. Es glich einem Wunder, dass die Echsenmenschen ohne diesen Vorteil nicht versuchten zu fliehen.

Cocytus kam mit gemächlichen Schritten auf sie zu. Seine beeindruckende Gestalt betrat das Sumpfland und ging zwischen den Skeletten hindurch ...

In etwa dreißig Metern Entfernung blieb er stehen. Er bewegte den Insektenkopf auf seinem langen Hals, als würde er nach jemandem suchen.

Zaryusu spürte, wie sein Blick einen Moment lang auf ihm ruhte.

»NUN DENN, LORD AINZ SIEHT ZU, BITTE ZEIGT MIR EUREN MUT. DOCH VORHER, *ICE PILLAR*.«

Er wiederholte den Zauber und etwa zwanzig Meter entfernt, zwischen ihm und den Echsenmenschen, stießen zwei Eissäulen aus dem Wasser.

»ES IST EUCH KRIEGERN GEGENÜBER, DIE VORBEREITET HERGEKOMMEN SIND, VIELLEICHT UNHÖFLICH, DOCH GESTATTET MIR, EUCH ETWAS ZU SAGEN: JENSEITS DIESER LINIE WARTET DER TOD. WENN IHR DARAUF BESTEHT, VORZURÜCKEN, SOLLTET IHR WISSEN, IHR WERDET STERBEN.«

»Hey, der ist doch eigentlich ein ganz netter Kerl!«

Zaryusu nickte, als würde er Zenberu zustimmen. Dann ging er einen Schritt vor. Zenberu, Shasuryu und die beiden anderen Häuptlinge taten es ihm gleich.

Shasuryu drehte sich um und wandte sich an die Krieger, die ihnen folgen wollten: »Ihr könnt hierbleiben ... Nein, geht ins Dorf zurück. Sonst werdet ihr vielleicht aus Versehen getötet.«

»Hey, lasst uns mitkämpfen! Ja, wir haben Angst ... aber trotzdem!«

»Es ist nicht feige, sich zurückzuziehen. Überleben ist wichtig!«

»Und warum ...?«

»Manche Echsenmenschen können sich nicht zurückziehen. So ist das nun mal. Wie könnte ein Häuptling zulassen, dass jemand seinen Stamm unterwirft, ohne sich dagegen aufzulehnen?«

»Aber Häuptling, wir werden auch kämpfen!«

»Wartet! Ihr Jungen, geht nach Hause. Überlasst den Rest uns alten Knochen!« Die Echsenmenschen, die sich nach vorn geschoben hatten, waren recht alt, aber noch weit davon entfernt, um als gebrechlich zu gelten. Es waren etwa siebenundfünfzig. Als die anderen ihre Mienen sahen, wussten sie nicht, was sie sagen sollten.

Wäre auf diesen Gesichtern Entschlossenheit oder Resignation zu sehen gewesen, hätten die Jüngeren möglicherweise darauf bestanden, ihnen zur Seite zu stehen. Doch sie erkannten nur einen einzigen Wunsch – dass die jüngeren überleben und das Leben genießen sollten.

Die Krieger, denen keine Entgegnung einfiel, zogen sich frustriert zurück.

Shasuryu sah den Gegner wieder an. »Ich wollte dich nicht warten lassen, Cocytus.«

Cocytus streckte einen Arm aus und krümmte einen seiner schrecklich langen, dünnen Finger. *Na dann kommt!*

Als Antwort brüllte Shasuryu: »Angriiiiiff!«

»Rrrraaaaaaagh!« Mit tosendem Gebrüll, das von ganzem Herzen kam, rannten die entschlossenen Echsenmenschen durch den Sumpf auf Cocytus zu.

Cocytus betrachtete die heranstürmenden Echsenmenschen kalt. »ES IST EINE SCHANDE, KRIEGER, DOCH GESTATTET MIR, EUCH ERST EIN WENIG AUSZUDÜNNEN.« Es war unvorstellbar, dass er verlieren würde, selbst wenn ihn alle erreichen sollten. Cocytus entschied lediglich, dass er mit mehr Bedacht vorgehen sollte.

Als Krieger würde er ihnen gern Respekt erweisen und warten, bis sie in Reichweite waren, um sich dann mit ihnen zu messen. Doch unter den gegebenen Umständen (er erhielt mehr Wohlwollen, als er verdiente), wäre es demjenigen gegenüber, der diesen Kampf beobachtete, respektlos, würde dieses Gesindel die Klinge mit einem Wächter der Großen Gruft von Nazarick kreuzen.

Cocytus entfesselte seine versiegelte Aura.

Diese Fähigkeit gehörte zu seiner *Knight of Niflheim*-Klasse: *Frostaura.* Der Skill behinderte die Beweglichkeit des Gegners ein wenig, während sie enormen Kälteschaden verursachte. Bei voller Stärke hätte er auch die zusehenden Echsenmenschen getroffen, doch das wollte er nicht. Er hielt einen Teil der Kraft zurück. Kürzere Reichweite, weniger Schaden.

»DAS SIEHT DOCH GANZ GUT AUS.« Mit Cocytus als Zentrum breitete sich auf einer Fläche von etwa zweiundzwanzig Metern arktische Kälte aus. Die extreme Temperaturveränderung ließ die Luft selbst knistern.

»GUT. DAS REICHT VERMUTLICH.« Er unterdrückte seine Aura.

Es dauerte nur einen Wimpernschlag. Die klirrende Kälte verschwand, als hätte es sie nie gegeben. Doch es war eindeutig weder Traum noch Illusion. Die siebenundfünfzig tot im Sumpf liegenden Echsenmenschen waren der Beweis dafür.

Nur fünf regten sich noch – die stärksten von ihnen. Ohne Furcht oder Bedenken wegen ihrer toten Kameraden oder Cocytus' Macht griffen sie ihn gleichzeitig an.

Ein Stein flog durch die Luft. Als Erstes erreichte ihn der Echsenmensch in der Rüstung. Zwei weitere folgten ihm. Die beiden *Swamp Elementals* (die Kälte hatte ihre Körper mit Rissen überzogen) waren nicht ganz so beweglich und näherten sich nur langsam. Der letzte Echsenmensch wirkte einen Zauber.

Der Stein, der erste Angriff, zielte auf Cocytus' Hals, allerdings war das sinnlos, denn … »ALLE WÄCHTER VERFÜGEN DURCH EIN ITEM ODER ÄHNLICHES ÜBER RESISTENZ GEGENÜBER PROJEKTILWAFFEN.« Der Stein wurde abgewehrt, als wäre er gegen einen unsichtbaren Schild geprallt.

Der nächste Angreifer war der Häuptling von Schlagender Schwanz, der einen der Vier Großen Schätze trug: Bleiche Drachenknochen. Die Rüstung war hart genug, um Zaryusus Frost Pain abzuwehren und die stärkste Rüstung, die es unter den Echsenmenschen gab.

Cocytus stellte sich ihm und zog aus der leeren Luft ein Schwert, als hätte es dort unsichtbar nur darauf gewartet. Es war ein Odachi, ein Schwert mit einer ein Meter achtzig langen Klinge und dem Namen God Slaying Emperor Blade. Es war die schärfste der einundzwanzig Waffen, über die er verfügte.

Und nun schlug er damit nach dem heranstürmenden Echsenmenschen.

Seine Schwertkunst war derart präzise, dass er praktisch die Luft selbst durchschnitt und ihr einen Schrei – einer Musiknote gleich – entlockte, der über das Sumpfland hinweghallte. In einer anderen Situation hätte man es als einen gleichmütigen Klang beschrieben.

Gleich darauf war der Häuptling samt Rüstung von Kopf bis Fuß gespalten. Die beiden Hälften stürzten in den Sumpf.

Cocytus hatte die stärkste Rüstung der Echsenmenschen zerteilt und God Slaying Emperor Blade nicht eine Scharte davongetragen.

Ohne sich vom Tod ihres Kameraden beunruhigen zu lassen, trennten sich die nächsten beiden Echsenmenschen, einer nach links, der andere nach rechts, und hoben ihre Waffen.

»Yaaaagh!« Von rechts trieb Zenberu seinen Speer mit den Kräften *Natural Steel Weapon* und *Iron Skin* verstärkt auf Cocytus' Gesicht zu.

»Waaaagh!« Von links stieß Frost Pain nach seinem Bauch.

Die Angriffe basierten auf der Logik, dass lange Waffen im Nahkampf schwierig zu handhaben waren. Aber natürlich galt das nur für gewöhnliche Kämpfer.

Cocytus neigte sich kaum merklich und fing Zenberus Arm mit der Mitte seiner Klinge von der Seite her ab. Er bewegte das lange Schwert, als wäre es Teil seines Körpers.

Dank *Iron Skin* war Zenberus Haut hart wie Stahl, doch God Slaying Emperor Blade hatte seine Schärfe bereits gegen Bleiche Drachenknochen unter Beweis gestellt. Die Klinge glitt elegant durch seinen Arm bis zur Wasseroberfläche und trennte die Gliedmaße mühelos ab.

»Gahhhh!«

Als Blut aus Zenberus Stumpf spritzte, fing Cocytus Frost Pain mit der anderen Hand ab.

»HMM, AHA. DAS IST KEIN SCHLECHTES SCHWERT, ALLERDINGS …«

»Tse!« Zaryusu gab den Versuch auf, Frost Pain aus seinem Griff befreien zu wollen (die Klinge rührte sich nicht im Geringsten), und trat stattdessen nach Cocytus' Knie. Der versuchte erst gar nicht auszuweichen und scharfer Schmerz fuhr durch Zaryusus Fuß. Es war, als hätte er mit aller Kraft gegen eine stahlharte Mauer getreten.

»*Overspell: Mass Slight Cure Wounds*!« Im Austausch für eine gewaltige Menge magischer Energie konnte Shasuryu einen Zauber einer Elitestufe wirken, die er normalerweise niemals benutzen könnte, und heilte damit alle.

»HM …« Cocytus hatte diese magische Steigerung noch nie gesehen, daher beäugte er Shasuryu mit größtem Interesse.

Die beiden *Swamp Elementals* eilten heran und versperrten ihm die Sicht. Sie schoben sich zwischen ihn und Zenberu, dessen abgetrennter rechter Arm dank des Zaubers bereits heilte, und versuchten, ihn mit ihren Tentakelarmen anzugreifen. Doch bevor sie ihn überhaupt trafen, schnitt Cocytus gelangweilt durch beide hindurch.

Während die *Swamp Elementals* zu Schlammklumpen zerfielen, schlug Zaryusu nach Cocytus' Facettenaugen, Bauch und Brust.

Selbstverständlich verletzte er sich dabei nur selbst. Er blutete bereits aus einer Platzwunde an der Hand.

»DU BIST ZIEMLICH LÄSTIG, NICHT WAHR?« Cocytus schwang seinen stachelbewehrten Schwanz hart gegen Zaryusus Brust.

»Guh-hagh!« Mit einem brechenden Laut flog Zaryusu wie ein von einem Schläger getroffener Baseball durch die Luft und schlug im Sumpf auf. Nach mehreren Überschlägen durch den Schlamm blieb er endlich liegen. Der enorme Schmerz in seiner Brust und das Blut, das er hustete, machten ihm das Atmen schwer.

Hatten die gebrochenen Rippen seine Lunge durchbohrt? Er versuchte vergeblich, Luft zu holen. Es war, als wäre er unter Wasser. Ihm wurde von der warmen Flüssigkeit, die seine Kehle hinablief, übel. Beim Blick auf seine Brust entdeckte er mehrere Verletzungen, die Messerstichen ähnelten. Aus ihnen quoll Blut. *Nach gerade mal einem Treffer seh ich so übel aus …?*

Obwohl er sich verzweifelt bemühte, Luft zu bekommen, starrte er Cocytus herausfordernd an.

»DU HAST NOCH DEN WILLEN ZU KÄMPFEN? DANN GEBE ICH DIR DAS HIER ZURÜCK.« Achtlos warf er Frost Pain in Zaryusus Nähe, um ihn dann zu ignorieren und sich den anderen zuzuwenden.

Auch wenn sein Arm nachgewachsen war, hatte Zenberu einiges eingesteckt und Shasuryu wirkte einen Heilzauber auf ihn.

Ein weiterer Stein flog auf Cocytus zu, wie um ihm zu sagen: *Ich lass dich nicht in ihre Nähe!* Doch wie zuvor prallte er wirkungslos ab.

»WIE LÄSTIG«, murmelte Cocytus und deutete beiläufig auf den Häuptling der Kleinen Reißzähne. »*PIERCING ICICLE*.« Aus weitem Umkreis kamen Dutzende scharfe Eiszapfen von der Länge eines menschlichen Arms angeflogen.

Die Eiszapfen spießten den Echsenmenschen ohne Schwierigkeiten auf. Einer traf seine Brust, zwei seinen Unterleib, einer seinen rechten Arm. Alle hatten ihn durchdrungen.

Der Häuptling der Kleinen Reißzähne, der begabteste Waldläufer unter den Echsenmenschen, schwankte, dann brach er wie eine Marionette mit durchtrennten Schnüren zusammen und starb.

»Waaaagh!«

»*Overspell: Mass Slight Cure Wounds!*«

Zenberu griff an und Shasuryu wirkte wieder seinen Heilzauber. Zenberu versuchte, Zaryusu Zeit zu verschaffen, damit dieser wieder auf die Beine kam.

Er wusste, wie leichtsinnig das war – keine seiner Fähigkeiten war gegen Cocytus brauchbar –, trotzdem zögerte er nicht.

Als Zenberu in Reichweite kam, schwang Cocytus gelassen mit God Slaying Emperor Blade nach ihm.

Die Bewegung war schneller, als Zenberu überhaupt wahrnehmen konnte. Viel schneller, als er sich jemals bewegen könnte, und das Schwert grub sich mühelos in sein Fleisch.

Im hohen Bogen spritzte das Blut aus Zenberus kopflosem Körper, dann brach er zusammen. Sein Kopf folgte ihm einen Sekundenbruchteil später in den Sumpf.

»NUN DENN, NUR NOCH ZWEI ÜBRIG? LORD AINZ HAT MIR VON EUCH BERICHTET, UND HIER SEID IHR, DIE LETZTEN ÜBERLEBENDEN.« Cocytus, der sich seit Beginn des Kampfs keinen Schritt von der Stelle bewegt hatte, betrachtete die beiden Echsenmenschen, dann schwang er sein Katana. An der rauchweißen Klinge hafteten weder Blut noch Fett. Sie war makellos.

Zaryusu verfügte wieder über genug Kraft, um aufzustehen, und Shasuryu hatte seinen Zweihänder gezogen. Beide sahen Cocytus an. Zaryusu nahm etwas von dem nach wie vor fließenden Blut auf seiner

Brust und verteilte es auf seinem Gesicht. Es ähnelte den Symbolen, mit denen man um den Segen der Geister der Ahnen bat.

»Zaryusu, was machen deine Verletzungen?«

»Sind recht übel. Da ist immer noch ein dumpfer Schmerz, aber ich kann mein Schwert noch ein paarmal schwingen.«

»Verstehe … Das genügt. Um ehrlich zu sein, meine Magie ist ziemlich erschöpft. Wenn ich nicht aufpasse, könnte ich einfach das Bewusstsein verlieren«, erklärte Shasuryu mit einem Klicken der Zähne, das man als Lachen verstehen konnte.

Als Reaktion veränderte sich Zaryusus Miene ein wenig. »Oh … Du wirst dich also auch umbringen.« Er atmete lächelnd aus, entspannte die Schultern und ließ seine Schwerthand etwas sinken.

Von seiner Brust strahlte ein beißender Schmerz aus, den er weitestgehend zu ignorieren versuchte.

Er würde nicht aufgeben, bevor es wirklich vorbei war – er würde nicht aufhören, seine Waffe zu schwingen.

Er wusste ganz genau, sie konnten nicht gewinnen. Er konnte nichts gegen ihre bevorstehende Niederlage tun. Doch genauso wenig konnte er sie einfach hinnehmen.

Warum? Weil er so viele belogen und ihnen gesagt hatte, ein Sieg wäre machbar. Es gab Echsenmenschen, die an diese himmelschreiende Lüge glaubten, daher konnte er diese Niederlage nicht einfach akzeptieren.

Bis zum letzten Augenblick, mit aller Kraft … »Ich werde weiter dieses Schwert führen!« Zaryusus Brüllen hallte über das Sumpfland.

Die Mandibeln in Cocytus' Gesicht schlossen sich klickend. »DAS IST EIN BEEINDRUCKENDES BRÜLLEN …« Vermutlich lächelte er. Es war nicht das höhnische Schmunzeln, das jemand Stärkeres seinem hoffnungslosen Gegner zeigte, sondern das eines ebenbürtigen Kriegers.

»Gut, Zaryusu. Genau so. Wir kämpfen bis zum bitteren Ende!« Shasuryu lächelte. »Also, entschuldige, dass wir dich warten ließen, Sir Cocytus.«

Daraufhin hob Cocytus die Schultern. »DAS STÖRT MICH NICHT IM GERINGSTEN. ICH BIN NICHT SO UNZIVILISIERT, DASS ICH EINEN ABSCHIED UNTER BRÜDERN STÖREN WÜRDE. SEID IHR BER... NEIN, ENTSCHULDIGT. IHR WART SEIT BEGINN BEREIT, NICHT WAHR?«

Während Zaryusu und Shasuryu entschlossen einen Schritt nach vorn machten, schwang Cocytus God Slaying Emperor Blade. »NENNT MIR EURE NAMEN.«

»Shasuryu Shasha!«

»Zaryusu Shasha!«

»ICH WERDE EUCH ALS KRIEGER VEREWIGEN. UND GESTATTET MIR, MICH ZU ENTSCHULDIGEN. NORMALERWEISE FÜHRE ICH IN JEDER HAND EINE WAFFE, ALLERDINGS ... UND DAS SAGE ICH NICHT VERACHTEND, ABER ... IHR SEID EINFACH NICHT STARK GENUG, UM DAS NÖTIG ZU MACHEN.«

»Na, das ist aber schade!«

»Und ob. Also los!«

Die beiden Echsenmenschen stürmten mit laut platschenden Schritten auf Cocytus zu.

Ihr versetztes Timing ließ ihn den Kopf leicht zur Seite neigen. Auf diese Weise würden sie nicht gleichzeitig in Reichweite seines Schwerts kommen. Shasuryu wäre der Erste. *SIE MÜSSEN EINEN PLAN HABEN.* Während er auf sie wartete, empfand er eine leichte Aufregung.

Shasuryu kam tatsächlich zuerst in Reichweite. Cocytus beobachtete, was er wohl vorhatte.

Geradeso in Reichweite von Cocytus' Klinge blieb er stehen und wirkte einen Zauber. »*Earth Bind!*«

Zahllose Ketten aus Schlamm griffen nach Cocytus. Gleichzeitig rannte Zaryusu, so schnell er konnte. Er hielt Frost Pain hinter seinem Rücken, um seine Reichweite nicht zu offenbaren.

Shasuryus Behauptung, ausgelaugt zu sein, war nichts weiter als eine Finte gewesen, um Cocytus in Sicherheit zu wiegen. Wenn er es glaubte, bestand die Möglichkeit, dass ihn die Ketten bewegungsunfähig machten und der Gegner in seinem Rücken zustechen konnte.

Egal wie hart sein Exoskelett ist, wenn ich alle Kraft hineinlege, sollte die Spitze meines Schwerts trotzdem durchkommen. Von diesem Gedanken beflügelt wäre der Angriff von jemandem, der jegliche Verteidigung vernachlässigte, geradezu vernichtend.

DU SETZT WOHL EINE MENGE VERTRAUEN IN DEIN SCHWERT. Das konnte Cocytus durchaus nachvollziehen. Ihm ging es mit seinen eigenen Waffen ganz ähnlich. Das Schwert, das er für diese Begegnung gewählt hatte, war ihm besonders wichtig, da sein Schöpfer es benutzt hatte. Er erwies ihnen den allerhöchsten Respekt, indem er sich ihnen mit God Slaying Emperor Blade stellte, auch wenn sich das Kräfteverhältnis dadurch noch mehr zu seinen Gunsten verschob.

Doch eins hatten sie nicht begriffen. Sie kämpften gegen Cocytus, den Wächter der fünften Ebene der Großen Gruft von Nazarick.

»DU BIST ZU SCHWACH, ALS DASS DEINE ZAUBER MEINE VERTEIDIGUNG DURCHDRINGEN KÖNNTEN.«

Kurz bevor die Schlammketten Cocytus berührten, wurden sie abgewehrt und fielen als Klumpen zurück in den Sumpf. Mit dieser Stufe konnten sie seine magische Verteidigung nicht überwinden.

»*Icy Burst!*«

Begleitet vom Ruf in seinem Rücken wirbelte um Cocytus weißer Frost auf, der das gesamte Gebiet einhüllte.

VERGEBLICHE MÜHE.

Dank seiner vollkommenen Resistenz gegen Kälteschaden spürte Cocytus von dem Angriff nicht mehr als eine sanfte Brise und wartete darauf, dass sich Zaryusu oder Shasuryu in Reichweite begaben.

Etwa einen Atemzug später offenbarte sich die Gelegenheit, auf die er gewartet hatte. Trotzdem zögerte er einen Moment. *REICHT ES, IHM DEN KOPF ABZUSCHLAGEN, UM IHN AUFZUHALTEN?*

Zaryusu hatte sämtliche Verteidigung aufgegeben, deshalb zweifelte Cocytus daran. Er stellte sich vor, wie ein kopfloser Körper weiter auf ihn zustürmte. *SOLLTE ICH IHM ERST DEN ARM ABTRENNEN UND DANN DEN KOPF? NEIN, DAS WÄRE UNZIVILISIERT. ICH TÖTE IHN EINFACH MIT EINEM STREICH.*

Zaryusu rannte, so schnell er konnte, doch von Cocytus' Standpunkt betrachtet bewegte er sich hoffnungslos langsam. Seine schwarze Gestalt schälte sich verschwommen aus dem weißen Gestöber. Cocytus griff in seine Richtung und packte wie zuvor geschickt Frost Pains Klinge.

Spürte er keine Kälte an den Fingern, weil Zaryusu verspätet begriffen hatte, wie sinnlos das gegen ihn war?

Zweifel stiegen in ihm auf. Ungeachtet der Geschwindigkeit war es zu leicht gewesen, diesen Angriff abzuwehren – allerdings zweifelte er nur eine Sekunde lang. Er musste sich den Kopf nicht lange zerbrechen, ein Treffer von God Slaying Emperor Blade würde ausreichen, um dem ein Ende zu setzen.

Und dann wäre es nur noch einer.

ES WAR ALSO NICHT MEHR ALS EIN ANGRIFF OHNE PLAN …

Cocytus wollte Zaryusu gerade enttäuscht niederstrecken, als er es sich anders überlegte. *AHA …!*

»Rrrrrraaaaaagh!« Begleitet von dem Brüllen raste ein Zweihänder durch die alles verschlingende Kälte. Hinter Shasuryus Schlag lag genug Kraft, um mit dem Luftzug den Frost auf seinem Pfad zu vertreiben.

Earth Bind, Zaryusus Angriff und *Icy Burst* waren alles nur Finten gewesen.

Man sollte darauf achten, nicht von Frost Pain getroffen zu werden, aber Shasuryus weiter Schwung würde vermutlich trotzdem mehr Schaden anrichten. Cocytus war überzeugt, das war ihr Hauptangriff. Dennoch …

»WENN DU DICH SCHON ANSCHLEICHEN WILLST, SOLLTEST DU DAS LEISE TUN.«

Da das Platschen ihrer Schritte deutlich zu hören war, konnte man es keinesfalls als Schleichangriff bezeichnen. *GAB ES ÜBERHAUPT EINEN GRUND, FÜR DIESEN VERSUCH KÄLTESCHADEN ZU ERLEIDEN?*, fragte sich Cocytus. *ODER SCHLAGEN SIE NUR WILD UM SICH?*

Wie dem auch sei, sie befanden sich nun in Reichweite.

SOLANGE ICH SEINE EINZIGE WAFFE FESTHALTE, IST ZARYUSU KEINE BEDROHUNG. ES ÄNDERT SICH NUR DIE REIHENFOLGE, IN DER ICH SIE TÖTE. Cocytus schwang sein Schwert.

Mit einem Schlag zerteilte er Shasuryu samt Zweihänder. Noch bevor seine Leiche im Sumpf landete, riss Cocytus sein Katana herum, um Zaryusu niederzustrecken und …

… in diesem Moment glitt Zaryusus Klinge zwischen Cocytus' Fingern hindurch. Verblüfft sah er zu seiner Hand. *WARUM BEWEGT SICH DIE KLINGE AUF MICH ZU?* Vom Frost umgeben sah er etwas Rotes zwischen seinen Fingern und der Klinge. Er wusste sofort, was seinen Griff beeinträchtigte.

BLUT? Das war verwirrend. Cocytus fragte sich, wie es dort hinkam – und begriff, als er in Zaryusus Gesicht blickte. Er hatte das Blut nicht nur gesammelt, um sich ein Muster ins Gesicht zu malen, er hatte auch etwas davon auf seine Klinge geschmiert.

Icy Burst hatte weder Cocytus Schaden zufügen noch Shasuryu tarnen sollen, nur die blutige Klinge. Und deshalb hatte Zaryusu sein Schwert auch hinter seinem Rücken verborgen.

Cocytus hatte Zaryusus Angriff bereits einmal auf diese Weise abgefangen. Daran hatte der Echsenmensch gedacht und gehofft, er würde es erneut tun.

Einem elektrischen Schock gleich begriff Cocytus: *ALS ICH DACHTE, ER STÜRMT SO SCHRECKLICH LANGSAM AUF MICH ZU! AHA! ER KAM AUF DEN GENIALEN EINFALL, SEINE KLINGE MIT BLUT ZU BESCHMIEREN, UM SIE RUTSCHIG ZU MACHEN UND MICH DANN DAMIT AUFZUSPIESSEN! DAS WÜRDE NUR EINMAL FUNKTIONIEREN. UM SICH DIESE ÖFFNUNG ZU SCHAFFEN, HIELT ER SICH ZURÜCK, UM MICH DAZU ZU VERLEITEN, SEIN SCHWERT ZU PACKEN.*

Die Klinge kam seinem hellblauen Körper immer näher. Nicht einmal Cocytus konnte etwas dagegen tun, wenn Zaryusu seine ganze Kraft einsetzte – nicht mit zwei Fingern, die zudem durch das Blut abrutschten. Hätte er näher an der Spitze zugepackt, hätte er vielleicht mehr Möglichkeiten, so jedoch nicht.

Cocytus war dermaßen tief bewegt, dass er zitterte. Obwohl alles eine Aneinanderreihung von Zufällen war, dieser Angriff hatte sich durchgesetzt. Wichtiger noch, ohne Shasuryu wäre er nun nicht in dieser Situation. Vermutlich hatte dieser nicht einmal begriffen, was sein kleiner Bruder vorhatte, doch er hatte vollstes Vertrauen in ihn gesetzt und sein Leben geopfert. Der Grund für den sinnlosen Schleichangriff in Verbindung mit dem Kriegsschrei war gewesen, Cocytus zumindest kurz von Zaryusu abzulenken. Nur einen Augenblick lang. Sprichwörtlich die Zeit, die man zum Blinzeln benötigte …

Während sich Frost Pain von Zaryusus ganzer Kraft getrieben näherte, ließ Cocytus seine Mandibeln aneinanderklicken. »HERRLICH.«

Dann berührte die Spitze Cocytus ... und glitt ab, ohne auch nur einen Kratzer auf seinem schimmernden himmelblauen Körper zu hinterlassen.

Wegen der unüberwindbaren Kluft zwischen den Echsenmenschen und einem Elite-NPC der Großen Gruft von Nazarick war dieser Ausgang unausweichlich.

»TUT MIR LEID, ICH VERFÜGE ÜBER EINEN SKILL, DER MIR VORÜBERGEHEND IMMUNITÄT GEGEN ALLE SCHWACHEN MAGISCHEN WAFFEN VERLEIHT. SOLANGE ER AKTIV IST, SIND DEINE ANGRIFFE BEDEUTUNGSLOS.«

Cocytus hätte gern aus Respekt für den Krieger, der auf so einen raffinierten Angriff gekommen war, eine Verletzung hingenommen. Doch als Wächter konnte er das nicht zulassen, während ein Höchstes Geschöpf zusah.

Er wich absichtlich einen vollen Schritt zurück. Schlamm spritzte und beschmutzte seinen schönen blauen Körper. Ein Rückzug von einem Schritt. Es bedeutete nichts. Es hatte keinerlei Auswirkungen. Zaryusu würde auf jeden Fall sterben und Cocytus' Sieg wäre vollkommen. Es war jedoch eine Geste des Lobes vom absolut Starken, Cocytus, für den hilflos Schwachen, Zaryusu.

Dieser zeigte dieses reine Lächeln, über das nur jene verfügten, die ihr Schicksal kannten und alles getan hatten, um es zu verhindern. Cocytus schwang God Slaying Emperor Blade.

3

»Das war ein hervorragender Kampf.« Ainz lobte den vor ihm knienden Cocytus.

»VIELEN DANK.«

»Abgesehen davon, ich denke, du weißt bereits, dieses Mal hast du ihnen die Peitsche gegeben. Von jetzt an heißt es Zuckerbrot. Wir dürfen nicht durch Furcht herrschen.«

»ZU BEFEHL.«

Ainz nickte und sah dann die anderen Wächter im Raum an. »Gut. Hört mir zu, Wächter. Wie ich bereits im Thronsaal sagte, ich überlasse Cocytus die Herrschaft über die Echsenmenschen. Wenn er um eure Unterstützung bittet, gebt ihm, was immer er benötigt. Cocytus, ich möchte, dass du in den Echsenmenschen Loyalität gegenüber Nazarick nährst … ihnen eine besondere Ausbildung zuteilwerden lässt … Allerdings überlasse ich die Einzelheiten dir. Lass mich wissen, wenn du *Wings of Ascension* oder sonst ein Item benötigst. Ich könnte dir auch eine Weile eine Kraftrüstung oder so leihen.«

In *Yggdrasil* hatten Spieler die Möglichkeit, irgendwann während des Spiels ihre Rasse zu ändern, allerdings nicht, wenn ihnen einfach danach war. Es mussten erst ein paar Voraussetzungen erfüllt werden und danach war eine Umkehr unmöglich.

Eine der Voraussetzungen war ein Item. Für einen Wechsel zum *Elder Lich* benötigte man beispielsweise ein *Book of the Dead*. Für einen

Imp musste man einen *Seed of Corruption* besorgen. Mit den *Wings of Ascension* wurde man zum Engel.

Ainz überlegte, ob es in dieser Welt auch möglich war, als Heteromorph wiedergeboren zu werden, und erwähnte es eher unabsichtlich.

»DANKE SEHR, ICH WERDE MICH MELDEN. ÜBRIGENS, LORD AINZ. WAS SOLL MIT DIESEN ECHSENMENSCHEN GESCHEHEN?«

»Welche?«

»OH, DIE NAMENS ZARYUSU UND SHASURYU.«

Die, die bis zum Ende durchgehalten haben, hm? Ihre Leichen sollten noch im Sumpf liegen, aber worauf will er hinaus? »Oh. Sollten wir die Leichen bergen und versuchen, ob wir Sie als Grundlage für Untote nutzen können, ohne auf meine Skills zurückzugreifen?«

»ICH DENKE, DAS WÄRE BEDAUERLICH ...«

»Hm, wie meinst du das? Sind sie so wertvoll?«

Ainz hatte im Spiegel der Weitsicht nichts Bemerkenswertes an ihnen festgestellt – Cocytus hatte einen überwältigenden Sieg errungen.

»ES STIMMT, SIE WAREN SCHWACH. ALLERDINGS ERKANNTE ICH IN IHNEN DEN FUNKEN EINES KRIEGERS, DARIN, WIE SIE SICH NICHT VOR MEINER MACHT FÜRCHTETEN. MEINER MEINUNG NACH WÄRE ES VERSCHWENDUNG, SIE ALS GRUNDLAGE ZU BENUTZEN. ES BESTEHT DIE MÖGLICHKEIT, DASS SIE STÄRKER WERDEN, ALS WIR UNS JETZT VORSTELLEN KÖNNEN. UND ICH GLAUBE, IHR HABT BISLANG NOCH NICHT MIT WIEDERAUFERSTEHUNG EXPERIMENTIERT. WIE WÄRE ES, SIE DAFÜR ZU BENUTZEN?«

Fängt er etwa an, diese Reptilien zu mögen?

Ainz verstand nicht, was »Funke eines Kriegers« überhaupt bedeuten sollte. In vielen Manga und Büchern tauchte immer wieder der

Begriff Blutrausch auf, doch genau wie damals, als er Narberal gewarnt hatte, verstand er es nicht wirklich. Genauso wenig verstand er Mitgefühl unter Kriegern.

Auch wenn sein derzeitiges Selbst etwas ganz anderes war, eigentlich steckte dahinter nichts weiter als ein ganz normales Mitglied der Gesellschaft. Für den Durchschnittsjapaner war es vermutlich gefährlich, eine zu große Neigung zu Konzepten wie dem Durst nach einem Kampf und dem »Funken eines Kriegers« zu empfinden. Mit dem Funken eines brillanten Verkäufers könnte er mehr anfangen, zumindest in seinen Grundzügen.

»Verstehe ... Eine Verschwendung, ja?«

Cocytus bestätigte, dennoch fragte sich Ainz; *Selbst wenn es eine Verschwendung wäre ... wen kümmert's?* Allerdings, je länger er darüber nachdachte, umso mehr musste er zugeben, Cocytus lag absolut richtig.

Irgendwann wollte er in der Tat mit Wiederauferstehung experimentieren. Ainz war überzeugt, das würde Nazarick sehr großen Nutzen bringen. Und anders als beim letzten Mal, als er unzusammenhängend gestammelt hatte, bat Cocytus dieses Mal um etwas und hatte greifbare Vorteile vorzuweisen. Wenn das mal kein Beweis für eine eindeutige Weiterentwicklung war.

Ainz überlegte einen Moment und erinnerte sich daran, dass er hervorragende Untergebene hatte. Sie waren alle hier, in Haltungen, die ihrem Status entsprachen ... schweigend, gerade und reglos.

»Albedo, was hast du dazu zu sagen?«

»Die Dinge sollten sein, wie Ihr es wünscht, Lord Ainz.«

»Demiurge, deine Meinung?«

»Ich denke, was immer Ihr sagt, ist absolut korrekt, Lord Ainz.«

»Shalltear, was ist mit dir?«

»Ich sehe es wie Demiurge. Ich beuge mich Eurem Urteil.«

»Aura?«

»Mein Lord. Ich stimme allen anderen zu.«

»Mare?«

»Äh … äh, ja, Sir. Ich auch.«

Das sind keine Antworten. Ainz dachte fieberhaft nach.

Nachdem er diverse Dinge durchgegangen war, kam er zu dem Schluss, dass diese Angelegenheit für die Wächter nicht weiter von Belang war. Anders gesagt, sie hatten anscheinend entschieden, dass es keine großen Vor- oder Nachteile bedeutete, egal wie sein Beschluss letztendlich lautete.

Natürlich konnte eine solche Einstellung große Probleme nach sich ziehen, abhängig davon, um welche Situation es ging. Wenn jemand sagte: *Es geht nicht um viel Geld*, konnte es übel enden, wenn diese Person hundert Millionen Yen als Spielgeld betrachtete – es ging also um einen Unterschied im Wertesystem.

Es war sinnlos, überhaupt zu fragen … Soll das heißen, es ist in Ordnung, wenn ich sie auferstehen lasse? Ich sag mir die ganze Zeit, ich denke über alles gründlich nach, bevor ich handle, trotzdem hab ich in letzter Zeit einige Fehler gemacht … Da ihm keine andere Wahl blieb, machte er sich selbst über die Vor- und Nachteile Gedanken.

»Wir haben das Dorf der Echsenmenschen erobert. Haben sie einen Repräsentanten? Irgendeine Art von Selbstorganisation?«

»JA, ES GIBT EINEN REPRÄSENTANTEN.«

»Ach? Wie ist er denn so?«

»EIN WEISSES WEIBCHEN, DAS NICHT AM KAMPF TEILNAHM. SIEHT SO AUS, ALS WÄRE SIE EINE DRUIDIN.«

»Ach, die! Verstehe, verstehe …«

Wir können sie also benutzen. Sie wird einen guten Spion abgeben.

Aber sollten sie seine Idee jetzt gleich umsetzen, könnte Cocytus Probleme bei seiner Herrschaft über sie bekommen. *Was sollen wir also machen?* Dann entdeckte er einen Ansatzpunkt. *Es wäre leichter, einfach zu fragen, auch wenn es vorher zu nichts geführt hat …*

Ainz erklärte Cocytus sein Vorhaben und erhielt von ihm eine bestätigende Antwort. Er konnte sich nicht absolut sicher sein, ob der Wächter aus Respekt nicht widersprach, doch als er Albedo und Demiurge ansah und keine Veränderung in ihren Mienen entdeckte, nahm er an, dass sein Plan wahrscheinlich in Ordnung war.

»Okay. Wie lange wirst du brauchen, sie herzubringen?«

»BITTE VERGEBT MIR, ABER ICH DACHTE MIR BEREITS, DASS IHR MICH DARUM BITTEN WÜRDET. DARUM WARTET SIE BEREITS IN EINEM ANDEREN ZIMMER.«

Instinktiv sah Ainz zu Demiurge, der nur leicht den Kopf schüttelte.

Ist ja irre! Er hat was ohne Aufforderung getan! Und es sieht nicht so aus, als hätte ihn jemand drauf gebracht … So muss sich ein Chef fühlen, wenn er zusieht, wie sich einer seiner Untergebenen verbessert. Er sah Cocytus zufrieden an, auch wenn sich an seinem knöchernen Äußeren nichts änderte.

»Nicht doch, das ist gut, Cocytus. Es ist nie gut, Zeit zu verschwenden. Du hast ganz richtig gehandelt. Okay, bring sie her.«

»Ähm, bitte wartet noch einen Moment!«

»Was ist denn, Aura?«

»Ich denke nicht, dass dieser geschmacklose Ort geeignet ist, um jemanden zu treffen, Lord Ainz, nicht mal eine Untergebene. Es wäre besser, Ihr würdet das in den Thronsaal von Nazarick verlegen.«

Mit Ausnahme von Mare nickten alle Wächter zustimmend.

»ICH BITTE UNTERTÄNIGST UM VERZEIHUNG, DARAN HABE ICH NICHT GEDACHT. VERGEBT MIR!«

»Aah …« *Ich hab genauso wenig daran gedacht.* Ainz fragte sich, was er tun sollte. Dann erinnerte er sich an etwas, das er zuvor gesagt hatte. *In dem Fall …* »Aura.«

»Mein Lord!«

»Du hast dir beim Einrichten dieses Zimmers so viel Mühe gegeben … Ich hab dir gesagt, dass es meiner Meinung nach mit Nazarick vergleichbar ist, oder? Das war nicht gelogen. Cocytus, bring sie rein. Wir treffen sie hier.«

»L… Lord Ainz!«

»Aura, es reicht.«

»Albedo!«, protestierte Aura aufgebracht. »Warum sagst du das?«

Albedo bedachte sie nur mit einem knappen Blick, dann sah sie zur Tür.

Es war Demiurge, der es der wütenden Aura erklärte. »Lord Ainz' Worte sind jederzeit korrekt. Wenn er diesen Ort also mit Nazarick gleichsetzt, dann …«

»Ist das korrekt«, beendete Shalltear seinen Satz.

Ich glaub kaum, dass ich immer recht hab, und eigentlich will ich auch nicht, dass sie das denken … aber in diesem Fall ist es wohl von Vorteil.

»Aura, ich sag es dir noch mal. Ich finde, dieser Ort, den du, einer meiner ergebensten Diener, eine Wächterin, mit so viel Mühe aufbaust, ist mit Nazarick vergleichbar – obwohl er sich noch im Bau befindet … Verstehst du?«

»Lord Ainz. Vielen Dank!« Aura verneigte sich tief. Die anderen Wächter folgten ihrem Beispiel.

Du musst nicht so … emotional werden. Ich werd ja noch rot! »Also, Cocytus, bring sie her.«

»JA, SIR!«

Sofort brachte Cocytus das schneeweiße Weibchen herein. Sie fiel vor Ainz auf die Knie und verneigte sich.

»Wie heißt du?«

»Erhabenster aller Großen, Herrscher des Todes, Lord Ainz Ooal Gown, ich bin die Repräsentantin der Echsenmenschen, Crusch Lulu.«

Was für ein übertriebener Titel. Wer hat sich das denn ausgedacht? Trotz dieser Gedanken gab sich Ainz wie ein gefasster Herrscher. »Mh-hm. Schön, dass du gekommen bist.«

»Mein Lord. Bitte akzeptiere die absolute Loyalität der Echsenmenschen.«

»Hmm.« Ainz betrachtete Crusch eingehend.

Ihre Schuppen waren unheimlich schön. Das magische Licht ließ sie atemberaubend glitzern. Einen Moment lang war er neugierig, wie sie sich wohl anfühlten.

Während er sie ansah, fiel ihm auf, dass ihre Schultern bebten. Er nahm nicht an, dass Cocytus' Kälteskill aktiv war, also musste es einen anderen Grund geben. Nach kurzer Überlegung kam er auf die offensichtliche Antwort.

Sie war überzeugt, sollte Ainz sagen, sie wären ihm egal, würden alle Echsenmenschen sterben, also wählte sie jedes ihrer Worte mit großer Sorgfalt. Im Angesicht dieser Angst musste sein Schweigen für sie schrecklich sein.

Ainz genoss es nicht, die Schwachen zu quälen. Wenn es Nazarick nutzte, konnte er unglaublich brutal sein, allerdings war er nicht dermaßen verkommen, dass er sich die ganze Zeit so verhalten konnte.

»Von jetzt an steht ihr Echsenmenschen unter meiner Herrschaft. Wie dem auch sein, Cocytus wird als mein Stellvertreter agieren. Irgendwelche Einwände?«

»Nein.«

»Sehr gut, das wäre dann alles. Du kannst nach Hause gehen.«

»Was? Bist du sicher?«, keuchte Crusch mit gesenktem Kopf hörbar überrascht. In Anbetracht der unvernünftigen, sogar unmöglichen Forderungen, die sie erwartet hatte, war das eine angemessen verblüffte Reaktion.

»Vorläufig. Crusch Lulu, ihr Echsenmenschen blickt einer Blütezeit entgegen. Zukünftige Echsenmenschen werden bestimmt froh sein … dass ich über sie herrsche.«

»Nein, obwohl wir deiner Größe gegenüber feindselig waren, hast du Gnade gezeigt, Lord Gown. Wir sind bereits dankbar.«

Ainz erhob sich langsam von seinem Thron. Als er neben Crusch stand, beugte er sich hinunter und legte ihr einen Arm um die Schultern.

Sie zuckte zusammen und ihr Zittern übertrug sich in Ainz' Arm.

»Ich möchte dich um etwas bitten.«

»Was denn? Ich, deine ergebene Dienerin, werde für dich alles in meiner Macht Stehende tun, Lord Gown …«

»Ich möchte dich um einen *persönlichen* Gefallen bitten. Im Austausch lasse ich Zaryusu wiederauferstehen.«

Als sie den Namen hörte, den er von Cocytus erfahren hatte, ruckte ihr Kopf hoch. Sie sah Ainz entsetzt an.

Mit einem Triumphgefühl beobachtete er jede ihrer Regungen. Vermutlich versuchte sie, sich das Gefühlschaos in ihrem Inneren nicht anmerken zu lassen. Er konnte nicht genau sagen, was sie empfand, da sich ihre Gestik und Mimik sehr von denen der Menschen unterschieden, vermutlich war die volle Bandbreite vertreten.

»Das kannst du …?«

»Ja, ich kann Leben und Tod beeinflussen. Für mich ist der Tod nur ein anderer Zustand«, bestätigte er ihre gehauchte Frage. »Genau wie Gift oder Krankheit. Natürlich kann ich nichts an Lebensspannen ändern, aber …« Er nahm an, mit *Wish Upon A Star* wäre sogar das möglich, allerdings gab es keinen Grund, das zu erwähnen.

»Was verlangst du von deiner ergebenen Sklavin? Meinen Körper vielleicht?«

Ainz war sprachlos. »Nein, ich … denke nicht, dass das …« Er fiel fast aus seiner Rolle und hätte beinahe *Ich meine, komm schon, eine Eidechse?* gestammelt, doch er klammerte sich verzweifelt an seinen Charakter. Er beschloss, das Zähneknirschen hinter sich zu ignorieren. »Ähem. Nein, darum geht es nicht. Es ist ganz einfach: Ich möchte, dass du auf Echsenmenschen achtest, die mich möglicherweise hintergehen könnten.«

»Kein Echsenmensch würde jemals so was tun«, erklärte sie.

Ainz schenkte ihr jedoch lediglich einen spöttischen Blick. »Ich bin nicht so dumm, das wirklich zu glauben. Auch wenn ich kein Experte für Echsenmenschen bin, wenn ich die Menschen als Beispiel nehme, bei denen ist Verrat keine Seltenheit. Darum möchte ich, dass jemand unter ihnen heimlich für mich ein Auge auf sie hat.«

Wegen ihrer nun ausdruckslosen Miene befürchtete Ainz, er hätte sein Anliegen falsch unterbreitet. Er hatte ohnehin vor, Zaryusu zurück ins Leben zu holen, doch er wollte, dass sie in seiner Schuld stand, und sie dazu bringen, ihn darum zu bitten. *Was soll ich machen, wenn sie sich weigert? Vielleicht hätte ich nicht so gierig sein sollen … Na ja, was geschehen ist, ist geschehen.*

»Gerade bietet sich dir ein Wunder, das wird aber nicht ewig so bleiben. Wenn du diesen Moment nicht nutzt, ist er verloren.«

Cruschs Gesicht zuckte.

»Das wird kein unheimliches Ritual. Ich nehme mal an, ihr habt so was Ähnliches, oder? Wiederauferstehungsmagie – die werden wir benutzen.«

»Gibt es die nicht nur in Legend…?«

Sie beendete ihren Satz nicht und Ainz sprach getreu seiner arroganten Rolle beschwichtigend weiter: »Crusch, was ist für dich das Wichtigste? Ich möchte, dass du darüber nachdenkst.«

An ihrem Blick konnte er erkennen, dass sie ins Wanken geriet. Er dachte an seine Zeit als Verkäufer und stellte sich einen Kunden vor, der jeden Moment anbeißen würde.

Als Nächstes musste er ihr begreiflich machen, dass dieses Wunder nicht kostenlos war. Leute wurden misstrauisch, wenn man etwas ohne Gegenleistung anbot, waren jedoch häufig einverstanden, wenn man etwas Angemessenes verlangte.

»Du wirst für mich heimlich deine Echsenmenschenfreunde beobachten. Kann sein, dass du gelegentlich schwierige Entscheidungen treffen musst. Und wenn ich ihn wiederauferstehen lasse, belege ich Zaryusu mit einem Zauber, um sicherzugehen, dass du mich nicht hintergehst. Sollte ich jemals auch nur vermuten, dass du das tust, fällt er sofort tot um. Ich bin überzeugt, das Ganze wird dir nicht leichtfallen, aber ist es zu viel verlangt, wenn du dafür Zaryusu zurückbekommst?«

So einen Zauber gibt es gar nicht, aber das muss sie ja nicht wissen.

Er stand auf, um deutlich zu machen, dass er sonst nichts mehr zu sagen hatte. Dann breitete er die Arme aus.

Crusch sah ihn gequält an.

»Ach ja, und nachdem ich Zaryusu wiederbelebt habe, sage ich ihm, ich hätte es getan, weil ich noch Verwendung für ihn habe. Ich verspreche dir, dein Name wird dabei nicht fallen. Na schön, Crusch Lulu, entscheide dich jetzt. Das ist deine letzte Gelegenheit, deinen geliebten Zaryusu zurückzubringen. Was wirst du tun? Schlägst du ein oder nicht? Wähle.« Langsam hielt er ihr die Hand entgegen. Gleichzeitig warnte er die anderen Wächter eindringlich: »Ihr macht gar nichts, selbst wenn sie sich weigert! Also, wie lautet deine Entscheidung, Crusch Lulu?«

Epilog

Sein ganzer Körper fühlte sich, als würde man ihn sanft streicheln. Die Hände von irgendwem zogen ihn von tief unter der Wasseroberfläche nach oben. Doch Zaryusu schüttelte sie ab. Er spürte etwas Schreckliches jenseits dieser Hände, das ihm nicht gefiel.

Nach einer Zeitspanne, die eine Ewigkeit oder auch nur ein Augenblick gewesen sein könnte, bekam er wieder das Gefühl, jemand würde ihm eine Hand entgegenstrecken. Er wollte sie erneut wegschieben, zögerte jedoch. Direkt neben sich hörte er eine Stimme. Die Stimme des Weibchens, das er liebte ...

Er zögerte.

Und zögerte.

Und zögerte.

Nachdem eine unbestimmte Zeit vergangen war, ergriff Zaryusu die Hand, wenn auch widerwillig.

Und mit einem Mal wurde er hinaufgezogen, in eine weiße Welt.

Er fühlte sich schrecklich schwach. Sein Körper fühlte sich an, als wäre er voller Schlacke. Er war ungewöhnlich erschöpft. Egal wie schwer er trainiert hatte, so hatte er sich noch nie gefühlt.

Es kostete ihn alle Kraft, seine schweren Augenlider zu öffnen.

Grelles Licht blendete ihn. Die Augen von Echsenmenschen passten sich automatisch den Lichtverhältnissen an, trotzdem war er von der plötzlichen Helligkeit geblendet. Er blinzelte ...

»Zaryusu!«

Jemand umarmte ihn fest.

»C... Crusch?

Er hätte ihre Stimme nie wieder hören sollen, doch hier war sie.

Er sah mit Augen, die endlich wieder erkennen konnten, wie sie ihn umarmte. Es war wirklich sein geliebtes Weibchen, Crusch Lulu.

Warum? Wie um alles in der Welt …? Zaryusu überkamen Zweifel und Sorgen. Das Letzte, woran er sich erinnerte, war … wie sein eigener Kopf im Sumpf gelandet war. Cocytus hatte ihn definitiv getötet.

Warum lebe ich dann? Könnte es sein, dass …? »Crusch, hat er dich auch getötet?« Sein Mund fühlte sich völlig taub an, wollte sich nicht richtig bewegen.

Sie sah ihn verdutzt an. »Hm?«

Dieser Gesichtsausdruck bot ein wenig Erleichterung. Sie war also nicht tot. *Aber warum lebe ich dann?*

Eine Stimme irgendwo neben ihm lieferte die Antwort. »Hmm. Er ist also wiederbelebt, aber etwas verwirrt. Und es sieht so aus, als hätte er ein paar Level verloren … Also ganz ähnlich wie in *Yggdrasil*.«

Er erkannte die Stimme und blickte überrascht zum Sprecher hinüber.

Dort stand der Herrscher des Todes, Ainz Ooal Gown, der unvorstellbar mächtige Caster. In der Hand hielt er einen dreißig Zentimeter langen Zauberstab, der so heilig wirkte, dass er nicht zu ihm passen wollte. Der Stab war unbeschreiblich schön, bestand allem Anschein nach aus einem mit geschnitzten Runen verzierten Stoßzahn und die Spitze war vergoldet.

Zaryusu wusste es nicht, aber das war der Stab der Auferstehung, das Item, das ihn ins Leben zurückgeholt hatte. Normalerweise ließen sich Priesteritems nur von jemandem benutzen, der Priestermagie beherrschte, dieses hier war allerdings eine Ausnahme.

Zaryusu sah sich um und stellte fest, sie befanden sich wieder im Echsenmenschendorf. Die Gruppe befand sich auf dem Platz, um sie herum knieten viele andere Echsenmenschen. Keiner von ihnen rührte einen Muskel, ihre Ehrerbietung war seltsam ernst.

»Was um alles in der Welt …?

Es war nur logisch, nach der Bezeugung solcher Macht auf die Knie zu fallen, doch das war nicht alles, was er von den anderen Echsenmenschen spürte – da war noch etwas anderes, etwas Stärkeres. Die Echsenmenschen kannten keine Götter – sie verehrten die Geister ihrer Ahnen –, nun jedoch schienen sie einen Gott anzubeten.

»Hmm. Geht, Echsenmenschen. Betretet das Dorf erst wieder, wenn man euch dazu auffordert.«

Niemand widersprach der Anweisung. Ganz im Gegenteil, sie gehorchten, ohne ein Wort zu sagen. Es blieben nichts als schlurfende Schritte und Platschen, als sie in den Sumpf hinausgingen.

»Aura, sind sie weg?«

»Ja, sie sind alle gegangen.«

Ihm antwortete eine kleine Dunkelelfe. Vielleicht lag es mitunter daran, dass sie hinter Ainz stand und Zaryusu sie nicht sehen konnte, allerdings hatte er sie nicht gespürt – ihre Präsenz war überraschend schwach.

»Okay. Dann gestatte mir, dich zu deiner Auferstehung zu beglückwünschen, Zaryusu Shasha.«

Auferstehung.

Zaryusu brauchte einen Moment, um die Bedeutung des Wortes zu begreifen. Als er verstand, begann er, am ganzen Körper zu schaudern. *Auferstehung ... ich wurde also ins Leben zurückgeholt?* Er konnte nicht sprechen, nur keuchen.

»Was ist los? Es ist doch nicht so, dass die Echsenmenschen Vorbehalte gegen Auferstehung haben, oder? Oder hast du vergessen, wie man spricht?«

»A... Auferstehung ... Du kannst die Toten ... zurück ins Leben holen ...?«

»Das habe ich gesagt. Hast du etwa gedacht, ich wäre zu so was Einfachem nicht fähig?«

»War … es ein großes Ritual …?«

»Ein großes Ritual? Wofür sollte ich das brauchen? Das schaffe ich auch so ganz gut.«

Zaryusu fehlten die Worte. Auferstehungsmagie war ein Wunder, zu dem der legendäre Echsenmensch mit dem Blut eines *Dragonlords* fähig war.

Und hier stand ein Wesen, das sagte, es könnte das ganz allein.

Ein Monster? Nein.

Ein Caster mit gewaltigen Kräften? Nein.

Zaryusu hatte endlich begriffen.

Er befehligte eine mythische Armee, war in Begleitung von Teufeln … Einfach ausgedrückt, das Wesen vor ihm war gottgleich.

Zaryusu setzte sich auf, schwankte und fiel vor Ainz auf die Knie. Crusch folgte ihm hastig.

»Erhabener.« Das Wesen schien ihn einen Moment lang verwundert anzusehen, doch Zaryusu entschied, das war nur Einbildung. »Ich widme dir mein Leben.«

»Gut. Bei meiner Ehre als Ainz Ooal Gown gebe ich dir ein Versprechen.«

»Gestatte den Echsenmenschen zu gedeihen.«

»Das ist, was du willst? Ich verspreche dir, jeder unter meiner Herrschaft wird gedeihen.«

»Ich danke dir.«

»Na, dein Mund funktioniert noch nicht wieder ganz, oder? Wenn du dich etwas ausruhst, bist du bald wieder wie neu. Jetzt erhol dich erst mal. Später müssen wir so einige Entscheidung treffen. Da dieses Dorf jetzt unter meiner Herrschaft steht, müssen wir als Erstes dafür sorgen, dass es eine angemessene Verteidigung bekommt … Bitte wende dich damit an Cocytus.« Nach diesen Worten machte sich Ainz bereit zu gehen, doch Zaryusu hatte noch eine drängende Frage. Und er musste sie jetzt stellen.

»Bitte warte. Was ist mit Zenberu und meinem Bruder?«

»Ihre Leichen sollten irgendwo da drüben sein.« Ainz hatte sich mit Aura bereits ein paar Schritte weit entfernt, war dann stehen geblieben und deutete mit dem Kinn zum Rand des Dorfs.

»Du wirst sie nicht ins Leben zurückholen?«

»Hmm ... Ich wüsste nicht, was ich davon hätte ...«

»Warum hast du nur mich auferstehen lassen? Zenberu und mein Bruder sind stark. Sie wären dir bestimmt von Nutzen.«

Ainz warf einen langen Blick auf Zaryusu, dann hob er die Schultern. »Ich denke darüber nach ... Passt auf die Leichen der beiden auf. Ich muss mir das erst überlegen.«

Ainz entfernte sich mit flatternder Robe, als wollte er so verdeutlichen, dass ihr Gespräch beendet war. Während die beiden gingen, hörte Zaryusu Auras leise Stimme: »Diese Hydra ist ziemlich niedlich, oder?«

Schließlich gab er seine unterwürfige Haltung auf und entspannte sich. »Ich habe überlebt ... Oder vielmehr, bin wieder am Leben?«

Er wusste nicht, was für eine Art Herrschaft ihnen bevorstand, doch sofern sie sich als nützlich erwiesen, würde es schon nicht so schlimm werden.

»Crusch, mein Bruder ...«

»Ist schon gut. Darum machen wir uns später Gedanken. Du musst dich erst mal erholen und wieder zu Kräften kommen. Mach dir keine Sorgen, ich kann dich tragen.«

»Okay ... danke.«

Zaryusu rollte sich auf die Seite und schloss die Augen. Augenblicklich überkam ihn so tiefer Schlaf wie nach einem Tag voller Anstrengungen, die seinen Körper über seine Grenzen hinaus beansprucht hatten.

Als er die sanften Arme um sich spürte, versank Zaryusu erneut in Dunkelheit.

OVERLORD

Charakterprofile

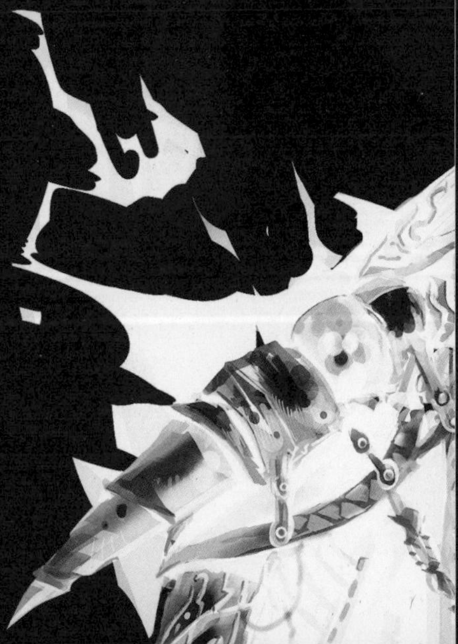

Charakter 13

Zaryusu Shasha

Halbmensch

Der stärkste Krieger der Echsenmenschen

Aufgabe: —— Reisender

Residenz: —— Ein Haus im Dorf des Stamms Grüne Klaue

Gesinnung: —— *Good-Neutral* (Karmapunkte 100)

Rassenklassen: —— *Echsenmensch* —— **Level 1**

Charakterklassen: —— *Fighter* —— **Level 10**

Sword Master —— **Level 6**

Ranger —— **Level 1**

Sage —— **Level 2**

(Rassenlevel) + (Charakterlevel) —— 20 Level

● Rassenlevel — Charakterlevel ●

insgesamt 1 erreicht — insgesamt 19 erreicht

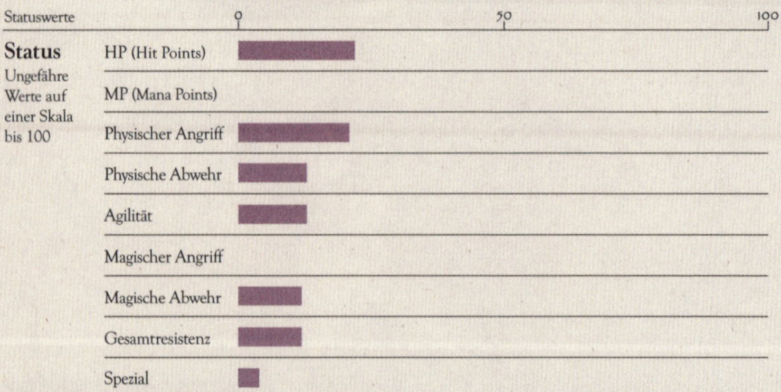

Crusch Lulu

Halbmensch

Eine schöne Albino

Aufgabe: — Amtierender Häuptling des Stamms Rotes Auge

Residenz: — Ein Haus im Dorf des Stamms Rotes Auge

Gesinnung: — *Neutral* (Karmapunkte 50)

Rassenklassen: — *Elderblood-Awakened Lizardman* – **Level 1**

Charakterklassen: — *Druid* — **Level 8**

Spirit Shaman — **Level 5**

Summoner — **Level 2**

Dragonic Adept — **Level 1**

(Rassenlevel) + (Charakterlevel) — 17 Level

● Rassenlevel — Charakterlevel ●

insgesamt 1 erreicht — insgesamt 16 erreicht

Statuswerte

Status
Ungefähre Werte auf einer Skala bis 100

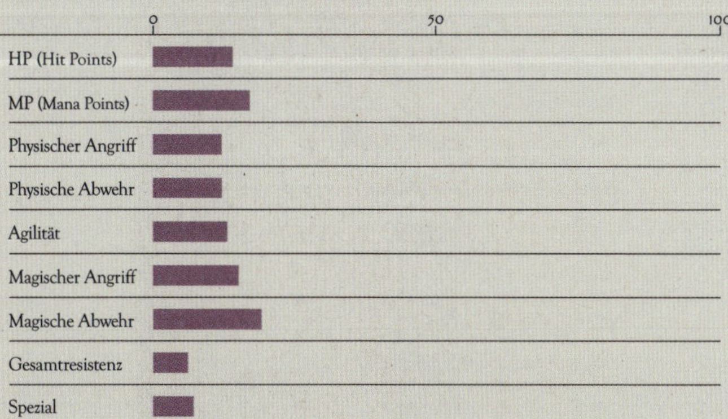

Charakter 15

Zenberu Gugu

Halbmensch

Ein ungehobelter Kerl mit einem massigen Arm

Aufgabe: —— Häuptling des Stamms Drachenzahn und Reisender

Residenz: —— Das Haus des Häuptlings im Dorf des Stamms Drachenzahn

Gesinnung: —— *Neutral* (Karmapunkte 50)

Rassenklassen: — *Echsenmensch* —— **Level 5**

Charakterklassen: — *Fighter* —— **Level 1**

Monk —— **Level 10**

Single Blow —— **Level 1**

Chi Master —— **Level 1**

(Rassenlevel) + (Charakterlevel) —— 18 Level

● Rassenlevel — Charakterlevel ●

insgesamt 5 erreicht — insgesamt 13 erreicht

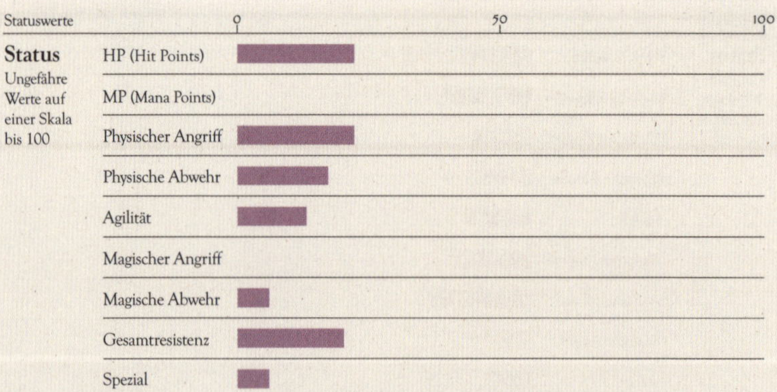

Iguva 41

Halbmensch

Versuchsobjekt 41

Aufgabe: —— Versuchskaninchen

Residenz: —— Keine

Gesinnung: —— *Extreme Evil* (Karmapunkte -500)

Rassenklassen: —— Keine

*Sein Basislevel als Monster ist 22
(Sein Basislevel wurde durch einen Skill verstärkt)

Charakterklassen: — Keine

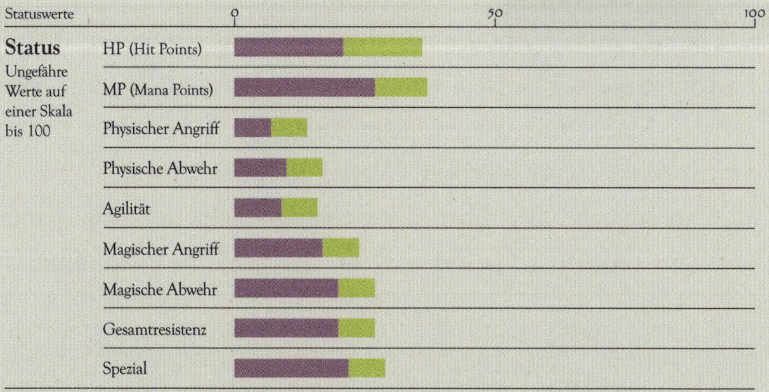

Nachwort

Ich glaube kaum, dass irgendwer mit diesem Band anfängt, also gestattet mir zu sagen: Wir haben uns eine ganze Weile nicht gesehen. Ich bin Kugane Maruyama.

Also, wie ich schon im Nachwort des letzten Bands angekündigt habe, wurde das hier ein seltsames Buch, in dem es nur um Echsenmenschen geht. Für eine Light Novel ist die Geschichte ziemlich ungewöhnlich, oder? Vielleicht weiß ich auch nur nicht, wo ich suchen soll. Aber irgendwas sagt mir, es kommt nicht oft vor, dass die Protagonisten ohne Provokation über ein friedliches Dorf herfallen.

Wie fandet ihr es?

Kann sein, dass euch das nicht ganz klar ist, aber in dieser Reihe stehen die Chancen recht hoch, dass die Starken die Schwachen gelegentlich einfach zu Klump hauen.

Die Hauptfigur in *Overlord* gehört nicht zu denen, die sich nur mit dem befasst, was direkt vor ihrer Nase passiert, und dabei jedes kleine Problem im Keim erstickt. Vielmehr ist er jemand, der ausdrücklich seine eigenen Ziele verfolgt und Gewinn machen will. Anstatt zu warten, bis er von einer Prinzessin in Nöten hört, um dann in Aktion zu treten, ist er der Aggressive, der nach einer Prinzessin in Nöten sucht. Na ja, vielleicht nicht unbedingt ganz genau so ...

Und diejenigen unter euch, die Strategiespiele mögen, können das bestimmt nachvollziehen. Um seine Ziele zu erreichen und seine militärische Macht auszubauen, neigt Ainz dazu, Schwächere zu unterwerfen, anstatt sich schwierigere Gegner zu suchen.

Also, anstatt wie üblich alles aus der Sicht der Angegriffenen zu erzählen, möchte ich in dieser Reihe die Sicht der Invasionsstreitkräfte schildern. Allerdings ist es keine Invasion, wenn beide Seiten einfach nur aufeinander einprügeln …

Und nun möchte ich mich bei ein paar Leuten bedanken. So-bin, Crusch ist so niedlich!!! Sie hat mich richtig nervös gemacht. Ebenso danke ich Code Design für das hervorragende Titelbild und die Posterentwürfe. Osako danke ich für sein gewissenhaftes Lektorat. Und ansonsten bliebe da noch der Dank für alles, an meinen Verleger F…ta.

Danke an Honey, der sich das Manuskript angesehen hat. Wie immer danke ich dir für deine »eindringlichen Erkenntnisse«. Ich benutze wirklich meinen Kopf, um rauszufinden, wie ich am besten darauf reagieren soll.

Und natürlich meinen verbindlichsten Dank an jeden, der das Buch gekauft hat. Vielen, vielen Dank.

Okay, es wäre klasse, wenn ihr auch beim nächsten Band wieder mit dabei wärt.

Also, wir sehen uns.

Das ist nur eine Anmerkung, aber bisher habe ich in jedem Band das Wort Tod wenigstens einmal in den Kapitelnamen benutzt, es wird aber immer schwieriger, könnte also sein, dass es im nächsten Band gar nicht vorkommt. Ich fand es einfach nur witzig, es ist also nicht weiter schlimm, wenn ich es nicht mache, aber … Egal, wenn einem so was nicht liegt, kämpft man manchmal mit solchen Dingen. Schade.

Kugane Maruyama
Juli 2013

RASCHEL
ガサガサ
RASCH
CRUSCH
Wir sollten Figuren von ihr herstellen.
so-bin

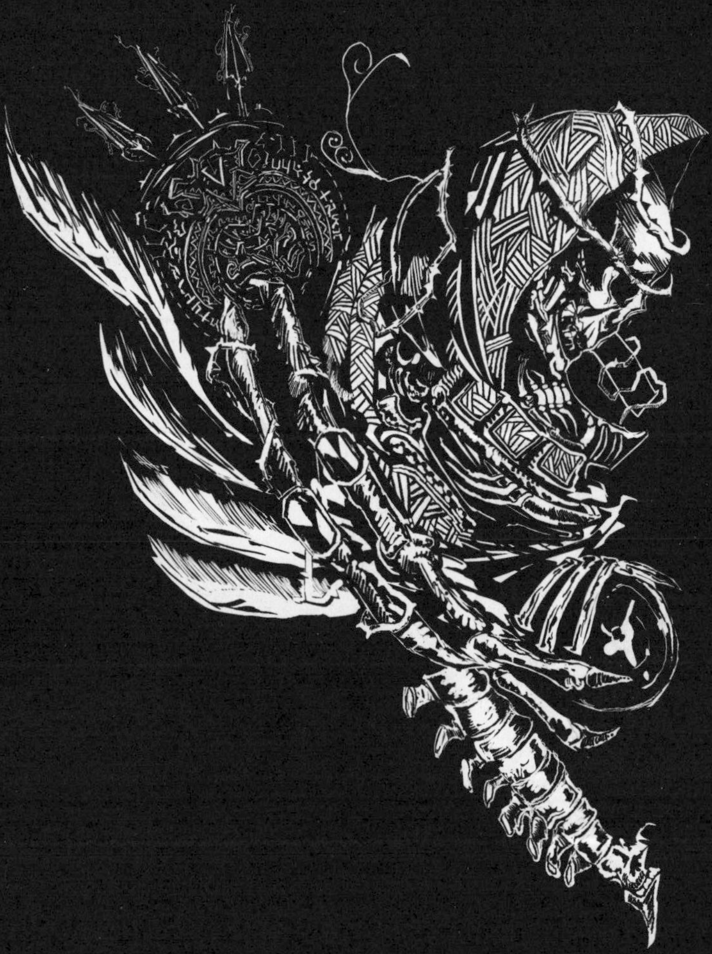

Vorschau

Auf Befehl von Ainz begeben sich Sebas Tian und seine Begleiter ins Königreich, um dort Informationen über die umliegenden Nationen einzuholen.

Eine Begegnung mit einer bestimmten Frau führt zu einer Konfrontation mit einer mächtigen, zwielichtigen Organisation.

Wie stellt sich dieser Vorfall aus der Sicht der Großen Gruft von Nazarick und wie aus der Sicht des Königreichs dar? Ein Mysterium, ein Diener und eine Maid in Band 5.

OVERLORD

Band 5: Die Männer des Königreichs (Teil 1)

Kugane Maruyama | Illustration: so-bin

TOKYOPOP GmbH
Hamburg

TOKYOPOP
1. Auflage, 2024
Deutsche Ausgabe/German Edition

Übersetzt von René Ulmer

OVERLORD vol. 4 LIZARDMAN NO YUSHATACHI

First published in Japan in 2013 by
KADOKAWA CORPORATION, Tokyo.
German translation rights arranged with
KADOKAWA CORPORATION, Tokyo
through TUTTLE-MORI AGENCY, INC., Tokyo.

Redaktion: Markus Rohde
Lektorat: Katrin Aust
Lettering und Herstellung: Annika Meyer-Wülfing
Umschlaggestaltung: Anja Winteroll, Annika Meyer-Wülfing
Vielen Dank an Marco Hofmann für den inhaltlichen
Abgleich der themenspezifischen Begrifflichkeiten.
Druck und buchbinderische Verarbeitung:
CPI – Clausen & Bosse GmbH, Leck
Printed in Germany

MIX Papier FSC® C083411

Wir achten auf die Umwelt.
Dieses Produkt besteht aus FSC®-zertifizierten
und anderen kontrollierten Materialien.

ISBN 978-3-8420-7321-0

www.tokyopop.de